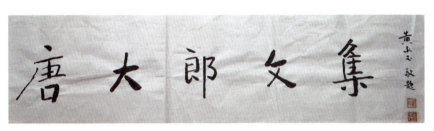

黄永玉题写文集书名

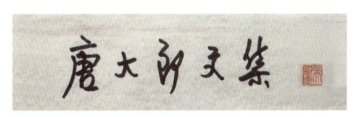

吴承惠题写文集书名

黄永玉绘画《戊戌中秋读大郎忆樊川诗文》

1947年10月,唐大郎在苏州

1948年4月10日和龚之方摄于浙江南北湖

唐大郎与张文娟,刊《文曲》第2期

故慢春泥放步遲　東南風軟
櫞香芝廄為妙之為君生將
遣何人誦我詩林樹裁曾經
荷約唐生今扣用真癖慣來
遠麥斜陽誰却喚咖啡進二卮

止方和尚正詩　唐大郎

唐大郎题赠止方和尚，参见吴承惠《如唐大郎再多活几年》

张伟：你好，为了你的文章和爱心，这封信早该写了，只是至等一个落实减少来来去去的折腾。眼看定下了格局，笑一口微笑的长气。

你文章裡提找到魏绍昌，上海之外，连搜型琰的人你见過幾个？還有你，瀝眼睒脚力，蕭良心，王吾覚，撿拾被疎忽的文化凌感。上海土地哺养大你們，你們珍貴上海，或其實是个檻外人，出之如晚。

嚴格的说，跟唐大郎做朋友還差莫个茅叔圉倧雖些眼前也近百了，他的為人，他的修养，我总走不捨的忘记而已。

聽说上海有个张伟佛主性造件事，自坐席多尊敬和企望，又有幸遇见北京伸手带烙的好人，解決了困難的團結，雀躍之間，忍不住写信给你告訴你找的快樂，撒闹手，乘这東風，謙这部書。

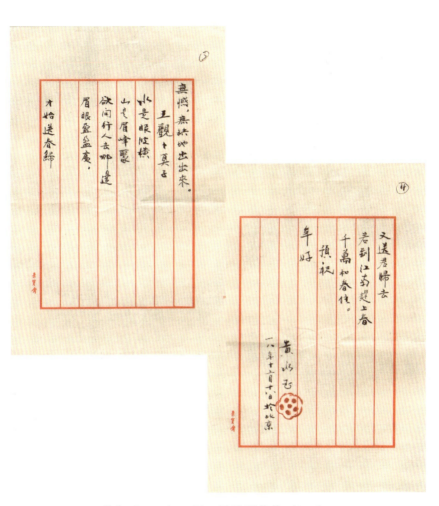

無憾，無缺地出出來。
王觀卜算子
水是眼波橫
山是眉峰聚
欲問行人去哪邊
眉眼盈盈處。
才始送春歸

又送君歸去
若到江南趕上春
千萬和春住。
預祝
年好

黄永玉
一八年十二月十八日於北京

黄永玉2018年12月18日致张伟信（3-4）

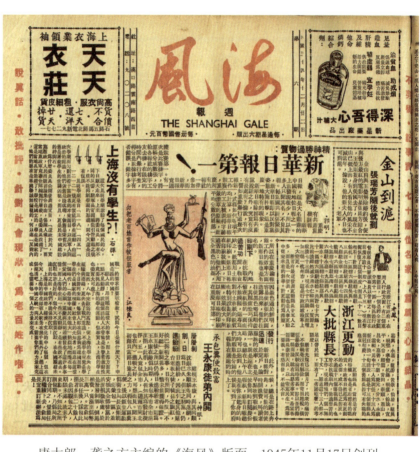

唐大郎、龚之方主编的《海风》版面，1945年11月17日创刊

唐大郎文集
定依阁随笔（一）

张伟　祝淳翔　编

上海大学出版社

图书在版编目(CIP)数据

定依阁随笔.一/张伟,祝淳翔编.—上海:上海大学出版社,2020.8
(唐大郎文集;第3卷)
ISBN 978-7-5671-3881-0

Ⅰ.①定… Ⅱ.①张… ②祝… Ⅲ.①随笔—作品集—中国—现代 Ⅳ.①I266.1

中国版本图书馆 CIP 数据核字(2020)第 101243 号

责任编辑 黄晓彦
封面设计 缪炎栩

唐大郎文集

定依阁随笔(一)

张 伟 祝淳翔 编

上海大学出版社出版发行
(上海市上大路99号 邮政编码200444)
(http://www.shupress.cn 发行热线 021-66135112)
出版人:戴骏豪

*

江阴金马印刷有限公司印刷 各地新华书店经销
开本 890mm×1240mm 1/32 插页8 印张12.75 字数352千
2020年8月第1版 2020年8月第1次印刷
ISBN 978-7-5671-3881-0/I·596 定价:78.00元

版权所有 侵权必究
如发现本书有印装质量问题请与印刷厂质量科联系
联系电话:0510-86626877

小朋友记事

黄永玉

大郎兄要出全集了。很开心,特别开心。

我称大郎为兄,他似乎老了一点;称他为叔,又似乎小了一点。在上海,我有很多"兄"都是如此,一直到最后一个黄裳兄为止,算是个比我稍许大点的人。都不在了。

人生在世,我是比较喜欢上海的,在那里受益得多,打了良好的见识基础。也是我认识新世界的开始,得益这些老兄们的启发和开导。

再过四五年我也一百岁了。这简直像开玩笑!一个人怎么就轻轻率率地一百岁了?

认识大郎兄是乐平兄的介绍。够不上当他的"老朋友"。到今天屈指一算,七十多年,算是个"小朋友"吧!

当年看他的诗和诗后头写的短文章,只觉得有趣,不懂得社会历史价值的分量,更谈不上诗作格律严谨的讲究。最近读到一位先生回忆他的文章,其中提起我和吴祖光写诗不懂格律,说要好好批评我们的话。

我轻视格律是个事实。我只愿做个忠心耿耿的欣赏者,是个不愿做奴隶的人(们);我又不蠢;我忙的事多得很,懒得记那些套套。想不到的是他批评我还连带着吴祖光。在我心里吴祖光是懂得诗规的,居然胆敢说他不懂,看样子是真不懂了。我从来对吴祖光的诗是欣赏的,这么一来套句某个外国名人的话:"愚蠢的人有更愚蠢的人去尊敬他。"我就是那个更愚蠢的人。

听人说大郎兄以前在上海当过银行员,数钞票比赛得了第一。

我问他能不能给我传授一点数钞票的本事!

他冷着脸回答我:

"侬有几化钞票好数?"

是的,我一个月就那么一小叠,犯不上学。

批黑画的年月,居然能收到一封大郎兄问候平安的信。我当夜画了张红梅寄给他。

以后在他的诗集里看到。他把那张画挂在蚊帐子里头欣赏。真是英明到没顶的程度。

"文革"后我每到上海总有机会去看看他,或一起去找这看那。听他从容谈吐现代人事就是一种特殊的益智教育。

最后见的一面是在苏州。我已经忘记那次去苏州干什么的。住在旅馆却一直待在龚之方老兄家,写写画画;突然,大郎兄驾到。随同的还有两位千金,加上两位千金的男朋友。

两位千金和男朋友好像没有进门见面,大郎夫妇也走得匆忙,只交代说:"夜里向!夜里向见!"

之方兄送走他们之后回来说:

"两口子分工,一人盯一对,怕他们越轨。各游各的苏州。嗳嗨:有热闹好看哉!"

"要不要跟哪个饭店打打招呼,先订个座再说,免得临时着急。"我说:"也算是难得今晚上让我做东的见面机会。"

"讲勿定嘅,唐大郎这一家子的事体,我经历多了!"之方兄说。

旋开收音机,正播着周云瑞的《霍金定私悼》,之方问怎么也喜欢评弹?有人敲门。门开,大郎一人匆忙进来:

"见到他们吗?"

"谁呀?"我不晓得出了什么事。

"我那两个和刘惠明她们三个!"大郎说。

"你不是跟他们一起的吗?"我问。之方兄一声不吭坐在窗前凳子上斜眼看着大郎。

"走着,走着!跑脱哉!"大郎坐下瞪眼生气。龚大嫂倒的杯热茶也不喝。

"儿女都长大了,犯得上侬老两口子盯啥子梢嘛?永玉还准备请侬一家晚饭咧!"

大郎没回答,又开门走了。

第二天一大早我上龚家,之方兄说:

"没再来,大概回上海了!"

之方兄反而跟我去找一个年轻画家上拙政园。

大郎兄千挑万挑挑了个重头日子出生:

"九·一八"

逝世于七月,幸而不是七月七日。

2019 年 6 月 13 日于北京

给即将出版的《唐大郎文集》写的几句话

方汉奇

唐大郎字云旌,是老报人中的翘楚。曾经被文坛巨擘夏衍誉为"勤奋劳动的正直的爱国的知识分子"。他发表在报上的旧体诗词,曾被周总理誉为"有良心,有才华的爱国主义诗篇"。他才思敏捷,博闻强记,笔意纵横,情辞丰腴。每有新作,或记人,或议事,或抒情,或月旦人物,都引人入胜,令人神往。有"江南才子""江南第一枝笔"之誉。我上个世纪50年代初曾在上海工作过一段时期,适值他主持的《亦报》创刊,曾经是他的忠实读者。近闻他的毕生佳作,已由张伟、祝淳翔两兄汇集出版,使他的鸿篇佳构得以传之久远,使后世的文学和新闻工作者得到参考和借鉴,善莫大焉,功莫大焉。

2019年6月11日于北京

序

陈子善

唐大郎这个名字,我最初是从黄裳先生那里得知的。20世纪80年代初的某一天,到黄宅拜访,闲聊中谈及聂绀弩先生的《散宜生诗》,黄先生告我,上海有位唐大郎,旧诗也写得很有特色,虽然风格与聂老不同。后来读到了唐大郎逝世后出版的旧诗集《闲居集》(香港广宇出版社1983年版)和黄先生写的《诗人——读〈闲居集〉》,读到了魏绍昌、李君维诸位前辈回忆唐大郎的文字,对唐大郎其人其诗才有了进一步的了解。再后来研究张爱玲,又发现唐大郎对张爱玲文学才华的推崇不在傅雷、柯灵等新文学名家之下。张爱玲中短篇小说集《传奇》增订本的问世是唐大郎等促成的,而张爱玲第一部长篇小说《十八春》也正是唐大郎所催生的。于是我对唐大郎产生了更大的兴趣。

十分可惜的是,唐大郎去世太早。他生前没有出过书,殁后也只在香港出了一本薄薄的《闲居集》。将近四十年来默默无闻,几乎被人遗忘了。这当然是很不正常的,是上海现代文学史研究的一个重大缺失,也是研究海派文化不得不面对的一个严重问题。所幸这个莫大的遗憾终于在近几年里逐渐得到了弥补。而今,继《唐大郎诗文选》(上海巴金故居2018年印制)和《唐大郎纪念集》(中华书局2019年版)之后,12卷本400万字的《唐大郎文集》即将由上海大学出版社推出。这不仅是唐大郎研究的一件大事,是上海现代文学史研究的一件大事,也是海派文化研究不容忽视的一个可喜成果。

1908年出生于上海嘉定的唐大郎,原名唐云旌,从事文字工作后有大郎、唐大郎、云裳、淋漓、大唐、晚唐、高唐、某甲、云郎、大夫、唐子、唐僧、刘郎、云哥、定依阁主等众多笔名,令人眼花缭乱,其中以高唐、刘郎、定依阁主等最为著名。唐大郎家学渊源,又天资聪颖,博闻强记。他原在银行界服务,因喜舞文弄墨,约在20世纪20年代末弃金(银行是金饭碗)从文,不久后入职上海《东方早报》,逐渐成长为一名文思泉涌、倚马可待的海上小报报人。当时正是新文学在上海勃兴之时,在最初一段时间里,唐大郎与新文学界的关系并不密切,40年代初以后才有很大改变。但他的小报文字多姿多彩,有以文言出之,也有以白话或文白相间的文字出之,更有独具一格的旧体打油诗,以信息及时多样、语言诙谐生动而赢得上海广大市民读者的青睐,一跃而为上海小报文坛的翘楚和中坚。至40年代更达炉火纯青之境,收获了"小报状元""江南才子"和"江南第一枝笔"等多种美誉。

所谓小报,指的是与《申报》《时事新报》等大报在篇幅和内容上均有所不同的小型报纸。20世纪20年代以后,各种小报在上海滩如雨后春笋般涌现,是上海市民阶层阅读消遣的主要精神食粮;后来新文学界也进军小报,新文学作家也主编小报副刊,使小报呈现更加丰富多彩的面貌。完全可以这样说,小报是上海都市文化的一个重要标志,海派的一个独特的文化现象。近年来对上海小报的研究越来越活跃,就是明证。

唐大郎就是上海小报作者和编者的代表。他的文字追求并不是写小说和评论,而是写五百字左右有时甚至只有两三百字的散文专栏和打油诗专栏。从20年代末至40年代,唐大郎先后为上海《大晶报》《东方日报》《铁报》《社会日报》《金钢钻》《世界晨报》《小说日报》《海报》《力报》《大上海报》《七日谈》《沪报》《罗宾汉》等众多小报和1945年以后开始盛行的"方型报"《海风》等撰稿。他在这些报上长期开设《高唐散记》《定依阁随笔》《唐诗三百首》等专栏,往往一天写好几个专栏,均脍炙人口,久盛不衰。他自己曾多次说过:"我好像天生似的,不能写洋洋几千字的稿件,近来一稿无成,五百字已算最多的了。"(《定依阁随笔·肝胆之交》,载1943年5月14日《海报》)唐大郎的写作史有力地表明,他选择了一条最适合发挥自己特长、最能得心应手的创作之路。

当然,由于篇幅极为有限,唐大郎的小报文字一篇只能写一个片断、一个场景、一段对话、一件小事……但唐大郎独有慧心,不管写什么,哪怕是都市里常见的舞厅、书场、影院、饭馆、咖啡厅,他也都写得与众不同,别有趣味。在唐大郎的专栏文字中,谈文谈艺、文人轶事、艺坛趣闻、影剧动态、友朋行踪……,无不一一形诸笔端,谐趣横生。如果要研究20世纪20年代至40年代上海的都市文化生活,唐大郎的专栏文字实在是一份不可多得的生动的教材。又当然,如果认为唐大郎只是醉心风花雪月,则又是皮相之见了,唐大郎的专栏文字中,同样不乏正义感和家国情怀。在全面抗战时,面对上海八百壮士可歌可泣的抗日事迹,唐大郎就在诗中写下了"隔岸万人悲节烈,一回抚剑一泛澜"的动人诗句。

归根结底,唐大郎的专栏文字和打油诗是在写人,写他所结识的海上三教九流的形形色色。唐大郎为人热情豪爽,交游广阔,特别是从旧文学界到新文学界,从影剧界到书画界,他广交朋友,梅兰芳、周信芳、俞振飞、言慧珠、金素琴、平襟亚、张季鸾、张慧剑、沈禹钟、郑逸梅、陈蝶衣、陈定山、陈灵犀、姚苏凤、欧阳予倩、洪深、田汉、李健吾、曹聚仁、易君左、王尘无、柯灵、曹禺、吴祖光、秦瘦鸥、张爱玲、苏青、潘柳黛、周錬霞、胡梯维、黄佐临、费穆、桑弧、李萍倩、丁悚丁聪父子、张光宇正宇兄弟、冒舒湮、申石伽、张乐平、陈小翠、陆小曼……这份长长的名单多么可观,多么骄人,多么难得。唐大郎不但与他们都有所交往,而且把他们都写入了他的专栏文字或打油诗。这是这20年里上海著名文化人的日常生活的真实记录,这些人物的所思所感、所言所行,他们的音容笑貌、喜怒哀乐,幸有唐大郎的生花妙笔得以留存,哪怕只有一鳞半爪,也是在别处难以见到的。唐大郎为我们后人打开了新的研究空间。

至于唐大郎的众多打油诗,更早有定评,被行家誉为一绝。"刘郎诗的重要特色就在于在旧体诗的内容与形式上都做了创新的努力,而且确实获得了某种成功。"唐大郎善于把新名词入诗,把译名入诗,把上海话入诗,简直做到了出神入化的地步。论者甚至认为对唐大郎的打油诗也应以"诗史"视之(以上均引自黄裳《诗人——读〈闲居集〉》)。这是相当高的评价,也深得我心。

本雅明有"都市漫游者"的说法,以之移用到唐大郎身上,再合适不过。唐大郎长期生活在上海,一直在上海这个现代化大都市里"漫游",他的小报专栏文字和打油诗,使他理所当然地成为上海都市文化生活的深入观察者、忠实记录者和有力表现者。唐大郎这些文字也理所当然地成为海派文化和江南文化历史记载中的宝贵遗产,值得我们珍视和研读。

张伟和祝淳翔两位是有心人,这些年来一直紧密合作,致力于唐大郎诗文的发掘和研究,这部12卷的《唐大郎文集》即是他们最新的整理结晶,堪称功德无量。今年恰逢唐大郎逝世40周年,文集的问世,也是对他的最好的纪念。作为读者,我要向他们深表感谢,同时也期待《唐大郎文集》的出版能给我们带来对这位可爱的报人、散文家和诗人的全新的认知,使更多的读者和研究者来阅读、认识和研究唐大郎,以更全面地探讨小报文字在都市文化研究里应有的位置和所起的作用。

2020年6月14日于海上梅川书舍

编选说明

《定依阁随笔》是唐大郎继《高唐散记》之后的散文名篇,始于《海报》1942年5月1日创刊号。今将刊于《海报》的这部分文章(1942年5月至1945年7月)全数收于本卷,总数近600篇,标题为原来就有的。

目　录

定依阁随笔（1942.5—1942.12）

盔 / 1
人约黄昏后 / 1
摆过 / 2
近传一异事 / 2
厚皮与粉面 / 3
熙春之役 / 3
《人间世》 / 4
石挥与黄宗江 / 4
《梅魂不死》与《梅花梦》 / 5
苏黄剽窃 / 6
关于香妃 / 6
《梅花梦》之演员 / 7
曹慧麟一缄 / 7
再记曹慧麟 / 8
书画宣传 / 9
相思与想思 / 9
外国花 / 10
襟亚阁主之博兴 / 10
中国剧团 / 11
汪大铁子 / 12

拔来报往 / 12
闺哄记 / 13
臧医生言 / 13
过厕简楼 / 14
厉诗 / 14
老态 / 15
食肆之清洁问题 / 15
当垆戏语 / 16
名山事业 / 16
我的牢骚 / 17
与蒋君约 / 18
京朝大角 / 18
李绮年与杨耐梅 / 19
工笔仕女 / 19
打影迷 / 20
杂记 / 20
外国脾气 / 21
条件 / 21
伧与俗 / 22
捧与骂 / 22
老生活 / 23

仙笔 / 23
说明书 / 24
序 / 24
底下人 / 25
张园 / 25
戏言 / 26
高壮飞与陈大护 / 27
告办话剧事业者 / 27
记所见 / 28
老卯 / 28
刘琼与《摇钱树》 / 29
陈海伦之子 / 30
书画 / 30
与襟亚博 / 31
襟亚之博 / 31
风雅之秘 / 32
乘凉 / 33
巴金之《家》 / 33
黄粱 / 34
朱北海何人？ / 34
草率之病 / 35

为善者的苦闷／35
记衣云先生／36
讨饭游艺／37
护喉／37
念友人／38
记张若谷／38
谈谈臭盘／39
画眉深浅入时无？／40
艺林两事／40
丁芝投师／41
《秋海棠》／41
怀念友人／42
吃饭受气／43
抹煞主义／43
为费穆先生辩／44
不忍／45
樽前偶记／45
老／46
十八流导演／46
扎陈女士台型／47
市廛中人／48
开戏馆／48
我言者谬／49
胠箧之术／49
捧梅健将／50
记四川王／50
光棍不断财路／51
重有所感／52
音乐／52

丽人日记／53
一五三洞天近事／54
酒味／55
《纺棉花》／55
才气与性灵／56
揭幕典礼／56
《南天门》／57
陈大濩／58
梅郎／58
饮场／59
雅博／59
出租界之门／60
软壳子／60
伶人吐痰／61
池浜桥／62
麦达姆麦唐纳／62
"丹老"之王／63
义女癖／64
义女癖续／64
挽车之儿／65
记某银行／66
《贩马记》序／66
卖友癖／67
道途述趣／68
马连良／69
五千金／69
洁齿人／70
信芳之局／71
书女侯爷事／72

林庚白重阳诗／72
刘宝全／73
赵金蓉之嫁／73
王熙春之妹／74
夏佩珍与薛玲仙／74
重晤熙春／75
更新顾曲记／76
吴素秋与盖叫天之争／76
闲话盖叫天／77
吴素秋之流波送媚／78
林康侯先生／78
韦锦屏之疤痕／79
李丽华与母／79
王珍珍重返银坛／80
秦瘦鸥与李昌鉴／80
人像／81
《大马戏团》与梅程／82
罗刹天堂沧桑录／82
书幻多夫人事／83
艳雅与恶俗／83
金少山之"误场天性"／84
祝寿记／85
熬夜／86
《男女之间》的舞场术语／86

颐和园/87
樽边偶记/87
瞎赌记趣/88
与周信芳谈盖老五/88
开戏馆/89
马连良之盲从者/90
梨园行规/90
丁一英八字归还记/91
尊师精神/91
周维俊死矣！/92
李丽华生日/93
恩派亚将辟鼓书场/93
四大名妈/94
秋风帖子/95
张淑娴/96
天水庐主人/97
一觞聊复饯红颜/98
"热带女郎"被冻记/99
田菊林别记/100
小开，瘪三，路倒尸/100
此雠莫解/101
秋海棠之建议/101

定依阁随笔（1943.1—1943.6）

卧雪楼与礼社/103
《秋海棠》的飞票/103
言慧珠将列梅博士门墙/104
归儿记/105
题王宛中剧影诗/105
严绍琳医生/106
从贼后记/107
西风面孔/107
为吾儿造福/108
言三有女/108
AB制/109
石挥与张伐/109
废除拜客/110
文涓"蓄势"谈/110
施粥记/111
麟社/重见郑冰如/112
佐临趣牍/112
所谓贵族屠门/113
孔雀厅之女侍/113
茄力克成炫富之具/114
台词雅俗之判/114
看新春戏/115
麒麟馆里看麒麟/115
气度之美/116
舞场趣拾/116
费穆几曾骂人？/117
文人之财/118
上台人语/118
饿死一门/119
除夕/119
梅兰芳/120
待张淑娴来/120
叶总长与叶次长/121
开心与肉痛/121
开戏馆的晚爷：张淑娴"黄金"起波折/122
记阿清相手/123
临时托儿所/123
黯然过尽惘然来/124
梨园中事/125
豪赌所闻/125
章遏云竟嫁邵景甫！/126
影院公司之红利/127
与梅兰芳拍照/127
文虎之奇/128
拍照/128
卢寿之役/129
"木道人"为戴伯寅"拉马"/130

3

记潘柳黛 / 130
礼失而求诸野 / 131
失欢记 / 132
何必扫兴？/ 133
云燕铭 / 133
坤角儿的"行头" / 134
如此归宿？/ 135
张淑娴事件：大哉，谢筱初先生 / 135
朱红芳与筱曼丽 / 136
与冯节先生话旧 / 137
周氏三姊妹 / 138
聊以自娱 / 139
告小白玉霜 / 139
达子之婿 / 140
《别窑》/登场喜有淑娴陪 / 141
盖叫天之"合计合计" / 142
骈体文 / 143
陈美美 / 143
吊眉 / 144
白玉薇独敦旧谊 / 144
重托 / 145

书冯炳南事 / 145
"清宵无梦接鹓鸾" / 146
考演员 / 147
吃黑市香烟 / 148
顾肯夫与申曲 / 148
怕老婆的人儿坐汽车 / 149
梅龙镇上 / 149
病余小记 / 150
麒门诸弟 / 150
黎明晖与姚莉 / 151
秋霞春病记 / 151
谁遣闲人识姓名？/ 152
烧香龙华寺 / 153
出身论 / 154
好为人师？/ 154
肝胆之交？/ 155
义助英子 / 155
罗兰 / 156
新艳秋 / 157
言之非其时耳？/ 157
死矣余叔岩 / 158

健社义剧事 / 158
北国归鸿 / 159
陈云裳的"毛病" / 160
读蓬赤书后 / 160
"孝子"婚筵 / 161
观屠丁婚礼 / 161
补婚记 / 162
与君约略说"长毛" / 163
母与子 / 163
相悦 / 164
厄其躯壳 / 164
"勿落槛" / 165
苏州人 / 166
雨中 / 166
海派与京派 / 167
女说书 / 167
臭味与白蚤 / 168
靴与网巾 / 168
张培兰之死 / 169
堂会与外快 / 169
倒贴 / 170
老汉推车之波折 / 171

定依阁随笔（1943.7—1943.12）

小黑姑娘！/ 172
促梯公奋笔 / 173
兰老 / 173

兰妮印象记 / 174
看房阀淫威！/ 174
朋友的事 / 175

也谈作贾 / 176
"下下烂"的骂 / 176
《辛安驿》/ 177

谦恭 / 178
守时间 / 178
做好事 / 178
囚犯之镇定 / 179
富连成群童生活之一斑 / 180
"真假看嘴唇" / 180
偿了夫人又折兵 / 181
为谢君白诬 / 181
乞予更正 / 182
叶影秋霞并记 / 183
送亡妇归乡 / 183
小女子之役 / 184
夹阴伤寒 / 184
盖叫天之面部与白口 / 185
身边事 / 186
牙牌与牙签 / 186
盖叫天与马连良 / 187
盖叫天琐话 / 188
千龄会拾趣录 / 188
梨园二老 / 189
闻歌小记 / 190
"小老斗" / 190
永绝此马! / 191

为张伯铭解答二事 / 192
戒子篇 / 192
问题之发 / 193
"风沙寄语"外集 / 194
瘄之可怖 / 194
"蓼"字失粘 / 195
南市殡仪馆所见 / 195
看小翠花于"私底下" / 196
章逸云之浣纱女 / 197
重九日记 / 197
李丽称觞记 / 198
郑雪影与鲍莉莉 / 198
"过房爷"鉴诸 / 199
自讼 / 200
"股"栗记 / 200
印象甚佳 / 201
雪涕归来省外家! / 201
轻薄云云 / 202
品头量足 / 203
星眸 / 203
头衔 / 204
信芳与兰芳 / 204
菊花不幸 / 205

樽前偶记 / 205
赞美太太 / 206
千秋绝唱! / 207
"淑气温和,娴都贞静" / 207
舅氏遗诗 / 208
樽前偶记 / 208
听香馆主 / 209
小宁波 / 210
也谈博事 / 210
樽前偶记 / 211
"横下来看" / 211
台上事 / 212
谈吐之妙 / 213
惘然之感! / 213
愿打与愿挨 / 214
但愿吾儿 / 215
朋友与女人 / 216
章府上的侍女 / 216
蜡烛 / 217
舞女的眼睛 / 218
舞场术语 / 218
坐台子! / 219
樽边偶记 / 219

定依阁随笔(1944.1—1944.6)

高高氏 / 221
《惆怅词》/ 222
朋友"论交" / 222
圆珠八孃的年纪月生 / 223
领票人 / 223

妙根与阿巧 / 224
娘姨的工资 / 225
禁中寄语 / 226
"弦边婴宛" / 226
女说书 / 227
良家人! / 228
地产股中之凶神 / 228
登徒自白 / 229
食与色 / 230
舞场偶记 / 230
二名人 / 231
顾孝女 / 231
凶室记 / 232
喜雨二首 / 233
皮夹子 / 233
"糟酒"之言 / 234
刘琼 / 234
舞中人 / 235
盖棺方识此人贤! / 235
陶郎怀宝记 / 236
大哉,仁者之言! / 236
革乳记 / 237
御下宽和 / 238
小开的疥疮 / 238
所谓"顾影" / 239
失眠 / 240
拾煤人 / 240
尚留一半与人看? / 241
也算"述怀" / 241

儿病记 / 242
英秀文孙 / 243
杂忆陈霆锐律师! / 244
"叫我猪猡" / 244
叶仲方印度自杀! / 245
与仲方最后两小时 / 246
雀斑与梨涡 / 247
韭蒜 / 247
"开戏馆"癖 / 248
麒麟馆夜舞记 / 248
宣传书画 / 249
酒肉朋友? / 250
"不雅"之诗 / 250
浓香 / 251
笑 / 252
赵姊丰容 / 253
"洋盘"与"臭盘" / 253
香奁诗 / 254
四副眼镜 / 255
楼哄之役 / 256
"叫开" / 257
女歌手 / 257
丽都小坐记 / 258
唐云画室 / 259
戏芒子 / 259
文人与权贵 / 260
翼楼轰饮记 / 260
"某公"云者 / 261

樽前小记 / 262
通文之女 / 262
捎边与剪边 / 263
忽念尘无 / 264
东乡费文丽 / 264
园会小记 / 265
小马求学史 / 266
三轮车故事 / 266
盖叫天登台! / 267
深喜顾兰君 / 268
可怜俎上一氤氲 / 269
伊文泰诗 / 269
不是小疵 / 270
替头与舔头? / 270
我不敬老 / 271
芜杂的绝症 / 272
陈鹤峰与丁皓明 / 272
何云"亵渎" / 273
乡谈 / 274
谢尔贞觊画 / 274
沙与腋 / 275
"欣赏艺术"的一天 / 276
勘正二事 / 277
肺病! / 277
我不大相信的事 / 278
工读生 / 279
米 / 279
戏中戏的戏中戏:盛

大的话剧义演讯　/280

定依阁随笔（1944.7—1944.12）

啗天祥剧团者/282
雨窗夜话记/283
李少春何事不归？/283
痛股录/284
"迭句勿是牛皮"/285
请看饰演文天祥者之手笔/286
血与脑/287
摄影棚中/287
东南人物之美/288
"孤鹰"复活/288
人事小记/289
又见梅兰芳/290
脱底棺材一日记/291
人在"风头"中/292
修福应修才子妇？/293
随感录/293
随感录/294
纳凉记/295
儿在病中/295
觐母记/296
与友人书/297
纳凉人语/297
我的诗/298
看《金银世界》/299
随感录/299
程砚秋之诗联/300
雪艳琴失明！/300
为敏莉祝福/301
溺爱我的儿子！/302
"吃饭"难！/303
樽前小记/304
也记震川书院/304
无聊？/305
张淑娴不是"京朝大角"/306
天厂捧角史/307
有人曾见二梅无？/308
樽前小记/308
夜捕"书生"记/309
虞姬帐下泣无声！/309
拆字记/310
财产的数量/311
书家论/311
同情一个故人/312
"施家生"/313
信芳登台前所闻/314
"仿佛的命运"/314
都弄错了/315
"尺寸"谈/316
看"四只陌生面孔"/316
陈永玲的危机/317
周信芳与《四进士》/318
感念友情/319
《教师万岁》上映之前/319
伶范的行头/320
原非"狗尾"决不是貂/321
"国语闲话"/322
"慧芳艺员"的杨贵妃/322
读者的来信/323
送脚炉/324
夜半"奋斗"记/324
这一回险些儿寻死记！/325
无题/326
耍人的圣手/327
黄桂秋/327
赋得"骑过骑伤"/328
赴宴记/329
"双十节"一日记/330
劝金二小姐出山/331
在煎熬中的孩子/331
记李健吾/332

7

吾家若青 / 333
方言戏 / 334
献身教育界 / 334
一个筋斗的事 / 335
记刘连荣 / 336
茵娘传 / 336
块，万数的代名词 / 337
王铁侠似我？/ 337
认命 / 338
怀在远的素琴 / 339
四六文章 / 339
怀黄雨斋氏 / 340
葆我童心 / 341
马斯南路 / 342
等待那一天 / 342
血：AB混合型！/ 343

岭南一郭 / 344
俭与吝 / 345
割爱 / 345
青灯 / 346
女人二事 / 347
送太太北行！/ 347
跟人 / 348
杨柳 / 349
贫况 / 349
扶得醉人归 / 350
袁寒云 / 350
汽车号码 / 351
见一见张爱玲 / 352
谨为刘琼辩白：致周小平兄书 / 352
记李丽之言 / 353

佐临丹尼李丽 / 354
《血滴子》的轰动 / 354
池边小缀 / 355
披颊 / 356
恽氏女 / 356
夹袋中人 / 357
丽人记 / 357
"我真想同她睏一觉" / 358
大施主与脱底棺材 / 359
大冷天的故事 / 360
谈"脱底棺材" / 360
薛氏门中 / 361
豪情与窘态 / 362
小黑姑娘近事 / 362

定依阁随笔（1945.1—1945.7）

看我们的戏 / 364
女人的眼镜 / 364
登场偶记 / 365
谀失其当 / 366
井 / 366
"名老"好色论 / 367
不做猢狲 / 367
人参如腐草 / 368
陈尚书 / 369

梅先生 / 369
良朋多故 / 370
结核性脑膜炎 / 370
省友人之疾 / 371
孟小冬 / 372
连名带姓 / 372
幽兰女士 / 373
杀夫案 / 373
孟小冬 / 374

才人之笔 / 374
裸舞之别 / 375
神经之末梢 / 375
梅雨诗 / 376
月圆之夜 / 376
云楼常客 / 377
画到梅花不让人 / 377
劝柳黛打秋风 / 378
英气消沉 / 378

一部连续几十年的私人观察史（《唐大郎文集》代跋）/ 380

定依阁随笔（1942.5—1942.12）

盔

上海之阿流群中,有一个字的攀谈曰"盔"。盔者,与说大话吹牛皮之意同。在跳舞场中,习闻小抖乱对白,如曰:"小贼,侬麪盔好哦!"又曰:"迭记木老,亦勒拉陆连奎、韩金奎。"以"盔"与"奎"字为谐音,自"奎"字而想到陆连奎、韩金奎等;东拉西扯,盖不知所云矣。其初不知"盔"字宜如何写,后有人发明实为盔甲之"盔"字。盖鞋子之紧者,以木制之鞋型宽大之,是曰"揎头"。买"马敦和"瓜皮小帽,若嫌小,可盔一盔也。盔为扩大之意,比吹牛为盔,亦甚言其扩大夸张焉!

（《海报》1942年5月1日创刊号,署名:刘郎）

人约黄昏后

桑弧所编之《人约黄昏后》,试片既竟,晤朱端钧先生,桑弧乞朱先生予以批判,朱先生谦逊不遑,曰:故事之发展极整齐,必欲指大小疵者,则剧中人之个性与心理,有时前后不相切耳。桑弧非之,谓当时只顾剧情之发展,而忽略于个性与心理之并行。时编制《乱世风光》之陈浮先生亦在座,则谓桑弧三剧,实以此为最无可议,足为喜剧,格调亦与前者二片不同,惟论生意眼,则此殊不足与探讨贞操问题者为有把握矣。《人约黄昏后》之原名为《错乱鸳鸯》,此四字若出之江笑笑之口,已觉雅绝尘寰,桑弧则以为未足,而改今名。

（《海报》1942年5月2日,署名:刘郎）

摆　过

张中原君昨年书画展一役,售款不少,成绩弥佳。中原对其生平妙艺,从不肯妄自菲薄,尝为本埠福来电器行书一招牌,既成,付招牌店"装字"。一日,中原闲行,过招牌店,见匠人正在装其所写之招牌焉,则伫而观之。装字之匠,本属粗人,装成之字,有失本来面目者。中原不欢,急返家,以电话告福来,谓某字某直宜移正,某字之某捺宜放高,而某划亦须重新"摆过",一一交代清楚。福来中人,为之转达招牌店,店中人如其言修正之。及中原更往观,始高兴曰:"是得张某之神髓矣。"其慎重其事如此。昨日愚饭于春华楼,对门即为福来电器行,乃见中原之招牌,睹字如睹故人,为之努力加餐。惟招牌为风侵雨蚀,字迹有不甚健全者,譬如"行"字,已有东欹西侧之病,不知者且误为中原"败笔"。又招牌附"协记"二字之"协"字,平常人写十字旁,不作兴竖心者,乃十字一划,亦有缺憾。视之直是竖心,凡此胥属疵点。中原固爱惜羽毛,顾举所见奉告,速速再打电话与福来,使其再请招牌店,要重新摆一摆也。

(《海报》1942年5月4日,署名:刘郎)

近传一异事

迩时,海上盛传一异事,谓其不可信,则言者固甚众。言其果可信,则又令人不忍不疑天下事或无此残酷者。姑妄听之,姑妄记之。

述者曰:"旬日以前某姓夫妇携其四龄子游于公园中,忽于人多处失其子踪迹,遍觅无所得;则告之有司,是日亦未能珠环合浦。及夜,妻忽得一梦,梦子告曰:儿已死,娘苟欲视儿者,明日上午,至杭车待发之地,可一面也。妻醒,告于夫。夫曰:我亦梦儿来告此言也。二人乃于翌日,诣其地。时一车已驶,余一车方待客。夫妇踯躅于月台上,渺无所见。顷之,忽睹老妪,抱一婴娩,婴娩之首以手巾覆之,垂其足于妪之臂下,作酣眠状。妻视之,婴婉之履,固赫然其子之履也。急趋前欲揭其覆,妪阻曰:'否,我孙方安眠,毋来相扰!'妻以此益疑,直夺其巾,果其子面目也。抚之,已冰,遂大恸。招巡逻者至,挈妪入官中。解子之衣,则胸前缝以密线。破其线,腹部全张,则脏腑已去。而实其中者,为累累之黄金若干两,又他物数事云。"

(《海报》1942年5月6日,署名:刘郎)

厚皮与粉面

电台中有三大鄙人,盖三个老面皮也,其中一人,近于报端登一广告,大书曰:×××拍卖。愚尝咏以诗云:"宿货搬来拍卖场,哀哀上台语凄凉。鄙人枉有皮奇厚,今亦可怜入窘乡!"此人与杨耐梅演海上老板时,愚尝见之,脸上涂白玉霜甚厚,去年,云裳舞厅,请"故事名家",在场中夜半说鬼,此君亦与焉。其余人说鬼时,须熄场中电灯,以助长恐怖空气,独此人上场,忽叫管制灯火者,将电灯放亮,不然,至少有一灯射其面上。果如其请,放一灯照其面,舞女咸哗然笑曰:说鬼人乃一只雪白雪白之粉面也。此君除唱文明戏及电台"播讲"以外,复著作等身,尝见其制一书名《秘密客》,卷首有敬告读者一节,述其人从忧患中来,凡数千言,及至尾章,乃有言曰:"命运虽是各有不同,但奋斗一样,只要历史上一般有名的闻人,那一个不是由困苦中产生的!朱买臣砍柴,朱洪武放羊,薛仁贵当火头军,可以说,做大人物的都是苦出身……"以二朱为历史上闻人,已堪喷饭,更拉薛仁贵进去,益叫人绝倒。嗟夫!此鄙人之所以为鄙人也。

(《海报》1942年5月11日,署名:刘郎)

熙春之役

王熙春原定于五月四日,与吴某在沪上结婚,顾于事前十日,以双方争执订婚日期,而告决裂。熙春为之忧伤憔悴,于次日赴白门,谋一廓其烦郁襟怀也。愚于王出走之日,尝存其家,其父其母,俱惶惶不可终日,厥状至为凄凉。母为予陈吴某悔约经过,为之恻然,熙春不足以当鸾凤,而吴某实一乌鸦!本非佳偶,乃悔约之事,不出之于熙春,而出之于吴,此真叫人气得鼻窍阻塞,而肚皮胀裂者也。越三日,熙春归沪上,闻有友好往慰之,语熙春曰:当坚汝意志,汝谓吴可嫁者,我人愿为光裕其事,不然,则吾人亦当善其后也。熙春凄然曰:我实无所主张也!既又曰:俟之,我更视彼人一年,……至此,众皆无语,既出,咸私嗢曰熙春真好人哉。愚益悟惟男女之役,旁人最难为功。"当两种不同样之性格,发生纠纷,有人欲措一手以排解之,此必寿头。"此为定依阁之格言,读者诸君,其各志之。

(《海报》1942年5月12日,署名:刘郎)

《人 间 世》

《人间世》为一舞台剧本,出波斯先生手笔,杀青于与静宜女士结缡以前。波斯之意,不欲使静宜感红闺寂寞,遂摘妙管,呕心血,而成此著,以献静宜,使夫人犹得借艺事以遣其岁月也。会费穆领导之上海艺术剧团,献演于卡尔登,波斯以《人间世》授费穆,曰:剧中主角,实为拙荆特设者,脱高明赐以导演,则此角请毋另遣他人矣。费穆诺之。读其所述,则复"扬之九天",谓波斯至竟才人,乃有此佳构也,顾不知如何?排演期近,而主角问题,忽生周折,费且无能措置,欲谢波斯,丐其放弃主议,而全垂成之局。波斯似勿可,终乞归还,乃龙门剧场一新面目。朱端钧参与其事,乃闻桑弧将以《人间世》介绍与端钧,而以《人间世》之不甚通俗,则拟易其名称为《积善之家》云。

(《海报》1942年5月13日,署名:刘郎)

石挥与黄宗江

愚未尝见石挥演《文天祥》,而见其演《蜕变》中之梁专员,真绝唱也。若《荒岛英雄》中之老王,固工整矣,无如神韵不传乎!说者比石挥为旧剧中之周信芳,谓其演戏之风格与所落之典型,无不相同。盖二人者,俱宜于演本剧中所谓衰派老生戏,信芳之《南天门》《青风亭》,及《四进士》,演技之神,迈绝古今,正似石挥演梁专员与《梅萝香》之秦叫天,都无抗手也。

《蜕变》中之二老,梁专员外,尚有一况西堂,愚皆心折。黄宗江尝著《西堂篇》一文,我人不必读其内容,就题目三字,已知非惊才绝艳之人不能有此,其状况西堂,为一暮景苍凉之老成宿学,多神来之笔。愚尝言见况西堂一到台上,便觉有一股寒酸气,扑人眉宇,即此可以见宗江于此角造就之高,非恒流所得致矣。见宗江之戏,尤少于石挥,《阿Q正传》之孔乙己,宗江亦尝登台,亦有类况西堂之典型。论者乃谓最优良之演员,不可落一型,于是石挥、宗江之工"衰派老生",终为方家所诟病,深文周内,我无取焉。

(《海报》1942年5月14日,署名:刘郎)

《梅魂不死》与《梅花梦》

谭正璧尝著一剧本,名《梅魂不死》,曾由天风演出,为费穆所改编,易名《梅花梦》,是盖由一潘某介绍与费穆者,时谭亦得上演税也。近顷上艺继《荒岛英雄》之后,又将续演《梅花梦》,仍以费穆之改编兼导演为号召,而标谭正璧原著字样。盖费、谭二人,素昧平生,潘某既已远游,上艺诸人,咸勿知谭之住址,所以标原著人姓名,正欲谭循声而来,纳其所谓上演税耳。不图谭竟未喻此意,忽于上艺将上演之前一日,延某律师刊一启事于报间,声明著作权之所属,而字里行间,颇使费穆难堪,一若费乃存心剽窃其原著也。乃上艺方面,以事前于剧作人之手续,原无不合,故照常献演,将视其所谓"严厉禁止"之手段,如何施展,而费穆以其启事中有"托名改编"之语,迹近诬蔑,故欲加以声辩。藉正听闻云。

(《海报》1942年5月17日,署名:刘郎)

苏 黄 剽 窃

昔年曾见一方引"暂醉佳人锦瑟傍"句,谓为唐人诗,愚则曰:此坡公名句也。因咏曰:"惯眠处士云庵里,暂醉佳人锦瑟傍。"愚弱冠时,读苏黄诗至于烂熟,故能确举一方所引之谬,然一方亦不服,以为是实于唐人诗中见之。昨又读其文,复为往昔之争而论辩者,盖一方读《杜诗镜铨》,在《曲江》一首中,固有此句也。愚资质钝鲁,于工部诗,未能涉猎,故所记不多,乃一方既以古本对证,更复何言?因此又忆及山谷有"谁其云者两黄鹄"之句,在唐人诗中,似亦已先黄公言之,而唐人之诗,恐亦出之少陵笔下,以是而观,苏黄俱有剽窃老杜之嫌,而举发者,乃为后代之一方与某二人,亦可喜也。

(《海报》1942年5月18日,署名:刘郎)

关 于 香 妃

近年来采香妃史料演之舞台者,有信芳、百岁、熙春诸人,剧本为梯维所制,继此则又移之银幕,亦熙春所作,而编导则为朱石麟先生。最近之前夜剧社,复以之排舞台剧,公演于兰心。平剧之《香妃》,愚曾见之,前夜剧社之《香妃》,愚亦见之,所未见者,特银幕上之《香妃》耳。

香妃之夫,舞台剧称之为小和卓木,梯维则用三个字,似有一个"布"字与一个"敦"字,已不可全忆,不知石麟先生又用何名?写平剧中角色,须有固定姓名,故曰长兄弟,各有名字,即其将士,梯维亦各取一名,都信手指来,绝无考究。惟舞台剧比较清楚,譬如称香妃为沙漠里的妃子,如剧情说明云:"他们有一颗共同的决心,生在沙漠,死在沙漠,替沙漠的子孙争口气。"又云:"她消瘦了!想念着沙漠里的家,英勇而战死的丈夫,她爱沙漠里的晚霞、落日、黄沙、大风……"直以沙漠代回族之名称矣。

史载,帝迎香妃来归时,令乘骑,不令坐舆,谓山路崎岖,车轮颠动,坐车,虑易损妃之柔腰也。昔梯维属愚为《香妃》剧本题句,尝有"马背有人痴欲绝,回头犹自看兴亡"。此情若写入戏,未有不使台下动容者,惜多忽之!

(《海报》1942年5月19日,署名:刘郎)

《梅花梦》之演员

"十万健儿齐奏凯,彭郎夺得小姑回。"与小孤山对峙者为彭郎矶,遂有此巧事,乃有此得意之诗,今《梅花梦》剧中,亦以此事写入,则在梅仙居吟香馆时,得玉麈遣老仆投一简,劈缄视之,则此诗耳。费穆先生于新旧文事,无不涉猎,诗亦为其爱好,故剧中屡屡引彭诗令演员吟咏,如"颓然一醉狂无赖,乱写梅花十万枝",亦假一幕客为之传诵,虽被俞曲园詈为酸腐,其实亦雅事也。剧中演员,丁芝兼演梅仙,与岳二官两角,岳二官以他人演之,或亦有此造就,独梅仙一角,则不作第二人想,哀怨之情,于眼角眉棱,曲曲传出,台下人为之雪涕。乃悟丁芝为凄凉身世之女人,实无其匹,乔奇演吟香馆主人,不矜才使气而自然入妙。此外有两演员,戏不多而妙到毫颠者,一为司马英才之演俞樾,一为璐珊之演彭夫人。司马英才以演《马嵬坡》驿官而誉满艺林,此则刻划一风趣之名儒,亦能引人入胜;璐珊之状妒妇,以动作之美,诱人绝倒。愚识上艺诸君子,然未尝为上艺之剧张目,如今日之《梅花梦》者,我欲取信于读者,愿读者读吾文而看《梅花梦》,脱勿因此回肠荡气者,后此请永废吾言耳。

(《海报》1942年5月20日,署名:刘郎)

曹慧麟一缄

闻曹慧麟风貌殊都,而未尝一见,当其初至,尝访报人。愚在寓楼方与吾戚为竹叙,闻有坤旦拜客者,以不欲离局,竟未晤对。昨日,忽得其惠书,并附老友滕树谷先生一函,滕以曹将至沪,嘱其来视愚,委愚为文张之也。曹之书,为其女儿手笔,为其亲手所缮,抑出之记室捉刀?则不可知。盖江南坤旦,恒有记室随行,如熙春之有蔡国斌,素琴之得一张瑞清也。今录曹书云:

"麟初次到沪,本应立至先生处拜访,并有南京滕树谷君介绍函一并呈上。但麟因抵沪后琐事忙碌而滕君之介绍函,因箱笼零乱,一时寻找不出,而今方才寻出。本欲立即来贵处拜谒,但麟今晚即登台,不克分身,待麟演毕三天泡戏后,必登贵处拜谒,并道歉,望恕罪。"

别树谷已多年,常时未一通音问,乃以慧麟而蒙赐一书,寥寥数语曰:

"××兄久违了。

素琴女士,现在南京,谈到老兄,说是好人!

曹慧麟来沪,请多捧场。

祝

好。弟老滕拜上"

寥寥数十字,短小精悍,当年《时报》副刊,似在目前,书法亦古拙如旧,乃知故人殊别来无恙也。

(《海报》1942年5月21日,署名:刘郎)

再记曹慧麟

曩记曹慧麟以一简投愚,书以外,更系一相片,图中人风致嫣然,婉美不可方物。次日叔红来访,睹慧麟之影,遽曰,朱石麟先生,导演二本《文素臣》时,曾邀慧麟演素娥一角也。愚于是恍然悟,盖曹慧麟者,实为愚之素识,而愚前文谓"闻曹慧麟风貌殊都,而未尝一见"之言,实以忘佚前事耳。当王熙春隶移风社时,有小女郎从王妹熙云观熙春戏,小女郎眉目如画,艳其人,问熙云为谁何?则曰:是曹慧麟,亦习歌,与儿家有葭莩谊,偶居沪上,时过吾家。时天厂、梯维,亦叹为丽质。愚乃求于天厂,谓请分培植熙春之力,以造就慧麟,乃天厂以有事故都,匆匆来去,不遑及此。会熙春为合众摄《文素臣》,朱石麟求才心切,见慧麟美之,丐熙春为介,遂演素娥一角焉。此后曹返白门,往事如烟,愚且淡然忘其人矣。苟非叔红语我,我终不知负盛誉一时之曹慧麟,即当年共樽酒之人也。

(《海报》1942年5月23日,署名:刘郎)

书 画 宣 传

近时握管,有一苦事,即书画家之托写宣传文字也。书画家与不肖相识者固多,而素昧平生者亦极众,相识者而举行展览会,我苟不以一言张之,是为对不起朋友,朋友亦将詈我为勿写意也。其素昧平生者亦复转辗相托,则亦往往由熟人转辗相托,令不肖于楮墨间为之渲染,事非不愿为,特愿为而无能为之,遂成苦事!不肖于书画绝无所知,而写宣传书画之文章,当以记述其源流宗派为要旨,此则使不肖一字不能出,一言不能提,不知源流宗派,而强作解人,徒令识者见之绝倒,而写者为之不安心而已。故今为当代之书画家约,以后务请勿以此虐政见施,如必欲使不肖献丑者,惟请先烦贵手,不肖再以原文依样葫芦,杂于拙著中。非云偷懒,实欲藏拙,谨布微忱,伏维公鉴。

(《海报》1942年5月24日,署名:刘郎)

相 思 与 想 思

《泪洒相思地》,为孙敬导演之新片,孙不知有相思而第知有想思也。故名其片曰:《泪洒想思地》,中国电影导演之不通程度,真有骇人听闻者矣。或谓中国之电影导演,有留学生,有大学生,而亦有从摄影场之工役或场记升充者。岳枫之流,于学问上之修养,根本谈不到,其为导演,特赖其摄影场经验之宏富。岳之所以卖弄者,亦不过如此。若孙敬,既不学无术,而复刚愎成性,闻有人曾为之言,相思之"相",不能用"心"字。孙不听,以为惟"想不穿",故必用想字,遂闹成及今日之笑柄,真可怜亦复可笑!恒时薄游舞榭,见陆露明于舞座间,时有一男子同行,或指之告我曰:此即追求陆露明甚力之第三流导演孙敬也。才侥幸而为导演,不想多读些书,便想追求女明星,只望陆露明永远敷衍此人,使此人得相思之病。不知此人犯相思病时,亦悟相思病为"相"字,而非想思病邪?

(《海报》1942 年 5 月 25 日,署名:刘郎)

外　国　花

儿时过姑氏家,见盆中所植花,作诸色者,不能举其名,问之姑氏家人,亦茫然不可对,第谓花自海外移根来,故在中国犹无名。无以为名,名之曰外国花。二十余年来,于琪花瑶草,仍不知名,每睹此花,犹呼之为外国花也。往年性不喜花木,自以满身尘垢,恶俗至不可耐,故平居不欲对花,以与花相向,我辱花耳。迩时,吾妇有花癖,以所居偏蹐,不堪莳花,乃成恨事!无已,每令佣奴入菜市,买花归,置瓶中,风雨闲窗,每得赖花而一解愁。

近日案头所供者,即为廿余年前所见之外国花。每日清晨,有童子持花至,售与吾家,叶长而碧,花为四瓣,然一花有数色,无不瑰丽,昔"美月琪花",以为彩色之美,是在人工,今乃知世间穷百色之秘者,惟有花耳。人工固不足夺之也。瘦鹃先生嗜花成癖,而其人之襟度萧然,实受天趣所致,顾愚不审瘦鹃嗜花之自饶清趣?愚愿直言,愚稍稍爱花者,特爱其绚丽之色,使瘦鹃读吾文,或将笑其庸鄙可怜欤?

(《海报》1942 年 5 月 26 日,署名:刘郎)

襟亚阁主之博兴

人言赌博可以觇一人之本性。某翁择婿,于牌九台上求之。此虽笑话,然识人固宜于临博时也。惟亦有人言:要看人之真性流露,博牌九犹不如博沙蟹。赌牌九不过能见其人之勇往与懦怯而已；沙蟹则有奸诈忠恕之别也。顾愚又见绝端悖乎此理者，则为吾友襟亚阁主是。尝与襟亚博沙蟹，打麻将，其人于此，忠厚极矣。沙蟹无不进之牌，稍窥声色，即可断其藏张之虚实。麻将之技更劣，从无生熟张之分，以无用张子，近其手边者，即弃去。故与襟亚打牌，只见其一只空手自河中收回，盖抓起一张，在河中已启视之，若无用，辄投去，从不欲收进来换一张打也。此种赌法，则其人宜为一庸懦之夫矣。乃不然，襟亚虽为文士，而雅擅经营。十余年来，成就正复不恶。其处事之精明干练，迥非吾人所得及。若其笔生花，偶为讽骂，则又词锋如铁，当者披靡，是亦决不如其临赌时之厚道者。揆以鉴人于博之理，若吾友襟亚，直异数耳。

（《海报》1942年5月27日，署名：刘郎）

中 国 剧 团

中国剧团将上演于卡尔登，本刊已志其事，领导及主演人为孙景璐，而所谓后台老板，则为天伦公司，天伦主持人则卞毓英也。在卡尔登上演之期为一个月，系天伦公司要求上海艺术剧团暂时让渡者，费穆以各方都有交谊，故在绝无条件之下，将"上艺"空搁一月。外传"上艺"得资出盘与中国剧团，或中国剧团以重价挖取"上艺"地盘，俱非信史。中国剧团之第一个戏初为《鸾分飞》，系顾仲彝先生编导，乃排戏一二次，忽为天伦及中国剧团方面，认为戏太沉闷，恐无叫座力量，遂被废除，则改为《北京人》，亦拟烦仲彝导演，仲彝考虑之后，以为自己剧本，不为人重，乃"舍己耘人"，实悖乎情理，拒之。又邀费穆，费亦以乍得清闲，不愿以他人繁琐之役扰其清度，又不许。故改请吴琛，至今日《申报》，则谓导演《北京人》者为江沱，此人即孙景璐之蒿砧吴景平君，夫导妻演，独惜孙吴家之公子小姐不克登台，否则中国剧团真成天伦公司之中国剧团矣！一笑。

（《海报》1942年6月1日，署名：刘郎）

汪 大 铁 子

识汪大铁已多年，其金石工力，我不能辨，其书法之造诣如何，亦不能识，惟极不讨我欢喜，则是实言。汪之子，年十六岁，颖悟异常儿，亦好书画金石之艺，平时不欲以其翁为法，而独心折粪翁，欲为厕简楼弟子，白于父，大铁阻之，曰：文艺之役，不能措吾子于腾达也。何不经商？子不听，一日，投书与粪翁，书中有"吾欲以师礼事翁，而吾父阻我，我至乃不获全，怅怅欲绝"之语。越数日，大铁过粪门，会翁方饮，翁乃以汪子之书陈大铁曰：令郎既有此愿，曷不偿之？大铁读子书，愧甚，此夕归去，市红封袋一，贮纸币百金，令子明日诣粪翁家献贽金焉。明日，子果怀金往，入门，翁方下楼，子突趋前，长跽曰："吾师，弟子奉父命来谒师矣。"翁扶之起，而汪子自此遂列翁之门墙。述此事而忽忆言菊朋一事，菊朋之子，不传言派，而学马腔，菊朋恒语人曰：吾子不姓言，是姓马。其风趣似胜于大铁之迂执矣。

(《海报》1942年6月2日，署名：刘郎)

拔 来 报 往

"拔来报往"四字，若不读啼红一文，愚且不知其出处，故"拔"字是否为书别，愚本不能辨，故闻襟亚之言，亦不知其孰是孰非也。惟愚尝思之，以为拔果为跋者，其出自家支腕底，或别有妙思，遂有前诗之作。诗实甚妙，初不欲于故人略存讥讽也。乃得修梅损书，方知家支兄疑我为故意寻疵，此则弥天奇冤矣！愚夙爱家支兄才调高绝，其于国学上之造就，胜愚万万，愚恒以前辈尊之，何敢侮慢？矧诚如修梅所言，家支兄为天字第一号好人，其为好人，愚必向慕，更不敢借口头笔下，稍加亵渎，故望家支兄鉴其愚诚，读吾此文，立释其嫌，使不肖得稍减罪戾。愚作恶多端，近年决不随便得罪朋友，尤其同为治之士，故他人詈我者，我受而甘之，绝不报复，何况惺惺相惜之同文，如家支兄者乎？愿修梅为愚善陈其词,病体稍愈,再登因风之阁,为故人谢过!

(《海报》1942年6月3日,署名:刘郎)

闺哄记

六月号之《万象》,秋翁作《新白蛇传》一文,以游戏之笔,调侃朋友,原无伤大雅,愚既先睹,尝恳秋翁曰:幸毋赐此册,抵寒家,我以衰病,不欲以此而使闺阃失和也。前三日,邮局投一纸来,以无人铃印,留其纸收其件而去。次日,妇持印取之邮局,即此一册《万象》也。妇尝读《金凤影》小说而好之,《万象》故每期必读,不知如何,乃以《新白蛇传》四字之题目为通俗,亦读之尽。此人未必通文,然秋翁此作,不幸为其能领悟,于是先以电话抵愚,其声已恶,及归,势益汹汹。愚不若秋翁之善振乾纲,复以疾甚,忧急之余,竟咯血数口,自言曰:朋友误我,我复何言?先是,妇以金价既高,出其饰物二三事,易为钱,得数千金,闺友有藏肝精针剂者,妇亦附股其半,事为予所闻,力戒之,谓而夫恶此事,卿奈何为之!渠已悻悻,愚复尝举此事告一二知交,有人遂泄之报间,发为讽骂,秋翁更炫为小说,妇故谓我恶其事,使友詈之,吾罪遂如漫天之巨,此局正不知何以得了,念之殊令人惘然也!

(《海报》1942年6月4日,署名:刘郎)

臧医生言

臧先生为沪上良医,活人无算,愚以误食竹片木屑之物,自喉间而入食道,食道创,痛甚,亘六七日不愈,故问病于先生。先生笑曰:是有二因,一为食道受创,故作痛,但不致发炎,可无虑。服毒者食赖沙而,或销镪水之属,则食道发炎矣。另一原因,以梗入喉间时,我因忧恐而刺戟神经,复以神经之贯注于所苦,遂作痛,则此为神经痛,盖不足忧。苟今日逢忧急之事,更甚于此者,病且失矣。先生不欲令我服药,但谓心安意泰,痛且自忘。又曰:食物之能下喉管者,必能通食道,既通食道，则肠亦可贯，而胃自可容，胃既可容，其物必随大便流出，未闻可以经喉管而停留于食道者，亦未闻经食道而阻塞于肠胃者也。又谓：假定沦入咽喉以下后，亦且化灭，木可以为纸，无坚韧之力可知，取竹片入水中，少顷即柔，故即入肠间，亦不致病。所可虑者，物鲠于喉，不能咽亦不能吐耳。愚于生理、医理之学无所知，闻臧先生言，不禁喜所获之丰矣。

（《海报》1942年6月5日，署名：刘郎）

过厕简楼

上月杪，读报见厕简楼张一启事谓：自六月一日起，润例将加倍收取矣。先是友人顾，托愚代烦粪翁镌一章，迟二日未尝行，既见报，急往访翁，时翁扃楼上一室中，奏刀笔正忙也。夫人登楼，取钥启其户，翁乃下，愚述来意，翁笑曰："尔我相知，我岂有斤斤较阿堵物者？特近日忙甚，迟半月者，必可报命。"愚乃谓："事为友人托，而文士清贫，正不必客气。"翁故言水晶之章，一字五十金，是为六一以前值也。翁言至此，愚不复留，遂辞去，翁亦亟返身登楼。闻之人言，翁治艺有一定时间，在此时间内，客至概不应接，盖翁既不暇侍客为清谈，与其嫚客，不如挡驾之为愈也。翁好酒，饮无休夕，今酒价奇昂，翁未尝减其量，故翁友之欲访翁为闲谈者，必择翁于一杯在手时也。

（《海报》1942年6月6日，署名：刘郎）

厉 诗

愚今所记之厉诗，非言《樊榭山房集》也，盖谓观心斋之厉汉秋先生诗。汉秋先生为名法家，而兼工韵语者。一日偕木斋、翼华，同过观心斋，在先生之书室中，得读其诗集，诗由太玄翁删改者，愚则避太玄更易之词，而悉读先生原句，则清远自有妙唱也。愚以为诗不必改，心所欲言，移之笔下，他人不可动其意。因忆少时以所作呈舅氏钱山华先生,舅氏未尝窜一语,特见一联云:"夜静还寻残卷伴,平生不与俗人筹。"则曰:是儿乖僻,少年人不宜有此也;因易下句为"衣单肯与故人谋",自见其温柔敦厚矣。曾国藩圈点《十八家诗钞》,愚常不平,愚以为未必美者,而曾文正公盛誉,亦有绝胜之言,而公以为平淡,故诗之为物,亦须视人之如何领会耳。汉秋诗不多作,患多作流于滥,愚以为先生不妨太玄翁问炼字之学,而不必烦就正之劳,自以为得意之诗,被人删改,往往如遭大辟,而有剜心之痛也。不知汉秋以为如何?

(《海报》1942年6月8日,署名:刘郎)

老　态

网蛛生约林七娘饭,七固生之旧欢,十余年不见矣。七视生曰:十年来犹喜见郎之青春如旧也。而生则曰:卿实视昔老矣。一个客气,一个老实,生亦不谙词令哉! 愚昔时放浪,戕贼亦深,顾不见其老,三十岁时,人目我为二十少年。比近一年来,吾母怜我有老态,而他人不知我年岁者,亦约计曰"三十余矣",乃知他人之视我,与我固有之年龄,实已符合,可知近年忧患弥多,而不觉老境侵寻之甚也。然愚又视十年来之朋友,皆未增其老态,惟有一友为异数者,不可不记,即吾人日常相处之周翼华君。周较愚小一岁,然其人视我为老。梯维与翼华处尤久,则谓十年前之翼华,亦今日之翼华耳。翼华有兄,见翼华长大者,又谓二十年前之翼华,今日之翼华耳,则奇之又奇。若周老太爷在世,不知亦将谓翼华四岁时,亦已有如许长成矣乎?

(《海报》1942年6月10日,署名:刘郎)

食肆之清洁问题

尝赴静安寺,其地有荣康酒家,视其布置,似甚华美,然坐定之后,更视其玻璃板下之桌衣,则垢腻厚积,而侍者之号衣,亦胥染垢痕,望之令人搁箸。又精美初创时,亦力求整洁,比后来营业渐不振,则其内直如旧式之茶楼,地上既杂物狼藉,而痰盂四周,浓痰不扫,使客进门,作呕不遑,何能下咽? 故愚意新辟之食肆,欲考求整洁,便当效法新雅、京华,不惜人工,长司洗扫,否则亦当如老式饭店之将碗箸之属,入碱水中冲涤,即食桌亦用碱水冲洗,其具陈旧,而能纤尘不染,可以使顾客安心进食耳。似上述荣康等家,最不能耐人久坐,非改革不可! 吾友尝言:京华、新雅家,入其厕所,亦精洁可喜用,亦堪饱唉。甚矣,餐肆设备之宜引人入胜也。

(《海报》1942 年 6 月 11 日,署名:刘郎)

当 垆 戏 语

秋翁作《当垆艳》,读者羡焉。老凤先生丐秋翁为导,欲一见卖浆人之绝色,翁复约愚,同行者有费穆、信民、翼华、晚蘋、孤厂诸兄。其肆称家庭饭店,楼下一室,仅列三四小桌,客数既众,则登楼,楼上为家庭中人寝处,亦即当垆人之闺阁也。当垆两女,胥粤人,有父母,有兄嫂,有弟,有兄嫂之子,一家八九人,局蹐小楼中,其生涯亦殊清苦也。或谓兴其喻此地为梅龙镇,曷勿比之杨四郎失落之乡,来为入幕之宾者,则入赘之四郎是矣,于是谓萧太后有也,萧天佐亦有也,而铁镜公主、碧莲公主皆有也,家庭中人,无不作南蛮鴂舌之音,故比之为"番",尤贴切。愚则谓苟于大雪翻飞之日,愚将被百结鹑衣,而僵卧于家庭门首,使当垆二艳,以豆汁喂我。言未已,有人曰:然则比老主人为杆头上人,不敬甚矣。家庭所售之赤豆汁,粤人呼为红豆汤,群言红豆便有诗意,因复戏称之为相思汁也。

(《海报》1942 年 6 月 13 日,署名:刘郎)

名 山 事 业

作报人十年矣,未尝为大报书只字,亦未尝为杂志书只字也。愚读书太少,涉笔芜杂,故不能写洋洋洒洒之巨文,简而短者,有时尚能为读者所痂嗜耳。且生平不喜长篇文字,他人之文,过长者辄恶之。纵其文情美,亦不耐久读也。此殆短命之征,否则实无其他理由。朋友尝邀我为杂志作文,非不从命,懒而已。日报之文,亦天天写,不写有人来逼,则亦写之。杂志之文,可以延,可以挨者,终至一字无成。此则在我要人逼,而我为天生贱骨头,否则又无其他理由可言矣。近顷,为日刊治文,一篇之成,未尝逾五百字者,有时得一二百字已止,自视太少,益之,乃语多蛇足,而全章之神韵亦失,至此悟职业文人之不可为。盖执笔之际,而迁就到文章之长短,报纸之篇幅地位,试问宁有好文章邪?此吾辈之所终不足以成名山事业也。呜呼哀矣!

（《海报》1942年6月15日,署名:刘郎）

我 的 牢 骚

近见他报有谈稿费问题者,主辑人悻悻然,其意谓写作人视稿费之轻重,而多少其煮字之质量,遂使作稿人蒙见利忘义之嫌!平心言之:以今日生计之艰难,纵使作稿人跟钞票走路,原为情理之平,为主辑人者,亦应反躬自省,更不当致其讥讽之词,以创老友之心。同业中之办报方针,以纸价、印刷费,都在预算之列,而稿费竟列为不重要之支出者,愚亦见之。本欲劝以忠言,特以多年朋友,而自己又为写作之一员,言之,徒贻斤斤较量之讥,而无裨实际,故犹秘而勿宣。然其视写作人为牛马,则用心又不可问矣。写稿收入,为一身零用犹患不敷,遑论赡家?故愚终以为愚之写述,为朋友而写述,为自己弄几个零用钱而写述,苟能力节一己之开支,则不写固无妨。今年以来,愚负债又五千金,而心志不坚,香烟戒而又吸,一稿之成,费烟两支,其所耗往往超出一家稿费之收入。然则不写固穷,写则愈穷,凡此皆为寒酸之谈。然既见主辑人有牢骚,则觉我之牢骚为尤大,书之,知不免为读者所讪。然又不能不为彼主辑人一倾积愫也。

（《海报》1942年6月18日,署名:刘郎）

与蒋君约

昨见蒋叔良君一文谓有若干小型报之主办人,每于其报仙游之前,将撰稿人丑诋一场,一似厥报之亡,亡于撰述人之手。叔良乃谓小型报主干人,特以撰稿人为可欺,故敢骂,而戕贼其事业之真凶,则噤口不敢作一词,此真无义之懦夫,亦起码人哉!愚亦不幸,尝允一友之邀,为其报撰述,友固老友,谊不可却,特当时不知其报为合股经营者,比其报将寝,其另一股东,乃在报间詈写作人之误事,愚虽分未尝害其报,第因所骂者为写作人,愚殊不得不兴伤类之感。叔良之文,殆亦因此而发,乃愿与叔良与写稿人约,后此写作,非多年老友之邀则不应。盖多年老友,至多斤斤于稿酬之多寡,不致丧心病狂,于一瞑不视以前,还张口骂人,纵骂矣,为老友所骂,犹气得过,不致被陌陌生生之瘪三加以忤犯也。

(《海报》1942年6月19日,署名:刘郎)

京朝大角

以南北币制之不统一,于是上海平剧院邀北角南来者,大感棘手。昨读《申报》,见海上某剧场,拟邀马连良来,马索包银达沪币一百二十万金之巨,若某剧坛而吃其一记辣价,则登台之时,座券非售五十金,不能够本矣。某剧坛殆指黄金而言,黄金之主持人,以魄力之厚,财力之丰,历年以来,邀北角南下,诱以厚币,纵容日甚,遂使北角之视上海,为淘金之邦,骄横之气,不可一世,迹其存心,无不想吃定了上海人者。然戏院则任其要索,加负担于观众之身,观众则又甘之不以为浪费之巨,终于挑北角勿死矣。今马连良要一百二十万,始觉其开口之大,而犹豫不决,其实当时之纵容,实种其因,今始食其果耳。近小人必不逊,马真小人也哉!

(《海报》1942年6月20日,署名:刘郎)

李绮年与杨耐梅

李绮年登台于绿宝,座客之一致批评,谓其发音太低,台词不能送入耳际,故使座客不堪终席也。在台上念台词,亦非易事,太使劲,如与人相骂,又如犬吠;太随便,则又声细如蚊,台下人但见其张嘴,而不闻其发音矣。故欲求声音得一"平"字极难,非有训练,不可致也。丹尼演丁大夫时,亦犯声细之病,有人告之,渐渐提高,终至清越好听。丹尼自炉火中锻炼来者,不比绮年之一无修养,故欲使绮年改善,一时犹未可言也。

杨耐梅演王熙凤于辣斐,以前辈风仪,犹欲一献其当年身手,其人之勇可嘉也。惟其此来,以指导者不得其人,故不能壮其声势,识者无不为之扼腕。费穆先生,盛称耐梅艺事之美,而费先生与耐梅均非素识,愚亦久别其人,恐见面且不复相忆。愚意,使耐梅而能与费先生合作者,获益必广,耐梅固有意,愚且愿为曹邱焉。

(《海报》1942年6月21日,署名:刘郎)

工 笔 仕 女

翼楼主人好集书画,近拟征求时人之工笔仕女四件,为曹涵美、胡也佛、吴一舸、董天野诸先生也。兹四人者,都以线条之美,而着笔便成艳趣。也佛、天野,俱为愚所夙识,故求之非艰。涵美、一舸两先生,虽慕高名尚悭一面,以翼华托,丐本报修梅为之代求,涵美以年来惯写墨白,废着色久矣,虽荷首肯,缴卷之期,未能相限;一舸远居故都,尤费周折,修梅有难乎效力之叹!以也佛之介,烦谢之光先生作一页,既成,与也佛、天野相较,未能调谐,于是翼华索涵美、一舸之件弥急,时来相迫,愚则惟乞助于修梅,以解此围。性耽风雅,未可成癖,癖则其精神上之苦闷亦日甚,翼华求曹、吴之件不可得,其人遂常在苦闷中度日也。

(《海报》1942年6月22日,署名:刘郎)

打 影 迷

一日,顾兰君出大光明之后面,跨上自行车,将动身开步走矣,有影迷三,突至,阻其前进。兰君下车,问何事?曰:请赐签名。兰君要其各出手册,则答无有。一人曰:请签名于吾名片之上,因出名片。兰君又问:然则笔何在?又各答无有,乃成僵局。旋李英至,见状问所以,兰君具告之,李挥影迷曰:"既无笔,何能签名?速去之。"一影迷出言遂不逊,语李英曰:"讵汝与吾曹吃醋邪?"李怒曰:"顾为吾妻,我与汝吃什么醋者?"言已,挥拳击影迷。李好勇斗狠,其人蛮壮,影迷三,萎瘪似久受饥寒,自不敌,于是皆受创。李更呼街捕至,缚三人入捕房,顾亦随李入捕房为证,官中人以三人为戏侮女流,各致申斥,而纵之去,好事者亦从之入捕房,退而语人曰:影迷固使人憎恶,然李英动武,亦非情理所许。苟影迷而果为登徒,则在李英未至之时,围之而动一动手脚,其所得亦不过一顿生活、一顿排头而已耳。

(《海报》1942年6月24日,署名:刘郎)

杂 记

途中恒见无赖三五众,择妇人过其侧,遽以一纸投之,妇人犹不及展其纸,而三五人已一拥趋其前,阻去路,以龙虎人丹,强其购买,或不允,恶声随之,势必令妇人畀以钱始已。愚既屡屡见之,而行路人于此,无不切齿。龙虎人丹之发行者,为本埠中法药房,自无派人强销其货品之事,特无赖以此为牟利之具耳。惟外人不明真相,则于中法之印象不免恶劣,窃以为中法宜有所声明,而于彼不肖之徒,亦当申请警务机关,加以制止也。

有人看李绮年之《潘金莲》,谓其对白之精彩处,有如下之一节。西门庆云:"这迷人的情景,使人陶醉。"金莲乃曰:"枉你有一身好拳脚,也怕我这一手。"言至此,西门庆辄向金莲求欢,金莲又云:"白天如何可以干此?"西门庆答曰:"昨天不也是白天吗?"西门庆乃抱金莲,李绮年在一片嗯嗯声中,将其一双装跷之小脚,凌空乱颤,而台下之掌声因此不绝焉。

(《海报》1942年6月25日,署名:刘郎)

外 国 脾 气

荣伟公司,拟有"曹禺季"之举行,才见宣传,而公司忽告歇夏辍演矣。意者,曹禺季当在金风振爽之时欤? 荣伟之歇夏,事出突如,盖姚克以兰心二房东之资格欲与荣伟合作,姚且欲为荣伟之主持人也。条件因此决裂。因忆当荣伟初张之时,尝设盛宴,姚克与黄佐临俱参加,姚、黄二人又比肩同座,时荣伟之友,有审二君之盛名者,乃私相指示曰:"姚先生与黄先生,一为美国留学生,一为英国留学生,皆研戏剧,但其脾气皆倔强,说一句话,别人不得更改,盖其人为外国留学生,天生有外国脾气也。"此言为吾友所闻,尝述与愚,今姚之欲为荣伟公司主持人,倘亦为外国脾气之表现,然则荣伟之歇夏,实歇在外国脾气上矣。

(《海报》1942年6月27日,署名:刘郎)

条 件

前日,本刊记天伦公司管理之中国剧团解散事,语焉不详,以予所闻,则因孙景路开出七项条件,要天伦方面接受也。七项条件之详细内容,不可知,惟大半为干涉到天伦方面之行政问题者,如限制天伦之发言人,为张伟涛与赵炳生二人,不许其七张八嘴也。又如孙景路签字要天伦付款,天伦不许打一个疙瘩也。其最后一条,最凶辣,则请天伦公司退休,让孙自己为老板也。其实有此一条,以前六条,无非蛇足,盖既藏潜窃之心,又何必讲其他斤头哉? 闻天伦收到此七项条件后,气得面孔发青者有之,头上似浇一盆冷水者有之,暴跳如雷者有之,闷声勿响,从此不上卡尔登看客满者有之,欲与孙景路拼命者亦有之。但会议结果,天伦公司结束,中国剧团之登记证,自请取销,至月底为期。天伦公司诸君曰:还是吃吃老本行,再不想干这捞什子的活口事业矣。

(《海报》1942年6月29日,署名:刘郎)

伧 与 俗

昨于他报谈"伧"字之义,颇不能得一结论,瓢庵想象力最富,而判断事理,尤称精详。桑弧曾言,其人其言,俱有水净沙明之妙。因以"伧"字,请释其义,则曰:主要条件有二,一,其人之内心是自大的;二,其人对外之行为是卑鄙的,是即伧矣。此真一针见血之谈。世人论"伧",谓伧夫即俗子之谓,实不然,俗至于极,未尝不可爱。龚翁尝游于佛寺,与寺僧交甚厚,僧丐翁作一联,翁写上款曰:"曷不称先生或仁兄,亦好使我带回家里挂挂也。"僧大惊服,谓翁真坦白人哉,若以此言语之道学者流,必骇怪曰:僧真俗物,亦是伧夫。愚故曰:求俗物易,得一伧夫难,吾人恒时,以为伧夫满眼皆是者,实为俗人之屋,此中是有泾渭焉。

(《海报》1942年7月1日,署名:刘郎)

捧 与 骂

何海生君,长红宝之宣传部,以电话来,谓白云叫他带个信与我,要我为白云艺事,加以揄扬也。又问我,《三笑》要看否?按海生为老友,其人忠厚,率直言之,则为皂白不分,贤愚莫辩之寿头。至若白云,与我素昧平生,昔年,偶于舞榭见之,其留与我印象,为一少年而搽雪花膏甚浓者而已。又若《三笑》,其说部尝见之,弹词家唱此书,亦曾听之,文明戏演是剧,亦曾见之,愚向来不喜才子佳人之事迹,以为《三笑》之好,在祝允明之穷形极相耳。今白云为唐解元,非愚所欲见者,海生欲我以一字褒之,是约我作违心之论而已。且闻红宝成立之日,招待新闻界人,主持人起立致词,谓:"本人从事教育事业者,于话剧之役,绝无所知,今请诸君来此,勿必捧,但须骂。"愚与红宝初无恩怨,骂固不敢,惟捧则正感着笔为难,乐得从主人之言,以"勿必"了之,亦中庸之道,而不图以海生投来一电,又使我啼笑皆非也。

(《海报》1942年7月2日,署名:刘郎)

老 生 活

襟亚偶坐高乐,茶至,侍者辄请付值,襟亚衡以舞场例,客将去,始付吃账。今逢催索,惊为异遇,故于报间志之。一方为高乐有关人物,亦作文为高乐辩饰,于襟亚不免示婉讽之意,襟亚颇不甘,曰:要骂末骂得痛快一点,勿痛勿痒之言,说他奚为者?于是治一文,语侵一方。是夜,二人相值于杏花楼头,襟亚趋前,执一方手曰:"老朋友,寻寻开心,勿要动气!"言已大笑,一方为之释然。见者叹曰:兹二人者,皆"管仲之度"也。曩者,漫郎兄不慊于愚,蒙施挞伐,愚木然不遑多所置辩。自后,愚与漫兄两见面,一次为巧遇,二人亦握手,然未尝通片语也;一次相见于襟亚许,晚蘋以电话招之,谓愚亦待其至也。漫郎颇踟蹰,语晚蘋曰:我二人既有参商,见面得勿大窘?愚乃知漫郎犹未忘前事。其实初无嫌隙,事既逝矣,追之何为?用是知漫郎为人,功候未深,不若襟亚之相骂便相骂,要好便要好,此始为生活之至老者耳!

(《海报》1942年7月3日,署名:刘郎)

仙 笔

吾友喜集扇,近从笺扇庄买得一聚头,一面有人绘群仙祝寿之图,一面无字,因嘱愚涂鸦。愚字奇劣,不敢落笔,固邀,始录旧诗,既成,再读一面之画,于松林间绘八仙像,画之工否?愚非识家,无法批评,惟题诗与款识之妙,则为千古仅见,诗似有韵,又似无韵,而语气之漂渺,亦似出仙家笔下,令人不可辨识。今悉照原文,写奉读者,当知其诗之莫测高深也。诗云:"脱却凡尘数千年,吾等特来祝寿筵。蟠桃会上长生乐,寿似乾坤日月全。蓬莱仙宫是天遥,西池王母为群仙。南山采祝乾乾秀,北海灵芝朵朵鲜。"款曰:"岁在壬午夏月慕新罗山人之笔法,以为某某先生雅属,古越戢居士黄亭山写于春申江上南窗下之双管楼之知还轩并记。"或曰:江上有窗,窗下有楼,楼更有轩,此亦仙家所居,而为仙家佳处矣。

(《海报》1942年7月4日,署名:刘郎)

说 明 书

开映国产片之电影院,张一联合启事,谓以报纸飞涨,自后将说明书废除;又谓国产影片,情节明了,不用说明书,于观众亦无所不便也。此则亦极强词夺理之能事矣,愚不看电影,说明书之有与无,根本不必介意,惟念此事若在数年前实行,则将遭受若干"影评人"之抨击。盖有若干影评人,每片必有影评,而影评中必有"这一个剧本故事的进展是这样的……"一句之下,接着便是抄一大堆说明书也。若剧院将说明书废除,则"影评人"之剧评何由写?稿费何由支哉?国产影片之说明书,亦有可诵者,然十分之七,俱为文理不通,别字连篇,叙事杂乱之作,此则有说明书又不如无说明书也。昨闻屠光启写一剧本,名《十三号女囚》,呈于善琨,善琨以《十三号女囚》之为名,于生意眼恐不够号召,屠因改为《并蒂莲》,善琨以为可。顾细考故事,"并蒂莲"三字,几绝无关联,是惟因剧中一男角一女角之名字上,皆有一"莲"字耳。此则试问但看戏剧不看说明书之观众,不将人人有文不对题之感邪?

(《海报》1942年7月5日,署名:刘郎)

序

近世治小说家言者,恒以自序弁其端,然可诵者不多遘。《碎琴楼》一书,以行文胜,而其言则萧骚满纸,不忍卒读,然其一序之奇,尤为惊世骇俗之作。慧剑尝盛称之,序之为物,易流于为"老生常谈",世多庸手,求其得佳致者,自难选也。近顷愚读林译之《橡湖仙影》,不以其文悄为美,独其序颇可诵。书中述一吝啬者流,其序即据此为题。畏庐乃写其乡人二,富而吝,尝以梓乡兴学。畏庐以万言书哀之,冀其输钱也,二人各许以六百金,许之而不即出。畏庐恚甚,乃谓一人病,其子以山东蜜枣进,拒勿食,谓所进奢;又其一,子娶妇,得食甚厚,但妇死转喜,以其可别取,而又能获多食也。畏庐之言不尽此,特刻划吝啬之状,以此数语尤妙。书不在手头,大意则若此,愚故谓,此亦序胜于书,第今人俱庸庸,乌能得大手笔如畏庐何诹者?所以无好序可寻也!

(《海报》1942年7月6日,署名:刘郎)

底 下 人

当中国剧团成立之始,孙景路将出演于卡尔登,日日赴卡尔登排戏,时报纸有对孙讽詈者,孙知攻讦之人,为与"上艺"有关人物,因曰:"我倒要恳求费先生,好不好请他的手底下人不要再骂我了。"又曰:"有人告诉我,要我给他们一点钱,他们就不会骂了。"其言颇尖刻,乃知此人在台上演长舌妇之出神入化,不足奇,以长舌之技,为其本能耳。"底下人"三字尤刻毒,凡"上艺"职员,未必肯认费穆之"底下人"。若吴景平对孙景路曰:"卿是我底下人也。"我知孙景路将哑口无言。愚自闻此数言,对孙乃无好感,昔白雪之报,讽唐若青,一夕若青被酒,问愚曰:"本家亦识白雪先生邪?曷为吾二人杯酒联欢哉?"其态度之平和,孙且远勿如矣。小洛与孙交识甚久,尝进以忠告,谓台上之孙景路,可以博群大观众,台下之孙景路,亦与台上同,则何以疏交亲者,非为人处世之道也,顾孙终不纳其言耳。

(《海报》1942年7月7日,署名:刘郎)

张 园

过张园,方火伞高张之际,泗水之客几盈一池,闻是日门券收入,逾两万金。亦有欲试泳而来,顾入门不获下水,则以所携之资少,盖客无游泳衣裤,必假之园中,园中纳租金外,复须押柜之资,如帽一顶,索五金,衣一袭,索二十金,更有贮件之箱,亦需押柜,以箱有司泼林锁,苟为客取去,则损失亦巨,总计押柜之金,达四五十元。客苟仅怀游泳之资而往者,则望池兴叹矣。若干日前,闻卞毓英先生,得天文台报告,谓今年无夏季,大热之日,不必御葛衫也。卞为张园主持人之一,闻此讯,颇示不快,盖游泳池生意,惟赖盛暑,不然亏损必多。乃幸天文台之言为放屁,而卞先生所忧为勿中,而三日骄阳,使人除入水以外,更无避暑之方,今张园果臣门如市矣。愚于朋友经营,恒致其关切之忧,故天奇热,而心殊喜,喜故人事业之昌隆也。近闻友经营书铺,有客愿出三十万金,购其书,友大乐,愚亦大乐。尝与友同博局,友负甚,有嗟怨之词,愚曰:视三十万之交易,此直九牛一毛耳,友闻言笑,愚亦笑。凡此非拍朋友马屁,何以证明之?曰:吾友获重利,我将不以一文钱作缓急之通也。

(《海报》1942 年 7 月 8 日,署名:刘郎)

戏　　言

苏少卿君偶止黄金,聆纪玉良歌宿店,退而语人曰:"纪玉良唱此戏乃不对工。"或请其故,则曰:"那末亮一条嗓子,不要把曹操惊醒吗?"此语闻于张伯铭君诧为奇谈,谓诚如少卿言,则场面先应废除,盖繁弦急管,亦能使孟德不堪寻梦也,惟孙兰亭先生言:少卿之语,自有来历。因述昔刘鸿声演《洪羊洞》,谭叫天临座闻之,笑语人曰:"鸿声这个六郎,今天死不了。"亦言其临死之人,不应再使一条响喉咙也。以是言之,叫天若唱《洪羊洞》,必声喑为台下人所不及闻,然而又何以符平剧为歌剧之旨,假戏真做,理之然也。然逼真至此,则又为听者所笑为异谈,故愚以为少卿与叫天之言为戏耳,非所谓平剧理论也。

(《海报》1942 年 7 月 10 日,署名:刘郎)

高壮飞与陈大护

他报记黄金拟邀杭州票友陈大护登台,而谓陈系高壮飞之高足。按壮飞亦为杭州之著名票友,固簪缨世家也。字邕山,少时,尝怀资三万金,走燕冀,抵故都从师,天分绝高,故其所获亦厚。艺成,而伶人之恶习亦随其身,恶习维何?则染痼癖至深也,与王又宸最友善,一灯相向,意趣弥融。比金尽南返,检其行箧,得马鞭一枝外,别无长物矣。文友陆小洛先生,亦杭人,其戚某,与壮飞交甚厚。小洛过戚家,辄睹壮飞,谓其人挺爽,虽已壮年,而犹可见盛时风采。至陈大护君,愚初不知,笠诗尝于陈播音时聆其歌,叹曰:戛戛独造,真奴畜海上群儿矣,其推许如此。惟亦有人见其登台者,则谓唱固无伦,而身段则可议之处甚多。昔年辣斐剧场举行同乐会,有杭州票友来为清唱,唱时其肩翕张间,作震颤状,而两颐亦随之流转,为状甚奇,台下乃大笑,或曰:是杭州票友者,即大护也。

(《海报》1942 年 7 月 15 日,署名:刘郎)

告办话剧事业者

话剧事业盛极一时,以愚所闻,则其役绝繁,而盈亏得失,更毫无把握之可言。以近事而论,荣伟公司损折之多,为人所共闻。又若费穆主持之上海艺术剧团,历时甚久,然营业上则无月不在赔贴中,自《杨贵妃》始,迄今之《第二梦》止,折阅且逾六万金,亦可知话剧事业之可为而不可为矣。中国剧团之成立,以成本之微,筹备时期之短暂,比《北京人》上演之后,复生涯鼎盛,虽时期不过一月,而外间以为中剧团,必有利润。孰意待解散之后,天伦公司将原班活口,盘与他人,以出盘费所入计之,千元一股者,犹须人损百五十金,以天伦方面算盘之精,以及对于孙景路折冲手段之善,结果尚不免略挖腰包也。近顷吾友之举办话剧事业者,尚在接踵以起中,爰述所感,以告吾友,借资参考,若谓当吾友在发创之始,而愚实以此文触其霉头者,则亦天下无好人走的路矣。

(《海报》1942年7月16日,署名:刘郎)

记 所 见

夏日,妇人掠前后之发,丛集于顶,似道士之冠,望之颇不顺眼。一日,过国际饭店门外,遘雪庐主人,梳其发亦如上式,主人之面浑而长,发不下覆,其秀靥乃益添尺寸。昔者,素琴登银幕,饰古装,亦以掠脑后之发于顶,长面似马,映诸银幕,不良于观,某君于报间喻其面部似宁波年糕,谓其白而糯,狭而长也。雪庐主人,近日设一国联美容室于迈尔西爱路,其发当为"本厂出品",谑者乃谓,苟主人愿自我宣传,不妨于梳发之后,垂一丝绸,书曰"国联美容室特制",然后行于通衢间,则广告之收效必宏,逾于登《新闻报》,或放气球于跑马厅上空矣。主人果有意者,望告我,当代觅某法家以瘦金体书之,则其人其字,足以并重一时矣。

双华三媛,无夕不留连于大都会花园中,投老秋娘,已不甚为华艳之装矣,一夜于树荫下值之,则雾鬓风鬟,尚多风韵,顷之又于廊下遇之,其地灯明如昼,映其色,粉痕已不尽熨帖矣。因一人,而随乐声度曲,闻者指其人有戚门陆氏风焉。昔年,三媛风华盖代,特以情性乖张,为人诟病,数年之别,亦知其人犹吴下阿蒙,依然故我,然而老矣。

(《海报》1942年7月17日,署名:刘郎)

老 卯

引凤楼主人,设宴于家庭饭店,座上有有竹居、马公愚、丁慕琴、平襟亚诸先生。主人谓大郎称引凤楼与有竹居为浙江老卯,今则又对坐樽边矣,公愚忽曰:我亦浙江老卯也。公愚籍永嘉,不称老温生,而称浙江老卯。慕老籍嘉善,故亦自己点头曰:我也是浙江老卯。于是四老乃争认老卯之孰老,则以老凤为尊,盖五十六年之一张老卯矣。惟"卯"字忽在老口中乱放,其地乃为当垆双艳之妆阁,颇失吾辈斯文之道。姝至,襟亚问曰:"老卯阿懂?"姝摇首示勿知,姝因嫩皮(嫩面皮),自勿知老卯,摇首宜也。襟亚因为解释,指老凤先生言,此人称老凤,凤鸾可连系,故称老鸾。不解犹可,一解释尤糊涂。"家庭"二姝,看电影,演话剧,游水,陪男朋友在马路上散步(秋翁夫人所睹),俱为内行,必欲以文艺与之切磋,是为失策。故襟亚以后高兴时,去吃吃点心,借以饱餐秀色,原无勿可,攀谈则大可不必,以吾友之渊雅,开出口来,未必为彼二人能领会,徒令自己兴对牛弹琴之嗟耳!

(《海报》1942年7月18日,署名:刘郎)

刘琼与《摇钱树》

《醉生梦死》,曾经亡友西苓改编,乃移上舞台,则又经司马英才重编后,易名为《摇钱树》,费穆丐刘琼为之导演,近方上演于卡尔登者也。《第二梦》将终止,《摇钱树》之预告张于报间,大书刘琼导演,事为中联公司见之,辄投书与费,谓刘为中联演员,合同规定,与中联发生关系之人员,不得参加其他剧团任务,因请上艺放弃刘琼,所以杜他人之效尤也。费纳其言,遂改刘琼为伯瑶,报间广告,不复著导演之名矣。

昨日愚观此剧竟,请述其观感。剧分三幕,第一幕与第二幕之前半幕,趣味甚浓郁,戏亦紧凑可观;至第二幕后半幕江力发现其友亡魂始,便陟无聊,而奇峰如天外飞来,嫌其突兀;至第三幕尤松薄不类,剧中人之个性,既前后不一贯,而演员之戏,亦似不能互相呼应,有各自为政之病。既为喜剧,便不当使空气松懈,一松懈便无足观。《妙峰山》之所以成为绝唱,在对白之紧凑,从闹热中写永趣,犹可求,从冷落中寻至味,不易为功,此岂喜剧之所以必尚紧凑欤!

(《海报》1942年7月21日,署名:刘郎)

陈海伦之子

八九年前,陈海伦称辣斐五虎将之魁,蜚声舞榭。吾友外史氏,尝与同舞,一日,自维娜斯归,东方已作鱼肚白,陈邀外史氏进晨膳于其家,愚亦从焉。陈居霞飞坊,布置井然,愚等将举箸,忽一稚子跳踉至,陈曰:此为吾子,起甚早,及我归来,渠已梦回,故每日此时,必来娱我。视稚子,才四五龄。及后,闻之人言:子非陈所出,堕地甫十五日,即豢于陈,陈以亲生之子目之,今子已十三四,临长成矣。陈既流转风尘,不遑宁定,故于其子教养,自欠周全,子乃沦为下流,且忤陈焉。陈为之悒悒,有人问子曰:尔母视尔厚,尔宜善慰之。子曰:彼焉得为母者?吾母亡散久矣。我特受豢于陈耳。则又问曰:然则尔父安在?则曰:是甚众,且逾百人,我不知将何认?闻者言于陈,陈大震而踣。嗟夫!儿故枭獍也哉。陈闻甬上有教养院,将送子入其中,期以五年,子果悔悟,更谋团聚,否则逐矣。

(《海报》1942年7月23日,署名:刘郎)

书　画

吾友为越人而有收藏之癖者甚众,章爱苍君(此为点头朋友),则其尤著者也。章为章东明酒栈之小主,以卖瓮头春而起家者,故有一副风雅骨也。当代书画名家之作品,章搜罗殆遍,尝丐龚翁治石章,翁以此为得意之作,故钤诸印谱,于第二次展览会中,附售印谱时,为爱苍所见,易之归,或曰:非买此印谱也,特买此印谱上有爱苍之一章耳。然其不惜工本于收藏,可见一斑。本年秋,为章君太夫人七旬华诞,因投简与亲朋,请亲朋各以书画为太夫人祝千秋长寿。简有缘起,发起人尤多,闻人如闻兰、林康诸老,名优如周信芳先生,以及书画名家,繁琐不能尽忆。或又曰:章君此举,意不欲使亲朋送现金,以书画为纪念,节财力,而又不忘风雅也。其实书画之件,置备亦须耗多金,其浪费又岂如送现金之有限止者,律以珍惜物力,则有悖乎此旨矣。

(《海报》1942年7月24日,署名:刘郎)

与襟亚博

昔者,采芝室主与襟亚善,一夕,同过翼楼,与吾人为沙蟹之戏,忽襟亚、采芝相持一牌,襟亚下巨注,采芝不敢敌,弃其一对Q,及襟亚拾桌上筹码时,采芝揭其底牌,固无所有,盖偷鸡也。而采芝遽大怒,谓襟亚欺人,乃以巨注退敌,平时友好,不宜施诈,言时声色俱厉,更出其纸币,撕而为二,以畀襟亚。襟亚亟返之,且谢过,明日,且修书为采芝服罪。于是见者咸誉襟亚曰:不平生终是士人,其气度乃不可及,而笑采芝为人,不第矜躁,而无理性,盖睹沙蟹之至味,正在尔诈我欺,诈而能胜,是为英雄,又乌能牵及友谊? 一也,在理负者既表示不欲看牌,则所覆之牌,便不当私揭,揭之为违规,采芝无看牌之勇,而责票友不当偷鸡,此极讲不通者也。故此日之事,襟亚作《论斗牌》一文,极尽说话风凉之能事,然观其与采芝之事,态度之好,我人殊信襟亚能说漂亮话,果能做漂亮之事者。虽然,乃有奇迹,发现于近日吾人之博局中,当于明日录之,亦可见天下事言之匪艰,而行之则维艰耳。

(《海报》1942年7月26日,署名:刘郎)

襟 亚 之 博

襟亚之叉麻将,技巧之拙,无与伦拟,然有时牌风锐不可当,故胜必大胜,负亦必狂负也。一日者,我与襟,及翼华、尔康,四人为雀叙,襟亚、尔康相向坐,翼华与我相向坐,及一牌,为襟亚之庄,翼华打一五条,我喊碰,其时襟亚已听张,我喊碰并不慢,而襟亚已看其牌,则六条也,渠方单吊六条,我苟不碰,则六条自摸和三番矣。我既碰五条,渠只得仍覆六条,而六条为尔康抓去,不打,及翼华更放一张,尔康遂得和,亦三番也。至此，襟亚忽欲推牌起，甚至欲"拗台脚"，我愕然，问其故，则责我不应碰五条，而使其不获自摸和三番也。我私念五条势在必碰，况翼华一打，我便喊碰，亦不因襟亚要吃五条而始喊碰，此在赌的法理上，我固百直而无一屈者，顾以襟亚盛怒时，愚亦不欲辩，但目之而笑。既亦渐悟入局为赌者，因失望而激为愤怒，正复常情，采芝室之撕钞票，亦犹襟亚今日耳。又念此日而我苟养气不深，则吾二人，终可以好友而成仇敌，而打得头破血流矣。愚不如襟亚之漂亮，"赌以输钱为乐趣，故情愿输钱，不愿受训"。我则颇想赢钱，而不愿受训，惟此日既输钱，又受训，所以终忍之者，固尝权衡于赢钱与友谊间，尚觉友情之可贵，故决计认输，而专放和张与襟亚，使其在失望之余，犹得以赢钱为慰也。于是襟亚果大赢，而愚果大负。

（《海报》1942年7月27日，署名：刘郎）

风 雅 之 秘

去年，有一并非书画家而忽举行书画义卖者，闻之人言，此君写字曾用过功夫，而于绘事则完全门外，其友某，则为卖画之画家也。此人从之游，欲窥作画之门径，方始其业，而遂有义卖之事。此人自以书法或可问世，第卖书而不卖画，未足以尽风雅之极致，于是商于某，谓试以尊画，而署贱名，我将分义卖所得百分之数十，以酬子辛勤也。某摇首曰：是胡可？画是我画，海上识家，一望能辨，若究其竟，君固辱，我亦声名滋贬矣。为今之计，我当初其旧作，君则一一资为范本，摹而成之，则亦画矣。此人韪其言，遂于若干日内，临某画百余幅，废素纸无算。闻者咸曰：其人不惜工夫，而图名心切，为情亦至堪矜怜也。旋据传说，此人义卖之前，凡书画装池之役，胥委之某，故某之所获，较装池之家为尤富。生财固别有大道，宜其不愿更费一番气力矣。今者报上又有以卖画半数，充慈善之事者，此中又有上述之某画家，忽忆前事，乃喜财神菩萨，又在"动其脑筋"矣。

（《海报》1942年7月28日，署名：刘郎）

乘 凉

今岁白日虽酷暑,而入晚自是清凉,沐浴既竟,携枕席上晒台。台固南向,聚风尤多,铺席于板桌,桌为浣衣而设者,仰卧其上,看天际流星,为之烦虑都消。游宴既倦,得此且以为人生乐镜,而视正襟危坐于华乐之场者,直跻身于地狱矣。昨夜贪凉,竟不思归寝,然惫甚,卧且入梦乡,终为家人唤醒,谓夜露方浓,眠此而酣,招病必矣,遂惊起,怅怅入房,意犹恋如水之夜凉也。愚所居,为旧屋,晒台上门窗垣壁,为雨虐风饕,剥落殆尽,家人设计,苟植游龙之草,使蔓延墙壁,复稍植盆树,设藤制之桌椅,及夜,集家人杂坐其间,必视今日为尤舒适,愚则以为此亦寻常,事物固有幽旧而可爱者。愚之意,则不妨张芦席蔽高空,而买一竹榻,躺其上,比之卧浣衣之桌,可以直双胫足矣。特今日者,并此无之耳。

(《海报》1942年7月29日,署名:刘郎)

巴金之《家》

所谓文艺青年,见共舞台排巴金之《家》,而痛哭流涕,谓此实辱煞巴金矣。其实将《家》编为舞台剧,亦未必高明,以当年上海剧艺社阵容之盛,演《家》,其所得,则相差于文明戏者已甚密尔,故移之红氍毹上,纵使益失本来面目,要亦谈不到辱没巴金耳。读"激流三部曲"者,未尝不欣赏巴金手笔之巨,第以言说部之极诣,三部曲犹未造其境也。中国稗史之垂千古而不朽者,为《石头》《水浒》,今世人举为双绝,顾撷取其事迹而搬演戏剧者,何可胜数,要未闻有人为雪芹、耐庵呼不平也?李绮年之《潘金莲》,有人见之,欢喜若狂,亦有人心折耐庵之文章高手,见其戏,不可终席而去,然未必遂痛哭流涕,谓此实辱煞耐庵耳。综之,《家》以叙儿女私情,家庭变故,其事迹易为世俗所向往,无论演话剧,摄电影,或排之于红氍毹上,无不轰传时下。鲁迅以

《阿Q正传》为杰构,以田汉之改编,佐临之导演,为舞台剧,而观众远不如《家》之盛,何故?正以其故事之不为世俗向往,亦观众之不够水准耳。

(《海报》1942年7月30日,署名:刘郎)

黄　　梁

梁众异有《辛夷》律句云:"辛夷犹勒一分寒,及我来时尚耐看。欲写淡妆无好语,且凭凝睇寄清欢。世间何事为芳洁?春去从知有老残。多少吴姬勤叹赏,一身明艳是愁端。"梁以此寄黄秋岳,秋岳答之云:"众异见示辛夷诗,词甚美,归途见桃李盈川,春分前一夕,俄遭大雪,和韵寄之。"诗:"江南二月不曾寒,原野芳菲许恣看。秀靥小唇无检束,鸣鸠乳燕并悲欢。丰姿但愿年年好,心力随渠冉冉残。多事钟山妒春色,却冠夜雪耀云端。"时梁卜居沪上,而黄则恒仆仆于南京、上海间,题中所谓归途云者,盖言京沪道上也。中国诗坛,黄、梁有一时瑜亮之目,世人矜黄诗以古风尤擅胜场,顾近体诗亦婉丽风华,不可方物;至梁则落笔即见温柔敦厚之旨,此愚于黄、梁二老,未尝一日忘情也。

(《海报》1942年7月31日,署名:刘郎)

朱北海何人?

《申报》刊"北海书画订润"消息,又印一铜图,为慈航大士之像,而下署为朱北海,翳何人欤?曰:是即朱应鹏也。应鹏为《申报》旧人,今则谢事已久,而致力于艺事,其书法固臻极诣,作画尤得西欧神髓,而参以中土之余韵者,故所造深高。其人以艺驰名,且三十年,顾生平未尝订润例,亲友索件,有应有不应,视交情之疏密而定,然即此已不胜烦苦,至最近,始商于蒋竹庄、唐蔚芝两先生,为代订书画直例而公开售艺矣。惟不欲存旧名,而改署为北海,《申报》介绍之文,绝不言北海即其老友应鹏,第谓先生之艺,二十年前已倾动南北耳。闻朱固兼祧两姓者,本氏应,名鹏,及又氏朱,而称朱应鹏,家境尚裕,不必恃鬻画所入,始赡其家,女嫁且生儿,子亦长成,朱则望五之年。某日,于木斋府上遇之,洒脱犹如三十少年也。

(《海报》1942年8月1日,署名:刘郎)

草率之病

灵犀谓愚好林庚白诗,是也。愚于同文诗,爱叔范、其三两先生,然二君之作,佳矣,不敢稍轶旧范也。林则不然,有推陈出新之勇,面目固似更易,而实质不变,尤能深悟于意境之美,此所以使愚钦折也。白蕉与庚白为故交,尝与白蕉论庚白诗,白蕉似不以庚白为善,则病其草率耳。林诗草率之弊,愚不欲讳言,然才人之笔,草率殆为恒病,新作家如田寿昌、郁达夫之流,俱工旧诗,诗又为人传诵,然草率之病,胥不能免。林作诗甚富,欲求其完整之一章,固渺不可录,第每一章中,必有惊人之语,此所谓才人之诗,有异于诗人之作之刻意求工耳。林诗草率之病,最显著如"大光明电影院作"两首之一云:"价廉中座人争赴,乐事犹思攫便宜。细处谁哀民族性? 伏天却似早凉时。独游脉脉情何极! 隔水漫漫意更痴。天末凝眸归去晚,百忧只换一囊诗。"此诗视起结之佳,乃觉两联殊不可符,"细处"一语接"伏天"句,虽似野马奔腾,不堪羁伏,第即此可证工力之弱。惟聪明之极如杜樊川,始有"尘世难逢开口笑,菊花须插满头归"之好句,出其腕下也。

(《海报》1942年8月2日,署名:刘郎)

为善者的苦闷

以"做好事"而抱出风头主义者,上海是在在有人,这就有悖于朱伯庐所谓"善欲人知"之义,据我们晓得,这样的人物浦缉庭是一人! 记得浦善士有一次将他太夫人的一只如意,和一只古瓶,要拍卖与人,预算将拍卖下来的钱捐充善举,但结果谁也不要,只得改变方针,将这两件古董,捐送与某种义举捐款最多的一个。有人说,这是为善者的苦闷,但我却说:拍卖,人家不要,改变方针,几个转弯,浦善士的大名,至少在报上看到好几次了。浦之所为善,也无非要他的大名,在报上常常有得见到。

最近时疫医院募款,有一个所谓人造丝公会者,也是假为善而想出风头的,收音机里,只听见人造丝公会五个字,但别人捐与他们的钱,实在不多,而短短的时间,给人造丝公会所浪费的,却实在不少。有人说这也是他们的苦闷,我则说:只想出风头者,往往忘记了自己之丑!

(《海报》1942年8月4日,署名:刘郎)

记衣云先生

迩日,恒为歌场之游,衣云先生,于此中悦一女,女固婉娈美好,惟不甚解事耳。衣云深于情,轻怜密爱,照拂弥周。或告衣云,谓苟掷千金,可以致女于枕席,固不必日日至,夜夜来,塞无底洞也。衣云勿然其说,曰:纵使此言而信,我亦不为,盖温馨况味,以渐渐领略为尤趣,若大刀阔斧,便无乐可寻,故终拒友言。一夜,女坐衣云侧,有戚容,衣云问之,曰:我向日者点戏恒在某歌女之上,今夜,某声势大盛,其数且逾于我,我故勿乐。衣云又问,然则逊某者几何?曰:三打。衣云遂自衣囊中,出四十八金,畀女曰:汝为益四打,则可以扎某之台型矣。女始悦而笑,而衣云亦似竟体苏然,谓此种钱,正用于刀口上也。又一夜,有值场之女,招待殷勤,女又谓衣云曰:彼值场之女,与我甚善,然其辛勤,而所获恒无几。衣云又耗二十四金。曰:我点戏两打,以旌其劳。女又大乐。愚初未尝闻点戏而场务员者,有之,自吾友衣云始,于是朋侪小议,佥谓衣云好施若此,后患宁有涯涘?不久间,吾人且见女之履,衣云之履也,女之衣,衣云之衣也。一日者,衣云邀女共饭,饭已复为报效,所费逾三百金,积三次之数,得千金,且可偿最高之愿,顾吾友所图,不及此耳。衣云为文士,兼通贸迁之术,为文辛辣,而神韵盎然,经商亦称健手,故所获亦丰,第一堕情波,手足便不知所措。世有处公事精明,而于私事糊涂者，衣云之谓欤？

（《海报》1942年8月5日，署名：刘郎）

讨饭游艺

某饭店辟夜花园，招一无手无脚之童子表演，名曰怪童盖万能脚。此亦以残忍而供人娱乐者，为之搁箸不能食。晚藾谓：五六年前，已见此人，犹十龄童，今计其年，当已弱冠，或谈蓄此童者，刖其手足，使成残废，然后教以技，为生财之具，其惨酷盖不忍言。是夜，一人导之入场，扬其手示童子曰：我有手，有指，汝之手与指俱杳。又翘其足曰：我有足有趾，而汝之足与趾都无，是何故欤？则曰：父母生我，即成此状。嗟夫！童子真厚诬其爷娘哉！其最后节目，为作书画，成一跃马横坡之幅，既竟，一人托纸拍卖于座客之前，女人怜童子苦，纷纷慨解仁囊。其人见收藏者众，于是出童子之旧作，更求售，顷刻之间，售若干件，以言成绩，则大新公司之蹩脚书画展览，视此犹有逊色也。童子与引导人之登场，似唱双挡之独脚戏，童子之两目间，时有滑稽表情，愚以为售艺既以求乞方式出之，则童子之面目间，正宜透其幽苦之情，博人矜怜。盖此种游艺与讨饭相差无几，故放出讨饭腔来，座客亦未忍加以訾议也。

（《海报》1942年8月7日，署名：刘郎）

护　　喉

钧卿、培鑫、素琴诸君，近又为时疫医院募款，不惮冒溽暑，而为善之勇，惟恐居人后，亦可风已。寒暑表逾一〇三度之夜，诸君适登场，演《四郎探母》，培鑫唱《坐宫》，出关以后，属之钧卿。次日遘吾友于华艺剧团，乃谓培鑫以中暑，入场呕不支矣。及回令终场，已十二时，钧卿于卸妆后，即归去，乃大不舒服。热天唱戏，下妆后，宜休息半小时，使清积汗，然后指身，则精神身体，两都苏然。若此夜匆匆，无得舒。钧卿积学，其见解自高，尝言，优人有护喉之法，不食冷品，不使喉道着风，故在冬日,伶人往往以一巾束其项,即护喉也。其实殊无用,而亦可见京朝角儿做作之甚(此习以京角为多),钧卿之意,唱之前,喉不必护,苟一受冷即败其喉者,此已不足以言嗓,换言之,此嗓不足为唱戏用也。惟唱过以后,喉道热,自不能啖冷品,否则刺激过甚,有损喉之虑。至若吹风,根本无干紧要。愚尝见张文涓侯玉兰辈,无不珍护其喉,因问钧卿,钧卿故为言如此。

(《海报》1942年8月8日,署名:刘郎)

念 友 人

有人攻盘剥重利之术,往年,愚以穷,称贷于其门,索月息每金一角。愚当时为脱底棺材,只要肯为贷金与我,厚利亦忍之。顾其人之言,殊不耐听,谓称贷与友,实帮朋友之忙,则其人手段既凶,说话又要漂亮,所谓占尽天下便宜者也。其人游于侠林中,贷人以巨利,不归,则派白相人登门,有慑其劳者,亟罗掘以偿,顾亦有在外面兜兜者,不服,致电话詈其人,令其速撤暴徒。其人知不可与,亦自告退兵。然坐是之故,人多切齿。张若谷一生无长处,惟于其人尝施挞伐,称一时快事。愚假其人钱,终未蒙其人请白相人来看我,以我未尝有钱债纠纷也。其实若有狠斗之人,将其差出来之老朋友,当强盗看待,送入官中,则其人必无悻,借债还钱,情理之常,不还,亦有法律程序可循,而其人动不动以赳赳者相威胁,手段之卑恶可想。与此人违已久,不知当年气焰,曾稍杀否? 若好勇如初者,则倾覆不远矣。

(《海报》1942年8月10日,署名:刘郎)

记 张 若 谷

张若谷尝游西欧,及归,拟投身报界。《时报》黄伯惠,招天下贤才,闻张名,宴之于酒楼。张乃于席上谈游欧印象,亦涉及欧西之新闻事业,谓尝访报馆,见其印刷机之发明,殊足惊人,盖机为卷筒机,既印字矣,而报纸又流转入别一机器中,再出,则当日之报,整叠已成,即付发行。黄曰:更有奇于此者乎?张曰:是已为我国人所梦想不及矣。黄仰天大笑曰:《时报》购办此机已有年,而当足下未出国之前,《申报》亦已购置此机,意者,足下于国外曾访报馆,而在国之时,盖未尝到过望平街欤?张为大惭。又王公弢办《朝报》于南京,张任事其间,写南京地方情形,入粤菜馆,其菜名皆为别题,例如麻姑烧豆腐,曰"麻姑跳舞",不一而足。张以为大奇,辄记之,以付《朝报》。王公弢为之摇头,语编者,编者乃告张曰:汝初来,以为大奇,南京人则固无人勿知者,足下不必浪费精神矣。其浅薄,往往如此!

(《海报》1942年8月11日,署名:刘郎)

谈 谈 臭 盘

丁福保六十晋九,报纸上之闹猛,惊动亲眷朋友之众多,而自己偏说不做寿,其实在旁人观之,不仅大做寿,且亦大打抽丰。虽曰:打抽丰的收入入私囊,此则归之于公,移为善举,顾自出钱人观之,则亦深憾其劳民伤财矣。在丁寿正日之前,其子惠康,日叩海上名流之门,请名流多多输将,为其翁祝遐龄,为灾黎造福。名流震丁老之名,慨然予之,顾亦有勿直其子之行者,辄皱眉曰:丁福保固无所谓,特其子不肖耳。其子历来所为公益事业,赒赈之举,恒为清议所非,今乃又戴其老父牌头,向人劝募,似有考虑之必要。故闻惠康奔走之结果,未能如其所愿,此盖"臭盘"之不足为人信用也。

愚尝过麦特赫司脱路,一老妇人坐于地,驱两子向行人乞钱。过客为妇人,为衣冠楚楚之流,两子辄尾于后,作饮泣状,口中复念念有词,有时突趋客前长跽而拜,愚初时亦怜稚子,又悯彼贫妇,舍碎币与之。一日,予行近丐妇之侧,妇以口指愚,盖欲使稚子向我"钉靶"也。愚审其狡,滋不悦,其子跽于地,叱之曰:小贼,"臭盘"耳。后此不舍片钱矣。

(《海报》1942年8月12日,署名:刘郎)

画眉深浅入时无？

夏日，女人脑后之发，向前掠，盘于顶上，其状似茅山道士，颇不美观。一夜，周錬霞赴宴，亦作此装，亦难看，女诗人本清瘦如梅花，今则不似梅花，而似枯梅之干矣。谑者谓女人之发掠于前，有千弊而存一利，一利者，利于吃绍兴耳光耳。沪人举掌击人脑后，名之为打绍兴耳光，以语錬霞，亦为之忍俊不禁。又錬霞既瘦骨珊珊，而胸部发达，似不称其体，或曰：此中组织，殆有不尽不实之嫌。小洛聪明，告于众人，谓我能证实，诸公之言不诬也。盖是夜錬霞来后，坐晚蘋侧，与晚蘋相向坐者为小洛，晚蘋固尝窥錬霞微奥，故小洛见錬霞坐定，晚蘋即频频睨夫人之胸，若有所观察。小洛因言，想见晚蘋恒时，于夫人妆成以后，必经过一番审查，昔人所谓"妆罢低声问夫婿，画眉深浅入时无？"此种韵事，晚蘋领略惯矣。惟是日錬霞后至，晚蘋不及侍妆，故于夫人妆成后，当酒尾灯唇，作频频睨者，实端详"深浅之入时无"耳，盖亦情不自禁也。愚识錬霞若干年，恒恭敬，惟此文稍悖庄严，非敢毁谤，特于女诗人之装束，偶为趣议耳。

（《海报》1942年8月13日，署名：刘郎）

艺 林 两 事

有人设宴款梅兰芳，一客询梅曰：外传博士将在沪出演，亦可信乎？梅摇首示勿确，曰："四十九老翁，今且蓄髭矣，讵能薙吾须，化女儿身，在台上扭捏作态乎？自分贫且老，不甘为此，虽贫至于不聊生矣，亦当率妻孥迁居亭子楼，犹患勿足，则流转沟壑，亦无所尤！"观梅表示，可知于意已决，李祖莱与梅纵有交谊，恐亦未必能拗其志，他更无论。更有人言，梅来沪之前，抵书与黄金荣，告以行且归来，惟不复作登台之想。又可知梅在数千里外，早已拒人，今日尚有人为梅营营者，徒劳神耳。

《人间世》既上演,观者谓演员以蒋天流最可人意。蒋演一女伶,是即梯维为其夫人特设者,整顿全神,写一人之事,其人自易讨好,故非蒋之演技胜人,剧本实在有助于演员耳。尝与黄宗江君谈,黄自逊其演《人间世》未能如意,乃着力于一个角色上,可谓众口一辞。当梯维杀青此稿之日,犹未与素雯举行婚礼,想见篝灯为此时,其用意本在"谨以此册献与夫人为妆奁之饰"也。

(《海报》1942年8月14日,署名:刘郎)

丁芝投师

予日日赴卡尔登,而卡尔登近有一事,愚绝无所闻,乃劳之方转告,其事维何? 则"上艺"之丁芝,比已拜周翼华君为师,而习平剧矣。此事之动机如何? 之方亦莫由知悉,惟知介绍丁芝投师者为费穆,盖翼华于平剧之造诣,费穆知之,亦知之而佩之者也。故使丁芝投此名师,于是翼华不抢投机人饭吃,不抢囤户饭吃,而无形中抢了教戏先生饭吃矣。愚尝登银幕,翼华笑我为抢临时演员生意,"上海社"将派老朋友来看我,今翼华教人学戏,不知范叔年之流知之其嫉愤为何如? 而墓木已拱之伍凤春,地下闻之,不将一声长啸曰:"周先生未小开牌头,何必与穷人为难哉?"之方又言:教戏之日,为星期一、三、五。丁既正式拜师,翼华亦遂一本正经,扮起面孔做先生,时间为下午六时半。一日,丁芝来逾时,翼华责之曰:要学戏,当早一点来等我。丁芝乃俯首称是。师是严师,徒是驯徒,而费穆在旁,为之拍板。及翼华谈一腔,费穆以为好,且击节称赏,一以佩翼华为雄才,一以示自己为知音,凡此胥为之方操京片子所告。所以说明教戏时,他们都打京片子也。

(《海报》1942年8月16日,署名:刘郎)

《秋海棠》

慧海师读《秋海棠》而美之,惟谓结局略松耳。《秋海棠》为瘦鸥所著,以梨园为背景,而慧师生平所嗜,戏曲而已,数十年来,与梨园中人交往者,不可胜数,故于梨园中事,知之綦详,因谓瘦鸥所述,偶与事实未符,譬如秋海棠(人名)于穷途末路时,搭班沪上,歌场经理欲使其为打英雄,此则万不可能。秋海棠为青衣花衫,纵使少日坐科,亦未必胜跌扑翻打之役,若为刀马旦出身,则近似矣。故应派其为"零碎",零碎者,《玉堂春》中喊"刘大人用刑",《投军别窑》中执令旗而喊"薛平贵听令"者皆是也。此类情形,眼前即有例证,则为黄金大西洋之王福卿是,王在盛时,唱花衫,其名为"几盏灯上"中之一盏灯,顾卒至今日,久已沦为班底,且为班底中之零碎。今瘦鸥之状秋海棠,使人真疑为王写照矣。瘦鸥曾言,作《秋海棠》前,尝赴戏院之后台,观察实情,其用心良苦。近承惠赐一册,愚妇有小说癖,攘之去,愚故犹未属目。稍缓,当尽一夜工夫,挑灯而读,以欣赏吾友之生平杰构也。

(《海报》1942年8月17日,署名:刘郎)

怀 念 友 人

我觉得近年来梦云的气度,越来越好了。以前浮躁凌厉的习性,现在差不多洗刷得干干净净,他在外面朋友中,是怀才不遇的一人!十年来,受尽的挫折,而终于没有做到"大丈夫得意之秋"的地步!在他自己是懊丧的,而我们为其朋友者,也都认为遗憾。

梦云最大的好处,有毅力,坐言立行,一往直前,既做之后,便埋首苦干,不计较前途的成败如何,他只管认真做去,可是他终没有什么成就。有一班懒散惯的朋友,老不得志,有人劝他们要"调整生活,打起精神,自然有办法了",但他们会立刻回答劝告的人说:"打起什么精神?梦云总算有精神了,办事也总算肯耐劳耐苦了,但他又什么办法?还不是和我们一样,穷通得失,实非命耳!"梦云的薄命,往往给几个无聊赖的朋友,作为"自甘淡泊"的殷鉴。

现在的梦云,又在办一样新兴的事业,依然是埋头苦干,虽然成败不可料,但他的精神是叫我们佩服的。他不像其余人的头轻脚重,忘记了自己的"本色"。听说上次凌辱同文的事件,他是阻止最力度一个,但终因流氓的拳头痒,不打不快,加以若干人的怂恿,梦云便也无法挡其一手,惟有表示愤懑。毕竟是我们的同类,还有些人性表现,我一直他感动到今朝。

从前在笔头上,我是同梦云戏谑惯的,但以后我将不忍出此,我同情他的勇毅,我悲悯他的命不如人,我更喜欢他没有变了人味。

(《海报》1942年8月19日,署名:刘郎)

吃 饭 受 气

东云龙先生,沉默不苟言笑,复拙于词令,于是见者咸疑东身为大班,遂作凛不可犯之色,其实勿然。唐世昌先生深知其人,谓东天生不善敷衍人,非固为倨傲也。又言:东为人有肝胆,重义气,笃于交谊,贤达为时流中所罕有,固不可以其不苟言笑,遂揣其人为深沉耳。愚尝饭于光明咖啡馆,光明为东先生所手创,愚无所不慊于光明之食物,而觉光明仆欧之冷酷面孔,摹仿大班,有逼真之似,其视顾客如债户,如冤家,殊使人未堪容忍。一月以内,两过其门,而两次遇之,以非一人,乃疑光明所有之仆欧,全为忤逆衣食父母之徒,此则应归咎于光明训练仆欧之太不得法。食客受气,便能废食,与其废食,犹不如挨饿在路上,何必受气到光明?更有善气之人,一面吃,一面气,易成气瘟之疾。惟愚受气固不放在心上,惟一对付方法,则不与小账,要为天公地道之事,既出钱而买气,天下无此蜡烛也。虽然,为光明前途计,招待之道,有澈底改善之必要。此文苟为东先生所见,倘亦许为忠谏之言,而加以采纳乎?

(《海报》1942年8月20日,署名:刘郎)

抹 煞 主 义

写了许多文字捧人家,未必有什么好处可得,也不想有好处可得。

但偶然写了几句让人家触心的说话,受者便会声势汹汹,要寻着写文字的人,要殴辱他,糟蹋他,甚至要置人于死地,这是最近的事实。捏笔杆的朋友,当然不会健忘得已经把它置之脑后的。

捧不会讨好,骂立刻会受着凌辱,受着凌辱之后,不想报复,已经显得文士之庸懦无能。如果不谋报复,日久之后,还要去提起它们,替它们说好话,那就是戎囊子之尤,一个毫无人气的戎囊子了。

虽然事不干己,但触了我伤类之怀。我是立过誓的,以后决不再替它们张目,抱定抹煞主义。我以为凡是同文,这一点信念却要坚持着的,实在你的手痒,要写这类东西,那末同样的事业多得很,随便都可以供给你材料,你何必一定要指定这一家而写。

近来屡次发现同文,表示前嫌尽失,已经一再宣之笔端,使我感慨无穷,深怕再下去,又要让你受惊了,你吃得消吗?

(《海报》1942 年 8 月 21 日,署名:刘郎)

为费穆先生辩

愚尝于本刊记丁芝投师学戏事,谓介绍丁列翼华门墙者为费穆,而结句有写翼华教授法之精良,使费穆在旁,为之拍板,又为之击节称好。此文为费先生见之,颇不快,谓愚文何侮辱之甚也! 愚大惶恐,诘其故,则曰:"翼华每次教戏,我从未在旁,果如唐某所言,则将我写成一十足蔑片型之人物,如文中所谓:拍板也,叹好也,又如'一以佩翼华为雄才,一以示自己为知音'。凡此使他人读之,无不疑我之介绍丁芝与翼华,乃为戏弄翼华,而亦有奉承翼华之意,是非侮辱而何?"深文周纳,多见费先生珍惜自身之甚! 其实翼华授戏时,费先生既从未在旁,则吾文为根本谬误,后此所言,都非实在,即此已足除费先生清誉之障,不辩固亦无妨,特愚为此文之动机,全在对翼华一人,施以戏谑。如谓翼华抢教戏先生饭吃之下,尚有一节,述上海之鸟师公会,开紧急会议,谋对付翼华者,是则谑而且虐,不知置翼华、丁芝于何地? 稿将发,又临时删去,愚自以为已极慎重矣。不意复为费先生所不满,且疑我为蓄意中伤。事态之严重如此,要为愚始料所不及,亦可见言路之窄,至今真有无从下笔之苦矣!

(《海报》1942年8月22日,署名:刘郎)

不　忍

最近报纸有攻讦孙筹成者,此人为讨厌东西,我不否认,惟此人为一苦恼子,则亦为识者所公认,写不连牵文章,而偏好投稿,讨厌之一也;其文常为若干市侩奸商张目,讨厌之二也。顾其人奔走于富人大贾之门,到老终无成就,就人类同情言,亦当寄其悲悯之怀;纵谓囤积奎宁为事实,然薄命如孙,正恐未必能获厚润,况其人内心并不自大,未尝因遍识名流,而趾高气扬。愚两日来于途中见孙短衣走赤日下,吴霜已点其鬓矣。而辛劳尔许,为之恻然,于此人之身,加之以如铁词锋,固何忍出此?愚近尝论之,谓有几种人不必骂,不忍骂,譬如李昌鉴,亦为自得其乐之恶劣人物,顾有人骂之,李便睏在地上,表示并无"还架";再骂,便非情理之平,孙犹是耳。举此以质健笔诸君,不审亦以吾言为然否?

(《海报》1942年8月24日,署名:刘郎)

樽　前　偶　记

夜饮于皇后咖啡馆,皇后之经理为影星黄河,适白云亦至,其五与影圈中人素隔阂,问座中人曰:黄河与白云孰善?秋翁曰:"黄河善。"又曰:"有诗为证,则'黄河远上白云间'也。"众乃大笑。黄河为人,恂恂如士人,又拘谨,与人谈辄面赧不敢久仰,白云则秽德彰闻,为人所不齿,二者相较,真黄河远上白云间矣。

福致饭店,袁美云与翁瑞午、陆小曼同至,人言袁从小曼习绘事,询之王引,则不确,惟谓二人皆体羸,同诊于一医生,遂相识而成至友者耳。美云已无腴容,而翁瑞午比之犹瘦,小曼则视瑞午为尤尪瘠。愚尝见小曼于盛时,真有风华盖代之观,十七八年后,垂垂已呈妪象,清癯如许,乃叹青春消逝之速。镜中颜色,鬓上光阴,小曼夫人于一灯相对时,真有不堪回首者矣。

(《海报》1942年8月25日,署名:刘郎)

老

回风文中,因着"老甲鱼"三字,而引起朋友之勿开心来。其实勿开心之朋友,其勿开心之时间甚暂,后来亦自笑当时勿开心为多事矣。中岁留髭,是其人放弃中年,而存心跳级到老年。定山居士蓄髭久,年未及四十,入戏院中,有人称之曰:"老先生请你让一让我进去。"定山为之哑然,盖知自己并不老,而他人已老之,则老其髭耳。其五先生气度雍容,顾亦蚤岁留髭,又自称为老夫,游于欢场,婴婴宛宛者,初见其髭,以为老人,继视其肌肤如雪,厥貌常朱,乃知其人实不老,所以一见而老者,唇上之髭形成之耳。十年来视丁慕琴先生未老,然两耳失聪日甚,兴怀复大减,则此盖不老于面孔上,而老于耳朵上与心境上也。老凤年纪越活越老,而面孔头发,均越看越后生,当年潘公展称之为"朱颜",竟是的许。友人中老得出神入化者,为过宜,过宜之年与其五等,顾日见其羸瘦,大沽路上遇之,真如夜月荒塚,忽逢老魅,何以致此?不获知也。

(《海报》1942年8月28日,署名:刘郎)

十八流导演

中国电影导演,自电影公司,加以区别,则分三级,为第一流、第二流与第三流焉。以吾人视之,则觉自一而三,实嫌笼统,苟增多至十七八流,有若干份子,尚嫌未必适宜。顾所谓第一流者,竟如汗牛充栋,若究其实,几人乃克承当?某君言:最近曾观某影片,片中述夫弃其妇,游浪在外,妻则茹苦含辛,日以眼泪洗面,既而贫病交迫,且勿治矣,将阖睫,而夫忽归来,缅想旧情,怆然欲涕。先是,夫妇育一雏,亦于困迫中,离母而去,及母瞑时,子亦返省,顾妇已不及待,撒手逝矣!夫乃为之营奠营斋,筑一塚,率其子拜于塚前,拜已,谓其子曰:"我这样做,总算对得住你母亲了。"吾友观至此,不禁于银幕下呼曰:"呸呸呸!这样的导演,真对不起数千尺胶片耳。"盖妇于十数年中,历尽艰辛,及死,夫为之营一墓,即谓已对得住死人矣。而将此几个字之对白,轻轻洗刷其罪恶,是为欺骗小儿之谈,某导演者,直视观众为影片上之小儿,故有此浅薄不通之语,试问置之于十八流导演中,疑其未必胜任愉快焉。

(《海报》1942年8月29日,署名:刘郎)

扎陈女士台型

在报上写写诗的人,我只佩服两位,一位是其三先生,一位是施叔范先生,都是学力与工夫并济,我对他们真是放出良心来,表示服帖的。

讲到作诗,鄙人决不妄自菲薄,虽然不敢说比其三、叔范更好,但讲到落笔的聪明,诗境的清远,自己也常常目空余子。

前一时,其三先生,为了穷,招收函从弟子,想教人一些作诗的门径,当时我便嫌他订例太贱。小杜说"浮世除诗尽强名",能够作得一手好诗,也算平生福气。在无可奈何时要卖诗了,在自己也应该故高声价,正不必"廉售"于人,何况其三的诗,本来值得自高的。

接踵其三而起的,却有个陈女士,这位太太,真不安分,抢了半世书画家的饭吃还不算数,现在还要抢教诗的饭。已经嫁了人的姑太太,靠靠男人,已好丰衣足食,何必还来与许多穷书生难过?而这位太太,比男人心凶,开口便是贽仪数千元。假定陈女士的诗,可以赚人家几千元的贽仪,那末鄙人实在好赚人家万头钞票了,须眉不让蛾眉,爰为自己订润例如下:

面授——每日二小时每月三千元

函授——每月三千元

面授——每年三万元

函授——每年二万元

专学打油诗各加三成,赘仪先惠,学生男女兼收。

(《海报》1942年8月30日,署名:刘郎)

市廛中人

知止居士四十晋九诞辰,愚往拜贺,先生捉愚谈,谓尝行文,用字或有误,乃为大雅所吹求,因又曰:市廛中人,本不足与贤者并论。此为先生自逊之辞,其实于理殊不合。若论文章之好,在上海张眼二十年,迄未见有如先舅钱山华先生之可诵者。昔年,先外王父,营一肆于乡间,勿令子弟入塾,先舅髫年,入肆中为学徒,惟性好读书,无师,穷力自寻,久且大通。及长,致力于农田。比弃耕而复经商,固未尝有一日入黉舍之门,然于旧文学所造之高,谁堪几及,考其出身,为田野村夫,亦学知止先生所谓市廛中人耳。顾其极诣,乃为苦攻数十年,而自诩为渊雅者流所不逮,故市廛中人,正不必示逊于儒林也。先舅殁时,嘱以遗著付梓,谓一生所作,大半亡佚,惟报间所刊者,尚有留存,欲我传之,培林愿为助,将以诸稿付长城书局,旋以纸价腾贵,暂不果而吾心亦终未得安。半生受先舅训育之劳,徒以不肖,不获报其什一。今舅墓木久拱,即此细微之役,亦未能慰吾舅于地下,念之,殊增人惭汗焉。

(《海报》1942年8月31日,署名:刘郎)

开戏馆

张伯铭已接办黄金,叶盛章、吴素秋一批新角,即在伯铭管理下之黄金所接取者也。伯铭为人,慕英雄,尚侠义,尝致力旧剧,习武生,性之所好,非谓其人有矫捷之身手焉。海上武生,俱与之善,伯铭登台,集王富英、李如春、高雪樵、李仲林之流,为其下靶,虽事属"风头主义",然其人雄爽,而不好扭捏作态。实由此觇之,叶盛章以武丑而挑正梁,昔来沪上,为伯铭所倾倒,故接办之始,于人选问题,初无考虑,即以盛章为决焉。以性之所好,用于事业,视牟利为第二步者,则精神上且多快慰。天厂居士,嗜麒剧成癖,十年前即言,苟有一日,使其经营戏院者,必邀信芳为常年台柱。及接办卡尔登,即招移风社来归,夙愿得偿,其乐可想,此盖亦以生平所好,而运于事业者也。今伯铭办黄金,吾人可以逆料者,尚和玉将因此而南下一次,是为一代宗匠。临死之年,伯铭亦不能使沪上人士,得睹前辈典型,还能说张伯铭开戏馆邪?

(《海报》1942年9月4日,署名:刘郎)

我言者谬

本刊记金素琴被劫饰物事,是日某戏剧日刊亦以大号标题,刊此消息,愚以戏报造谣,为家常便饭,而本报亦刊之,疑为上戏报发通信者之当也。惟以素琴为故交,或逢兹变,则朋友当有存问之谊,故拨电话与梯维,则谓"绝无所闻"。遂知果如所料,因于他报为一文,力辟谣言,语多讽刺,顾不料吾言之凿凿者,皆为梯维所误也。次日遘之方,亦言诚有其事,则更询梯维,梯维曰:及我归,问素雯。素雯始于三小时前得讯也。惟素琴损失,初不如报间所记巨,综其数,亦不逾万金。愚大伤心,竟有此"失匹"也。愚写此文时,尚未一晤素琴,则实情如何,犹不获详述。第有人来言,素琴拟托道中人使暴客返其原物,而不究其事,事虽不可办,然由此亦可知梯维之所谓损失不逾万金者,犹嫌其不甚尽实耳。

(《海报》1942年9月6日,署名:刘郎)

肱箧之术

最近餐宴之场,肱箧之贼,活跃一时,而肱箧之术,则殊新趣。友人李君,进食于光明咖啡馆,去其上装,置于坐椅靠背上,时座客如云,其后亦有一西装者,背向而坐,两背相并,而两件上装,亦合在一起矣。李有钱囊,置于上装袋中,背向之客,实为肱箧之流,当其下手时,李但觉背后之人,用力挤动,颇不宁,因起身申斥之,其人唯唯不敢复动,顷之,则付值行矣。李大喜,谓其人实我逐之也。未几将去,李出其囊付餐费时,则囊已杳然,方知被窃,懊丧万状。又一日,南京路之大可乐餐肆,有警务中人,亦遭受肰箧之厄,损失更不赀,乃闻肆中由警署中派员监视,使宵小不能复逞。或谓肰箧之方,日新月异,而此法则尤为巧妙,用录之,以告沪人之着西装者,于公共场所,各自慎其囊中之钱囊也。

(《海报》1942年9月7日,署名:刘郎)

捧梅健将

据说有人请梅兰芳吃饭,席上有个名叫吴震修者,此人自称是梅党的中坚。在吃夜饭的这一天,吴震修多喝了几杯酒,在席上不觉发了"捧梅"之兴,指着兰芳,对着许多宾客,作教训式的演辞,其中有几句警句是:"诸位,你们不要老问梅先生几时登台,你们万不能把梅先生当一个寻常的艺人看待,要晓得梅先生不是艺人,是中国的一件宝贝,大家都应该爱惜他,体谅他。对梅先生,大家应有这样一副精神。譬如我,一生的心力,耗于梅先生者百分之八十,还有百分之二十是耗于事业上。大家都以为黄秋岳他们是捧梅的健将,又有谁知道我吴震修才是最爱护梅先生的一个!"这一番又像标榜,又像牢骚的话,给一些不关痛痒的宾客听了,只觉得吴震修这个人太扫兴太夸大了。

(《海报》1942年9月9日,署名:刘郎)

记四川王

川人刘培恩,与沪上西药业中人善,史致富辈,日侍其人征逐欢场,尊其人曰"四川王",则以其人为蜀中西药业之巨擘,积财奚止千万?故以"四川王"三字媚之,以矜其富。实则以字而论,似未能通顺也。刘既浪迹海堧,无所生产,于年前乃努力于囤积西药,昨岁以还。海上止血、止痛之药,以及强心针剂,或告绝迹,或飞涨漫无止境,俱以搜购者多,而刘则尤为搜购此项药剂之一大户焉。贫病之人,作痛,痛无术以止,流血,血必流尽而亡,气将绝,终不得注强心针而死。凡此皆囤积西药之罪,刘为大户,则是祸魁,刘既以囤药而聚财弥广,于是日置其人于众香国里。尝博于伎家,下巨注,负十余万金,而未一皱眉头,盖身怀止血之药,血自旺,怀止痛之针,虽负,亦不觉其肉痛矣。或曰:为囤户者,心必狠毒。囤绝人生路之药,发财自多,若囤无关宏旨之滋补针药,则有亏耗之虞。愚也无状,而有妇人之仁,今岁藏赐保命针及鱼肝油丸,量不多,而以限价严,皆告泻跌,固自嗟命薄,要亦不能狠毒所致。今闻"四川王"腰缠累累,不胜歆羡,故志于此,亦因羡生妒之意云尔。

(《海报》1942年9月10日,署名:刘郎)

光棍不断财路

　　自愚发刊《收诗弟子》一文后,乃无"闻风来归"者,可知毕竟老虎肉,终无人肯来抗(读如杭)一记也。至昨日,忽有一女子登门,稚齿韶颜,风姿甚丽,投一月之费,束修三千金,置之桌上,谓我曰:妾固能诗,特不高,乞先生循循善诱。愚大喜,则视钞票而眼红也。因曰:汝既能诗,试以所作示我。乃出一纸,题"凉夜"二字,为七绝一章,其原句云:"风高凉夜不胜衣,寒露渐繁透玉肌。婢子贪眠呼不应,自归绣阁整灯帷。"愚笑曰:诗诚是诗,惟嫌嫩弱耳。因捉管为之窜改,卒成二十八字云:"凉台久立浑忘疲,玉露渐繁透出皮。好睡拖车呼不应,暗中自觅睡时衣。"女见而大震,曰:此何言者?拖车何解?玉露何解?透出皮三字又何解?愚曰:视卿妙年,而服华艳之裳,撷人两目,故疑汝为宓令谢千梦之俦,若论"皮"字,卿奈何勿知?我以能诗鸣海上,正以善押皮字韵耳。女益愠,徐曰:不意先生乃殊下流!愚亦不悦曰:然则汝自以汝诗胜于我,又何必再就正于我哉?女曰:我实视吾诗甚善也。愚尤愤,曰:此种娘娘腔诗,去请教陈小翠耳,乃公不惯为此也。女遂收拾桌上之钞票而去,我目送之,自语曰:光棍勿断财路,陈小翠女士乎?当知迭两个是漂亮人也。

(《海报》1942年9月11日,署名:刘郎)

重 有 所 感

小报在上海,也总算有悠久的历史了,但说起来也是可怜,它没有给一般人正视过,尤其是一般其实瘪三而自命为士大夫士君子的人们。听见了小型报,他们会头痛,原因是小型报会揭发他们的奸私,使他们置身无地,于是他们都嫉视小型报,仇视小型报了。因为小型报被他们视同毒物,而为小型报执笔的人们,也不能得到许多人的同情。譬如你写一篇东西,对某个人作歌功颂德的论调,人家马上指你是捧大膀、扎小开;或者你写一篇嗟穷愁苦之文,他们马上会比你犹如写在水门汀上的地状。但尽多人是铮铮铁汉,写的都是些指奸伐恶的文章,而人们的批评是心怀叵测,别有企图,社会对于吾们的冷酷,可说到了极点。但谈起来尤其伤心的,我们的同业,却还在自己排挤,我们的同文,常在自己相轻。

我近来委实厌恶文友与文友间的"论争",尤其是泼骂式的笔战为要不得,这种情形,何啻兄弟阋墙?外侮当然难御。今日之下,没有人来同情我们,我们只有互相爱惜,正不妨肉麻一点,像嘘寒问暖一样的爱惜着。假使我们能够有这种精神,那就自然而然团结成功了。现在有人正在为了一件绝不相干的事,天天骂我,我不欲还骂一句,想把这一篇东西来动其天君。虽然此人已经自以为超然物外,是小要人,是小财主,而不是贫寒的文士了。

(《海报》1942 年 9 月 12 日,署名:刘郎)

音　　乐

生平不解音乐之美,跳舞场乐队,孰优孰劣,胥不能辨,苟舞客而人人如我,洛平与康脱莱拉斯之流,俱有流转沟壑之虞,吾意以为一只收音机,即可为我起舞矣。金谷饭店,将米高美之音乐队,转播敦盘间,但厌其扰,不解其趣,故餐宴之场,设乐工二三人,我无好感。一夜,饭于赫德路之起士林,遘百缂斋主人,饭竟而不去,问其故,则曰:此地之音乐甚美,可耐人久坐。因叹其雅量不可及耳。麦特林俱乐部之名,询之笠诗,优点何在?则谓此处音乐固称雄于沪上者也。遂以为即终世不履其地,亦非憾事。又一夜,与诸友入舞场,时中华乐队之陈鹤,方卖力于台上,小洛好弄,觅一短纸,书曰:"陈鹤先生,请你奏几支生平得意的曲子,你的知音××上。"××者,书我名字也,我为跟跄遁去,盖若本吾心,干求陈鹤,但请其阿好静一点,让我安坐片时耳。

(《海报》1942年9月13日,署名:刘郎)

丽 人 日 记

《英英日记》,脍炙人口,读者叹一时无上佳构。然舞人之作日记者,初不止英英一人,愚相识之舞人中有丽人者,亦有日记之作。某日过其妆阁,睹一册陈于案上,则日记也。时人众,丽人未遑属意,愚匿书坐一隅,窃窥所作,文笔都趣艳可玩,因录其言。甫毕一日之事半,为一人察,攘之去,乃不敢自秘,以录得者附于下,代《海报》一日之文料可也。

　　七月廿六日,晴,上午十一时,电话铃响,惊醒了我的甜梦。一听,却是那个四川佬,告诉我在一小时以前到医生那里去,打了一枝廿五个"爱姆其"的"梯斯吐伐隆"针,他以为可以博我欢心,但我马上想到他做人上人时候一副丑陋的面目,只有倒胃口,开心两字不用提了。所以当时便扫他的兴,说:你最好把身体养得壮硕一些,才是治本之道,打针不过治标而已。

　　吃完中饭,听得妈在厨房下同一个人说话,那人的声音特别低,我只听得一句:"你们不要有事有人,无事无人。"我顿时火冒起来,推开门跑出去一看,噢,原来是他,我家里每个月舞女大班,收房租的,抄电表的,以及收账的裁缝司务之外,此人也来拜望我一趟两趟,说什么他是来拿应得的开销,纵使替我尽力宣传,或者拉个把客人的皮条,是有应得的酬劳吧。但此人在本月中,却已来了三趟,脚步也不免勤了一点。

　　他看我进来,张开了一双又像近视又像老光的眼睛,瞅住了我,在他眼光里表现出来的,是三分愠意,三分怒意,而四分是僵意。我看他面上,又好像十八小时,没有抽过白粉的样子,两只手没有地方放,抓抓头发,又摸摸头顶,最后把两处的积垢,从指甲中聚集拢来,放在两个指头上,搓了一阵,到处乱弹,这肮脏的模样,明明是瘪三,而自己说是"公子"。

　　我不敢十分得罪他,我先开口了,你为什么同我妈去噜苏呢?……

吾笔至此为止,其文若得秋雨先生为之校正,则更精警可观。刘郎又识。

(《海报》1942年9月14日,署名:刘郎)

一五三洞天近事

　　沪西有一五三洞天,看火奴鲁鲁草裙舞之胜所也。名既远驰,生涯遂广,不久前突为官中所查封,封后,有歹徒若干人,留驻于此。客之不及知其已生事变者,仍循址往,一人延于门次,作佣者状,速客入内,至一室,门陉扃,室中无昔日之妖姬,而都纠纠之汉,就中一人,出短铳以威客,语之曰:此地已经官中查封矣,是为鹥淫之所,汝之来也,当为寻欢,其非正经人可知,我曹厌兹败类,故必惩之,请从我诣军部。客闻此言无不股栗,则婉转乞怜,终献其身上所有,或现金,或金表、金笔之属为纠纠之汉寿,始纵去。行时,此中人曰,勿扬于外,否则,汝且不获活矣。如是若干日,歹徒之收入弥丰,及有华人若干众,偕异国之友二人往,亦遇此,友勇,奋一足夺其铳,曰:汝欲我诣军部者,从我行,我于此中人固尽识也。歹徒始大恐,长跽于地,华人为求情,不允,卒捕诸歹徒。今一五三洞天又告启封,而簌香流腻,犹如往昔,惟谈事变后事者,犹不禁为之毛骨悚然也。

(《海报》1942年9月15日,署名:刘郎)

酒　　味

恒日相处之友人中,能饮者不多,有之,惟小洛、木公而已。小洛既病,尝戒酒,病稍愈,又不免恋杯,其不能忘情也可知。木公嗜酒甚,顾非精贵之酒不进,惟量不甚宏,饮稍多,舌且木强,而意兴飙发,声音猝亮,尝斗酒舞场中,既醉,作裂帛之歌,音乐之声,为所掩也。然如此必烂醉如泥,朋友扶之归,辄酣眠,明日,已浑忘昨夜事矣。木公固自诩量广,其实醉后之量,非真量也。我人于木公饮时,辨其舌音,音既强,则醉已启其端,及声响渐繁,而知其神智已失其控制。一夜者,诸友过伊文泰,木公与舞人斗酒,舞人谓其酒量实胜木公,木公乃谓须眉不让蛾眉,是夜分尽威士忌八个,其他酒二十个,而夜饭时,二人已倾啤酒两杯,及五茄皮二十两矣。舞人饮后,颜色如青,当二人坐于酒吧时,同行之友,私语吧中人曰,勿更令其饮矣,二人各大怒,举杯掷吧中人,同行之友乃知惟已醉之人,厥耳特聪,故任其倾樽,不敢复动。人言醉中能寻真味,第念神智既失,其真味又安从得寻?如愚之量不胜一蕉者,固不足以语酒味之美也。

(《海报》1942年9月17日,署名:刘郎)

《纺棉花》

吴素秋以唱《纺棉花》而驰誉于春江,于是北方坤旦之莅沪者,无不贴此戏以为号召,若论受人欢动,终不逮矣。《纺棉花》之所以能叫座,可以使台下人窥台上人之匡庐真相耳。昔年碧云霞贴此戏于故都,辄有倾动九城之盛。愚犹在髫年,酷慕女容,星期日,碧演此剧,每不饭而往,踞前排。碧着锦绣短袄,大脚管裤,梳横爱司髻,刘海覆额,鬓上簪一巨花,艳甚,碧更顾盼生姿,遂令台下人为之蚀骨销魂也。饰张三者,为坤角小生胡振声,油腔滑调,当不逮今日之韩金奎。碧于台上奏风琴一阕,此亦当时之时髦点缀,若在今日,便嫌寒酸,而披丽娜尚矣。

愚看云霞戏至夥,既竟,伺于门外,冀能仰望清姿。值云霞出,一人导于前,负箱笼之属,一老妪一小女子随于后,云霞俯首疾行,不敢面众人。凡此胥前尘往事,偶一念之犹能历历上心头,亦可知愚天生好色,固不自今日始也。

(《海报》1942年9月18日,署名:刘郎)

才气与性灵

袁简斋论诗,主重性灵,然有人指随园诗,谓其工力不足,遂倡性灵之说以自掩,亦无私不发公论之意耳。此亦事实,今人为诗之主重性灵者,无非因其工力不深,若某词人者,既自视甚高,以为其诗已臻格律谨严之境,而工力正复不薄,于是满口狂言,病宋诗为纤巧,真欲置自身与少陵比肩矣。此种人若语以作诗宜重性灵,必且斥为罔人之谈。愚服膺沈禹钟先生性灵即是才气一言,沈先生曰:诗人而无才气,则诗亦不成其为诗,故才气横溢之士,其诗必有性灵,是故诗必以性灵为成个者,若徒孜孜于工力,则是死诗。愚以为作诗然,作身边小品之文亦然,无才气不配写身边小品文,以此中无性灵可得也。今人为此者,愚倾倒冯蘅一人,灵空婉约,如野鹤行云,有悠然自得之致,而有时词锋锐利,亦为他人所不及,此人而不耽吟事,否则其所造必美,愚可断言。

(《海报》1942年9月19日,署名:刘郎)

揭 幕 典 礼

娱乐场所或商业机关,遇新屋落成,或为新张之喜,必请所谓名男人名女人举行开幕剪彩典礼,以示隆重,于是上海有若干名流,遂成开幕典礼之固定人物。愚以为有钱开店,请女明星、坤角儿来剪彩,趁此机会,瞻仰风姿,未始非发魔之道;若名人揭幕,则大可不必,盖此举不免贻攀龙附凤之讥,且名流人人好请,家家可邀,便肯不吝玉趾而来,事已平淡,无足奇贵。最近丽华大戏院开幕,请梅兰芳与黄金荣二人揭幕,事前未向梅、黄通知,次日已见之报端。黄大怒,派人速丽华之主持人至,训斥一场,似黄老板之流,能够一生与他避免接触,便是好事,偏欲自寻麻烦,七十余岁之老翁,动其肝阳,而触自己之霉头,真何犯着哉? 周信芳先生,闻有人邀其揭幕,必皱眉头,往年张中原君,受人之托,非请泰山登场,主持典礼不可,信芳为之不悦,语中原曰:"你这不是存心耍丈人吗?"信芳能知被人邀请揭幕,实为受人耍弄,其见解毕竟高于恒侪矣。

(《海报》1942年9月25日,署名:刘郎)

《南天门》

《南天门》这一个戏,我不曾看见京朝大角演过,只看过信芳一人,不仅一次,有三四次。配青衣者,自以王兰芳最好,细腻熨帖,为于素莲、王熙春所勿逮。无怪信芳要说:讲配戏,只有兰芳最称其心。坤角儿,不过使形式好看一点罢了。

信芳的《南天门》,真是无上佳构,他做戏善于使用情感,而《南天门》又非用情感唱不好的。所以我看过信芳的《南天门》之后,我不想再看京朝大角的《南天门》,我断定他们一定唱不过信芳的。

从前就想学《南天门》上一次台,明明知道我所造就的,只是"荒唐"二字,但为了爱《南天门》这一个戏,爱信芳唱《南天门》唱得真情流露,便定要过一次瘾。翼华已经给我说过开场的身段,后来因为要合演一台群戏,把《南天门》的功课,一直耽误到现在。

最近又想为朋友祝嘏而上一次台,剧目我毫不迟疑的决定了《南天门》。前天徐子权兄来看我,他答应给我说戏。如果朋友的寿事,并不坚避,那末此番的《南天门》,我可以唱成功了。

(《海报》1942年9月26日,署名:刘郎)

陈 大 濩

陈大濩演《空城》之笑话，已传遍沪上矣。乃闻次日之《定军山》，又出两次岔子，第一次为第二场上场时，其口面落于下颏，遽而出场，乃使台下为之哄堂；第二次在唱"我主爷攻打葭萌关"时，马鞭子忽然堕地，于是台下复为哗然。陈本演于汉皋，唱《定军山》之日，将严颜之台词代为说出，谑者乃谓此实里子老生坯子，不足以当头牌角儿也。

或谓凡此情状，皆为票友怯场之征，票友有在"海外"而无一不是者，一日下海，乃又一无是处矣。言菊朋如此，今日之陈，盖蹈言之覆辙耳。吾友观大濩之剧，评曰：嗓不逮培鑫而工夫过之。瓢庵尝于收音机中，聆陈歌，惊其才美，欲一见其人，时陈犹在"海外"也。陈贴《定军山》之夜，瓢庵往闻其歌，不知其观感又如何？

（《海报》1942 年 9 月 27 日，署名：刘郎）

梅 郎

旧时之评剧家，称男伶为郎，称女伶为娘，以梅兰芳声名之重，"梅郎"二字，尤成文人笔下习用之"名词"。今梅年已四十有九，文友襟亚，与梅为同庚，但襟亚号秋"翁"已数载，盖望五之年，"郎"字已不适用；然至今犹无人称梅为梅翁者，有之，特以吾诗为始。四五年前，予倩有远行，桑弧饯之于市楼，座上有素琴，愚方刻骨倾心于"江南坤旦祭酒"，是日酒后，乃成八绝句，为素琴咏者，其一云："已仰江南第一枝，江南人亦仰风仪。梅公临老还工媚，媚到男儿我贱之！"愚于平剧，不主张以男角而演女人，故捧素琴，不得不厌兰芳，如："却道世人皆可杀，如何还捧梅兰芳？"说者谓捧角而出以热情奔放者，当无逾大郎，顾今日思之，第觉当日所为，多见其穷凶极恶耳。然"梅公临老还工媚"一诗，辄为玉狸词人所深许，半亦以"梅公"两字，未经人道也。

（《海报》1942 年 9 月 28 日，署名：刘郎）

饮　　场

　　梨园术语,伶人在台上饮茶,名曰"饮场",不称场饮而称饮场,何其典雅也。角儿在后台时有自备之茶壶一具,将登场,则用手巾一方,以托壶底,化装后在后台由跟包持壶请饮,既到台上,则跟包将茶壶递与检场,更由检场人托壶请饮矣。否则犯"越行"之戒。梨园规则之严,往往如此。

　　饮场之需要,殆自有平剧以来即有之。顾若以戏剧立场论,则饮场有必废之要,读者诸君,试加以冥思,伶人在台上饮场,为状之怪,与有人陈一溺壶,解裤而遗,宁有异致？盖此举不第于形式上不良于观,且足以妨碍戏剧空气也。今世伶人,渐悟厥非,于是有人倡废除饮场者,梅兰芳、程砚秋,其先驱也。予倩倡改良平剧于海上,亦废饮场,其从事改良平剧者,如金氏姊妹,厥后自然而不需饮场矣。或曰：陈大濩者番露演,《空城》之忘记唱词,《定军山》之口面落于颏下,无非受饮场之误。内行且言,弹琴既毕,孔明发笑之后,照例不可饮场,而检场人投之以壶,以致来不及听过门,过门到而忘其唱词矣。虽大濩之失,亦检场人之荒唐,其责固须与大濩分负焉。

（《海报》1942 年 9 月 29 日,署名：刘郎）

雅　　博

　　随涂鸦诸君,游吴淞之日,舟行甚缓,下午二时启碇,至晚间十时半抵沪,耗于船上者,达七小时有半,在吴淞勾留,不及一小时耳。舱中无俚,以敲诗为戏,一方制诗条二十纸,令同舟人下注,愚于此不耐细索,往往视自己欢喜之字面,为投射途径,用是辄左,其后十条,不看字面而追一门,射于二,十条而不中其一,盖空门也。所负甚多,及末二条时,欣木兄谓：是必二矣,我助尔声威。此时响应者众,各下重注,一方数其本钱,谓众人曰：可以注八十金。时所注犹不足是数也,白凤机警,遂剥其已射之码子,及揭覆,果又非二。白凤乃谓:我以心理揣摩,知二必不能中鹄,盖一方一言,意在使射者更益其数耳。一方于此道为老手,然闻自己不能临庄,往往被人窥其颜色,而倾覆其本,盖一有重门,中或勿中,一方颜色间,往往流露于众人,众人或减或增,使一方恒以此而伏取败之机。吾辈俱外行,不足与之周旋,故此日一方乃得赢余。虽然,旅程岑寂,幸赖"雅博"而解,虽负,亦足乐矣。

(《海报》1942年9月30日,署名:刘郎)

出租界之门

"八一三"以后,未尝出租界一步,近则于三日间,赴吴淞与南市一次。吴淞为赏月而往,及归,月自东升,银光笼江面,月为烟篷所蔽,欲望,不获迹其所在,于是仰天呼曰:"月亮在那里"也?南市之行,为吊丧而往,友人木公丧其兄,殓于斜桥殡仪馆,持防疫证书与市民证,皆未受检查,乃知出入之便,正与租界无异。斜桥殡仪馆,附设于湖南会馆,入铁门后,不数十武,即抵其地,两旁屋矮如人,若行于昔日之太阳庙潭子湾间,惟尚无浊气郁蒸耳。

吴淞临江处,为一小市廛,同行者欲买吴淞特产归,乃了无所得,鸡卵每枚为七角,鸡每斤八元,胥廉于上海,顾以携带勿便,亦未作成生意。街头卖油氽豆腐干者,大而黄,同行者饥,则就街头而食,果极可口。然除此以外,更无一草一木,使人向往者,故遂返舟。而南市吊丧后,亦以匆匆行,未遑深入,更视其别来情况也。

(《海报》1942年10月1日,署名:刘郎)

软 壳 子

舞场术语,称女人为壳子,称男人为芯子。芯子,固可以放入壳子中也。其义甚简,无足耐人玩索。小黑姑娘,曾与一弹弦子人昵,人称小黑为弦子套,其意正复相同。今人广而言之,称舞女为跳舞壳子,称书寓中人为长三壳子,女人之衣饰容貌不甚挺括者,一例称桂花壳子,凡此轻薄口吻,在白相相场中,触耳皆是。惟人之美恶,亦有以软硬别之者,譬如唱戏中之"里子",有硬里子与软里子焉。于是壳子亦有软硬之分,壳子之"挺刮"者,称硬壳子;若桂花壳子,则为软壳子矣。某君纵横舞海,昵舞人无算,然其中无一出类拔萃之人才,若以俗语言之,则"搭来搭去,才是搭个排桂花壳子"也。一友比较蕴藉,乃曰:"此君壳子,常翻行头,然十年来见其所携,无非皆二十枝头大前门耳。"初闻不解其意,深思之,亦为之忍俊不禁,以二十枝大前门,为软壳子所装,不若十枝前门牌,用厚硬之纸所制也。后人称桂花壳子,大可以"二十枝前门牌"为法,使听者能不以为罪也。

(《海报》1942年10月2日,署名:刘郎)

伶人吐痰

我曾经比方过伶人上台时,由检场人托了茶壶,请他饮场,其不雅观与提了便壶叫他解手,无多区别。我又看见老生在唱罢一节戏后,将口面褪在颔下,再把喉管里的一口浓痰,吐在台板上,则其恶形,又与女人,解除了月经带撒尿,也没有什么两样!

吐痰是一种习惯,可以自然地让它流入喉管,再从大肠经过肛门同大便一齐拉出来,凡是伶人,更应该养成这种习惯,却不能随便在台上乱吐。像梅兰芳之流,自然早已"有鉴于此",但京朝大角中任意吐痰者,却不可胜数,已死的言菊朋似乎对此事更加着力点一个。原因这些伶人,都是瘾君子,鸦片烟抽得足的人,以吐痰多,犹如大便通畅,为同样快事。所以无论在演戏时候,也以一泻为快,但予台下人的印象,是如何恶劣,他们却从不计较。

这些不良的习惯,要伶人本身有自知之明,如其有人去告诉他们,叫他们纠正这种恶习,他们会扳起面孔,说他是角儿,欢喜的就是这一套,你去教他,等于去触他们霉头。

希望有老枪须生登台时,工部局派个人去守在旁边,看他吐一次痰,科他每次五元的罚金,倒未始不是快事。

(《海报》1942年10月3日,署名:刘郎)

池 浜 桥

　　一向以为爱文义路大通路对过度那一条荒僻道路为池浜桥。几年前,有一个舞人,住在这里的附近,我们宵游之后,送她回去,总在这里分手,后来她搬了场;而我则因为住在新闸路上,坐黄包车进出,天天经过那里,追念旧游,时常引起一番怅惘之情。曾经有过一首记事的诗,后面两句是:"从此池浜桥畔柳,见人不复舞长条。"那里有一只学校,篱落里面,有一株六七尺高的柳树。

　　最近,我才明白这一条荒僻的小道,叫池浜路,而不叫池浜桥。前天,我从三洋泾桥登十六路无轨电车,我买票到新闸路下车,卖票的人问我新闸路那一段是不是池浜桥?我说不是的,新闸路卡德路口。此人听我此言,似乎不大耐烦,一面扯票,一面自言道:还是池浜桥呢。我心想这家伙好生无理,十六路车子,经过的新闸路,不过卡德路这一段,本来用不着问我经过那一段新闸路的,及我告诉了他卡德路新闸路,他还与我争什么池浜桥呢?但我不愿同他抬杠,一直等到到了新闸路,快要停车的时候,此人却喊着池浜桥。啊!我这才疑心这里真的叫池浜桥吗?望望池浜桥远在东边,而此地为什么便叫池浜桥呢?天天经过的地方,而从来不知其地名,宁非笑话?我不想去打听老上海,我只要问问梯维,他以前也卜居此地不远,而卡德路新闸路是他每日必经之道,他一定会告诉一个确实的。

(《海报》1942年10月4日,署名:刘郎)

麦达姆麦唐纳

　　愚曩记一五三洞天复业事,昨日乃偕诸友往寻焉。时夕阳已下,暮色苍茫,入门为花圃,穿曲径而抵洋楼,止于楼下一室。是主持人名麦达姆麦唐纳,声势之盛,殆不让昔年康脑脱路之麦达姆邓脱也。麦唐纳自言为娜威国人,一壮硕之夫,操沪上方言,亦自言为娜威人,不知即麦唐纳外子否?总之,龟奴而已,营艳薮之家,类豢养壮犬,一五三亦蓄肥獒三四头,然驯伏无强暴相,客亦安之。自复业以后,门市之货,新增甚多,入室而请征选者,达十余众,国产三四人,其余都罗刹之婆。因令一人为裸舞,同行者赏其人姿色绝美,愚则病其瘠小,若论骨肉停匀,则黎莉安殊不作第二人想。尽唱片三,裸舞始止。其营业时间,为下午四时始,至深夜四时,犹纳客,客有游伊文泰归,而不得投宿者,辄觅一五三洞天。虽然,夜行多阻,若三四年前,夜总会集中沪西时,料麦唐纳夫人楼上尤有"席不暇暖"之盛也。

(《海报》1942年10月5日,署名:刘郎)

"丹老"之王

甲乙成雠,各投以矢橛,是在白相人言之,为"弄堆丹老伊搭搭",然沪语又有所谓"摆丹老"者,则其义异于此。冬日,烟馆中群魔杂处,各去其外衣,悬于悬衣之橛,忽一魔至,逡巡自去,顷之,橛上少一衣,此衣即为彼魔摆堆老矣。凡物之巧取而得者,勿返其主,即摆丹老是。相识中有少年称丹老之王,浸淫于此,凡十余年,其技至精,尝居华北,宿公寓,将去,卷公寓之地毯于铺盖中,而公寓中人不觉也。其家固富室,既不肖,母恶之勿令归,然偶一返家,辄挟花瓶、窗帘之属而出,衣裳、书画无论矣。此犹可言,其行尤鄙者,则欺侮贫劳,无钱,坐人力车,入先施公司之内,令车夫伺于外,而其人则从别一门出矣。此皆数年前事,为吾辈所习闻。近年,其人自言已习贾,往返南北,蓄微髭,语人曰:不当视我为吴下阿蒙矣。然察其行径,则沉溺于声色之场一如往昔。一夜愚等赴伊文泰,值侍者阿四,战前役于吾报,故识愚,乃告曰:某少年为先生故交,一夜来此,欠食账九十余金,将为此间人所迫,因我识其人,阻之,此间付其责于我,允其暂欠,明日,我往索逋,则有其地而无其人,于是此金遂由我偿焉。我劳劳终夜,所获无几,而遭狼虿弄我,故衔之次骨耳。同行者皆为阿四不平,谓愿助阿四缉其人,而使我张一文于此,使彼人见之,果天良未昧,当速返其金。愚文不复标其人姓氏,而必欲如此者,特为老成之阿四哀耳!

(《海报》1942年10月6日,署名:刘郎)

义 女 癖

史致富亦新药业中之一伧,其人面皮永年作惨白色,坐时,亦常以陷于弥留状态中,说者谓其人斫丧过甚。近年以来,史录乐部女儿为其义女者,多至不可胜数,然可望而不可嗅,而史甚乐焉。若以周越然言之,殆亦变态性欲之一端。愚初识史之日,史轩眉自得曰:坤角儿,有为我之义女矣;大家闺秀,亦有我之义女矣;舞国娇虫,亦有我之义女矣;而的笃班名姬,亦有为我之义女矣。所阙如者,特话剧女演员耳。时有某君,媚史曰:史先生真"标准过房爷"哉!以史先生声威,欲致一话剧演员,投拜膝前,初非难事,因为史进曰:孙景璐如何?英子如何?是夜雨甚,媚之者,乃导史至天宫,时孙方出演于中旅剧团,共入后台,为节景璐于史,景璐姚冶善言词,史为之心醉,及退出,语媚之者曰:孙景璐我真有胃口也。岂知拜过房爷之事,流行于戏班中,流行于舞场中,独不能流行于话剧界,故媚史者虽穷其心力,卒未能得一话剧女演员,娱其暮景。脱有一日,史当易箦,而两目犹张者,是必未获一话剧女儿,承欢其膝下耳!

(《海报》1942年10月7日,署名:刘郎)

义 女 癖 续

夫以妻贵,兄以妹贵,举世滔滔,触目皆是。若干老子而以义女之众,其名乃得闻于当时者,世不多见,有之,特史致富一人而已。昨记史录义女甚众,疑其人特有此种癖好者,而意有未尽,今续言之。史营新药业,好名特甚,顾其人于新药业中,初无地位,名不能彰于时,及万国药房设立,亦无人知为何人所经营者,起码盖可知也。于是其友怂恿,劝史广纳义女,凡有所录,亦必取艺坛上之第一流人物,则大名必赖此以彰,史韪其语,居然"好为人父"矣。坤角之投拜其膝下者,有张文娟、梁小鸾、白玉薇、吴素秋,及今日之李玉芝等,每录一人,报间辄为之渲染,于是史致富三个俗不可耐之"人的"名字,为海上人耳熟能详矣。而媚史之流,谥史为"史老头",又曰"标准过房爷"。过房爷上,冠以标准二字,不知何义?或曰:史为人拘谨,不好淫行,不欲在过房女儿房中过夜。其实,史本戎伐余生,常年面色惨白,其人又殊猥琐,纵欲过过房女儿之门,亦必拒而不纳耳!固不必想伊勿穿也。史既有义女癖,然其人德望未孚,女儿既拜,辄自悔,金谓其人一无名小卒,我辈拜之不能稍沾余光,且性复吝啬。苟不拜史致富而拜别只"寄爸"者,他日北归,固不愁囊之不能充盈也。

(《海报》1942年10月8日,署名:刘郎)

挽车之儿

西征之日,入大西路后,四人各唤街车,一友肥硕,挽其车行者,则为一稚子,审其年,不过十五六耳。吾友将登车,问曰:患汝力弱不胜远途。稚子犹未言,其同伴皆曰:否,稚子能疾行,逾于吾辈也。稚子闻言,遂鼓气力,拔步直奔,既达,不为惫状,惟吾友坐其车,乃谓以人道言,殊使人勿忍也!又一日,某夫人过城南之博窟,逾铁门后,一童子迎于前,曰:我以车送夫人往,夫人盍待我?顷之,果曳一车至,夫人登,旋闻车后有吁吁声,夫人回首视之,则别一童子,年尤弱于前者,方推车而驰。夫人仁慈,乃问挽车之童子曰:若年几何?曰:十五。推车汝何人?曰:我弟,才十有二耳。夫人曰:然则汝家更有何人?曰:一母,犹有一弟,更一幼妹,不过三龄。吾家来自绍兴,居乡下时,值岁荒,饿多日不得食,无已流为丐,行乞而抵沪上,我以不能报吾母劬劳,更不忍睹其沿门托钵,故昨年起,我即自鬻我力,以赡一家。虽然,百物奇昂,我一日得十余金,仅足供合家人半饱而已。吾母居家,抚弟妹,兼为人浣衣,若是乃得免为丐。夫人又曰:然则汝当惫甚？曰:习为之,亦渐忘其劳,顾我亦不能自知其劳也！夫人以童子忠诚,力嘉之。然亦如吾友所谓以人道言,殊使人勿忍耳。

(《海报》1942年10月9日,署名:刘郎)

记某银行

秋芳女士,携某君所签之支票一纸,赴某银行兑现,银行之名字,殊陌生,初悉其为新开者,及寻至宁波路行址所在,则银行之牌子杳然,旋经人指点,谓银行今固无恙,不过于若干时前,已迁至二马路之陶朱里矣。秋芳从其人言,循址而往,达陶朱里,果见银行之招牌焉。银行之门面为一石库门,是为三楼三底之房屋,顾银行所据者,不过楼下一统厢房而已。秋芳言之,其办事人员,不过六名,而写字间设备之不全,与夫陈设之凌乱,加之门窗桌几,俱为尘封,其景象不独为旧式钱庄所无,即最起码之写字间,亦比其神气,盖此中若放一只马桶,或一具洋风炉者,便是一中落人家模样,或者拟之为吞云吐雾之燕子窝,亦非不确当。秋芳所持之支票,为数百金,行员自抽斗中出其钱,钞票皆呈腐旧状,与银行之容貌、色调乃至谐和。谑者因言,此款或自老板娘娘身边,摸出之伙仓钱,亦不可知。虽然,老板娘娘袋中,犹能凑得出,不使取款人空手而还,已为好银行。以今日银行之多、之滥,必有一日,银行钱柜中,空无所有,持票人来,急得喊救命者耳。

(《海报》1942年10月10日,署名:刘郎)

《贩马记》序

铁椎兄近以海宁沈衡逸先生所藏之故宫爨本《贩马记》贻愚,由葛辑甫先生手录制板,许晓初先生为之题眉,而得管际安先生一序,尤名贵。管之言曰:"《贩马记》撰自何时？未见著录,其全本亦不可睹,传世者仅《哭监》、《写状》、《三拉》、《团圆》四目,名曰《奇双会》,北伶南来以后,始见于南中剧场,顾演者尚鲜,予初见朱素云演之,叹为佳构。其后婉华成名,屡演此剧,表情之细腻动人,得未尝有,《贩马记》之名遂大彰。盖虽寥寥数场,已尽悲欢离合之致,而生、旦、老生三重要角色,又各有其自显之机会,允称时行戏剧中美善之作,流传至今,几成生旦必备之戏,非偶然也。民十前后,予友刘君,爱其场子紧凑,曾刊入所编《戏剧月报》,惟只有唱词道白,而板拍、工谱、锣鼓,均付阙如,仅能备观赏之资,不足供演唱之用。近年学者渐众,曲友间亦盛唱《贩马记》,传抄之本遂多,虽大抵相同,而抄录舛误,在所不免,间有疏漏疑似之处,或意为窜加,各行其是,殊以乏善本一之以为憾!衡逸社兄藏剧本甚富,崐乱兼收,类皆善本,《贩马记》则清室内廷本,向视为珍閟,不易轻见者也。其异于常本者,有三:锣鼓具备,串演者得之,如盲者之有相,无暗中摸索之苦,一也。登场"点绛唇",用'湛湛青天,神目如电'一曲,虽平仄稍异,自较常本之用'一点情缘,死生衔怨'者为妥,其他唱词不同之处,亦多视常本为适宜,二也。工谱悉用南腔,不杂乙凡,三也。至板拍分明,谱法细致,犹其余事耳。"此书已于本年七月出版,经售者为扫叶山房。

(《海报》1942年10月11日,署名:刘郎)

卖　友　癖

从多方面的证明,我明白这一次遭人算计,真正指示途径的人,却是时常在一起的朋友。时至今日,我也不必叹什么"人心不古",与夫"友道凌夷",万一我此番真的跌在仇人之手,我只有将"天亡我也"四个字,为自己作解嘲了。

出卖朋友,原是人做的事,不足认为诧异。不过我的朋友来出卖的时候,不知他曾经权衡过轻重没有?这事情犯得着做,还是犯不着做?他何以不加一番仔细考量?据我晓得,他出卖朋友的结果,自己所得到好处极微,而接受其计划的人,白白挨了一场臭骂,我则丝毫无损,虽然往后情形,还不知如何!

假使说，这位朋友，他并不看在利益上，而帮了外人，计算常日晤叙的朋友，那末此人一定天生有"卖友癖"者，一个性情阴鸷的人，以欺弄朋友，为生平乐境。假使如此，那末就无理可喻，在别人当此，或者要敬鬼神而远之，惟有我的胃口特殊，在不致破脸之前，朋友还想交下去，慢慢的看他自显原形，未始非增进阅历之道。所以人不必指明，而口风则不能不透一些在外面，好让我的朋友，看在眼里，明白在肚里，宁波人打话："文当倷阿伯是死人！"

我不是小开，更不是什么老板，居然有结党而上我路者，真是光荣之至。小开与老板的路，上得不得法，终至声名狼藉，上一个"贫儒"之路，也一无成就，多见饭桶之没有用场。虽然，咱们朋友还是朋友，我却还有勇气，冒着险交这个朋友下去。

(《海报》1942年10月12日，署名：刘郎)

道 途 述 趣

灯火管制之夜，叔茂后人携鬓丝二，饭于静安寺路之又一邨酒家。比出，街头黑暗，目不辨一物，盖在放警报汽笛之后也，时三人各燃烟卷，衔于唇间，遽闻一人厉声曰：此时犹得燃烟自吸邪？速弃之！言已，攫三人之烟，灭其火，更集未烬之烟，投于巨罐中，仿佛见罐内之烟，已积半矣。是时三人骇然，昏黑中固不知攫其烟者，为何如人也。正愕立间，道左忽现微光，射持罐人之面，非他，为街头流浪之儿，欲击逐之，第念警报时期，固绝对禁止吸烟者，理殊不直，故置之，惟佩瘪三心计之巧而已。

一日，唤街车，一车夫形销骨立，既议价，予将舍之而登他车，因曰：汝乃老枪，讵堪劳步？其人曰：我固老枪，我能疾趋，强于侪辈。姑如其言，既行，则脚步轻松，因又闻其言曰：客视我果能疾趋邪？能健步者，与老枪无关，我无家累，劳力所得，悉买毒物，今方过足瘾也。又曰：我以惟黄包车夫，自食其力，吃白粉，抽大烟，可以质天地神明而无愧，一旦力尽，不足安于鸩毒，则死耳。闻其言，铮铮如铁，愚颇许之。

(《海报》1942年10月13日，署名：刘郎)

马 连 良

闻之人言,伶人之嘴皮轻薄者,以荀慧生、马连良尤甚。之玄曩主南京《朝报》辑政,会连良赴白下,将登台,《朝报》派一记者访于旅寓。记者为皖人,说国语初不流利,既晤连良,乃询其阴平阳平之别,与夫尖团之分。连良天生病舌,于音韵之学,原无涉猎,更不辨尖团,闻记者之问,以为讽己,则曰:若论阴平阳平,与夫字音之尖团,须先将国语说得好,国语既不好,便茫无所知,语之,亦殊徒劳也。记者面赧退去。马平时于新闻界中人,恒薄视,今日执笔之士,复愿为连良张目者,实太无志气。尝忆小达子于战后犹演于沪上,某报记者,亦往访问,曰:李老板于今世之改良平剧,亦能纾其意见乎?李于改良平剧根本不知,故闻言但不语而笑,以示我实不懂那一套也。其率直正复可爱,以例马之狡诈,真有贤不肖之判矣。至荀慧生为人缺德,相识者类能道之,兹不述。愚于连良之剧,夙无好感,其人尤可鄙,之玄昨为愚言前事,志之,使同文从此共弃此赤佬耳!

(《海报》1942 年 10 月 14 日,署名:刘郎)

五 千 金

吴素秋被窃五千金一事,报纸上已说得天花乱坠,又说:素秋母女,今年命里注定破财。自从失窃之后,吴太夫人,又在赌场里输了不少钞票,其实据确知其内幕的人说:失窃与输钱,本为连系之局,今不妨将它揭露出来,好让上海人晓得这一双母女,一个是老江湖,一个是小江湖了。

话说吴太夫人自从重来之后,听人说城里的赌场非常兴盛,她有心去看看热闹,所以跟人到了赌场。其实她天生有蒲樗之癖,看见别人常常满载而归,也不免眼红起来,更加场中人的怂恿,果然也拆散头发,睹他一睹。谁知命运不济,一下手便输,一连输了好几天,检点她的一笔总账，共计一万余金，使吴太夫人，不禁懊丧若痴，虽然立刻觉悟，洗手不干，但已失之财，无法追回。不得已，只有告诉女儿。素秋自然将太夫人责备一场，但事已如此，只有共筹补偿的妙策。究竟素秋是聪明人，在思量半夜之后，忽然心生一计，告诉小山东（即吴母），小山东顿时喜心翻倒，说道此计甚好，照计而行。

到了第二天，金老公馆楼上吴素秋的房门外面，忽然贴出一张告示，大意说"室内于某日被窃五千金，遍寻无着，如有仁人君子，知此款之下落者，请即通知，当图感报"云云。这一来，吴素秋失窃钱财之事，便张扬开去，但因为有了这张布告，使得同住在楼上的许多伶人，均蒙了窃贼嫌疑，自是愤愤不平。叶世长火气最大，为了此事，向吴素秋母女责问。其时，吴太夫人，已经托病卧床，素秋与世长先以口角，后则互殴，幸经人劝解寝事。但事已轰传，吴素秋在上海所拜的许多干爷，一个个闻讯齐来慰问，看见小山东呻吟在床，素秋指着母亲，对列位干爷说道，我妈真是想不开，钱丢了就丢了，何至于急出病来？而小山东则又背了素秋，对她的干爷们说，素秋既失钱财，又遭世长凌辱，哭了一个晚上，眼睛哭得似胡桃一般。这许多干爷，听了她母女之言，个个为之心软起来，由是某人赔三千，某人赔四千，一共收了一万多，抵补了小山东博负之外，更得了不少外快。有人说：吴素秋是啃钞票的老虎。这句话一点也没有冤枉她。

（《海报》1942年10月15日，署名：刘郎）

洁 齿 人

昔年，威海卫路有夷妇授英文与舞艺者，张告白于报端，有人循址往寻，入门，则粥粥者固不止一雌也。其人问此地授英文乎？言已，群雌皆笑，一人摇首示否。则问曰：然则何事刊告白于报间？则投以一照相之册，启而视之，皆汉宫春色之图。因复问曰：是亦良佳，试言其值。于是一一告之，方知授艺讲读之地，实为人肉之场耳。近顷，有上海洁齿医院，位于广西路，广西一路，向为沪人视为桃花之街者。洁齿医院之立,其役胥操之妙龄之女,不知者,疑其性质,正复类按摩院焉。登徒之流,以洁齿为名,与诸少女为调谑之行,既已,正账以外,益以多金,所以旌洁齿人之劳者。院中初勿拒,一日,有人于洁齿时,忽引其臂,摩擦于少女之两膝间,女愕然,以其行动,暴而亵,故严斥之。其人不服,谓苟不令我有他图,则汝等固不必纳我另犒之资。遂互哄不已。自是以后,凡客界小账,皆不受。盖洁齿之人,其资格犹不及医生,然进而学之,俱为将来牙医,其业甚高,不得与神女行云,一例看待也。

(《海报》1942年10月16日,署名:刘郎)

信 芳 之 局

皇后大戏院之改演,一说为周信芳一人而设也。先是,有人拟组平剧院,欲倚信芳为台柱,问于信芳,信芳曰:汝往谋之,谋而藏,则我为君助耳。其人大喜,遂与皇后商,事成,信芳忽食前言。故皇后平剧院将揭幕,乃不得不北上邀"京朝大角"矣。言者如此,愚深疑之,愚知信芳今日,决不轻诺于人,其于出演之役,必煞费考量,于自己之名利,于对外之交情,非面面顾,不致轻言出唱。身为举足重轻之人,绝不致率尔从事也。近顷与皇后之约始定,其代价为每场七千二百金,闻者为之咋舌,而信芳固未以为苛索也。其理由殆为春间膺聘黄金,黄金之座价,为旧币十元,信芳取三千六百金一场,今皇后登台,其座价将增至新币二十元,则每场当取新币七千二百金,在自身固未尝增多其价值,自不足贻伤廉之消也。其理既直,皇后乃无间言。惟皇后座位,不逮黄金远甚,则信芳之局纵不虞失败,若图盈余,亦殊费力。办戏馆之役,金不愿与艺人以每场论值,谓做生意而走此方式,乃无窜头,顾信芳坚持之。嗟夫!今日之事,亦惟信芳能坚持耳。又闻信芳登台,戏院之与其打对台者,在南有黄金之程砚秋,在北有更新之谭富英,而信芳居其中,江南伶范,未尝视京朝大角为其劲敌,虽程、谭亦不足虑也!

(《海报》1942年10月18日,署名:刘郎)

书女侯爷事

侯玉兰屡屡南来,愚观其剧,不过《武家坡》一场,犹未见其闹窑耳。又一夕,为严冬之夜,在黄金后台,见其来上妆,护颈玄狐,毛细而狐巨,极雍容华贵之致。侯人称女侯爷,因女侯爷而念及号称赛二爷之赛金花,因赛金花而念及平等阁主人"玉骢拥出银銮殿,争认娉婷赛二爷"之诗,此夜之侯,纵无玉骢可跨,而其胜概正复类此。客有谈侯之恋爱史迹者,谓侯与李少春尝互矢爱好,侯于菊部女儿中以娴静称,少春固心仪其人,好事将成而为乃父所梗,少春懦弱,不敢争,侯则殊无以自聊,遂任性而耽于鸩毒,日夜以阿芙蓉为遣,自曰:"不自由,毋宁死。不死,亦当以痼癖困其终身耳。"久之,餐量渐增,昔日之柔骨娇颜,为之尽替。今睹其人,枯槁如灶下佣奴,无复人状,盖其人已誓不适人,今后之春花秋月,将不复邀伊人赏爱,伊人之所期待者,惟早毕其生命之程途而已!

(《海报》1942年10月19日,署名:刘郎)

林庚白重阳诗

昔年,中国近代词人集于上海,有重阳登高唱和之作。登高之地,为二十二层旧厦,参与此役者,有李拔可、谭瓶斋、夏映庵、汤定之、黄孝纾、冒广生诸人,惟似无梁众异耳。其所作由孝鲁兄寄与我,我尝录之付某报刊载者。愚读诗不好和韵之作,故当时胜流所咏,亦未尝为愚宝贵。生平嗜林庚白诗如命,忆林有登高之咏,一在沙逊楼上,一则华安之八楼也。记其词云:"灯火千街夜未阑,十三层上更凭栏。群居楼似蜂窝密,俯视路疑鸟道盘。几谒吾邦宜有是,竟汙此土岂无端?千夫汗血销磨地,可许渠侬一息安!"上诗题云:沙逊房子楼坐有感。又华安八楼即事作:"广场一碧夕阳凝,草色车尘互郁蒸。近市招凉来悄悄,高楼如塔见层层。心清能使闻根寂,肉胜堪怜触法增。迷鸟羁雌应笑我,花枝乱服意如冰。"尽多感喟,而词旨潇然。

(《海报》1942年10月20日,署名:刘郎)

刘　宝　全

生平于大鼓不能窥奥妙,刘宝全往岁南来,凡三为座上客,亦无由识其极诣也。刘莅沪时,年已七十许,腰脚甚健,然上场时,强雇二人扶之升,一若不胜其衰惫者,其矫揉造作,予人之印象滋不良。盖与刘同来者,有谢瑞芝。谢少刘二十年,说六角快书,隽趣无匹,台下人争誉,鼓掌若雷鸣,常声达后台。刘闻之嫉甚,则立幕后,屏息良久,俟谢下亦下。比其登台,乃搬一大堆废话,以讦谢为快,日日如此,听者渐恶之。而谢则闻之而不以为忤,每日登场,力誉刘,尊刘为老辈,其气度之美,益使刘无置身地也。玩鼓艺者,于引吭之前,必有絮絮之言,或为固定文章,或则随意攀谈,要以风趣擅长,谢自可听;白云鹏亦勿讨厌。某岁,歌于北平书场,第一日登台,若闻其有言云:"诸位,你们不奇怪白云鹏这老儿还没有死吗?"戏台上之现成词儿,脱口而出,自有信手拈来之妙。刘则以艺胜耳,若寻常词令之趣,非所工也。

(《海报》1942年10月21日,署名:刘郎)

赵金蓉之嫁

以今日吴素秋在沪上,饮誉之盛,令人乃不能无念于昔年与吴同来之赵金蓉。赵命不齐,来沪后,亦尝拜过房爷,投先生,请老头子捧场。若夫色艺,视吴更无多者,乃闻赵患多泄之疾,登台时,不能自制,恒溺于台上耳。顾以此倒霉,遂不振,见吴之青云直上,不禁羡焉,偕其母登张啸林之门。张妇为赵之义母,赵母曰:他人拜过房爷,受惠良多,今我亦攀龙附凤了无所得!其母之言,诚不择词,张妇大恚,叱之去。由是郁郁北归,至今无人闻其音讯者。顷客自北都来,述赵事,谓赵母甚饕，往岁居平，识一客，客粗卤而肤黑，貌奇丑，第能示惠于彼姝。赵母乃令女为客荐枕，一举而娠，甫二月，赵辄偕吴南来，乃以胎气，得频泄之疾。比归后，赵氏以歌唱生涯，不足为赡家计，故从客之求，已下嫁矣。客丑而好色，赵已为其第四妾，名葩摇落，从此委弃墙隅，宜其无人顾问矣。

（《海报》1942 年 10 月 22 日，署名：刘郎）

王熙春之妹

闻王熙春已来沪上，盖其婚于沪而产于白门者，今则抱子返春江矣。熙春嫁后，其妹继其业，妹字熙云，盈盈十五六，昔从熙春居沪，习平剧，投王兰芳为师。熙春从影剧于大成制片厂，朱石麟见熙云而美之，尝屡屡劝其登银幕，为熙春辅焉。石麟谓：熙云貌美无逊乃姊，且聪慧过之，愿赴全力以造良材。及熙春婚期已定，石麟之愿亦梗，盖熙春既婚，王家人举室而归白下，熙云亦随返故乡。今有人自金陵来，乃言熙云已清唱于天香阁，为歌女生涯矣，闻者咸为扼腕。以熙春恋一吴君，而自毁一身，及弃歌尘，使小菊红（熙云乳名）亦沦为清唱之儿，滋可惜也。其实王氏一门，固以清唱而发扬其门楣者。熙春之母，旧亦群芳会中之隽，熙春复自歌女而成名重之艺人。今他人视熙云，直以为委华焕于道途，而在内行人视之，正以为培植美才，本宜于按部就班，先苗其擢秀之苗，而后发灿烂之花耳。今日之熙云，犹在苗苗之际，更期以三年，将见其花开如锦矣。

（《海报》1942 年 10 月 23 日，署名：刘郎）

夏佩珍与薛玲仙

夏佩珍沦落至此，已无人顾问，乃为色情表演之剧团得之，居为奇货。投暮之年，留兹皮骨，犹使人为色情之号召，其惨益不忍想也。或谓今日之夏，已有步薛玲仙后尘之势，因忆薛往年潦倒于八仙桥小客栈中,偕子女三五人,拥败絮而卧,子女恒数日不得食,稍获钱,惟供薛一人啖白粉而已。时有某剧场,为人体表演,以薛旧为歌舞红人,将邀之往,欲以薛玲仙三字为招徕座客者。顾不知薛之所在,旋得一友之引,觅薛于小客栈中,时薛之全身肌肉,卸除欲尽,及其人白来意,薛曰:事固愿为,特无舒体之衣,不能外出耳。遂由其人掷定洋数十元,要其明日登台。及明日,届登场之际,而薛之踪影杳然,往促之,则偃卧如昨日也。诘其故,曰:钱尽而衣犹未得。往速者大怒,薛转掩被不二语,其人始悻悻而去,然自此薛之生机益绝。夏佩珍久别春江,近况自不能美,闻其贫困,无逊玲仙,而其为借淫艺而牟利之徒所利用,如出一辙。玲仙久死,不必悲,我今特为生者吊耳!

(《海报》1942年10月24日,署名:刘郎)

重晤熙春

王熙春之来沪也,报间已有传述。后十三日,愚遘之于翼楼,则约其闺友来看《大马戏团》,兼为故人存近状焉。其人尩瘠,为前此所未有,而豪迈之概,亦远逊往时。自谓双星渡河之夕,产一子于白门,既育,雇乳佣哺乳,自身乃得不以婴儿为累。愚记熙云一文,熙春未见,惟言小菊红在京,未尝清唱,第于群芳场中,彩排三日耳。一夕为玉堂春,一夕为教子,一夕为花鼓。授其戏者,为宫济川,此人初教熙春戏,及熙春下海,溯江西上,宫亦随行。及熙春初来沪,为信芳"跨刀"于卡尔登,宫亦加入移风剧社,然不久又返白门,今则又为熙云说戏矣。宫年老可怜,熙云又未肯就范,教熙云戏时,宫辄曰:"姑娘,我不敢做你先生,不过我看得多,你那儿有不对的地方,我好给你说一说。"授教子时,宫为小东人,跪于熙云膝下,听其行腔。熙云作态曰:"三大爷我的腿酸啦!你给我捯上腿吧!"熙春在旁为之失笑。其实娇痴妙女,熙春当年,未尝不如此。今既老成,乃觉熙云所为,为可笑耳。

(《海报》1942年10月25日,署名:刘郎)

更新顾曲记

昔见傅德威之《惺惺惺》，莫名其妙而退。昨夜又往观其《车轮战》，则叹为观止。起霸与开打之亮相，俱重如磐石，尚和玉之遗风流泽，春江人士固可由今日之德威求之也。于老旦戏绝无好感，昔见龚云甫佘太君登场，亦视之为干瘪枣子而已。此夜李多奎《望儿楼》，摇其颅，如台上电风扇，胡琴之红，似足以掩李之唱，愚不知琴艺，然亦深恶叫琴采者，以声震耳扰，初不因其扎角儿台型也。前在更新，比李宗义登场，而愚辄离座，故未一见。今始聆其《骂曹》，瓢厂先生三十载歌场，于伶工评骘，无勿精当，谓宗义衷气足矣，而其音不老，音嫩，则无厚实之美，所以不足贵也。惟似愚外行，听之已堪过瘾，压轴为李玉芝与周维俊之《铁弓缘》，颇爱剧本编制之妙，玉芝花旦戏，尤擅胜场，故《铁弓缘》乃视《得意缘》为佳，此剧对白之轻松，想当时剧作人有信手拈来之巧。玉芝痴憨娇艳，演此良惬人意，既称小妞儿而不令小妞儿演之，必以老丑之夫，如荀慧生者，始为矜贵，终非情理之当也。

（《海报》1942年10月27日，署名：刘郎）

吴素秋与盖叫天之争

听说为了吴素秋不甘屈居于盖叫天之下，所以黄金的戏，无法排下去了。盖叫天与吴叶合作，当时的"斤头"，如何讲下来的？我们不得而知，不过没有讲得着实，这痕迹到现在已经暴露出来。

黄金的预订计划，盖叫天加入之后，再唱十五天，排五台戏，每台戏唱三天，除了全本《大名府》与《武松》之外，还有三台戏，一台是全本《翠屏山》，一台是《三岔口》《白水滩》中间夹一出《纺棉花》，一台是《蝴蝶梦》与《洗浮山》。

盖叫天登台之后，从报纸上看来，牌子是他的头牌，这是众目所睹的事，也是天经地义的事。不料唱完了《史文恭》与《武松》之后，吴素秋忽然提出要求,不能让盖五爷老挂头牌,在五台戏中间,要让她唱一次大轴,而且不排她《纺棉花》则已,排《纺棉花》非唱大轴不可。当时是孙兰亭先生讲的公事,等吴素秋有了异议,兰亭却往北平去接程砚秋了。这里的人,没有一个敢去同盖叫天说话的,又不敢违拗了吴素秋的意志,于是弄成僵局。在没有办法中,想出一个办法,就是把唱过的《史文恭》续排三天而放弃了其余的三台戏不唱,这难题才这样解决了。

黄金的海报,已有"定期十天"的表示,这局面是否蝉联?要等兰亭回来再说。我们的盖五爷是硬汉,要被这个女人发嗲而吃瘪了,我想是没有的事!

(《海报》1942年10月28日,署名:刘郎)

闲话盖叫天

只会唱一出《纺棉花》,朝下身指指,媚眼向台下乱甩的女人,放在卖笑之场,称她一块响牌,我无间言。若然在艺术立场上,则迭排壳子,要与一代伶工,争牌子上下,那末这个婆娘不是丧心病狂,直是死不要脸!

盖叫天是艺术上仅存的硕果,吴某把一个侧媚的男儿,当作一件"国宝"看待,我唐某却是英雄豪杰的崇拜者,我爱盖五爷一身绝活,尤其爱此老不可屈挠的一副古怪脾气,我就视此老为中原的国宝。

据说此番吴素秋被盖叫天压在下面,一百个不舒齐,所以在台上也乱搅起来了。在"戏叔杀嫂"的场子里,吴素秋随便加上许多词儿,着恼了这位老伶工,他发了脾气。在杀嫂时,辣一刀斩下去,劈在吴素秋的乳房上面,她只好忍痛着怨,却不敢开了口骂。本来盖叫天是快手快脚,专门唱唱南腔北调的花旦,同他配戏,根本配不出劲来的。

黄金因为戏码的难排,将以《史文恭》《武松》两剧,唱到结束了。但我们这位老伶工,始终高居在女人之上,反正没有让吴素秋唱过大轴。这一个发嗲的女人,这一回的霉头是触定了。

(《海报》1942年10月29日,署名:刘郎)

吴素秋之流波送媚

累日记盖叫天与吴素秋之争，今日屏盖五勿谈，而谈吴素秋。昨夜见其演全本《大名府》中之《秦淮河》与《贪欢报》，自出台至进场，其媚眼只向上场门之台前二三排座位间射，台下人乃知此地必有一吴之心上人在焉。其实说"心上人"三字，殊嫌风雅，若以率直之词，而为切实之言者，则曰："当有一专送钞票与吴素秋，而素秋则报之以一身之胡老码子在焉。"惟送媚既频，台下人恶之，一客猖狂，竟切齿曰："格只烂……"语气虽鄙，要亦爽利，吾友玄邨乃谓此人实因羡生妒而发也。譬如我有金钱，我有路道，用一万两万以壮素秋行囊者，则素秋之报于我，亦必如此。在不关痛痒之人，睹此妒且恨，惟替身受之人念之，则无不觉钞票之用得真"有劲"矣。此戏为花旦之玩笑戏，故在台上可以随便，飞眼儿固不妨，若与彼胡老码子搭讪，亦未为失态。惟以此日之情势觇之，可以知吴素秋之在上海，副业大张，忆其初次南来，胡调之者，不过几个上海之若干老白相而已。今则其范围似已经扩展，而流泽或且及于暴发之户。虽然揭人私秘，君子不为，今之臆测犹无伤耳。

（《海报》1942 年 10 月 30 日，署名：刘郎）

林康侯先生

与林康侯是素昧平生，前两天，去看盖叫天的戏，恰巧碰着林先生也在座上，他是等《秦淮河》上场而来的。等到《史文恭》上场，林先生却又悄然引退。我平时对于林先生没有什么认识，单单从这一夜林先生的欣赏平剧上，我以为林先生也许是一个俗客！

在吴素秋色情表演的时候，林先生架起眼镜，看得津津有味，不料等到一位老去的英雄登场，他老人家便不屑一顾。纵然说林先生是海上名流，或者还有其他约会，但我们总觉妇孺荒伧，抽盖叫天的签，都可以谅恕，是一个丈夫，都应该对于这位江南伶范，寄以无限同情的，不一定要有欣赏他绝艺的能力。

这一夜,我还碰着许多老友,如江一秋、丁惠康、姚绍华诸先生,他们都等盖叫天进了场,而后起身的。我不管他们是不是盖艺的醉心者,但他们都有一分"尊贤"的气度,已够令人折服,奈何林先生却不如后生?

(《海报》1942年10月31日,署名:刘郎)

韦锦屏之疤痕

吾人誉家庭饭店之二艳者至多,其长者既适人,又招一姝至,抵其缺。氏刘而风姿亦丽,饭店称家庭,而其女侍,乃不以人家打扮,亦映白施朱,妆必婀娜,此情调之所以为美也。文友梅霞,薄家庭二艳而盛称韦锦屏。韦粤人,役于皇后咖啡馆,夏日之夜,愚两为皇后座上客,与韦皆相左,比昨夜更往,始见之,见其面部之轮廓殊美,惟胫绝壮,行时作丈夫态,有旧小说中所谓"迈开大步"之观。揣其原由,殆以两胫既硕,厥股亦丰,肌肉既积而成堆,其步亦不能紧凑矣。颊上有疤痕,秋翁病之,愚则谓秀靥之上,偶陈缺陷,未始不能增其人之丽。艳秋老四之美,在有雀斑微缀星眸耳。少时见吾戚之颐,有金伤之迹,笑时乃类梨涡,亦未尝以此而憎其人丑也。故愚直以锦屏之美,正以其面上有金样疤痕焉。

(《海报》1942年11月3日,署名:刘郎)

李丽华与母

张少泉一生命薄,其夫李桂芳,死甚早,遗两子三女,一子死于伤寒,一子触刑章,系于狱。其长女嫔姚一本,次女则归于严,独三女秀发,照耀于海上银坛,则明星李丽华也。少泉愁苦半生,赖丽华乃得一豁双眉,要为天灵地鬼,悯彼贫雌,故力贶此佳女耳。用是少泉约丽华綦严,勿令他越。丽华既为粲粲之星,仰之者自众,以简邀,请丽华饭,然苟简而弗及少泉,少泉必靳其行。盖识者每附一简与少泉者,则丽华且翩然为座上客矣。近顷,某笔厂邀银幕女星,摄取广告照相,既竟,一一酬以值,而少泉独靳丽华,谓丽华取值,必须高于其他。复经人浼请,始往,抵笔厂后,少泉向厂中人要索多珍,厂中人无不许之,于是丽华所得,仍独多。闻者咸谓少泉老而弥饕,幸有丽华耳。不然,且偃蹇氍毹,终为戏班之零碎而已!

(《海报》1942 年 11 月 4 日,署名:刘郎)

王珍珍重返银坛

王熙春既重上银坛,而舞人王珍珍女士,亦重作明星矣。先是,王货腰于大东,严幼祥君,赏其华艳,劝王投身银海。王于第八艺术,固有好感,韪其言,以紫微名,入艺华公司。顾幼祥赏之于前,不能奖掖于后,王故郁郁不得志。年前重操货腰业,顾于戏剧生涯,犹未能忘情也。有一时期,拟集其所识者,组织剧团,然团员之流品殊不齐,识者忧之,阻其进行。王曰:舞女之役,我已倦为,人生岁月,尽在拍男人马屁中过去,事非能堪,故不欲重为矣!嗟夫!王之言,自有一种萧骚之气,若受激而出之者。虽然,若在男子,则此亦振奇之士也。闻者嘉其志,电影业之李大深君知王尤切,悯其旨趣非卑,愿加援手,因劝王曰:然则仍返银坛耳。复为王说于中联当局,今双方且立契约矣。惟后此将不复以紫微为名,亦弃珍珍之字,特保留其氏为王,而别选一名,照耀于水银灯下矣。

(《海报》1942 年 11 月 6 日,署名:刘郎)

秦瘦鸥与李昌鉴

秋翁把秦瘦鸥兄与李昌鉴相比,不免近于苛论。瘦鸥与昌鉴的小说,我都曾读过,讲学问的根底,瘦鸥胜过昌鉴;论小说的内容,则李昌鉴东剽西窃,明眼人自可以寻出许多地方,不是"李记"的本庄货色。

而瘦鸥除了译作之外,都是自己的结构。李昌鉴的小说,在没有排足的一行中,欢喜附加许多自己标榜自己的口号,如"李昌鉴是一个诚实有为的青年作家",又如"李昌鉴是一个英俊风流的戏剧家",又如"李昌鉴面上常年涂着三分不足二分有余厚的雪花膏的青年播音家"之类。这些闲文在瘦鸥兄的小说里从来不曾有过的。一行排不满,让它留着空白,《秋海棠》更不惜篇幅,每一章的上面,印着一块唐云先生所绘的秋海棠铜图,比了李昌鉴的加一些杂合乱拌自说自话的标语,自有雅俗之别!李昌鉴的作品,上过银幕,上过舞台,这却与瘦鸥的小说同一轰动。但李昌鉴毕竟不如秦瘦鸥的,似乎他的小说,还没有让唱东乡调的朋友,居为奇货!

(《海报》1942年11月8日,署名:刘郎)

人　　像

防痨运动会主办的摄影名作展览会,于五日开幕,出品一共有三百余种,丁惠康个人的作品,占三分之二,而其作品之大半,又都是女人的人像。他说:这是创举,为历来影展所未曾有过的。定山居士写了许多替他题影的诗,要讲到得颊上添毫之美,此事就该推毕倚虹先生了。曾经看见丁悚先生的摄影,而由倚虹先生题的诗,真是美妙无伦。如云:"纤纤人影低于笋,万竹参天绿似云。"又云:"惜取空阶孤坐意,几人来听在山泉?"定山虽然以诗自负,但没有一首能够似倚虹先生富有灵空之致的。

我问过惠康:与其拍女人人像,为什么不拍模特儿?他说:他从来不曾拍过模特儿,不过最近很想尝试,曾经同郎静山先生谈起,而大家都因为没有理想的材料,而无从拍摄。有一天郎先生要他到天韵楼上去寻访,但他恐怕劳而无功,还是不曾实行。我想介绍一个人给惠康,那便是所谓"丹麦女人"的黎莉安了。此人有骨肉停匀之美,面孔也够标准,干这一个,只要钞票塞得足,未必会拒绝的。

(《海报》1942年11月9日,署名:刘郎)

《大马戏团》与梅程

上海艺术剧团的《大马戏团》,将演足一月,于十日下来,十一日更换新戏上去。在一个月的演期中,虽然不是天天"狂满",营业总在水准以上,尤其是口碑非常之好。而在上演期间,有一事值得一提的,那末这一个名剧,曾经叫梅兰芳、程砚秋两个大老板,来先后欣赏过的。

在《大马戏团》公演后没有几天,费穆先生招待梅老板做过一次座上客,梅先生非常满意,看罢之后,更由费先生引至后台,与《大马戏团》的演员们,一一握手为礼。

是七日那天晚场,程老板也同了许多朋友,看过《大马戏团》了,在他的朋友中,有一个是我的朋友,那是袁帅南先生。程先生看过《大马戏团》的观感如何,我无从得知,因为这一夜看戏之前,我同帅南先生在一个地方吃饭,他告诉我,程先生本来预备十日上去的,因为防空演习,所以延迟至十三日登台。

(《海报》1942 年 11 月 10 日,署名:刘郎)

罗刹天堂沧桑录

今人之谈罗刹天堂者,曰六十三号,又曰沪西之一五三洞天,前者历史至暂,后者设立以来,亦未逾五年耳。又若六百弄,为江西路与苏州河沿之支流,皆未足以华异炫人也。战事之前,所谓西洋腻宅,为狎邪人士所艳称者,曰尼古儿夫人,曰麦达姆邓脱。尼古儿夫人亦称麦达姆薛瑚,废一足,不良于行,设其宅于虹口之欧嘉路。比烽烟既罨桥北乃迁至亚尔培路,同时亚尔培路之二一〇号,亦为流腻传香之院,说者谓是薛瑚经营之分站,至此总支两店,成合并之局,顾厥业大疲,最后迁至大西路,问鼎者之足迹尤鲜。尼古儿乃只身赴香岛,遣其妻于沪上,尼古儿至今不获归,薛瑚则贫病相煎,为状殊苦。中国人之营刀俎生涯者,其收场莫不奇惨,薛以塞外婆娘亦无逃公例,天所演乎?至麦达姆邓脱,初居于康脑脱路延平路之西,洋楼一角,其景物正复幽蒨,屋为邮政汇业局所有,三年前,局方将是屋收回。邓脱迁移之先一日,予适过存,告我曰:明日离此去矣。新居何所,姑为客秘之,逾一星期,客以电话与我。我则告之,盖我迁居,将以电话俱行也。自是不复见。近顷一五三主人告曰:邓脱已弃此业不为,盖其人不似薛瑚之困,今则独居于西摩路一公寓中,不复俎上氤氲作蝶使蜂媒矣。

(《海报》1942年11月11日,署名:刘郎)

书幻多夫人事

十年前,吾友幻多方娶妇,幻多固自顾翩翩,妇亦多姿而丽。时幻多之友,俱为狎邪游,独遗幻多,妇乃夸于友妇之前,曰:"卿辈不善御夫耳,故任之放荡不知自返。惟吾婿独就范。"诸友之妇闻言嗤之曰:"事不及自身,遂以傲人,他时者,吾辈今日之所哀,丛集于汝,正虞其无词自遣耳!"妇曰:"是胡言?我苟见薄于夫,钗分必矣。"诸妇聆之惟唯唯。亡何,幻多遽病肺甚亟,医者令其养疴于院中,居甚久,忽与一护士互矢爱慕,比病愈离去,彼此犹不能忘情。事为妇所闻,恚甚,弃其子于幻多而去,立意弥坚,盖欲践向昔之言也。妇既弃家,忽自暴,操伴舞生涯于大都会,数年始从一客隐去。家非财富,且既娶妇,则曰:"我宁为他人妾,不为幻多妇也。"客遇之固不薄,惟自纳妇后,家业益瘵。凌晨,有人睹妇挈筐入市,意态甚窘。近年幻多既与护士结缡,子亦长成,已入学。妇有时念子,辄踵子于校中,制绒绳衣衫,加于子体。子亦知生儿身者,即此妇也,故恒相抱而哭,见者为之唏嘘,第不审其事之所蕴也!

(《海报》1942年11月12日,署名:刘郎)

艳雅与恶俗

《社报》因柳絮文中,著一"却"字,秋翁力诋其非,为听潮责以人格、报格之义,殊嫌言重。听潮滋恚,亦反唇相稽,初不从"却"字之是否可用,"魁"字之是否可书上立言,而多枝节之文,词锋既锐,友谊遂伤。秋翁之打一记轻,听潮之还一记重,此为事实。秋翁欲老友为此事伸张公道,则公道之言,即此数语,已盈其量矣。

关于"却"字、"魁"字之是否适用于身边笔记中,愚已二次论之,兹不复赘。秋翁谓其主张,初不以"却"字之淫亵而病之,以"却"与"魁",胥为近时下流社会之口吻,文士固不当以荒伧之语,污其笔墨也。此则似然而实不然,愚以为下流社会之口吻,有时极饶妩媚之致者,若入之文章,而能形容毕肖,即用之又何伤?秋翁所言:生平好写风冶之文,更不反对他人写狎媟之词。以狎媟之词,非高手固写不像样,写而得好,正复为文章之别格,特须求其雅驯耳。既不嫌淫秽,复欲求其雅驯,是诚难事。试举一例,曰"我敦汝亲者之伦",雅矣,苟易更其语气曰"我触傺娘个皮",是在秋翁言之必恶俗矣。然前者之言,终不浑成,而后者实为成语。以成语入文章,无雅俗之别,亦不一定遂损文章气势。愚意如此,秋翁或又不是吾言矣。

(《海报》1942年11月19日,署名:刘郎)

金少山之"误场天性"

金少山之误场,为一生八字中所注定,亦为苍苍者天所派定,决非存心如此,亦非自己做作。我言何解?试读下文。

少山居北都,常独组剧团,挑大梁。其人既沉湎烟霞,性复綦懒,故所入常患不足。而一年之半,恒陷于窘乡中焉。某次,其所组之班,公演既毕,有某项税捐,须归少山缴付。少山方急需,耗其金辄尽,官中人索之急,亦不应。官中人怒,缚之而鞫。少山俛曰:"税我所欠,我必偿之。"官中人曰:"汝言恒无信,且汝又何术以得钱?"少山则曰:"是易耳。苟纵我于外,我必遍谒吾朋,一一哀之,吾与诸友皆交契,必能助我。苟集吾友,演会戏一日,取其所余,偿吾逋,吾逋清矣。"官中人韪其言,果纵之。少山果一一哀其友,其友无勿允。于是一日者,为少山偿逋之会戏登场矣。故都名角,网罗殆尽。少山则陪富英唱空城,匹马谡。固事有出人意表者,马谡登台,而少山不至,盖误场矣。此事遂传为笑谈,谓会戏未必轰动九城,而金少山在此次会戏中,亦竟误场,则诚足南北梨园未有之奇闻! 谑者曰:少山殆以误场而能延其生命者,苟有一日,少山竟不误场,则少山之距死日迩矣!

(《海报》1942年11月23日,署名:刘郎)

祝 寿 记

四夫人著声于海堧,为尘世旷夫,作蝶使蜂媒者,二十余年矣。十载以来,愚过夫人家,以夫人之撮合辛勤,恒感其盛德。顾夫人常病,每见,恒作恹恹状。洎乎今岁,二竖精魄,忽去夫人之体,向之夫人瘦骨棱棱,若不盈一握者,今则已见其有腴容。夫人自喜,曰:我今年五十人矣! 病来困我,久乃勿去。兹则福曜已临吾檐之角,故能远慑病魔,不复相扰,是可庆也。其言闻于楼中佳客,客罔勿悦,群谋为夫人祝嘏。于是十月初旬,夫人之诞期已至,夫人楼上,乃排夕张宏筵,楼上下屋宇甚多,每一室中,列一席,俾拜寿之客,各能避面。近年以来,夫人嫁女多,女以往日居夫人家,沐夫人惠,故闻夫人诞辰,辄挈其婿来拜,于是一女一婿,各踞一室,夫人睹之弥快。其孤身而来者,夫人亦必代觅其俦,使能尽醉。用是若干时来,夫人灶下,曾未断片刻炊烟矣。

二月以来,愚与三五友人,入夜恒觅夫人共语,夫人以吾辈为常客,亦令共此欢乐,因于二十一之夜集诸友于夫人楼上,夫人款以佳肴,而人以一妙女为伴,惟遗夫人。夫人曰:老身耄而悖,将见渎佳宾,若少年而都丽者,如能令吾客醉而无吝耳。吾等以夫人能知礼,俱嘉其智慧。既醉,封千金投夫人怀中,谢曰:此戋戋者,所以祝夫人多寿而长乐者也。

(《海报》1942年11月24日,署名:刘郎)

熬　夜

从前"俾昼作夜",视为常事,往往游乐回家,已经日上三竿,还可以伏在写字台上,伸纸提笔,将一天的文稿写竟,然后再睡。即使不睡,挨到第二日的夜里,也并不觉得十分难过。一半因为当时身体,比现在壮健得多,一半也是成了习惯。近两年来起居有了定时,遂视熬夜为畏途。前天,在秋斋打沙蟹,从夜里十时开始,打到次晨九时,足足十一小时之久,钱是赢了,人也似瘫废了一般。回家之后,不敢再睡,因为文债未了,只得出门,想提笔写字,而头晕、耳鸣、腕痛、眼花,种种毛病,一时毕集,知道今天不能缴卷,只得曳白,向报馆方面,各致便条,称病请假。

从此今后的我,万不能再熬夜,否则第二天什么事都不能做了。为了熬夜,从前常常要笑梯维,偶然为了《雷雨》,排一夜戏,他就不克支持,被我大施诋讽,不料几年之后,我就和他一样。

(《海报》1942年11月25日,署名:刘郎)

《男女之间》的舞场术语

卡尔登上演《男女之间》,以排演时间之充分,几经改善,演出之成绩遂蔚然。愚以事集,未暇一睹此剧。第闻之观过者言:此中有舞场术语甚多。舞场术语,行之于上海市上,久之,乃成为上海俗谚矣。上海俗谚,以上海话说之,自能登样,以国语说之,则风格已变。如话剧台上之舞场术语,固以国语出之者,本不自然,顾台下人以此为新奇的欣赏,亦复喜其风趣。加以全剧风光,都眼前景物,故其演出情况,正复如火如荼。由是观之,今日治艺者,不以艺术与生意眼并论,则亦已耳!若治艺而兼求生意眼者,必以轻松流利为主要。轻松流利,所以诱人欣赏之便。戏剧然,其他之艺事莫不然。李一与毛羽,悟兹窍要,其处理《男女之间》,悉从轻松流利着手,而成效遂宏,二子盖聪明人也。

(《海报》1942年11月26日,署名:刘郎)

颐 和 园

白蕉尝邀文友夜饭于颐和园,愚以事冗不及往。其三来言:颐和园有隽品,则牛酪是。是在北方,固为常物,旅居海堧垂二十年,而未尝得此味沾唇,渴想极矣。小时居故都,比兴赴门框胡同,有卖早点之肆,制牛酪殊美,饮时,佐以蛋卷,甘香不可方物。闻其三言牛酪,而儿时尘梦,不禁拥上心头矣。

一夜与其五、之方两公,觅颐和园勿得,怅甚!后三夕,其三亦至,以其三尝为食客于此,固老马也,丐之为导,则于近霞飞处入一巷,巷外有木招,书"颐和园"三字,稍勿留心,辄易错过,而入颐和园之门,内后门,将灶披间布置为餐室,洁而雅。雅者,四壁张书画甚夥也。时为八时,颐和园已熄灯,客至拒勿应,我谓从远道来,则曰:售点心有之,而不卖饭。曰:是为吃饭时间,不饭乌能!此中人无言,见其势勿能纳我,不得不退去,又返至文缘,而诸人饥肠已雷鸣矣。

(《海报》1942年11月28日,署名:刘郎)

樽 边 偶 记

一日,饭于康乐邨,座上有信芳、子褒、慕琴、仰尧、铁椎诸先生外,着鬈丝三,为张淑娴、淑云姊妹,及甫自北都归来之张文涓也。信芳近两见之,渠在台上,我在台下,未遑一诉衷曲,此际乃得言欢。文涓颀长而两颊垂腴,其面部轮廓,迥不若前时之美,又以内热大蒸,发为疮疱,星罗棋布,满其靥上,二十岁孤雌,不予宣泄,宜容颜之不能光艳矣。淑云温文,淑娴则亭亭如高花秀发,亦不苟言笑,其人无殊色,肌肤尤不白皙,方之莲花,则为朱莲,纵非明艳,要非俗相,正耐人欣赏。愚问曰:皇后之局既终,张小姐将安适?则曰:与李宗义赴汉皋,盖宗义赴汉,玉芝返平中,故旦角邀淑娴为替也。信芳贴《天雷报》之夕,子褒携玉芝往观其剧,玉芝震江南麒派声威,此夕始得循宏范。既毕,语子褒曰:周先生诚绝技也。其尤难能者,则两颧之肉,似跃然欲跳者,此为平角所未有,独周先生能之耳。

(《海报》1942年11月29日,署名:刘郎)

瞎赌记趣

在赌场的赌客群中,有两个著名的瞎子,一个是姚文周,一个是张燮堂。这两个都是算命先生,生意与从前的吴鉴光一样鼎盛,其收入自必然极其可观,但他们的嗜赌如命,却也是一般无二。

自从赌场兴盛之后,我们老早听说姚文周已经送掉几十万了,瞎子在天天瞎说中,发了大财,自有一条出路,有的讨姨太太,玩女人,惟有姚、张,则以睹为流通金融的惟一大道。

有一天有人在赌场里碰着两瞎子,同时光降,张燮堂带了他的挂号先生,筹码归挂号先生经管,瞎子叫他怎样下注,他便怎样下注。这一天刚刚坐落,出手第一记,瞎子叫他放一千元青龙、一千元杠子,另外,打十只洋"三宝子",及至开出来,果然是三宝子。谁知那个挂号的,见财起意,匿赃不报,预备侵吞。但瞎子究竟心细,晓得出了毛病,他警告挂号的说道:"小鬼摆我堆老!"挂号的自然抵赖,及至第二盘张燮堂自言自语的说:这一记一定是三,但我被小鬼触了霉头,不高兴摆了。等到开出来,果然是三。第三盘,张燮堂又猜是三,他还是不摆,而开出来果然又是三。两个瞎子,大呼晦气,马上离开赌场。有人替他们计算,如果三盘都照他打法,十只洋,可一积一万四千元了。

(《海报》1942年11月30日,署名:刘郎)

与周信芳谈盖老五

以周信芳在今日,宜可以目空余子矣。故于时伶,恒无所推重,而独于盖五,称颂备至,盖惟英雄始能惜英雄耳。往年会戏,排《史文恭》于大舞台,盖欲信芳陪卢俊义,信芳亦以盖演史文恭,始肯卖力唱玉麒麟也。黄金之局,盖吴争座,演《武松》与《大名府》二剧而止,信芳为之摇头嗟叹,曰:"彼雌何忍? 使海上嗜曲之士,乃不获广见绝艺于今日也。"又曰:"盖五近尝语人,曰:'我的东西到现在才能看,怎么人家就说我老啦!'"其言沉痛,然亦至言。盖以逾五之年,而练工未尝或辍,其造诣乃臻炉火纯青之境。盖固自知,用是恶闻他人之言其老也。信芳曾看《大马戏团》,以石挥之演技精湛,故深致倾倒,第谓剧作人写慕容天锡一角,其典型乃如天津卫人物,苟饰演此角者,以天津话出之,则弥足传神,而为趣亦尤永。愚近来屡与石挥先生言麒艺,石闻信芳演《四进士》,名重南北,特作壁上观,则亦叹服,谓昔看李盛藻此作,至今渺无迹象可寻;而信芳之艺,始使人回味无穷耳。

(《海报》1942年12月2日,署名:刘郎)

开 戏 馆

最近何海生兄,曾经对人这样说过:"啥人对一般现在暴发户有难过,就应该劝他开戏馆。"这句话实在很耐人寻味。

皇后之局,卖座要上九成半才能到本,你道戏馆还有什么开头? 而天蟾舞台,更加希奇,据说每天的开支,要二万四千元,而营业收入不过七千八千,岂非蚀本蚀得走投无路吗?

但据说皇后与天蟾的老板,都是所谓新财主,他们都是积财上千万的人,钞票多得无处用,开一家戏馆白相相,在他们以为是消磨岁月的好办法,所以赚钱蚀本,倒并不计较。因为戏馆里蚀掉的钱,在他资产上,利息天天生长出来,还有得多。这样一来,自然戏馆又不可开而可开了。

但开戏馆尽仗着钱多,也无足用,还要你会得白相戏馆。譬如张伯铭兄,把盖叫天加入与叶盛章合作,局面便弄得如火如荼,这样赚钱固可喜,蚀本也舒服。若使在奄奄无生气中,把钞票往戏馆里蚀,究竟也没有什么滋味的。

(《海报》1942年12月3日,署名:刘郎)

马连良之盲从者

天厂居士自北都归,谓马连良着乌绒褶子、乌绒纱帽、蜜色鸾带,复缀以绿色之缘,今已盛行于梨园中,袁世海亦仿效之。又其说白,"不"字念作"钵"音,盖金少山亦不恤效尤,凡此恶习,皆自连良一人创之,而盲从者实繁有徒,此理真不可解。又曰:大角之在故都登台者,不发一张红票,惟连良一人,在天津、济南、青岛,声势之宏,非砚秋可敌。亦惟连良一人,其为内行,无不知连良之艺为不足取,更不足法,第其歆动于时,乃为事实,故此理又不可诘也!今日之海上周郎,以麒派大行,其夙为"京朝派烈士"亦渐悟平剧于清歌妙舞之外,于戏剧之任务,尚须佐以其他条件;故于马连良只求神情潇洒,已不足过瘾,故抑马而扬麒,甚且谓看麒剧之后,视马乃类一病夫,在台蹒跚走路耳。颇闻北方人士,念信芳之去,乃如望岁,则麒派声威,已远及于大江之北,已可证明。愚意苟信芳取老戏数十出,演于平津间,使彼邦顾曲人士,细为聆赏,亦可知乌绒之帽,蜜色之带,为不是玩意儿矣。

(《海报》1942 年 12 月 4 日,署名:刘郎)

梨 园 行 规

同一位内行谈起梨园的近况,他说梨园的行规,什么"挖角"、"坐班邀人",这些禁例,到了现在,废弛殆尽,即使有用处,亦只能治几个角儿而已。至于班底零碎,早就不听那一套话了!

原因为了戏院子开设的多起来,而班底却只有这几份,邀班底的戏院,纷纷抬高包银。班底只要谁的钱出得大,就跟谁走。你要责以梨园的行规,他马上回答你:"不够花的,难道又叫我往钞票高的地方跑吗?守了规矩,我得饿死。"

从前的龙套,一个月只能挣十几块钱,他们贫困无聊,有的在外面倒冷饭,也有的白天拉车,晚上去当龙套,现在则做一个龙套,也得拿个一二百块。某戏院有一个老年龙套,他还是半路出家,跑还跑不像呢,而最近却被另一家戏院以二百五十元的代价挖了去。虽然是小事,却也震惊了梨园界,尤其开戏馆的老板,都感到自今以后,戏馆饭真的难吃,光是班底零碎,就对付不了,何况角儿?

(《海报》1942年12月5日,署名:刘郎)

丁一英八字归还记

丁慕琴以老画师著名,其实老画师三字,不足令人置念。惟其人弥老而弥好,始为后辈所景从耳。慕琴有妇,人称丁师母,能饮,复好客,识者贤之。有女,字一英,容仪甚美,复隽爽有母风,亭亭亦二十人矣。今年,老画师录越女支兰芳为义女,有颍川生者,酷赏兰芳,与慕琴亦素稔,至此,颍川家人,与丁家人尝为兰芳座上客。颍川之母,睹一英而美之,会其第四子求配方殷,曰:苟得一英而妇吾子,则于愿良足。因烦塞修白于慕琴。丁家乃以八字,颁陈家,时好事将谐矣。而有女子,忽延律师告颍川之父,谓子尝眷恋女子者,今乃弃之,实悖法理!颍川之父大怒,亟弭平其事,而为丁家剖白,谓女子实挟嫌相诬,不可据为信史也。惟一英以为奇辱,必请毁约。此皆半年前事。半年以来,颍川之子,不能忘情于一英,丐其义兄谢过,而一英不许,最近乃闻以八字归之矣。此一段因缘,由此乃告中辍。记其概略,为关心丁家人者告焉。

(《海报》1942年12月6日,署名:刘郎)

尊 师 精 神

潘仰尧先生,是我小时候的先生。嘉定这地方,大概是风水关系,从前的人家,栽培子弟,总是送他们到师范学堂读书。读完出来,惟一的出路,便是当小学教员。所以我小时候,只觉得嘉定人做小学教员的特别多,惟自小学教员以至今日,而出类拔萃的人才者,却不过一二人,杨卫玉与潘仰尧二先生皆是也。

潘先生曾教过我读书,他这时教书,不像一般先生那样严肃,他非常风趣,所以我们做学生的,都欢迎他来上课。但后来我们离了家乡,不知潘先生何以交着一部好运,终不像一般小学教员的蠖屈着。二十年来,他从教育名流,而成了实业界、商业界的红人!

这许多年以下,我们是同客春江,虽然不常见面,但我时时仰望师门,看见潘先生的德望日隆,地位且高,为之兴奋不尽。有一件事我在潘先生面前成了不白之冤的,这几年来,我同潘先生每次会面,他总要问我:"你现在鸦片烟抽不抽了?"头两趟我总是回答他:"看我面上,很像有瘾的人,其实我从来不曾抽过。"但我的话,终不能取信于潘先生,以后看见一次,问起一次。我很明白,这是善意,所以只好问我一次,辨正一次,始终不敢与他和调下去。若然换一个人,不是潘先生,我一定会这样告诉他:"不得了了!现在烟是抽不起,只好吃白粉。"因为潘先生终究是我的先生,豆腐无论如何吃不下去。你们瞧,我这一分尊师的精神,怎么样?

(《海报》1942年12月7日,署名:刘郎)

周维俊死矣!

周维俊于六日上午因伤寒不治,死于上海医院。挈此噩耗告予者,为何海生兄。以予与维俊亦旧识也。维俊初习花衫戏,出演于游戏场中,湮没不为人重,顾其求进之心弥切,以躯干颀长,故改习小生,北游于故都,艺乃大进。其初次归沪,似与徐东明姊妹偕来,以其武功根底甚厚,贴《八大锤》,四座皆倾叹为绝构。者番,复从李宗义南来,声誉益宏。及更新之局终止前三日,遂病,而告辍演,不图即以此不起。其最后一剧,为《探母》之宗保,老友张伯铭兄,服膺周艺,为订深交。愚之识周,盖亦以伯铭所介也。一月前,周曾与伯铭临存,谈别后光阴,至为欢乐。顾予所见周之演剧不多,往年见其《八大锤》与《白门楼》外,上月,又睹其与李玉芝演《得意缘》而已。周方盛年,正图奋翮,不意遽以此萎折,良可痛已!

(《海报》1942年12月8日,署名:刘郎)

李丽华生日

白相堂子,婊子要开客人的条斧,不得不巧立名目,什么待仙啦,进场啦,过生日啦。客人听见这种日期到来,便是要你"帮忙"的表示,就在生意浪做起花头来。男伶中,据说李万春一年到头,也有好几个生日,叫朋友们,为他送礼,为他设宴。在女明星中,则李丽华也是"生日"繁多的一个。

李丽华的母亲,因为儿子不争气,几个女儿,大都没有窜头,只有一个丽华,足娱晚景。听人说:丽华的艳誉愈隆,而张少泉的鸹气尤足。现在的张少泉,把女儿看作摇钱树一样,追求李丽华的人,各种品类都有。张少泉看见其人为少爷班子,那末搭讪了没有几天,张少泉一定要对他说:"我们小咪明天生日。"他们听见丽华生日,马上会去办许多值钱的东西,替红颜称寿。又因为丽华是张少泉能够生出这样的女儿来,其功不小,所以媚丽华之外,亦兼媚少泉。钞票、衣料等等,李丽华固然有得进账,张少泉的收入,亦复可观。现在的李丽华,由中联公司派定她与黄河二人在三厂拍戏了。有人传言,说:丽华与黄河相交甚契。自然,黄河不是小开,而是脚碰脚,她当然听不到"我们小咪明天生日"的话。这在丽华或者是无所谓,而在张少泉,却不免感到损失的重大了。

有人将大江南北所有女艺人的令堂,而为"条斧圣手"者,谥之为"四大名妈",这中间吴素秋的太夫人,自是翘楚。但不知"四大名妈"中,也曾遗漏了张少泉没有?

(《海报》1942年12月9日,署名:刘郎)

恩派亚将辟鼓书场

十日以后,上海将有一大鼓书场出现,地点为八仙桥之恩派亚。租恩派亚之院址者，为三元公司。三元公司主持人之一，则屡为本刊撰述《台上人语》之王唯我君也。

王于北上迎角之前，突过我曰："上海久无鼓书可听矣！愿竭我力，为海上人士谋耳目之娱。"愚曰："然则试示阵容。"则有白云鹏、方红宝师徒二人外，又有金万昌之梅花大鼓，谢瑞芝之单弦，宋少臣之技术，董桂芝之河南坠子，郭荣启之相声。除荣启为初来，其余皆为沪人所习稔者也。红宝丰仪绝美，此次更偕其妹红霞同来。我人想望声容，有如望岁。唯我果能致之来者，则三元公司之财源茂盛可卜也。唯我谓当其来时，红宝送之，曰："王生南返，晤魏先生与许先生时，俱为我问好。"魏指廷荣，许指秋骢。王笑曰："然则郭先生亦欲问好邪？"郭指票友郭翛翛君。郭与方，旧曾一度眷恋者，王故以此戏之。方曰："不不！我可不再背这个名誉啦！"其言盖甚委宛动听也。唯我又言："百物奇昂，举办游艺事业，正复不易，果能日卖满堂，犹虞折阅，故将来惟求从点戏上，博取子金耳。"愚曰："以色诱人，得取其利，是为乌龟生涯。"唯我叹曰："要捞两钿在袋袋里摸摸，我又胡吝背这个乌龟名誉哉？"

（《海报》1942年12月11日，署名：刘郎）

四 大 名 妈

前天我在本文中提起"四大名妈"，这四个字是根据四大名旦而来的。有一天，陆洁、朱石麟、吴邦藩三位先生，请我在杏花楼吃饭，是替老友天厂居士接风，座上有熙春母女。我因为羁于他事，临时缺席。后来据桑弧兄告诉我，天厂在席上说出"四大名妈"来，当时是有一张名单的，除了吴素秋的太夫人以外，其余人桑弧都记不清楚了。不过在天厂谈锋甚健之时，据说王熙春的老太太，颇为之不安！

要够得上"四大名妈"资格的老太婆，当然倚女儿为摇钱树，而能帮同女儿，会花言巧语，将别人身上的钞票，说到她们的袋里去，那末吴太夫人，自然是最优为之的一个。以我看来，我前天所谈到张少泉，也是此中圣手。

我以为王熙春的老太太,同徐东明、东霞的母亲,是一流人物,她们在女儿的公事上,对外交涉,精明一点则有之,一定要说她们如何狗皮倒灶,倒不好冤枉人家。而赵啸澜的太夫人,更是出落得大家风范,尤不许加以非议。至于于素莲的母亲,恶劣是恶劣到了极点,但她没有灵活的手腕,死七八赖钉住了女儿不放,只有讨人厌恶而已,也不配列入名妈之林。大概我对于女艺人的太夫人们,认识得不多,所以要我列一张"四大名妈"的表,一时且无从着手呢!

(《海报》1942年12月12日,署名:刘郎)

秋 风 帖 子

近来接着不少秋风帖子,我把它一概置之不理。送别人的礼,本人向来不感到兴趣,曾秉先圣遗言:己所不欲,勿施于人。所以十年以来,自己从来没有发过一次帖子,连夫人之死,也没有开吊。但我不似龚翁先生对于送人家礼那样表示深恶痛绝,凡逢到一向有交情的朋友,有婚丧大事,我照例送礼如仪的。

不过发帖子而为打秋风性质者,无论为泛泛之交,或要好朋友,我都不恕。泛泛之交,不理可也。至于要好朋友,则应该晓得我的处境。若打秋风打到我身上,岂非强穷人为小开,其心术弥复不良。所以给他一个没有落场势,亦好叫他明白"脚碰脚"之不可欺也。

现在印刷纸张,都极昂贵,鄙人体念物力之艰难,所以竭诚奉告,请发帖子打秋风的先生们,对于鄙人名下,务请推情豁免。老实说十分之九,我是不会送礼的。即使高兴,那一分我是送了,但苗头也小得异乎寻常,无论如何,不足邀大方一顾。所以最好的办法,你省帖子,我省钞票。

(《海报》1942年12月13日,署名:刘郎)

张 淑 娴

近来,我实在迷恋了台上的张淑娴。在皇后观赏张淑娴以前,我没有看过她的戏,只从朋友口中传说,她在南北坤旦中,造就甚高的一个。及至看见她《柳林写状》以后,印象非常平淡。也曾经对信芳说过,张淑娴并不怎样精彩。信芳在我面前对她的艺事,并不加以批评,只说:她非常勤恳,天天练工,耐苦的精神,足够令人称道。

后来我又看她《宛城》的邹氏,觉得她的花衫戏比青衣对工。不过一个毛病,在她面眉挤动之间,发现她戏做得太足。之方曾经说:"最好叫张淑娴把面部的戏,减少三分之一,那末恰到好处了。"我看了她《思春》之后,相信之方之话,是不移之论。

昨夜同之方、小洛、梯维、桑弧诸兄,一同去看她的《虹霓关》,才使我同行的一群人,一致叹服。桑弧还说,他看过南北坤旦的《虹霓关》,应以张淑娴一分为至尊无上。这绝对不是溢美之词。哭灵之后,脱去了褶子,身上便都是戏料,一段快枪,一段枪架子,好看到了极点。而几次亮相,又是妩媚,又是稳练。至于脚底下的工力,足与王兰芳相埒。此在男伶,已是奇才,求之今世坤旦中,似乎惟此一人!

这一夜回去之后,我一半欢喜,一半怅惘。欢喜的,这十年来能在坤旦队中,看见这样一个贤才;怅惘的是临去秋波,欣赏的机会,已属无多,令人有"应悔当初领略疏"之感!

张淑娴的私底下,我曾经见过,温秀天生,她似一位"闺彦",不类伶人,大约二十四五的年纪。我每因赏爱一个艺人,而多方打听人家的私生活,有人说:"张淑娴的私生活,在坤旦中,再没有比她严肃的了,她没有过'征逐'生涯,她还是一个处女。"挚这个消息与我者,不一其人,而梯维亦以此为言,我颇信其为实在。因为梯维消息的来源,大半得之"要方",以梨园世家,谈梨园家世,自然可靠。

处女这个名词,在我并不以为值得歆动,不过一个姑娘,处于浮靡的社会中,居然能够葳蕤自守,也足以使人闻讯肃然!马义兰是她的姨丈，也是她的业师，这位老伶工，管教徒儿非常严厉，他只教淑娴循正路而趋，不让她下流。这孩子的可爱，就得力于义兰的约束。

（《海报》1942年12月14、15日，署名：刘郎）

天水庐主人

天水庐主人，是老伶工赵如泉先生。南方宗匠，周信芳与盖叫天人称二杰，但赵如泉却也不能不数他为一家。这几年来，他为共舞台台柱，售座情形，历久不衰，当然，赵如泉自有赵如泉的能耐！

赵先生今年六十开外了，日夜还在台上卖他的气力，有人叹慕着说："赵老板真是龙马精神，看上去此老还有三十年寿命好活。"但我们假设再想一想，赵先生从小就是"名优"，即使体力过人，那末到五十岁，也该闭门颐养了。终于为了唱戏下来的钱，无从居积，迄今偌大年纪，一日不唱，便一日无法维持生计，这情形够多少凄惨！赵先生固然是达人，他平时永远快乐的。但若使"低徊身世"起来，我想他一定有辛酸之泪，掉于无人看见之时！

赵先生的境遇坎坷，原因是在不能得力于后嗣。据说他有几位少爷，简直没有一个是跨灶之儿。赵先生一家食指又是那末浩繁，都要从赵先生唱戏所入，塞饱他们的肚皮，你道叫赵先生不卖命又乌可得？所以你不要看赵先生六十多岁，还要唱戏，便是过了七十，他唱得动，还是不能放弃此项生涯。因为他不一定要养活自己，实在因为天水庐里的老老少少，都要靠他吃的！

曾经有一个票友，去告诉某名伶说：赵老板唱戏，真是越老越有劲了！某名伶的回答是先叹了一口气，然后说："牛！"这位票友把这番对白来说与我听，我为之感动，我以为某名伶绝对不是挖苦赵先生，他真是慨乎言之！

这里，概略地说一些赵先生的为人。大家一致承认，赵老板为人圆活，真是个老滑头。自然五十余年湖海生涯，就是一块木石，也要磨练得又圆又滑，所以赵先生之八面玲珑，是必然之事。有人说：赵先生以前在上海,常常盛气凌人。及至此番回来,忽然变得和易可亲。我则还要称服赵先生的,他肯热心公益,不十分斤斤于私人的利益。有慈善之事,常常奋勇当先。

也有一个内行,对赵先生有不谅之言,说:他这一把年纪唱《白水滩》,还要交应宝莲配青面虎,宝莲也近六十岁的人了,穷得要死,但赵先生还是要看他翻"磕子",这不是叫他把一束老骨头,与台板相拼吗?都是老困之人,应该有一点同情的怜悯,而赵先生却没有的。这些似乎涉及此老的心术问题,也是梨园的"公事",外行似乎不必置喙。

(《海报》1942 年 12 月 17、18 日,署名:刘郎)

一觞聊复饯红颜

睹张淑娴而沉醉若痴,数日勿解。愚若是,愚友咸若是。愚曰:不获识斯人于往年大舞台时,而始见于今日之皇后,要已悔缘会之迟。又闻皇后之局且终,淑娴遂溯江西上,出演汉皋;"便牵魂梦从今日,再睹婵娟是几时?"辄为之怅惘万端!同人小议,愿于其启碇之前,公奉一觞,聊饯行程。因烦信芳先生,成全其事。至十五日之夜,始得决定,于翌日午时,餐聚于南华酒家,凡十人,梯公、桑弧、笠诗、之方、灵犀并愚为东道主外,淑娴、淑芸及其师马义兰先生,复邀信芳先生为陪宾。先生到绝早,意诚情重,感念良深。不见马先生于舞台上者,十五年矣,颇喜老人无恙,而仁蔼谦和,可觇其人德行之美。淑芸为义兰女公子,以从淑娴久,故易"艺姓"为张。义兰于淑娴督艺之严,逾于家翁庭训。故淑娴造诣,足以奴畜当世群儿者,实义兰督教之功也。

汉上之行,以李宗义先往,淑娴将踵而辅之,信芳惜焉。曰:此人此技,自张一军可耳!奚为附庸于人?信芳爱护淑娴至殷切,聆兹数语,亦情见乎词矣。

愚谓淑娴曰:"行旅艰难,胡遂事远游?"则曰:"与彼方有宿契,故不得不践,非勿惮奔驰也。"愚又曰:"然则重来何日?"曰:"是殆难期,然汉上之局既终,亦必先返春江。"桑弧谓:"明年者,苟信芳重整移风,邀淑娴为俪,使吾人得饫聆佳歌,以抒结想,宁非佳事!"盖信芳先生至契淑娴,尝曰:"深闺妙女,第解娇痴,若淑娴之勤于习艺,而复精于造诣者,乃不多遘。"故信芳出演,而倘得淑娴为俪者,必至乐也。

是日,姊妹皆饰浅妆,信芳先生指淑芸曰:"是必将来之大角。"盖淑芸温静一似淑娴,对此二人,乃似看幽洁之花,心目怡然。惟一尊在手,离绪填膺,则席上人又惘惘若有所失!愚私谓桑弧曰:"安得以巨力压之,障其行程,使彼清歌妙舞,复来苏海上生灵者,实为今生快事!"愚文述此为止,顾意绪又乌能穷?比归,复得小诗,系于后,所以记此会之乐也。

不为红妆劝醉勤,可怜清唱动高云。意中人物曾无似,望里花枝此出群。行旅艰伤千里别,姓名迟悔十年闻。浮生漫惜欢肠断,尚喜今朝得遇君。

(《海报》1942年12月20、21日,署名:刘郎)

"热带女郎"被冻记

华曼自沽上归来,述津门舞事綦详,乃谓沪上有舞人,如张雪琳、王一芬等三四众,结队往游,去时,秋光犹未老也。所携者,夹大衣数袭而已。相约曰:皮货产于北方,而北方多糟兄,北行以后,必有糟兄寻我,我则略施手腕,皮大衣之被我体者,且不止一袭,而吾体遂获御寒矣。不图既至津门,乃无所遇。彼方舞榭,其规例有异于南中者,舞场以六时始,以夜午止,往往一客来招侍坐,历五六小时而不令转台,然其舞券不过界三十金而已,用是悟北方之糟兄,其吃精程度,尤逾于南方之刮皮大少焉。用是张、王生涯,乃非鼎盛,而严寒既袭津桥,诸儿之嫩肌欲裂,顾皮大衣犹未上其身。一日,华曼访之逆旅,乃见张方瑟缩床褥间,呵冻而泣,盖不胜其苦!张在沪上,有"热带女郎"之号,以热带女郎而一旦困之于风雪中,纵不死,僵亦必矣。

(《海报》1942年12月22日,署名:刘郎)

田菊林别记

吕班路(霞飞路口)益茂委托商行新张之日,小蝶、家华二兄,复以一简相邀。莅席者多工商业之名流,济济凡四五十人,乃得与一秋畅谈。愚近述田菊林事于报间,谓菊林不甘媚俗,来沪以后,不应酬,亦不拜过房爷。一秋一一否之,曰:有人请田菊林吃饭,田必到。要田菊林拜过房爷,田必拜。是与常伶无异耳。愚问何以证之?江曰:吾友俞,盘桓于麦特赫司脱路之公寓中,会菊林来拜客,吾友喜其人,有录为义女意,友辈复从而怂恿之。乃于一日者,假徐家汇路之魏廷荣寓邸,举行仪式。礼成,吾友畀菊林以五千金,为觌面之仪,复与来宾共摄一影,以留纪念。人证物证,至今俱在,乌得言菊林乃不拜干爷者?愚故语塞。一秋复言,菊林为人,初不矜持,既相习,则亦口没遮拦,指手划脚,有时其手触他人之肩,有时他人之手,着伊人之股,都无所谓。不知刘郎笔下,何以指之为三真九烈耳?

(《海报》1942年12月23日,署名:刘郎)

小开,瘪三,路倒尸

由大少爷而沦落为瘪三,由瘪三而成路倒尸,委实是痛快之事。惟一的原因,也好让穷苦半生的人,闻此消息,可以舒一口气。今年马路上死了一个瘪三,据说此人是从前某舞台的小主人,人称小周者便是。在他肥马轻裘的时候,自己驾了奶油色的跑车,载着如花美眷,招摇过市,这都不算数。我有位朋友,曾经到过小周家里,说他一只五斗橱里,上面的抽屉,放着满满一抽屉的领带;下面的一只抽屉,又放着满满一抽屉的丝袜;其享受之阔,由此而可概其余。作乐的日子,过到如此,那末做瘪三,做路倒尸,在他自然不必有什么遗憾!

其实死在西伯利亚寒流之下,凡是马路上的尸体,要是去考考他们的身世,十分之九,都是锦衣玉食的富家郎。惟有富家郎,才有此种下场。这倒不是我武断，因为我有些相信因果，所以觉得享乐太多的人，一定会沦于困苦。虽然穷人有一辈子出不了头的，但富家郎一旦蹩脚起来，比常穷的人，有尤甚焉。最近品珍小老板之死，一致诧为异事。在我看来，则了无足异。珠宝商人，安不了什么好心眼，儿子结局如此，他老子如何，还该看他活下去再说！

（《海报》1942年12月24日，署名：刘郎）

此雠莫解

愚尝记程砚秋大闹东车站事。此后，东车站察视行李之役，嫉恶优伶益甚。程非惮之，特为避免麻烦，众人乃劝其后兹行旅，勿由轮铁。故砚秋自北南来，又自南北返，皆以飞航也。

吴素秋曩时，亦曾被留难，语侵诸役，役衔之至深。者番，素秋归故里，车抵丰台，已由其母同下，坐长途汽车进城。一日者，侯喜瑞诸伶，还自沽上，检查之役，令出身份证，一一示之，诸伶胥受揎无数。盖以身份证上，有梨园行三字，必受辱，初不论其人为角儿，抑为起码之班底也。

双方之结怨既深，初无一人为平其事，而梨园行中，独一程砚秋，不甘示弱，良可异矣。迩者方红宝来，嗟行旅之艰，并及北都东车站事，为节述之，以实吾篇。

（《海报》1942年12月26日，署名：刘郎）

秋海棠之建议

二十三日，上艺剧团彩排《秋海棠》，因全剧结构，以旧剧为背景者，费穆为就正高明计，乃邀梅兰芳、周信芳二君，参观预演。梅、周踞第一排骈肩坐，依次坐者，则为《秋海棠》原著者秦瘦鸥，与改编人廖康民，而费穆与佐临不与焉。剧之第二幕，为军阀戏侮饰演旦角之男优，念梅公观至此，或有芒刺在背之苦。第一场为舞台场面，幕启，史原之恶虎村已成尾声。继之则为《秋海棠》之起解。石挥结束登场,面上固施朱白,特不似真正"京旦"之大红大白,显映分明。是时台下之观众,亦即《秋海棠》演剧时之观众,此所谓前后台打成一片也。有人建议,谓"卡尔登"之楼下包厢,亦可派演戏之用,盖袁镇守使偕罗湘绮观剧时,正不必设座于台上,而设座于台下之包厢中,则益足使剧场空气,如火如荼。姑以此条陈转献费穆、佐临二兄,不知此种噱头,以为值得一出否?

(《海报》1942年12月27日,署名:刘郎)

定依阁随笔（1943.1—1943.6）

卧雪楼与礼社

袁履登先生为海上名流，复为好人；以名流而兼为好人，故景仰者弥众。比年以来，滞迹海壖，门弟子之从其游者，奚止三千之盛？先是，其门墙桃李，有礼社之立，继则复有袁氏卧雪楼之设。组织虽各别其派，志在尊师，固无异也。惟闻卧雪楼之规范綦严，组织亦广大，其最高职权，则有理事会焉。理事会有条约，昭示会员，勿令会员染不良嗜好，又不许有勿良之行，而为袁先生生平所嫉恶者。又曰不得出狂言，其言而忤逆犯师门者尤戒。凡此而违其一，则会员之资格废除矣。乃闻会员邵君似为一书局主人，尝直言，触理事会之怒，理事会乃欲取消其资格。邵不服，诉于履登先生，曰：我未尝忤师，吾言特使理事会难堪耳。而理事会遽黜我，事理何平？袁先生大为为难，则慰之曰：邵生毋尔，我固仍以邵生为我徒者，若理事会事，我且无法干预焉。闻者咸笑，谓袁先生为好人，由此数语可以觇之。闻礼社中坚人物，如吴国璋、郁建章、顾子言诸君，俱为邵所介绍入袁门者，故邵之于袁，亦自有其渊源也。

（《海报》1943年1月3日，署名：刘郎）

《秋海棠》的飞票

飞票这一个名词，是从北方传到上海来的。听说天津、北平，到现在逢着难得登台的角儿，或者盛大会戏，飞票便会满街飞的。孟小冬偶然贴一天戏，飞票往往抬高几十元。有人说北方的飞票，是戏院中人舞弊，北方戏院职员的待遇非常菲薄，职员的生活，不能不赖飞票维持，不知信否？

近年这飞票传到上海来了。平剧固然有飞票，名片上映，电影院亦有飞票。《碧血黄沙》在大光明时候，每日每场，门外都有卖飞票的人。截至现在止，相信上海的飞票，还不是戏院职员的舞弊，这情形正同"轧油党"，以七元一角轧得了一斤油，去卖黑市价钱一样。最近卡尔登因为《秋海棠》的盛况如潮，使出卖飞票的人，大为活跃，十二元一张票，至少卖出二十元。有一次卖飞票者在戏院里面兜售，戏院里面加以干涉，对他说：卖飞票在法律上固然不致触犯什么刑章，不过同是一张戏券，在院子里面抬价出售，至少妨碍戏院的信誉与营业的，所以要卖也得请你离开卡尔登的大门之后。但情形也有奇突的。一天，卡尔登的票柜以外，人堆之中，忽然有一个人扬手狂呼，说："诸位，我挤不着票子，而明天又非离上海不可，《秋海棠》今天又非看不可，现在愿出二十元高价，请你们让我一张。"这位先生，这一番举动，分明是鼓励人家卖飞票。

(《海报》1943年1月4日，署名：刘郎)

言慧珠将列梅博士门墙

一月二日，礼社郁建章、吴国璋二君，并收录坤旦言慧珠为义女，张盛宴于新都饭店。郁、吴二君，长袖善舞，蜚声于商业场中；复嗜曲，以宾朋之劝，偶令北国女优，拜其膝下，借东山丝竹，为儿女陶情，其所以遣有涯之生者，可谓善矣。昔日，愚尝为张淑娴女士，延誉甚至，张亦以父礼事建章者，郁故引愚为同道，特亦以伊人不获久客春江，乃为憾事！因相告曰：淑娴既抵汉皋，今日以电报来，于元旦登台矣。汉上之局既终，将先来海堧，然后再折赴津门。淑娴濒行，留影甚夥，以奉建章者亦众，故欲分便装及戏装之象各一，使愚藏之，以示毋相忘也。建章以慧珠美而特敏，愿其更得深造，故为乞于梅博士之门，丐博士许慧珠列其门墙，授以绝诣，使尽删其芜杂者，而归于纯，则用意弥良。此夕之宴,博士亦翩然莅止,特以尚有他约,不及举箸,独先辞行,故拟别选良辰,使慧珠晋谒梅门,从此得追循雅范,是固盛事,亦艺林之佳话已。

(《海报》1943年1月5日,署名:刘郎)

归 儿 记

邻家女为人妾媵者三年矣,其所天东海生,昆弟甚众,皆有育。生行年逾四十,终无子女。十年前乃与一情妇同居,果得一雄,顾情妇耽烟癖,未几,以阿芙蓉勿餍其欲,则唊白面,驯至衣饰皆尽。生大恶之,谋割席,妇曰:我固勿需君家钱,特子我所育,自我赡之。生固未忍,第以妇不可留,卒弃其子。两方间绝交往者,盖六七年矣。今子已八龄,以其母犹勿振,沦为丐。一日,子忽往觅生,伏地不起,曰:生我身者,翁也。今儿困欲死,殊无辜,愿翁怜我,使儿重为吾翁之子,勿令三尺童,遂委弃沟壑也!其言哀而婉,生为大动,曰:我诚盼儿终来归我,然儿复思尔母邪?曰:否!儿饥,母不能饱我;儿寒,母不能衣我。儿苟终从阿母,惟死而已。生益怜之,亟携之还,为儿整容,复挈之入市,为之量新衣。居一日,儿忽遁去,觅之不获,遣人睹妇行乞之地,则儿又鸠形鹄面,依依于阿娘襟袖间矣。生遂不更作归儿之想。邻之妇,生于弃其情妇后,方于三年前别眷者也,但亦无所育。

(《海报》1943年1月6日,署名:刘郎)

题王宛中剧影诗

王珍珍幼时之身世不可考,惟其显名于舞场中,以销魂一部,润滑若塞上酥,吾友程漫郎先生,遂锡以雅号为"高桥松饼",其巧思殊令人失笑也。及严幼祥荡游舞榭得识珍珍,则拔之而置诸银坛,改号紫薇。顾不得志,曾几何时,而重披舞衫矣。比李大深醉心于王之盖世风华,因复劝其弃舞业,为银星如故,乃介绍与中联订契约,此二月前事,吾

《海》记其消息最早。按王既隶中联,则留其本姓,易其名为宛中,打泡于水银灯下者,则与舒适合演《夫妇之间》也。

《夫妇之间》导演何人？故事若何？愚不获知。特一日者,有人持呆照来,则有镜头绝美,为王与舒适合影者,可以为唐诗传咏之材也,故作七律一章,其中及若干人名,不过寻寻开心而已,不足以言丑诋者,万望谅之。录吾诗于后：

一张照片付沉吟,既好开心乐得寻。舔到两爿甜蜜蜜,流诸一孔水淋淋。"宛"然射"中"真"舒适",何以操之觉"大深"？枉说高桥高几许,不妨招待试登临。（图：王宛中与舒适）

（《海报》1943年1月7日,署名：刘郎）

严绍琳医生

愚籍嘉定,嘉定人如顾少川、吴蕴初诸先生,固为不世出之才。特亦有普遍产生之人才者,则男人从事教育,女人皆习产科,以小学教员腾踔而成教育名流或社会红人者,潘仰尧与杨卫玉,殆可谓出人头地矣。至助产之医,黄曰礼以日刊广告于报间,盛名甚盛,惟黄与其夫所经营之医院,虽目闭耳塞之夫,亦知其为绝不正当。黄固世家女,徒以所耦非良,遂效扈三娘在十字坡之故事,同张黑店,沪人审其底蕴,故不齿焉。

若干年来,闻严绍琳女士为产科高手。严亦乡人,少时即致力于此,近岁,则为中德医院之医生,投产于中德医院者,靡不盛称其人。旬日前,愚妇育一子于院中,丐绍琳任其役,因得亲芳范。严自言吾乡戴伯寅先生,为其外祖父,大家一脉,宜其人之温恭肃丽,根器良奇。愚则曰：严医生令誉咸闻,曷不自张一军,长保赤子,固不必蠖屈一隅也。则曰：犹待修习,期以年时,或当离人自立。嗟乎！虚心如严,而厚颜若黄者,令人乃悟人格关头,特在方寸间耳！

（《海报》1943年1月8日,署名：刘郎）

从贼后记

曩于本报作《从贼记》,彼舞人,既为贼,乃偕其情侣遁,欢场中不睹此人踪迹者,二三月矣。华曼既自沽上归来,玄郎以前状白之。不数日,门外深寒,而王忽至华曼治事之地,潜伏厕所中,不敢见人。招一侍者,致语华曼,华曼不知为王也,遽往视之,则睹其人服败絮之衣,瑟缩墙隅,向华曼曰:玄郎安在?华曼愕然,仓卒不能答一语,辄唤我。愚不以为奇,舞女蓄拖车,拖车复为拆白少年者,宜有此下场也。因语之曰:汝毋觅玄郎,玄郎方恶汝为大雠,汝往日所为,玄郎已一一知之,汝当思之,宁有舞客助舞女以资,而任舞女养活拖车者?故今日之事,汝当速绝拖车,觅后日更生之路。汝志已决,再来视我,我人且不容袖手矣。王曰:自活且不能,乌有拖车者?虽然,我固勿觅玄郎,二公知我,亦当垂怜。华曼慷慨,复以此债似为天定,不可避免,故投以二百金。王踉跄去,愚目送之,顿足曰:苦日尚在后头耳!

(《海报》1943年1月10日,署名:刘郎)

西风面孔

愚两腮外扩,尝饰演《连环套》之黄门后代,照一相,为梯维见之,制一文戏愚曰:"刘郎本为加官脸,影中人抹额加冠,庐山低如培塿,望之如雀牌中之西风,乃富奇趣!"梯维固语妙天下,然愚"西风面孔"之号,遂为朋辈所传称。或曰:人类固无不以自己之面型为至美,故男子之视女子,其面型往往与自己相似者为美。愚妇之腮亦巨,而愚之爱吾妇,即缘此。因悟或人之言,为信而有征矣。

前年,愚育一女,两腮亦张,望之似我,亦似吾妇。不幸,女生三十八日而夭,愚痛惜万状。往岁,妇复育一子,丹瓐以吾子之面孔,亦类西风,故作《西风摸刻之记》,意盖谓愚夫妇而及吾子,为三张西风面孔耳。苟吾女犹生,则西风自己开杠,不幸短命,乃如脱杠。愚前妻产二子,皆肖母,故都不类西凤此亦可异也。

(《海报》1943年1月12日,署名:刘郎)

为吾儿造福

生平没有做过好事,一半当然为着自顾不遑,何能济人?一半也因为我根本没有这种嗜好。这两天,大社俱乐部的许多朋友,他们发起为新普育堂募款十万元,在"卡尔登"唱一场戏,来邀我参加。金信民先生对我说,这是好事。我不会唱戏,不过被金先生这一句话,倒不好再推辞了。本着有钱出钱,有力出力之旨,应该应承下来。这一夜,我同之方、翼华、木公、笠诗诸兄,一同吃饭。谈起此事,我猛然想着,这一天是二十五日,是我新生的孩子,堕地一月之期;或者有些琐事,未必能够分身,我把这意思说与同桌诸人。不料之方的回答是,好了!好事是做与新普育堂的,你就积些德罢!我马上问他,老兄此言,是不是说如其我不积这一场德,我的孩子,将来也会归普育堂领养的!大家都绝倒起来,之方却说,不是这个意思,你积这一种德,就不啻为你的孩子造福。先后两句话都成理由,这个赤佬,真是一张利嘴。我听完了后头一句,便不胜其舐犊情深,更决定了到台上去再现一次的主意。

(《海报》1943年1月13日,署名:刘郎)

言三有女

玄郎为"黄金"座上客,看言慧珠演《戏迷传》而盛道之。华曼亦言:慧珠此剧,在北方亦驰好誉,歌老生腔,酷肖言三,而无言三之怪。识家叹曰:此言三爷盛时之音,三爷既作古人,其膝下娇儿,乃能传其遗范,自足矜贵。盖慧珠随乃父久,菊朋之腔,慧珠独能潜心摹效之,而能神似。是亦有心人,谁谓慧珠非孝女哉?北人既嗜慧珠之老生腔,一阕既终,不令遂已,乞增之。慧珠健歌无吝,故唱老生腔独多。今来沪上,贴《戏迷传》,亦第多老生腔者,即缘是。顾南人初不好焉,南人惟爱其学荀慧生之向前三步、退后三步之台步,与学程砚秋之水袖当胸一帖耳。则以南人不识言腔之妙,是又无足怪者。"黄金"排《戏迷传》,李盛藻不为男戏迷,但为戏迷医生;而《戏迷传》以前,辅以他剧,亦以慧珠之《戏迷传》太红,盛藻恐贻附庸之诮耳。

(《海报》1943 年 1 月 14 日,署名:刘郎)

AB 制

这两天关于《秋海棠》里的石挥,有几种传说,一是说他因为体力不济,要从此辍演了。二是说《秋海棠》里的秋海棠,每一星期内,有一两天不是由石挥扮演的,而是用了 AB 制,由别人上去,前者是绝无其事,我可以保证;后者则事出有因。

当《秋海棠》上演之前,"上艺"本来把秋海棠这个角色,定为 AB 制的,使石挥与张伐分任其役。石挥上去之后,被人许为绝唱,于是听说石挥要辍演,要由别人代演的消息,会一致哗然起来。但事实上,石挥在一星期内,非有一两天的休息不可。而办话剧事业者,他们根本没有"角儿"概念,他们只是关心到演员的劳逸问题,所以演员既然体力不济,自然要替他们找相当休息的机会,AB 制之所以产生即缘此。

《秋海棠》既有 AB 制,尽让石挥上去,放着一个张伐不用,石挥纵然身体上担当得过,他于心也是不安的。何况张伐的演技,根本不怎样输了石挥。

(《海报》1943 年 1 月 15 日,署名:刘郎)

石挥与张伐

石挥与张伐在《秋海棠》里,既派为 AB 制;张伐不断地揣摩这一个角色的个性,所以他有一次代石挥而上去了。台底下不是话剧的老观众,固然分不出此人不是石挥,而对于张伐的演技,一致加以叹赏;便是曾经看过石挥的,也因为张伐的戏演得那末熟练,并不疑心他不是石挥。石挥在台上,有许多地方,使台下人情不自禁地报以彩声。但张伐同样的吃彩。最奇怪的,石挥每次吃彩的地方,张伐从来不予漏掉过。还有戏终时候的"谢幕",据说石挥最多有过五次以上,而张伐这一天,也连起了两次幕。

外间传说,星期一的《秋海棠》是由张伐上去的,这又是揣测之谈。"上艺"的当局,对于这一层还没有加以考虑,他们想把两个人随时换上台去,决不限定一天两天。因为《秋海棠》的导演,认为演秋海棠的两位演员,都是成功的角色,在他们并不曾分出轩轾来。

(《海报》1943年1月16日,署名:刘郎)

废 除 拜 客

北伶南来,例有拜客之举,应拜之地,为报馆,为票房,为闻人之府,以及一切名流之家。角儿视此为虐政,而我吃报馆饭者,恒嫌其为多此一举也。愚曩日曾为文,劝戏院与角儿废除拜客,特以多年积习,未可遽移,矧亦有人正争此一举也。不图此所谓多年积习,转以有人争此一举,而赖是废除,若愚谆谆劝告,终归无效也!

天蟾舞台,既邀李少春来,少春乃循例向各方拜客,匆忙中忽遗某君,某亦今之闻人与名流也。凡北来之角,登台以前,无勿踵其门。今少春未往,某君以为辱,议所以使天蟾难堪者,天蟾闻讯,大惧,遂诣黄金荣之门。黄为双方消弭嫌隙,事始寝。惟追溯原由,实缘拜客而起。黄方为上海平剧院联谊会会长,因创议曰:自废历新春起,无论在沪名角,或自北地南来者,皆不拜客。此在角儿,若逢大赦,自然称快,惟上海人有好为坤角儿之干老子者,纵此将少"打样"之机缘,则不无怅惘耳。

(《海报》1943年1月17日,署名:刘郎)

文涓"蓄势"谈

张文涓与云燕铭登台之夜,愚往后台,小坐于文涓之化装室中。文涓见吾等至,款待甚殷。其说话也,作吴侬软语,甚嗲,惟声浪特低,异之,乃问曰:汝有毛病否？时之方在旁,斥我言为卤莽而无常识,且触张老板霉头,盖角儿上台之前,不能多说话,不得已而说话,声音亦不能过高,此为"蓄势",好将所有声音,都放到台上去也。士别三日,固当刮目相看,不图别角儿三日,为其朋友者,忽易伺候也如此。然愚亦悟"蓄势"之道,譬若冬藏既久,比临春二三月时,突然奔放,则其所获,为必酣必畅。角儿之唱戏,岂犹是欤？是夜,文涓贴《探母》,将登场,而琴师杨宝忠勿至,乃由秋菊代之,秋菊者,上海"乌师"之"祭酒"也。台下误以为杨,群叫彩。比公主唱毕,杨始至,甫出场而掌声雷动,前叫秋菊琴彩者,至此转茫然。由此可知海上之顾曲周郎,泰半为盲目人耳！

(《海报》1943年1月18日,署名:刘郎)

施 粥 记

愚园路之"甜甜斯",亦郑炜显先生所经营,其地在柳林别业,盖老友天厂居士故居之邻也。其昔为一私人俱乐部,自经炜显承租,遂辟为宵游胜地。愚久敛舞踵,吾胫不踏愚园路上者,且自忘其日月矣。一夜,更新顾曲既终,为群友所鼗,乃赴甜甜斯,坐木炭车往,而甜甜斯生涯之盛,正如沸也。将于舞场之侧觅一席,忽有女郎,孤坐一隅,同行如小洛之方,识其人,则问曰:汝将胡待？曰:迟女友于此。愚大喜,谓我们一行五众,乃无一雌,何以遣兴？曷不招之为侣者？之方然之,因邀来共坐,时诸人饥矣,同赴楼上觅食,女曰:此间有新米粥,极可口。粥馔尤精,遂如其议,叫粥。食时见女非美色,顾善笑,笑则春意盎然,故亦悦之。食将半,有男子来,坐吾桌之侧。男子颀长,颔下有丛毛,亦呼粥。愚初不置意,女食既已,自语曰:我将如厕。顾去而不复至,因相将下,又觅舞于舞池中,陡见女仍坐于顷间之座上,而与一男子骈首密探矣。男子非他人,即坐吾邻桌而颔下有丛毛者。同行者相视而笑,曰:此行无所事,特来施用与人耳！

(《海报》1943年1月19日,署名:刘郎)

麟社/重见郑冰如

以少年而称雄于商业场中者,当我之世,顾乾麟君一人而已。顾主持怡和打包厂时,酷嗜戏剧,因创麟社,为友好过从之地,亦为研习平剧之所也。比本月十七日,麟社忽迁新址于大华路口之静华新村,张幕之时,邀友好参观。承贻一柬,特往道贺。甫入巷,前行一妇人,肩上荷玄狐。狐巨,似胡姬之饰塞上新装;一身皆黑,步复细,自背后望之,乃觉其人之华贵为无伦。将入门,门外有来宾留名处。妇人执笔而书,良久,成"郑冰如"三字,书甚端秀。时延客者延之登楼,愚在楼下,就信芳谈。少顷,乾麟送冰如出门,则肌肤如雪,鬓发如云,眉目间乃挟秾春。揆其年事,当三十许人,王彦弘所谓"赵姊丰容工泥夜,徐娘风味胜雏年",睹冰如而诵彦弘之诗,固足为之骨痒神酥也。忆冰如初来,尝过蒙枉顾,长发几覆其背,衣饰亦悃愊无华,如此日所见者,乃判若二人。或曰:上海为毁人之洪炉。以愚观之,上海特为铸美人之良范。苟郑冰如无上海人为之尽修饰之劳,终其身,为一黄脸婆而已。麟社之来宾众,除皆一时硕彦外,梨园中人弥夥。由此,可以见乾麟交游之遍海上矣。

(《海报》1943 年 1 月 20 日,署名:刘郎)

佐临趣牍

石挥著文章甚夥,文章中未能免文人嗟穷愁苦之俗。读者悯焉,以为若斯人者,丰于才而啬于遇,乃至图一饱亦艰难,循是以往,不流转于沟壑者几稀矣。有圣约翰学生某,看石挥演戏,复读石挥之文,愤甚,投一书与导演黄佐临先生,责黄无义,谓遣斯人卖命于台上,而不能全其生计,是胡忍者?我读石挥文,为之感动,故贻书斥汝,曷速为之谋。全书作蟹行文,佐临读竟,大笑,辄报以一简,初不书明本人未尝干预剧团行政,亦勿言导演不负演员生计之责,第曰:"先生之书,我见之茫然,请用敝国文字别修一通,已来之牍,谨此附还矣。"着墨不多,自饶奇趣,闻者咸为之轩渠云。

（《海报》1943年1月21日,署名:刘郎）

所谓贵族屠门

风化区开辟后,淫业机关,将尽纳此中,而向时所谓贵族屠门者,皆属私营性质,比保甲制成立,彼私营艳窟,乃无术遁形,遂呈请领取执照,为公开之人肉市场。凡俎上女儿,亦概须领取出售皮肉之证;所以清身分,别党类也。乃闻俎上女儿,认捐领执照之役,将为终身不拔之辱,多不愿在堕溷中而自请退休。近日以来,所谓贵族屠门诸儿,择人而侍者,不可胜数。又以风化区既成立,当局谕令彼贵族屠门,亦迁纳于此。某处一家,已接到此项命令。其余数家,尚无所闻。昨遇某主政,乃叹曰:我业已至式微之境,苟保持现状,尚有可为;若必令迁入风化区者,则寝我业耳。盖冶游之人,入风化区而吃花酒者,在书寓中,固属体面事,但若出入风化区,而走私门头,众且认为耻辱焉。往日吾业之所以令人向往,正以有几分神秘;若公开于风化区中,谁将视我为矜贵者？故我今日,已结束作归农之谋矣。

（《海报》1943年1月22日,署名:刘郎）

孔雀厅之女侍

国际饭店二楼,近设中菜部,颜其居曰"孔雀厅",于二十一日中午开幕。南洲主人,邀愚同饭。若以"孔雀厅"比之为女人,则此宴特如鸿蒙之辟也。其地据二楼全部,入门,拓地甚广,置散座。稍进,界厅事五,以金红碧绿诸色名之,其装修之色调,亦由是而别。凡有陈设,无事不极其奢华。男侍外,亦兼设女侍,得十八人。招考之日,应征者达千人以上,其资格须通吾国两种方言,兼能作其他二国之语言,可谓苛矣。女侍制服,以白底蓝花之洋布上装,而以蓝呢为套裙,呢质殊细韧,与上装初不谐和。无领,颐项如雪,望之乃滋然有艳光。丝袜而革履,计其衣着所费,亦复不赀。因问曰:制服宜为公家所办矣。一人曰:勿然,选料与剪裁之役,属之公家,所费则各负其半;其半亦六七百金矣。南洲主人勿平,谓"孔雀厅"之主持人,鄙而尤吝,其剥削乃及劳苦大众之身也。十八人中,以姚家女为弥隽,亭亭若高荷艳发,每豁双眸,神移不尽!

(《海报》1943年1月23日,署名:刘郎)

茄力克成炫富之具

茄力克香烟,今为上海奇货之一,最高价喊过每罐三百五十元。一日过国际饭店,售二百九十元,而"金门"则卖三百二十元。行市高低,只随卖出者之嘴里乱喊耳。城南博窟,胥备此烟。一二月前,入其中,卖筹码二千,辄送茄力克二罐或三罐,今以价昂,则赠买筹码之人以枝计。买筹码者,以此为名品,皆不吸,携之手上,为把玩之物。明知此物不耐久玩,故于出门时,又售与博窟中矣。盖博窟之出门处,有收名烟之室,每枝以四元或五元计,以收得之烟,更赠与买筹码之人。如是经多人之手,烟必萎疲无完状。虽然,得烟者终以烟为茄力克也,故乐受之,不衔于口,而持于手上,炫示人前,若甚得意。故今之博于城南诸窟者,茄力克烟,犹可见;然其状都如越宿之油条,无复挺整之容矣!

(《海报》1943年1月24日,署名:刘郎)

台词雅俗之判

愚将演莫稽,登台前五日,乃烦葛次江先生,为说身段。先是愚读《戏考》而记其台词矣,顾《戏考》唱词,都俚俗,远不如次江所授者。如《戏考》云:"想这样阴功事,世间少有,这也是老天爷将我来救。"词非不通,特勿甚雅驯耳。次江之句,则曰:"喜人生,不该绝,红颜搭救,又谁知,慈善心,出自女流。"又如《戏考》云:"吃完了豆汁浆,精神抖擞,想这等阴功事,世上难求。"次江之句云"一霎时腹内饱,精神抖擞,看起来一杯羹自有来由"等,胥属文艺之美,此《戏考》之所以为不足看也。次江才华如海,书法尤擅胜场,特以败于嗓,故沦为班底,脱亦名播江南者,则其平时书件之如山积,将无逊菊朋与慧宝当年矣。

(《海报》1943年1月25日,署名:刘郎)

看 新 春 戏

新春将至,海上各戏院,争聘新角登台;视其阵容,正如武戏当令时也。盖"天蟾"为李少春,"金城"为李万春,"大舞台"为张翼鹏,"更新"为宋德珠;所不同者,"皇后"为李砚秀与纪玉良,"共舞台"仍由赵如泉主持而已。"黄金"本邀马连良,马以病不果来。外间传说,"黄金"将以言慧珠蝉联一期,以劳军而御新敌,要为"黄金"之不智;故闻"黄金"已蠲弃此议,而欲改聘盖五爷登台。佐之者,武丑有叶盛章,花衫有张淑娴,是皆第一流人物;果能做到此一局者,则其"客斯忒"固可以覆盖一切矣。然则"黄金"亦将以武戏竞爽一时耳!尤可异者,盖五爷与翼鹏为父子,少春与万春为郎舅,其对垒之局,在情势上亦饶奇趣。伯铭、兰亭,服膺盖五,似敬父兄,彼二人办戏馆后常不忘盖五,亦能善恤老人者,则二兄气度,又弥足风已。

(《海报》1943年1月26日,署名:刘郎)

[编按:客斯忒,即英文CAST(演员表)译音。]

麒麟馆里看麒麟

本月廿四日,为周信芳先生四十晋九生辰。后一日,麒麟馆主顾乾麟先生集友好二十人,于夜午十二时,设席于新闸路寓邸,为此艺林宗匠,公晋一觞。愚看花于翼楼,逾十二时始往。至则赵如泉先生方操琴,而百岁与树森,合歌进宫。继则信芳唱《空城计》。是夕,二十人中,伶工独多,盖叫天亦不惮夜漏之深,来参兹会。此外尚有坤旦郑冰如、言慧珠、童芷苓。以三人论色,芷苓实为至美,冰如以未饰秾装,渐呈妩象。愚座与盖五骈肩,得与此老倾谈,宁非生平快事?向闻人言:盖五性倨傲,视其人在台上,铮铮如铁,若凛不可犯,不图遇之台下,谦和仁蔼竟如佛也。乾麟于旷代艺人,无不视同良宝,而盖五与信芳,于彼肫挚少年,似亦不胜其知己之感者。观于盖以六十高年,犯夜冲寒,而不言疲倦者,信可知矣。

(《海报》1943年1月27日,署名:刘郎)

气度之美

南洲主人跌宕于欢场之日,贮阿娇于金屋中者,数甚夥。若干人既中道分飞,而亦有十年来矢志相从,不言求去者。今岁秋,尝偕其伉俪游海滨,夫人云,温文婉丽,仪态万方,所谓接之如佛,望之若仙者,夫人有焉。因叹主人痴福,不知从几世修来?近顷,主人复眷一女氏刘,于百尺楼头,筑双栖之室。愚以事访之,则刘亦温驯似羔羊,宛转于主人襟袖间,不效世俗女儿,作跳浪之姿。客至,刘以茶进客。茶尽,则频进,心热情深,愚为之大感。刘非殊色,顾睹之奇美,则以性情之柔和,而气度之端穆也。近岁以来,愚渐悟女人之美,有蕴于中,亦有表于外者。表于外,使人一览无遗;若蕴于中,则令人有领略无穷之概。南洲至慧,解悟殆已及此,故能与刘之爱好无间欤?

(《海报》1943年1月28日,署名:刘郎)

舞场趣拾

谨严生游舞榭,识一姝,颇示倾心。报效既勤,女渐垂以青睐。一夕者,二人方起舞,女伏生肩上曰:"昨遘一客,自谓今日之海上名流,止于俱乐部中,以友人之介,忽来邀我。我往,初不知其为何许人也,坐良久,我将辞去。客留我曰:汝毋行,我方税旅家一室。顷之,复为耳语曰:如此良宵,卿宜偕我同圆好梦矣。我力拒之,彼悻悻然,滋勿悦,我故遁归。若彼人者,殊无异于兽,亦下贱之尤。其心目中乃视我货腰女儿为何物者?我因此愤甚,迄今亦无由自解。"生闻言笑曰:"我闻卿之所以诉于我者,在理,我将寄汝以无限同情,顾我则乃勿然。我特病卿吝殊甚耳。盖我有所谋于汝,所谋者盖与彼言之商于汝者相等也。今卿吝若是,我更何期?"言已痴笑勿置。女自怨曰:"天下男儿,如是已邪?"

(《海报》1943年1月29日,署名:刘郎)

费穆几曾骂人?

前天本刊的第四版上,有过一段费穆大骂廖康民的新闻稿件,事情当然并非出之无因,不过事实的经过却没有林林先生所记载的那样严重。

那天晚上,为了商量"复演周"的演税问题,费穆、佐临、顾仲彝约了秦瘦鸥与廖康民二人商讨此事。费等意思,以前上演税是照旧价(最高座七元)抽百分之八,在复演周内(最高座将增至十五元)将改抽百分之二,以统盘来算,上演税可减少的,大约是五分之二。秦瘦鸥似乎并没有争执,而廖康民则坚决反对。费穆并不因为廖康民之斤斤于阿堵物,而气愤填膺,却因为当时廖康民的剧本搬到"上艺"的时候,曾经向"上艺"方面"吁请"采用,甚至一个子儿都不要的话,却也说了出来。而"上艺"既用了剧本,但几位导演毫不留情地将它改得一字无存,始行排演。所以现在《秋海棠》的剧本,中间实在没有一个廖康民,而是"上艺"的几个导演而已。"上艺"因为不忍抹煞廖康民曾经化过的一番心血,所以上演税还是照付,但不幸有了后来的这一番争执,费穆因为廖康民的态度,前后判若两人,所以当他面前发了许多牢骚则有之,却不曾到拍案叫骂的程度。费穆红了脸与人犯口舌,或者有的,若说肝火旺到骂人,则我同他相交近十年,还未见过。

(《海报》1943年1月30日,署名:刘郎)

文 人 之 财

昨记费穆与廖康民之争,而未及下文。上艺方面,既决定将"上演税"改抽新价之百分之二,此点似已更无商榷之可能,廖固反对,而瘦鸥,独无异议,双方之新契约,遂又成立。闻向者抽旧价百分之八时,瘦鸥与廖之分拆,为廖得四分之一,四分之三,归之瘦鸥。今重订合同,不知秦廖之间,将如何分派?或以廖之未能满足,瘦鸥将补以自己身上之肉耳!

自《秋海棠》因卖满座之后,上演税日可得数百金,一月乃逾四千;苟演三月而不辍,则原著人可以贮五万金蚨矣。于是艳传一时。究其实际,文人终是可怜。其在投机家,或为大量之囤户,发五万元之财,数分钟或一小时之事耳。文人则呕心沥血,终其身而不获一遇者,比比皆是。瘦鸥但稍稍能一吐气耳,遂已为万口喧腾,思之正复惘然也!

(《海报》1943年1月31日,署名:刘郎)

上 台 人 语

愚与兰亭、石挥演《鸿鸾禧》于"黄金",戏单上,兰亭题别署曰"蕙兰居士",盖既唱花衫,其名字亦当改得有些"旦气"也。及既上装,虽肥,而饰貌尚不俗。言扮相似砚秋,而身段与白口间又酷类慧生也。石挥之金松,插科独多,于是台上之兰亭,益发嗲,一嗲则我在台上,绷不住矣。是日为《鸿鸾禧》胡索者,为南北二杨。北杨为杨宝忠,操京胡;南杨为杨大包子,操二胡。二杨皆名琴师。宝忠恒时,特为京朝大角,托袅袅之腔耳,不图今日乃托及我,我之大幸;顾我发败嗓,台下为我而哄堂,乃不及听宝忠过门之美,而有人叫一声琴彩者,则又为宝忠之霉矣。是日戏券未尝门售,实为大社向棉布业公会经募得十余万金,而转捐与南市新普育堂者。愚得十数券,分与木公与金长赓先生者半,其半畀家人孺子。顾观者云集,吾座至不佳,多劳唐、金二公之玉趾耳。

(《海报》1943年2月1日,署名:刘郎)

饿 死 一 门

前天,我在《三百首外集》里,提起过赴宴是我们的一件苦事;所以说赴宴真同入地狱一般,非但肠胃不舒,又闹肚子,甚至弄得胃口呆滞。结果岂不成了口腹之灾!

据说,凌霄汉阁主人曾经说过:"做新闻记者的人,一年到头,吃是用不着愁的;尽管家里的人,没有夜饭米下锅,而自己却顿顿在外面海味山珍的乱吃一气。"所以他又编了两句,叫做:"胀死一人,饿死一门。"这情景我们现在是亲临到了!我常常说,如果我脱然无家庭之累的人,那末不怕米价高到什么程度,一个人却不用担忧,没有地方去塞饱肚皮。现在米价算得高了,可是应酬天天不曾间断过;每次从外面吃完了回到家里,同老婆计算瓮米可以吃到几时,因此便又记起"胀死一人,饿死一门"的两句妙语,常常为之哑然失笑。

这两天因为约宴太多,我认为非常苦事,常常发着怨愤的口气道:"不愿胀死,宁可随着一门饿死。"

(《海报》1943年2月3日,署名:刘郎)

除　夕

两当轩的诗,我不十分欢喜。虽然他有时也能写几首使人读了会神酥骨痒的香奁体,"玉钩初放钗初堕,此是销魂第一声",但毕竟因为"刻骨清哀",充塞于字里行间,读的人也为之丧气。而传诵一时的"全家都在西风里",更加是要不得;在文艺上不过是告地状的极品。而以一个士人的"风骨"言之,那末比之"丈夫不受人哀怜"一句,黄仲则就太不够英雄。可是他也有一首两首,使我不能忘情的,尤其是《除夕》的一章七绝,我每逢到了岁除,时常放在嘴里吟哦。虽然他也写得那末幽苦,但叫人读了之后,同情他的境遇以外,还会欣赏他。这是一首意境极其清远的好诗。他的诗是这样的:"千家笑语漏迟迟,忧患渐从物外移。独立市桥人不识,一星如月立多时!"

(《海报》1943年2月4日,署名:刘郎)

梅 兰 芳

壬午岁除前一日,茶舞于"高士满"。"高士满"茶舞之舞女阵容甚盛,而"梅兰芳"亦列座其间。愚所述之"梅兰芳",非彼缀玉轩主人,而为一舞人之绰号耳。老于舞场者,殆无勿知"梅兰芳"为舞场前辈;陈曼丽为阿桂姐时,"梅兰芳"已露头角,及陈自阿桂姐而红,红而嫁,嫁而复出,复红,红且紫,紫且为人枪杀,死而骨且腐矣,乃"梅兰芳"犹浮沉舞海间,罔所归宿。为其计从舞之年,当逾十载,几十五载。红颜薄命,易使人兴漂泊之哀;其为舞女,尤可悯。譬若书寓中人,自先生为阿姐,自阿姐而退为房老,纵使数历风尘,不必似舞女之陈老丑于人前,此愚之所以见"梅兰芳"而每生无涯感喟也!"梅兰芳"仍似曩日之痴肥,目短视。昨岁,屡游舞榭,屡见之,而始终无问鼎之人。愚坐其后,有时窃窃议,"梅兰芳"辄回首为微笑,似笑愚能知其为明日英雄者。此人而外,陈海伦亦其俦也!

(《海报》1943年2月5日,署名:刘郎)

待 张 淑 娴 来

张淑娴于壬午腊月二十四日,辍演于汉皋,应"黄金"之聘,遂拟买棹东来,驰电沪上,谓二十八日可以抵京,而是晚且得搭车来沪矣。顾以阻于航期,展至新正初二日,"黄金"海报,故贴淑娴于初三打泡焉。乃迟至初二日,淑娴之消息犹杳然。"黄金"不得已,商于留沪之云燕铭,为抵淑娴之缺。淑娴泡戏,一一自云氏打之,此盖无办法中之办法也。至淑娴何时始至?以何因缘,复阻其行旅?胥不可知。第"黄金"而少一淑娴,无异少一枝劲旅,为阵殆不足以言金汤之固。盖叫天称武生宗匠,叶盛章以武丑而冠绝一时,复得张淑娴,则刀马之美,亦足复绝千古。合三人而置之一台,"黄金"睥睨一切而可也。终以淑娴不至,为势终不免孤寂,惟愿吾文于读报诸君相见时,淑娴之歌衫舞扇,亦既照耀于海上顾曲周郎之前,则幸甚矣。

(《海报》1943年2月9日,署名:刘郎)

叶总长与叶次长

叶誉虎先生,蛰居沪上,不问世事,老且衰,临池之兴且锐减,无论其他矣。近顷忽为《秋海棠》之座上客,试述其因缘:《秋海棠》之序幕后一幕,袁宝藩访于后台,其侄绍文,宝藩以将之北平,来速驾,袁之马弁亦请曰:"车站有电话来矣,车且升火待发。"宝藩大怒,詈曰:"什么混蛋站长!绍文,明天你打个电,给叶总长,就说天津车站的站长办事不力,要撤职查办!"北洋时代,姓叶而曾为交通总长者,惟誉虎先生一人,故云叶总长,似指誉虎而无疑。叶女公子与佐临稔,尝观《秋海棠》,归为先生语:"秋海棠是好戏,且又提起了爸爸也。"叶大异,因亦往观。是日,"上艺"后台,闻其事为袁宝藩之穆宏,亦有人告之曰:"今日叶恭绰总长在台下矣。"穆殊不安,临场,拟将叶总长三字更改去,若改交通总长,则亦可以过去矣。而穆忽脱口而出曰:"打个电给叶次长。"台下人固未以为病,后台人则咸为绝倒;而座上之叶先生,不胜茫然。盖费十五金买得总长而降为次长矣。

(《海报》1943年2月10日,署名:刘郎)

开 心 与 肉 痛

跑进跳舞场,舞女大班照例到你耳朵边头来絮絮不休,打合坐台子。有的是说:"先生照应我,挑挑我。"一类软求得闲话;有的迹近硬挝,报告你几个舞女名字。只有你嘴里不回答他不要,他马上去领了来,向你台上一塞。客人反正瘪三,总不好意思将她推了下去。但气不过的,坐了不到五分钟,立刻那个原经手的大班,会在舞女耳朵边密语几句,舞女立刻要求去转台子,意思是对客人说:"钞票好搅落了。"

这一种痛定思痛的事,我近来也碰着一趟,舞女大班叫一个四五年前相识的舞女,坐到我身边来。五分钟后,大班就过来耳语,舞女便向我要求说:"让我去转台子,我作兴还会过来坐一歇的。"作兴两个字,听得我非常难过。但我也立刻打定主意,作兴不去等她,所以立刻买舞票,付与舞女大班之手,告诉他说:"我的面孔,请你认一认,以后不要请你照应我,不要再来打合我坐台子,五分钟买这一张舞票,你看得开心,我用得肉痛!"

有人说:跳舞场从此跑不出兴致来了,你一团高兴踏进,刚刚坐下来,舞女大班成群结队的在你眼面前走过,已经头痛,及至他要来与你絮絮不休,马上要火光十丈。真是至言。

(《海报》1943年2月11日,署名:刘郎)

开戏馆的晚爷:张淑娴"黄金"起波折

张淑娴与"黄金"的公事,是在双方函电交驰中,顺利进行的。马义兰曾经写过一封信给孙兰亭、张伯铭二位先生,表示一切都可以接受,"黄金"方面,也不肯辱没张淑娴,所以将她与叶盛章挂两块头牌,而盖叫天是特别牌,号称三大剧团。

淑娴为了误于船期,故而一再延迟来沪,直到年初五的夜车,才得抵此。"黄金"方面,派人往车站迎接,谁知又扑了一个空。及至打听之后,淑娴一行,已被谢筱初接了回去。到第二天,谢派人向"黄金"交涉,说:"谢先生的主意,要求将淑娴列为二牌。"

在"黄金",真是一个晴天霹雳,因为马义兰没有问题,张淑娴没有问题,而出来干涉的是张淑娴的过房爷谢筱初。这样说来,谢筱初是张淑娴的过房爷,同时又成了黄金戏院的晚爷。开戏馆多了一个晚爷,以后的戏馆饭,还好吃吗?所以凡是"黄金"的有关人员,莫不愤慨填膺!这段交涉,截至鄙人属稿时,尚未妥当。

坤角儿的过房爷,干预坤角儿的私事,在在有之。若说因为干女儿的公事,而出来摆一句闲话的,则并无此先例。有之,当以谢筱初为此中嚆矢。谢先生栽培张淑娴的一片热忱,鄙人自然向往,不过方式方面,有斟酌的必要。这样办,似乎霸道一点。"爱之适足以害之"这一句话,我要为谢先生再三叮嘱。

(《海报》1943年2月12日,署名:刘郎)

记阿清相手

马二先生曾昵一罗刹之婆,婆亦迷信,谓黄帝儿孙工相手之术者名阿清,为人谈手相奇验,尝造其居,乍入门,阿清即曰:"汝为货淫之婆。"婆于是叹服,嗾马二亦往试焉。

阿清游学英国,若干年前,与人设绿舫餐馆于静安寺路。又数年,设问津处于康福公寓,其对门即为氤氲使者唐九之家。阿清操吴侬软语,然以精于英吉利言,故就相者若能操英语者,必以英语为谈相理,谓视华语尤易使人通晓也。而马二果造其门,阿清视其手,问年几何?曰:"三十六。"阿清遽曰:"四十以前,不丧妻,请断吾颅。"其言斩钉截铁,马二大震,曰:"我有二妻,奈何!"则曰:"死原配而留其妾。"马二大骇而奔,以迄今日,犹隐痛不堪言状。又一日,某君方腾达,与阿清同席,授一手曰:"幸视我之运会乃若何?"阿清曰:"不佳,汝所履乃入越桥,既至巅矣,亦必下耳。"某君滋不悦,合座亦为之色然。吾友天衣,皆亲见其事,故曰:阿清非相士,特专触人家霉头之告神而已!

(《海报》1943年2月13日,署名:刘郎)

临时托儿所

话剧有话剧的观众,普通的妇人孺子,都不是话剧的座上客。惟有《秋海棠》一剧的轰传沪上,观众的动员,便广大起来,一个看平剧的,看筱文滨申曲的,看姚水娟的笃班的,这一回一箍脑儿都来看《秋海棠》了。戏连续演得越长远,观众的"人头",一天比一天杂乱起来,场子里不守秩序的事情时常有得发现,而扶老携小,合第光临者,尤其众多。于是场子里吃奶的婴孩,也在处皆是。

婴孩的啼声,在游乐场所里,是最要不得的。尤其是话剧,绝对不容发现。但戏到了《秋海棠》,怎样也无法消弭这种现象。所以小囡哭,几乎场场有,幕幕有。虽然卡尔登的广告上,有不招待六岁以下儿童的告白,但结果毫无效用。有一次,一个婴儿的啼声,绵亘达三五分钟之久,把台上的石挥气坏了,他说我不能在育婴堂里演戏。所以要求管理场务者设法补救,假使以后再有得发生,他就会立刻不上戏的。

有人为卡尔登建议:(一)领座人看见有婴儿者进来,便禁止入场,将券资退还。(二)卡尔登场子外面,特辟一个临时托儿所。后者比较风趣,我亦赞成。

(《海报》1943年2月14日,署名:刘郎)

黯然过尽惘然来

近两年来,素琴没有在上海登过台,虽然她的生活,自己能够措置过去,但情怀的落寞,却到了极点。照例,一个女人在安闲中度着日子,应该颐丰体胖,但我每次遇见她,总觉得她比上次又消瘦了些。可想而知,她在恒常时候,不容易找到"豁眉"之境。

自从她遭逢一次路劫之后,便迁居到梯维家里。受了这样的拂逆,心绪更不能佳胜,偶然我们见面了,总是相对黯然!昨天,梯维约我同桑弧、小洛、笠诗诸兄,去打扑克,素琴也是入局的一人,她没兴致,打得久了,更见得她心志不属,我觉得她已呈了衰象。

在闲谈间,她好像就要远游。但经我盘诘之后,则又加以否认。在吃酒时,她要我们同她干一杯道我们将来就没有机会再聚饮了。话说得那末幽凄,我再也不敢接她的下文。夜深时,我们回去,她送我们下楼;她好像郑重地说:"我们该再见了!"我同桑弧坐在一辆三轮车上,我对他说这一回同素琴分手,似乎比平常更来得惘然!

(《海报》1943年2月15日,署名:刘郎)

梨园中事

舞女王文兰,妍张君秋于前,昵宋德珠于后,王乃曰:"李世芳、毛世来不来则已,来则必欲致二人为我入幕之宾。"盖舞台上之四小名旦,只吃其二,而不统吃两双者,"至尊宝"之名,从此将晦而勿扬矣。

近顷,海上盛传章遏云行将辍演于红氍毹上,而嫁一业金子生意之天水翁矣。翁固有妇悍且妒,翁之财政权,胥操之老太婆手中;惟翁犹不免拈惹,曾纳一舞人姚氏为妾,乃则又与遏云论嫁娶之约。闻翁畀章家聘礼,达五十万金之巨,此消息千真万确,而沪上报纸,尚未有披露其消息者,俟材料搜集较多时,再为吾海报读者告也。

马连良之病,说者谓起于其妻之约束过严,因此神经发生异状。昨日,致书与海上友好,谓得医生诊治,情形已见好转。医生命其于正二月间,在故都登台一二次,如情形甚佳,则三月之初,可以出演于海滨矣。

(《海报》1943年2月16日,署名:刘郎)

豪赌所闻

究竟是钞票不值钱,所以今年的赌,也比往年格外的豪了,有人一记牌九打三十六万(四十万的听说过),而一场赌输了两三百万的。在穷人听了,固然豪到了极点,但试以钞票今昔的价值为一与四十之比,那末从前时候,一记牌九打一万元的,或者一场赌输五六万元的,原尚有其人。

在豪赌声中,据说赌台上的筹码,不够数量,于是将筹码的真值,加倍计算,或者加几倍计算。又因为进出过巨,上风下风所取的筹码,无法加以限止,这在赌博家说起来,谓之通天筹码。筹码通了天,有发生烂赌的危险。果然,每次豪赌的结果,输家常常绷起了脸,要与赢家讲

"折扣"斤头。据说最起码的,讲过一折斤头。某君负了三十几万,不肯清偿,"讲斤头"的结果,他答允会钞一折。但至目下为止,此君连一折都没有会钞。所以赌是豪了,而其品则已卑劣不堪!

但同时也有一个漂亮的局面,可以与前者一事,互相对销的。一天,某处赌牌九的一群,只输了一个人,为数足十万元。此人摸出三四万元一张庄票,他告诉在局的人说,我的现款尽于此,不过我还有一家海味行里有六七万元的股款,我明天拆了出来,以清博逋。赢的人因为他很漂亮,倒不忍看他因赌而隳其事业,乐得大家漂亮,劝他千万不要拆股,而将三四万元的旧票,大家摊了赢账,其余的不再向他计较了。

(《海报》1943年2月17日,署名:刘郎)

章遏云竟嫁邵景甫!

章遏云南来后,忽传其将下嫁与富商。愚昨日已约略记之矣!然沪上之戏剧刊物,则尚竞载章方招兵买马,将重振旗鼓,献身氍毹,凡彼云云,直同梦呓。惟愚谓章所嫁之对象,为天水翁亦误。其人盖即邵景甫也。邵为上海之金业巨擘,积财之广,不可计数。惟其人以铜腥气熏蒸日久,故品其格,亦殊鄙俗。质言之:邵实一末世之荒伧耳!

章遏云盛时,尝嫔倪嗣冲子道烺,比占脱辐,时顾少川(维钧)方代阁,倾倒于遏云者甚至,而遏云卒勿相从。春花秋月,流浪于歌座中者十数年。往岁,乃闻其与冯氏子互矢爱好,冯少年而俊,顾婚事终不得谐。今以三十许人,犹不获归宿,乃于急不暇择中忽委身于邵,是直以华焕者委弃于道途,亦似明月之长照于沟渠。闻者固无不为之扼腕!矧邵已先蓄一妾,即舞人姚姬凤是。今章复归邵,其名分且尤次于姚,为遏云一生计,殊不得也。昔者,王小隐拜倒于章,闻章嫁于倪,小隐作送嫁诗云:"也算向平心愿了,祝她极贵又长生!"嗟夫!以今日言之,既难极贵,固何必更望长生哉!

(《海报》1943年2月18日,署名:刘郎)

影院公司之红利

张善琨先生,既购买皇后影戏院一家,复租赁其他戏院十家,而组织一公司曰"上海影院公司",业于卅二年之一月一日,正式开幕矣。创业之前,曾募股款,得八百万金。善琨独认其半,又其半由影业中人分购之。开业后影院公司之生涯鼎盛,为沪人共知之事实,善琨既为影院之总经理,至此欲使影院股东,备稔其营业之昌隆,以资兴奋,故创月发官利二分之议,且昭示于外矣。及商之会计师徐永祚、律师袁仰安,俱不可。佥曰公司组织法,未尝有公司月发股东红利者也。复由徐、袁查考之结果,谓国外之最新公司法,有三个月一发股东官利者。张遂依此办理。惟影院公司之成,其章程载明股东实发年息,故须俟下届董事会开会时,提出此款,经过修改章程后,再照新办法实行,为期当在四月中。闻其三个月之红利为六分,适符一月二分之原旨云。

(《海报》1943年2月20日,署名:刘郎)

与梅兰芳拍照

梅兰芳先生到了上海之后,派不着他别样用场,每日里被上海人钳牢他一同拍一张照片。我相识的人中,与梅先生站在一起拍照的,为数真如汗牛充栋,名票王庭魁,他也同梅先生合摄一影。他开的是国际照相馆,有的是照相材料,所以拍成之后,印了许多张数,分赠亲朋,敝处也承他寄送一张,其余的虽未蒙投赠,但自然而然流露到我眼睛里来的,真是难以胜计。

昨天听一位朋友谈起一桩笑话,据说,有戏报记者二人,约同了去造访梅先生。见面之后,二人要求梅先生同留一影以资纪念。梅先生生性仁慈,自然无拒绝之理。不料二位记者中的一个,回到报馆里,将照片印在报上时,那另一位记者,忽告失踪,旁边只写:"本报某某与梅博士合影"的一行附语。这一来,另一位记者,大不高兴,赶去与问罪之师,说:明明是"三门"(注)为什么变了"双人"(注)?后来去把照片拿来一看,原来这位记者,硬手硬脚,将另一位记者的身首,早已剪去,不知掷在什么地方了。这场纠纷,几乎打得头破血流云。

(注:"三门"与"双人",是四马路卖小照朋友口中的"术语"。鄙人对于该项作品,以前极好收藏,每只洋信封里放十二张,洋信封的外面,出售者用铅笔注着:"单人""双人""三门"等之字样,以资识别。)

(《海报》1943年2月21日,署名:刘郎)

文 虎 之 奇

元宵前一夜,赴"高乐","高乐"谋所以点缀元宵佳节者,乃有文虎征猜之举。倩人制谜面数十条,谜底尽为该场歌女之名字。时一方来同坐,"高乐"经理某,以一方为鸿儒,故将所制文虎,就正于一方,鄙人因得快先睹。惟不睹则已,睹则果然捧腹。盖中国文虎之奇,无逾出诸此公笔底者矣!兹择其尤奇者四条,抄录于后:

亚森——璐苹(面与底连系乃成小说中之大盗)

老牌辣酱油——梅琳(梅林公司发行)

向导员(卷帘)——璐琳(谐领路)

砍头的(卷帘)——金萍(谐平颈)

愚工于摹仿,对此公制谜之窍奥,立能窥得。因语某经理曰:我有一谜,请转交此公,谜面为"傸娘个皮"射海报执笔人名一。因私语经理于耳边曰"老凤"。盖老的一条×也。其实即此一谜,虽称摹仿,已足获出蓝之誉矣!

(《海报》1943年2月22日,署名:刘郎)

拍　　照

前天写到上海人同梅兰芳拍照的趣事,现在我还想来谈谈关于"拍照"。

我自己晓得自己的尊范，不必让它有"音容宛在"的必要，所以向来不大欢喜拍照。但有时候很欢喜同女人拍一张照。跑进跳舞场，老想挤紧一个舞女，叫拍镁光照的人来拍一张照。我决不考虑到留了这种痕迹，将来会发生什么利害关系，但从来没有向她们要求过，生怕遭她们的拒绝，而自己触一个霉头。

有几张照片值得纪念的，一张是同周信芳先生，立在戏台拍的《连环套》。还有一张同信芳、素雯他们演完了《雷雨》之后的合影，我认为这都是非常珍贵的。我同素雯、文涓，都拍过"双影"。这两年来，醉心了一个盖叫天，一个张淑娴，近来真想同他们立在一起，拍一张照，一定会使我感到有说不出的开心。但盖五爷是那么迂执，张淑娴又不是洒脱的人，这"痴想"的实现，算来绝少可能性的。

（《海报》1943年2月24日，署名：刘郎）

卢寿之役

在我的笔底下，有时偶然把一个有铜钿的人，提上几句，提上几句中，又带一些阿谀的口气，便要遭到旁人的讽骂，说我是在"跑"财富人的"香槟"。凭良心说：一个赤贫的文人，常常在文章里替富人张目，不论其用意如何，别人的猜忌是在所不免的。我明白这一点，所以今年办第一桩事，就跑一位与我同样命运的文友的"香槟"，这该可以塞住悠悠之口了。这件事，就是为庆祝一方兄四十生辰，尽了我一分心力。

公寿之役，发起人是我，而小洛兄是赞助最竭力的一人。因为小洛兄的起劲，我也更加高兴。与小洛往来接洽，忙了一个礼拜，设宴的那一日，我四点钟就到"万寿山"，把一对斤通寿烛，和一枝寿字香燃点起来，上面还由戏院公司美工科，剪了"万寿无疆"四个大字，桌子上又供着香雪园梅树松树的盆景，临时的礼堂，便楚楚可观了。一方来得很早，冠服尚称整洁，但料子是旧的，也没有一朵红花，插其襟上，所以没有寿翁的特殊标记。

寿筵上有女性三人，文涓、包素英与林美云。素英最秀美，乌绒的袍子，外面罩着一件毛织品纯白的一口钟，真似明妃塞上之装。据说这是本报《脂粉幽灵》中的主角。这样的人物，原是不辱吾友的腕底抒写的。

签名簿的前面，由我写了一节缘起，这里面用了许多一方兄的名句。一方兄看了，啼笑皆非。他说："豆腐吃得太结棍了。"我马上接他的下句道："做寿末，说什么豆腐？"

（《海报》1943年2月25日，署名：刘郎）

"木道人"为戴伯寅"拉马"

戴伯寅为嘉定之缙绅，二十年前，吾乡有黄、戴两党之争，戴为其魁。今其人以七十高年，蛰居海上者久矣。往岁，有松江闵氏，以古稀遐龄，匹一少艾，结婚于浦东同乡会，沈信卿、唐蔚芝二老，为作傧相，而戴亦杂于贺宾者，盖与闵氏亦故交也（时《申报》曾刊一特写以志此盛事）。先是闵之婚媾，介绍者为"木道人"。戴平时与"木道人"唱酬甚勤，既见闵老之得偶红颜，不禁意动，因亦丐于道人之前，祷曰："仆老而鳏，自分不即死，顾暮年寂寞，境况凄凉，愿吾师与闵公者兼施于仆，则仆且死骨不腐矣。""木道人"初甚怒，詈其老而弥淫，既忽色霁，曰："姻缘之事，当视所遇如何耳？其稍稍待之。"戴为之大悦。无何，越若干时，有女画家汪，将举行个展，问于"木道人"，请示未来之成绩如何？"木道人"谕曰："若与戴某合作者，必利。"

汪遂就商于戴，戴以为"木道人"之言，殆将成全昔日所求矣，故告奋勇，为汪之作品，题咏甚多。个展既罢，汪得盈余六七千金，大喜，以为凡此皆得伯寅所贶，故渐与戴亲。戴以平日收藏悉赠与汪，以示厚惠。惟汪固不知此中尚有一段因缘，而戴则尚在追求中焉。

（《海报》1943年2月26日，署名：刘郎）

记 潘 柳 黛

潘柳黛为北平人，辍学后，投身新闻界，于二年前，自故都而趋白下,为各报著文稿,文都可诵,不久遂驰妙誉。尝游东瀛,其以何任务?则不获知。今正式就事于《华文每日》,故于二三月前,又自白下来海堧矣。初以秦墨哂之介,识沪上钱芥尘先生。钱先生更介其遍谒新闻界之名流。一日,陆小洛先生与柳黛饮于咖啡座上,愚亦得识其人,其人体肥,肌肉极坚实,乃谂其健康实逾于恒人。又健谈,说流利之京白,滔滔若江河之决,谓来沪以后,愿多识艺苑胜流,以小洛与电影业及话剧中人都相习,因烦小洛作曹邱,俾得晋接光辉,而供腕底传写,乃为殊幸。又谓其恒时所述,以"特写"为最多,他如随笔小说,所产亦广;若译作与新诗,偶一为之而已。愚问曰:潘小姐恒时,平均可日得若干字?曰:旬日得五千。愚曰:是固少于我矣,我三日恒得五千,虽然吾文陋,其随便乃如开一张发票,潘小姐则审考綦详,终为名山事业者也。小洛为人,不好谈文艺,以文艺殊枯涩。因问潘曰:若干年来,潘小姐之恋爱史迹,定可供妙笔之传写矣。潘曰:我乃无之,对象固无其人,复以吾之精神,悉萃事业之兴趣上,故于儿女之情,恒是漠然。其洒脱正复可爱。潘亦修饰,愚坐其身畔有香气袭人,非花非麝,而如浓烈之巧克力。时人称丁皓明为巧克力美人,初嫌其匆类,今见潘柳黛,是殆巧克力之佳人欤?

(《海报》1943年2月27日,署名:刘郎)

礼失而求诸野

唱平剧的伶人,对于挂牌的高低,看得比自己的生命还重要,这是许多年以来的积习,要改换他们的观念,当然是不容易的事,或者是绝对不可能的事了。当金素琴在欧阳予倩领导之下,演改良平剧的时候,废除"角儿制",戏单上的演员名字,以出场先后为序,但后来金素琴不唱改良平剧了,对牌子依然是抵死力争。

话剧界风气之恶劣,尤甚于梨园。话剧号称没有角儿制,但到了现在,那一个剧团的演员,不在闹争夺"主演"的事件?丁芝、乔奇的脱离"上艺",就是因为演戏的轻重而闹的结果。我在这时候,忽然发现裴扬华、程笑亭的那个滑稽戏团体,他们始终保持着人事上的安宁,这不能不说是"礼失而求诸野"了。

《小山东》这一出戏,轰动了上海,其所以轰动,全赖程笑亭的一个浦东巡官。至于裴扬华的小山东虽然比浦东巡官吃力,但吃力得并不讨好,有时还取厌于台下的观众。但自从开演以来,裴扬华在形式上,实际上始终是主角,看戏的人,都替程笑亭不平,以为《小山东》的卖钱,只卖程笑亭一人,应该他是主角。他若离开了裴扬华,自己来挑个班子,演一出《浦东巡官》,照样可以日夜客满,但程笑亭却情愿蠖屈着,不肯与裴扬华争这一块主角的牌子。例如上台演说,他终退在后面,让裴扬华上去,以示裴扬华是一团之主。我们想不出程笑亭这样谦让的风度,三百首基于合作的精神上?但我们看了艺坛上的衮衮群流,为了"主角欲"而争攘无休,不能不佩服裴、程剧团的相安无事,是太难能可贵了。

(《海报》1943年2月28日,署名:刘郎)

失 欢 记

一月前,玄郎与玉人互矢情好;玉人以货腰为业,郎数召之坐台。一日夜半,二人骈肩走通衢间,似各有所需,而惘惘不知投宿,遂遍访旅家,胥客满,绝无一室可以纳此二人者。二人乃冷风寒露,互拥曰:"空负良宵,期以明日。"遂别去。

次日,愚自"大沪"招一秋娘伴,而同抵玉人鬻舞之场。时玄郎亦至,遽命侍者延玉人来。秋娘固识玉人,亦稔其往事。谓伊人嗜博,金尽,乃走香江。往岁冬初,始从烽火中遁归沪上焉。而去港之先,则为一绿桥后人所嬻。后人者,舞场之舞女大班也。愚本不知郎与玉人昨夜之约,故闻秋娘言,辄就郎耳畔,一一白之。郎为之废然。时玉人方转台他坐,郎辄市券畀侍者,令付玉人,而急急退去,自此不复往。越数日,始述其蕴。谓闻君一言,我遂斩此已得之缘也。又曰:我入欢场,恒不欲考舞女之出身,亦不欲知其隐秘,纵令其有所欢,为戏子,为大盗,为白相人,皆可恕;独有所欢而品类如六桥之流者,则宁刎吾颈,我终不欲竟此馂余矣。

(《海报》1943年3月2日,署名:刘郎)

何必扫兴?

昨作《失欢记》,自后玄郎每述玉人,辄归咎于愚之一言丧邦焉。复一日者,郎与其友二人,坐于舞宫。友人甲,招舞女金令,来侍坐。金为此中之一隽,艳声甚播。既坐,郎忽有事,欲通一电话与人。因诣电话处,见其侧立一少年,有怒容,遽命小郎曰:汝为我呼金令来。小郎唯唯。未几金令出,少年睨之,厉声曰:我先归矣。金欲有言,而忽睹玄郎,大惭,第与少年颔首。少年乃推门去,金亦复归座。玄郎既返,私语乙友曰:顷者,小郎来唤金令听电话邪?乙友然之,郎乃以其所见悉白与乙,曰:是少年必为金之情夫,故言我今先归者,即令金亦毋晚归也。次日,玄郎亦以其事告于愚。愚曰:是当为甲友述之,使其于金令绝所迷恋。郎不以为然,曰:任之可耳,白相于欢场中,固不必以兹琐屑事,扫朋友兴也。

(《海报》1943年3月3日,署名:刘郎)

云 燕 铭

读何方先生《记云燕铭送别篇》,深为感动。燕铭离沪,愚初勿知,读何方文之前一夜,乃遘孙克仁兄于咖啡座上,为言云已去沪,而其人则滋可眷念也。当在"更新"辍演之后,与克仁游,形迹甚密,外人疑彼二人交谊,殆已越寻常朋友之范。是夜,愚故以浮薄之言,问克仁曰:"云燕铭搭过之后,乃放其动身矣。"克仁指天誓日,曰:"我未曾搭过,脱有隐私,则我无好死。惟此为善人,故笃爱之。我苟有力,终不使其凤泊鸾漂,复从湖海中讨生活也。"述至此,又正色曰:云为义伶,其襟度有非常人所及者。当为诸君陈一往事:献岁之日,我雀战于"更新"前台,有人来报,谓云燕铭之琴师丧父,而无钱成殓。我恻然悯之。少顷,离局如厕,抵外室,睹云之琴师立于外,我忆前言,语之曰:"闻汝父丧,而绌于赀,汝姑移父尸入殡仪馆,所需几何,我悉任之。"琴师叩首曰:"谢孙先生惠,我既得钱矣。"克仁又问:"汝钱安从致?"曰:"云老板与我者耳。"克仁曰:"云老板逋汝钱邪?"曰:"未也,特其见我赤贫,又不忍睹老人暴尸,故脱其金饰,以为赗赙。"言已,出金链并锁片各一事。我当时见此状,感动几于泣下,以为举世优人中,好侠义,轻财货而如云燕铭者,更从何处觅邪? 自此益重其人。旋闻其逋旅舍之资,催索甚迫,我以三千金送其家。是时云登台"黄金",及得钱,辄还我。我力拒,而云则坚请,谓:"世人言,唱戏人刮皮者多,妾殊勿欲无故受惠于人。"我见其志决,始纳焉。及其去也,则旅囊又空无所有,我欲谋所以润之者,云又勿欲。此在男儿,且不多觏,矧一弱质,又乌得不令人敬爱之深哉!

(《海报》1943年3月5日,署名:刘郎)

坤角儿的"行头"

夸耀行头,大概做角儿者,有这一种瘾的。马连良尤其变本加厉,创造了许多奇装异服。后起老生,还多盲从仿效。因为连良是作俑之人,所以受尽了世人的讪骂。

但江南的名优,却有很多人不考究行头的,周信芳是一个。尤其是盖叫天,他们拿得出真价实货,从没有人因为不考究行头而非笑过他们。为坤角儿者,要帮助扮相的俏丽,自然不能不讲究行头的新艳了。可是也有例外的,章遏云唱《贩马记》,老穿着一件"广片"的斗篷,那大红的颜色,也似久被尘湮。但章小姐从来没有打算"换季"之图。还有金氏姊妹,着出来的"广片"行头,不止一件两件,所以在《桃花扇》里的金素琴,摒除了"广片",而着一身新付剪裁的衣裳,益觉得李香君真是风华绝代了。有人议论王熙春颇有一些王芸芳盛时的气息,所以她连着行头也摹仿芸芳,从美丽中显得典雅。最近几次,看见张淑娴她似乎比一切都讲究行头,不应该卖弄行头的地方,她也要卖弄。在《英节烈》里的几身褶子,便可测想到张小姐要开起码头来,行李是怎样的繁重了。于素莲也有不少好看的行头,不知她"隐作良家"之后,这些东西,将传与何人承受呢?

(《海报》1943年3月6日,署名:刘郎)

如 此 归 宿?

愚昔为《从贼记》中之王娘,既久之勿闻其消息,一夕,于咖啡馆中,值其旧时姊妹某,愚亦奇忍,问曰:王已沦落为沿门托钵耶?应曰:距瘪三之程,殆已密迩,每日苟巡步于石路上者可觏之。又曰:沦落之人,必有因缘,王未染瘤癣,特其人奇淫,而心术复勿良,自媚拆白,视姊妹若大雠。当其自南京来,无所栖止,我款之宿吾家,顾吾居甚仄,第能容一榻,榻上我与吾夫眠;王至,我不忍其着地而卧,则劝其同一榻。夜半渠乃逸于吾夫,几使我二人勿睦,平时吾家之供养菲,渠又恶之。我未尝要其纳饭食之资,顾亦恶我,则其心术之勿良可知。洎与拆白同宿,生计乃迫,终为盗。我姊妹弥补之,得勿陷于狱,然我已不敢更亲而人。渠则日访于所识之门,其为男友,贷多金以养拆白;其为女友,贷其衣饰,质之,亦养拆白。乃道路已穷,不得不流浪街头耳!王姊妹之言尽于此,吾文亦止于此。惟无可奈何之人,我不欲更"试加分析"矣!

(《海报》1943年3月8日,署名:刘郎)

张淑娴事件:大哉,谢筱初先生

张淑娴刚从汉口到上海,便发生她的"过房爷"谢筱初先生,挺身而出,替干女儿与"黄金"谈判公事。这消息传到"黄金"方面,前台诸君的愤慨情形,我去时曾亲自所睹。他们以为南北的坤角儿,那一个没有"过房爷"?如其都像谢先生一样,都要出来替干女儿硬出头的话,那末开戏馆的人,从此更无太平。所以当时大家主张,角儿不登台可以,一定要服从"过房爷"向戏馆开出的条件,戏馆万难接受。后来两方面的交涉如何,张淑娴如何顺利地在"黄金"登台,我便不清楚了。

自从张淑娴在"黄金"登台匝月以来,我大大的起了怀疑,几疑心

"黄金"方面,多少对于谢先生是徇了一点私情,对于这位少年得意的谢先生敷衍得面子上好看了一点。因为我记得他向"黄金"的要求是:张淑娴不挂三牌,但"黄金"的回答是三大剧团同时演出。他们原定三大剧团的次序是盖叫天、叶盛章、张淑娴;如果三大剧团,分出演唱,当然是盖叫天的大轴,叶盛章的压轴,而是张淑娴的倒第三了,既唱倒第三,在梨园的习惯上,这角儿是三牌无疑。

平心静气的说,盖叫天是江南伶范,叶盛章是挂惯头牌的武丑,张淑娴纵使位列三名,也不能算屈没了她。譬如上次到汉口去,为李宗义跨刀,我才替张小姐不平。但当时谢先生却不出来替她作主,把干女儿留在上海,不讲好公事,不让她赴汉;偏偏在"黄金"的一局,留这样一个痕迹,真是莫测高深! 一个平剧的伶人,能够有自知之明,不斤斤于悬牌问题,在内行就是有"戏德",在外行看来,则其气度之美,也令人向往。张淑娴本人的气度并不恶劣,因为谢先生抬举她的方式错误了一点,便使她遭受了一般人对她印象的不良,这真是她的重大损失。因为一般人不像我明白当时的实况是如何的!

在一个月来,"黄金"的排戏上,我看出了谢先生的一番交涉,收了效果。三大剧团,永远在"联合"演出中。叶盛章永远与盖叫天配戏,从来不曾见过张淑娴与叶盛章唱过倒第二。所以《巴骆和》这一类好戏,我们就没有眼福欣赏,而"黄金"排戏的路子,因此狭得不能再狭,原因完全要限定张淑娴排在倒第二而已。

我起初以为"过房爷"的力量,举动不到戏馆与角儿的公事头上,但如此情形,就不能使我无疑。万万想不到"黄金"当局,终究是色厉内荏的!

大哉! 谢筱初先生!

(《海报》1943年3月9、10日,署名:刘郎)

朱红芳与筱曼丽

朱红芳与筱曼丽皆擅风华。梅花馆主记红芳事于本刊,谓为初见,其实此亦舞苑之旧人也。尝从邱长荫合演《同居之爱》,有一时期,邱染癞疥疮,浑身皆是病,红芳则伴之为"卧游",美玉固不着片瑕,说者比红芳为莲花,出污泥而不染也。比二人占脱辐,乃重披舞衫,近业于"高士满",以色艳,趋之者众,所入故极可观。

筱曼丽起身于上海舞厅,又入"大东",自"大东"而"高士满"生涯既茂,其人复工居积,故私蓄弥广。尝出其所蓄,烦蒋君为之经商。经商得赢钱,则丐史君为之保存。知者笑曰:筱曼改为老板,而史、蒋二人,一司会计,一司营业,为两个伙计也。其实史与蒋,皆为曼丽之佳客,二人并殷实而诚笃,曼丽故信托之耳!

自朱与曼丽同场,曼丽视朱为劲敌。上月间,曼丽舞票,多于朱者三千金。惟三月份以来,朱有竿头日上之观,曼丽遂忧惧,谓我自"上海"而"大东",而"高士满",历年以来,舞票纪录,未尝有人能超越者,今名为红芳所踬,则我将于腰业绝缘矣。女人好胜,由此觇之。

(《海报》1943年3月11日,署名:刘郎)

与冯节先生话旧

我不是小型报的主干人,所以几次冯先生与小型报负责人的谈话,我都没有列席。据说冯先生在第一次为了小型报合并一事,与小型报人会话时,他首先替自己介绍,本人也是办报出身,而所办的报,正是与我们一样的小型报。那就是十数年前铮铮如铁的一张《硬报》。

提起《硬报》,我想起我们就有渊源了。《硬报》问世的时候,可以说震惊了上海。何以故?以其敢言敢骂也。我天生成的轻嘴薄舌,所以一落笔也喜欢骂人。每天读完《硬报》,说不出有一种痛快之感;当时便向往到《硬报》的许多执笔人,和它的主干人。

记得那时候的《硬报》,其地位是孤立的,与一般小型报不通声气。我当时在另外几张报上,写了许多赞美《硬报》的文章和小诗,引起了《硬报》主持笔政者之注意,从此过往起来。相交之中,有一位李焰生先生,一位何二云先生。但无缘得很,当时并没有认识了冯先生!

李先生专写爽辣的论文,何先生则写得一手清远绝俗的好诗。我们论交了不少时期,但在七八年前,他们相继离开了上海,到现在不知萍飘何处?不知冯先生今日,也晓得他旧时伙伴的行踪否?

十数年浮沉的结果,我还是摇落在这一枝笔杆上;而冯先生却已经胜蹈起来,现在做我们的管辖者了。今天起身翻开各大报道新闻,我见冯先生与小型报人最近的谈话,是要制止小型报"以后不能有攻讦与诽谤的记载"。我读完了这一节新闻,怅惘了许多时候。所谓"攻讦",所谓"诽谤",一般人都归纳于"骂人"两字中。小型报执笔诸人,我不讳言我是健骂的一个。但我可以掬诚奉告于冯先生之前者,我不曾"以报纸为权威,颠倒过是非,淆混过视听,甚至挑拨过社会的恶感"。我只觉得随时有看不顺眼的人和物,而提起笔来,情不自禁地加以讽骂。这不是发泄个人的"私愤",发泄的是乱世士人的一腔"孤愤"。我更坚切的相信,十多年前《硬报》上的文章,决不是随意诽谤,和蓄意攻讦,所发泄的也正和我今日一样,是狷介之士的一腔孤愤而已!

冯先生是报人出身,他能够体念到办小型报的甘苦,也能够矜恤到执笔人的一种郁塞情怀,希望他把这一次谈话的性质,冲淡一些;否则我个人的感觉,实在比"窒息"还要难过!

(《海报》1943 年 3 月 12 日,署名:刘郎)

周氏三姊妹

舞人梅兰芳,氏周,以绰号彰,旧有名字,且湮没无人知矣。有妹二,则周菊英与周菊珍是,并为货腰之儿。菊英从业无几时,辄嫁去,顾遇人不淑,乃占脱辐,与菊珍同就于"仙乐斯"。菊英秀艳,特其人无健硕之美,孕于其冰肌中者,皆珊珊瘦骨耳;惟能为佳笑,笑则美朗无伦。菊珍起身于"大华",十六岁人,即以姚冶传称,益长成而益腻。与客谈,其两手必着客之肩,否则不能吐一辞,其状乃似十年前之潘妃老九;盖以秾腻无匹,而滞人魂魄者也。故其业亦昌,荼舞于"高士满",乃有席不暇暖之势。意今日之舞海风光,为菊珍一人管领矣。惟梅兰芳年逾三十,犹留滞风尘,罔知归宿;坐舞座上,遇旧日稔客,辄回顾而笑。第客俱不为刘郎之前度重来,梅兰芳故惘惘。一日,值于途,携三尺童,过一杂货之肆,是盖贤妻良母之型,又宁知其尚讨生活于今日之欢场中邪?

(《海报》1943年3月17日,署名:刘郎)

聊 以 自 娱

愚不能演平剧,而登台者屡,则大胆老面皮耳。尝与信芳合演《连环套》,又尝与素雯合作《别窑》,愚因自念某何人斯?乃得为当世名优之匹,亦生平之殊宠也已。顾在他人视之,则曰:"若唐某者,真能聊以自娱者耳。"近顷,包小蝶先生以电话来,谓十九、二十之晚,"黄金"有义剧两台,烦足下参与其盛。愚初闻惶恐,故坚辞,而兰亭亦朅我綦急。孙、包胥与友,势不可峻拒,因拟于二十之夜,重演《别窑》。是夜票友之戏仅三出,《别窑》而外,为谐叟之《请医》,及孙夫人与李桂芬之《教子》,而以梅博士公子玖宝为倚哥焉。谐叟为孙履安先生别署,于旧剧之造诣绝高,视愚之谬悖,其情调至不谐和。顾兰亭爱我,乃商之淑娴,使其为俪宝川,所以酬鲰生知遇之情,而不肖亦得偿其平生妙愿。事之成败不可知,而愚之所感于兰亭者,宁有既极?嗟夫!果能于急管繁弦中,看绝代红妆,为将军惜别,是老夫真能聊以自娱者矣。

(《海报》1943年3月19日,署名:刘郎)

告 小 白 玉 霜

潘小姐(柳黛)前天到蹦蹦戏后台,去访问了一次小白玉霜,在"新天地"里,写了一篇特写。在这篇文章中,发现了许多妙语。"新天地"我不在手边,好像记得,潘小姐曾经打趣着向小白玉霜说:"到上海以后,拜过几个过房爷?"小白玉霜的回答是:"所有的过房爷,都给我妈(指已死的白玉霜)拜干净了,现在我是他们的干孙女儿了。"话果然说得那末风趣,但并不切合实际情形的。小白玉霜大概不曾有过"入境问俗"的这一层手续,所以不晓得现在的上海,不是老白玉霜南来时候的上海了。她更不明白,自己此番南来的机会,比她妈要好上千万倍。如果小白玉霜,不想矫枉过正,而肯随俗一点的话,那末"过房爷"云者,你正好捞一把来拣拣。你应该记得的,从前令先慈在上海的时候,所拜的"过房爷",都是上海的名流,这些也是你的所谓"干爷爷"了。他们只有咤叱风云的声势,而没有许多钞票;几曾看见他们送过你的妈,大衣、手表、钻戒,甚至于"现血"?你妈果然也是满载而归的,但她所挣的是在台上卖"浪劲"卖出来的包银,也许都是汗血的金钱。若说现在上海所有一群应时而兴的"过房爷",他们都很年青,春秋不一定会比你妈更崇高。但他们没有一个不是财富,只要干女儿肯开口,要什么就有什么。上一次吴素秋到上海来,汇到北京去的储备票达一百万元之巨,这里固然有一部分是她的"过房郎"送她的"过房之敬",但一大部分却是她十七八个"过房爷"所示惠于过房女儿的。这样漪欤盛哉的事件,难道你这个孩子,在北方还没有听说过?到江南来还说这样的傻话?所以,我来告诉你,你要拜"过房爷",上海最过剩的,便是这票货色。要拜,也不必你去寻,不久他们自己会投上来的,只要你并不峻拒他们。至于你那些"干爸爸"们,他们都是不肯出血的宿货,这一辈子你不再认得他们,决不会是一桩憾事的!

(《海报》1943年3月20日,署名:刘郎)

达 子 之 婿

论者谓李万春为人,有进取之志,顾忌人太甚,遂不足道。往岁,李来沪上,隶"更新",演《十八罗汉收大鹏》一剧,是盖对张翼鹏而发也。翼鹏亦睚眦必报,则排新剧曰《棒打万年春》,梨园中故轰为笑谈。今岁新春,万春复南来,与之打对台者有李少春。二人曩居北都,本积不相容,比抵海堧,冤家狭路,万春益大忌少春,新春泡戏,第一日为《落马湖》,带水擒李佩,第二日为《拿高登》。知者乃言,万春之演擒李拿高者,皆有用意。李指少春,而高则指小生高维廉也。高旧随万春,及与割席，万春视为叛逆，衔之甚。其实叛万春者宁止维廉？若毛庆来、李宝奎皆是也。故闻万春有《悟空降十魔》一剧，十魔皆以哈利为姓，其名乃有哈利维、哈利廉、哈利宝、哈利奎等。在万春将其叛党，列为群魔，固沾沾自喜，第在识者视之，正病其人之量小易盈，抑亦浅薄之极耳！又闻万春之剧，大率以降魔伏妖为名者，而其说明书中，恒述魔鬼为达子之子，此则又为诅詈少春者。以少春为小达子之子，顾万春又奈何勿思，其床头人终为达子之女邪？

（《海报》1943年3月21日，署名：刘郎）

《别窑》/登场喜有淑娴陪

愚演《别窑》之议既决，辄以宝川烦之淑娴。淑娴亦既相许矣，愚用是大乐。此乐直从心坎中，续续发出，泛布于肤发间，然后更沦入肌肠，竟体融然。期将近，会吾子病咳，愚不胜舐犊之情，忧心如捣。登场之役，亦不暇整理。先一日，丐翼华为说一遍；上台之日，于下午又说一遍。是旧剧固演之，特以健忘，三年之间，已无迹象可寻。而仓卒若此，已不暇问出现于台上者，将成何模样？比灯火升街骤雨撼空之际，匆匆赴院。

维时淑娴亦既至。愚方上妆，马义兰先生来，问曰："唐君亦欲与淑娴说一说台词邪？"愚以淑娴尝佐信芳歌，愚之词，即信芳之词耳，则不说亦无妨。顾翼华惧有参差，因代我为淑娴致意，果无所别。此为名角儿所用管事之劳，而今吾友为我劳之，宁不可感？扎扮将成，愚登楼，为淑娴谢曰："猥琐形容，不足邀高明一盼，辱没清才，原知罪过，特望勿致遐弃狂奴，陪我上台者，还望能陪我下台耳。"淑娴大笑。

汪啸水先生于先一日，为我说于"黄金"之官中"钳佬"阿七，谓："唐先生戏，昔皆由信芳之鼓手小牛打之，胥自小牛之手，而凑唐先生之动作者，故无扦格之病。阿七而敲唐先生，必请益张。"阿七唯唯，顾此夜淑娴携文武场面来，愚并琴师亦用淑娴者。票友或未必□此，惟愚独喜其一干二净耳。幕既张，啸水、克仁、兰亭、翼华诸兄，皆立台上，为壮声势。斌昆为愚把场，口中呼曰："云手"，"踢腿"，"拉开"，"亮住"，

"上马","内心表演"。愚时已神智昏迷,一无所闻。

急就之章,谬谈奚止百出?之方固言,大郎越唱而笑话越多,自亦不知其所以然矣。愚体力薄弱,复两次排戏,手足皆疲,"起霸"益不知所云。前半段之动作,曾无一次吃进家生。至后半段"钳佬",渐能凑我,亦若中节。而是日调门特高,昔且不及派字者,此日则直逼六字矣。与淑娴对唱之原板快板,俱不吃力,而"叫人难舍又难分"一段,尤紧凑而不脱一板。翼华许为全剧精彩,只在此一刹那间。顾台下转不以为好,以此为寻常伶票所能者,大郎亦居然能之,不足贵也。凡此皆为愚下台后,他人所告我者。愚在台上,固懵然一无所知耳。

台下人望淑娴,初不笑场,愚亦绝勿"开搅"。顾愚忽发现淑娴非不笑场,特其笑乃勿令人见。譬如在窑外两次跌坐地上时。愚皆闻其笑声,自襟袖间传出,及玉容既向台前,始绷住了不使笑出声耳。又起过叫头后之夫妻拥抱,愚以为可以略延时刻,不图甫着肩头,战鼓已鸣顶上,愚若未闻,仍不放,遂为他人笑我。征人惜别,纵使稍恋柔乡,要亦人世恒情。顾以妒眼所环,吾情又安从得尽?

剧既终,吾心在怒苗勿已。快慰生平,端在兹事。卸妆竟,复为淑娴谢,谢其绝诣之为我渎也!是日兰亭贮厚币,旌淑娴之场面上人,马先生与淑娴坚不受,谓以孙先生之邀,陪唐先生唱戏,万无求酬之理。固请,终不纳,兰亭颇感其知义,愚益德之。嗟夫!闲抛心力,媚此红妆,不图于今世人海中,终得一片知遇之情也!

(《海报》1943年3月22、23日,署名:刘郎)

盖叫天之"合计合计"

盖叫天为人迂旧,性复倔傲,然说话有时亦能婉约。有人谈盖五平时,有一句口头语,譬如讲公事时,其起句必曰:"诸位,你们听我说,说得不对,咱们大伙儿合计合计。"大伙儿合计者,即大家斟酌之意也。然盖五固叫大家斟酌,而言出之后,从不许人有斟酌之余地者,则其说话婉转而性实迂执也。今试述一事:此次盖、叶既合作于"黄金","黄金"拟排《九龙杯》,是为盛章杰作。盖忽自告奋勇,语叶曰:"尔我合作以来,汝常为我配戏,我诚德之。今排《九龙杯》,我亦当为汝之辅,以酬往昔相知之雅。"梨园公例,武生在《九龙杯》中,应饰计全,且此角亦极讨俏。将派戏矣,而盖忽生异议,曰:"我乃不能为计全也!计全在此戏中为小辈英雄,台上之黄三太、窦尔墩,皆计全之叔叔大爷,试问以我高年,而满台呼叔叔大爷,台下人宁肯许我?故不唱。"此固不成为理由之理由也。于是初议遂废,而《九龙杯》亦不复能贴矣!

(《海报》1943年3月25日,署名:刘郎)

骈 体 文

读了《双青楼夫妇医师诊余画展》的那节启事(见昨日本报广告),我们知道梁、吴二医师的举行合展,是客串性质的,其情形或者略同于不佞的上台唱戏。那节启事是写的骈体文,不知是否出于双青楼里一青的手笔?若是,那末我们知道双青楼的绘事或者可观,而写文章却是庸手。骈体文尽管用俳谐的手法来写,尽可以写得好看,不必老远找到樊山、哭厂的头上。近代如龚翁先生,便是一枝健笔。如其骈体文写不好,不妨就写散文。写不好而一定要卖弄,原形是马上会显出来的。"大新楼头""宁波会里",这样的笔墨,谈不到风趣,而且宁波同乡会之外,还有一家专门放宁波棺材的宁波会馆。如果不十分熟悉上海情形的人,看见二位医师,常到宁波会里去走走,不要惊奇诧怪,什么贤伉俪白相到会馆里去呢?又有人说双青楼的楼名,也不是雅人深致,这与裴扬华、程笑亭的华亭剧团一样通俗叫人好记!

(《海报》1943年3月26日,署名:刘郎)

[编按:双青楼主人为梁俊青、吴曼青夫妇。]

陈 美 美

三月号《万象》,秋翁记杨云史与陈美美事甚详。按云史既倾心美美，投赠之什绝多，如云："春来心事惜芳菲，花满江城酒满衣。一自新诗传万口，家家红粉说杨圻。"才人之笔，固所谓好语如环者也。而当时云史得意之概，亦可于末二句觇之。若干年前，美美在沪与桃坞居士结缡，居士以丹青妙手，艳称域内。美美归之，说者谓美美诚笃嗜风雅者矣。其实勿然。方美美之自汉归来也，止海上，张艳榜于北里间。严春堂征歌选色，惊美美为天人，报效既殷，互矢爱好。严时方创影业公司，第诘其起身，初为游侠英雄，旋营黑佬，遂致富，浑身固无一寸推骨者，而美美甘之。将论嫁娶，为严之四夫人知，阻之力，卒不果。脱四夫人任严所为，则美美终为严氏妾耳。故曰：美美为人，非天生"嗜雅"，有时亦至能"从俗"者也。去年，谌兆栋兄授室，晤美美于婚筵上，其人似秋柳经霜，无复昔年润象矣！

（《海报》1943年3月27日，署名：刘郎）

吊　　眉

李万春之扮相殊贫，与其私底下初无二致。予识万春甚早，每觉其匡庐真相，无异于台上形容。尝以此询之翼华，翼华乃谓：此上装时不吊眉毛之故也。伶人之不肯吊眉毛，即示其头上绝无功夫，盖吃不起苦耳。不然者，夫人之赋性疏懒，亦为一因。相识中，高百岁与万春皆坐此弊，而二人之眉毛，并未低垂，故不借水纱之力，将眉毛吊起，其扮相决无俊朗可观之理。惟信芳亦不甚吊眉，第其眉固天然上斜；且其上角，以久渗铅粉，毫毛已渐渐减削；故加钩染，与吊扎无殊，不若百岁、万春，一出台即如低眉之菩萨矣。

（《海报》1943年3月29日，署名：刘郎）

白玉薇独敦旧谊

白玉薇之列梅氏门墙，早于张淑娴。张淑娴之温恭肃丽，艺事精湛，正不辱于一代伶王；而论白玉薇之家母，则亦十辈乡绅，起身正不落漠。有识玉薇者,谓其人尝毕业于贝满中学,徒以家难始弃学为伶。在此时,曾以父礼事美人某。某为故都之邮务长也,爱玉薇甚至。玉薇为伶时,请示于某,某曰,售艺自给,未必遂渎汝先人。及知中国梨园风气之劣,而为女优者,复秽声四筜,则大悔,曰:我不当使玉薇堕兹渊薮也。某以事变,曾走香江,顾不及归其故邦。寻来沪上,者番玉薇南来,思其义父,知某之栖迟于海堧也,贫且困,必欲一面。第茫茫人海中,曷从得见?不得已,于一日之晨,谒上海之邮务长乍配林于办公之所,问某行踪,乍曰:稚子来何迟?某甫于昨日谢世,兹以陈尸于万国殡仪馆耳。玉薇色变,驱车赴奠,抱尸大恸,擗踊哀楚,见者咸为酸鼻。某身后极萧条,其友好为成殓事,不足,悉由玉薇任之。嗟夫!叔季之世,风义沦亡,而玉薇独敦旧谊,此所以为不可及也。

（《海报》1943 年 4 月 3 日,署名:刘郎）

重　托

闻张淑娴尚栖迟沪上,不审于梅氏师门,亦晨昏定省否?愚昔尝言之,不令淑娴投师则已,既拜名师,务使此儿得略传梅艺。惟论者乃谓:淑娴拙于嗓,未必能运梅腔;兰芳纵宝视其徒,而为路亦窄。故孙氏昆季,尝丐兰芳先以《木兰从军》一着手;此本淑娴经心之作,复得兰芳指授,辄臻全美。其次则为《别姬》,以淑娴工力不薄,定能得其神髓。愚与兰芳,交识不足言深,凡兹重托,惟望孙氏二君之许为成全。不肖疏狂,第以淑娴事,恒萦回心曲,不能自已。盖愚之有望于淑娴者,比之望子成龙,尤为殷切。不知矜恤私衷者,乃为何人耳?

（《海报》1943 年 4 月 4 日,署名:刘郎）

书冯炳南事

看大报,实在看不出什么兴趣。有时候,有几种广告,读了会使你解颐,或者兴奋。如最近一家什么难童教养院《再答大慈善家冯炳南先生》的一篇文章，我为之拍案叫绝。我现在不谈这"事件"的内容如何，只论文章的本身，是无上妙构。作这一篇文章的，定是通儒，而文章里的措词，似乎把这一位冯炳南先生的以往尊敬，冒犯得一干二净。"我没有种"，不敢说这是一桩快事；但我读了之后，我为之骇愕惊诧，舌拆不下者有一刻钟之久，这是事实。

我一向向往于冯先生者，以为冯先生是上海一个叱咤风云的人物，谁也不许对冯先生有些微的议论。不料还有这一家难童教养院，在今日之下，敢向冯先生冲撞，而且冲撞得十分厉害。难道说，难童教养院生着的是三拳六臂不成？

这里我来叙述一件旧事。二年以前，冯先生的大公子要与章遏云订婚的时候，《新闻报》的"艺海"里，记了一段消息。冯先生晓得了大发雷霆，写一封信与《新闻报》，否认其事。当时，有一家小型报，便刊载一节新闻，是说："冯先生阻挠儿子婚事的原因，是不许他儿子陷入重婚之罪。他老人家为了爱护儿子，和整饬家规，不能不有这样的手续。"（大意如此）统阅全文，丝毫没有得罪冯先生的地方。而不料冯先生看见了，怒上加怒。当时竟要求租界某西人，将主编人几次传讯该项消息的来源。其时费了许多唇舌，许多麻烦，由某西人邀得了冯先生的谅解外，复叫主编人回去。主编人为了此事，丧气万状；后来他将经过情形，告诉与我，我从这时起，开始认识冯先生在上海，是这样一个不平凡的人物。因之心有余悸，直到现在，我一直留心着冯先生是了不起的。所以在我上面这篇文章里，我还是寒势势的说"我没有种"！

从冯先生"居丧读礼"之后，想来是"矜平躁释"了许多的。万一"读礼"并无效用，那末我这一篇文章，恐怕又有什么不尽合宜者，勿禁为之鳃鳃不已也！

（《海报》1943年4月5日，署名：刘郎）

"清宵无梦接鹓鸾"

以老凤对小鸾，在字面上为天造地设；盖以凤读如"缝"，鸾谐为

"卵",虽云□□□□□趣。顾见芷香之文,乃言有人谓"鸾"字实读上声,或然□□□□□,"鸾"固亦读平声。忆放翁之七律一章,系用寒韵者,□□□□□首奉身归畎亩,清宵无梦接鹓鸾。"愚少日读诗,最爱诵此□□七年前,有绮遇,彼人能为佳绣,尝与愚作枕衣,愚遂举□□□□鸾"七字,丐友人写为隶书,以代花范,使彼人用玄丝绣□□□□上,遂觉幽丽无伦。少年时之逸兴雅量,固不比今日之满身尘□□,故"鸾"字之可读平声,此足证之。十三四岁即学诗,顾迄今案头□备置诗韵。战前,在士宝斋购一小帙,则袖珍诗韵也。然既办亦□一翻,故平仄恒不辨,出韵尤非所计。生平所作诗,奚止几千章?□□随弃,曾无留稿。人是荒伧,亦不冀吾作之能藏诸名山。朋友□□□或指为谬,我心感而不敢辩,亦不善辩也。乃为鸾字,以芷香□□并举陆务观一诗,就教高明,然亦不胜惶恐耳!

(《海报》1943年4月□日 □名:刘郎)

考 贞 员

"上艺"自与"苦干"分手后,复招考男演员。第一步办报名手续。于是望门投止者,实繁有徒。征求话剧演员之主要条件,须能说纯粹之国语;其次则在躯干之尺寸问题。"上艺"委吴承镛主其事,吴则曰:犯二忌者不录,(一)其人以"飞机头"姿态现出者。(二)本人已有职业者。吴君不乐看洋琴鬼面目,以其梳"飞机头"也。"飞机头"为一般人所嫉恶,而吴其尤也。

报名者,多悃愊无事之青年,然不自量力者亦多。十之七八,国语都勿入调。一人前,作吴侬软语,问之曰:"汝能为国语乎?"于是答蓝青官话曰:"稍些能够说两句的。"其实不能,而偏云"稍些",一念及《小山东》剧中浦东巡官之形容绝倒,愚辄为之忍俊不禁矣。又一人前,问其现有职业乎? 曰:"有,我上午在杂货店中。"则曰:"本团不采有职业之人。"其人遽曰:"否,我为肆中股东,上午往,特督店员之勤惰耳。"遂许其登记,此人亦可谓有急智矣!

(《海报》1943年4月10日,署名:刘郎)

吃黑市香烟

香烟限价之后,我平常吃惯的大炮台、小炮台,最次一点的大前门,一概在拒售之列。既然如此不易购买,"戒香烟"自是一个最好的机会。但不知如何,我这一次,戒烟的念头,转也不曾转过。所以越是难买,我越是千方百计的想买。亏得几个茶房,他们有路道,好替我去买黑市香烟。但黑市真是黑市,它比限价超过一倍以上。

舍间的人,并不吃香烟,但他们怕我香烟断档,曾经四出购买。他们得不到黑市的路线,烟纸店里,都不肯卖出来。于是他们同烟纸店里的人相骂,相骂还是买不到,只好回来劝我戒烟。但我常常从外面带黑市香烟回去,他们看见希奇,以为我神通广大。其实不过钞票晦气。在上海地方,真要连香烟都吃不成,究竟尚非其时。

昨天烟纸店有派货香烟,一个老茶房,他去轧了两百多枝烟来,转卖与我。他说:我不敢与黑市同一价钱,我要卖给您,请你给我黑市与限价的一个折衷价钱。我欢喜得了不得,嘉奖他的辛苦,更喜欢他的廉洁;我且毫不恨他赚我铜钿,这原因是为了我决不想戒烟。只要有人替我买得到香烟,此人便是有惠于我。

(《海报》1943年4月13日,署名:刘郎)

顾肯夫与申曲

顾肯夫亦才人,吾友如木公、瓢庵,皆与肯夫为旧交,愚独不遂瞻韩之愿,殊惘惘也!闻其人跅弛,勿拘拘于小节,则为才艺人士恒情,初不足责。第才士不羁,流于穷蹇,又若天然公例;肯夫频年,亦常在困顿中度其岁月也。其人攻法学,尝执行律务,惟中英文之造诣皆绝高,文言文尤婉亮无伦;今不常涉笔,昔年时有所作,刊布报端,读者击节。比岁以来，与夏连良君善，夏嗜沪剧，办申曲场所，邀肯夫为助，肯夫乃专心力于编制申曲矣。以才思敏捷，产量自多。一日，木公收音，闻肯夫制一新剧，有公堂一幕庭上推事，谳案情时，两造与推事有辨难。推事大恚，至此遂有大段唱词，词皆俚俗，不可悉闻，木公为之绝倒。因曰：是必肯夫为律师久，当时不慊于法官，今借此而施其嘲弄，以为报复。果然者，报复方式，又何其风趣可爱邪？

（《海报》1943 年 4 月 14 日，署名：刘郎）

怕老婆的人儿坐汽车

愚尝病毛世来演《大英节烈》中"弃家"一场之插科，"妈呀！您是中央银行"一语为浅薄无聊，其实京朝大角，类非通品，其坐浅薄之弊者，正复有人。数日前，吾友收听北都平剧播音，闻谭富英演《珠帘寨》之收威，其唱词中有："你在沙陀国内访一访来问一问，怕老婆的人儿有酒喝。"富英忽改唱词曰："怕老婆的人儿坐汽车。"论唱词之美，则"有酒喝"三字，自有神韵，为"坐汽车"所不及。若论风趣，则坐汽车正复贫乏可哂。富英毕竟俗伶，故偶然移改，辄觉其浅薄无聊。或曰：京朝大角之居平者，谭富英有自备汽车，故坐汽车云者，殆为富英"聊以自魁"之意。果此用心，似益不知所云。平剧唱词，可议者甚多，若渊雅通儒，加以删改，必有妙造。设以此责而委之目孔似豆之鄙夫，则惟愈弄愈糟耳！

（《海报》1943 年 4 月 16 日，署名：刘郎）

梅 龙 镇 上

白蕉将举行个展于大新画厅（十九日起），昨夜，同饮于梅龙镇酒家。梅龙镇之经理为吴湄女士，吴蚤岁从事戏剧，近则营食品之肆。其人已归迟暮，脱为十七八好女儿，固梅龙镇上绝妙之点缀也。春初，梅龙镇先揭幕，愚与之方就食于此。是日适为补开创立会之期，股东皆至。股东中妇女亦多，有两少妇绝美，衣饰皆华艳无伦。其一丰腴，其一较清减，而后者尤妙。其时选举甫毕，二妇执缮写之役，因疑其或亦梅龙镇上之投资人也。与白蕉同饮之夜，又遘二人中稍瘠之一人，携女奴至。女奴复抱一婴婉。要得执婴婉之父而问之，我亦须眉，为何无术以篡取艳妻，徒令柔乡清福，为卿一人享尽邪？

席上又遘商笙伯，此老八十五高年矣，闻其语人曰："大概眼前以吾年最老矣。"近百年人，东西南北，任其驰骋，"扎此台型"者，殆不多其人，固不必仅指眼前也。又遘王同叔，以北国女儿而工绘事，秀而文，颇心仪其人。

（《海报》1943年4月19日，署名：刘郎）

病余小记

愚以不节起居，不慎冷热，遂病。初为重伤风，近则转为冷热病矣。下午恒畏冷，有寒热，及夜统体如炭，又以咳嗽不已，颇困苦。久咳，伤及胸肺，肋骨作奇痛。一日，抱幼子在手，偶后仰，胸肪间痛不可支，此状大类十六年前，病肺甚剧时。而下午每有寒热，尤大似肺病之征。

病中，应酬绝繁，征逐亦多，愚惧油腻易伤肠胃，故不下箸，特略进清汤而已。一日饥甚，在"起士林"啖清土司一块，细嚼之，甘香不可方物。予平时食物，吞咽绝快，恒不辨物之真味，今乃于清土司而生好感，咀嚼之功也。

（《海报》1943年4月25日，署名：刘郎）

麒门诸弟

一日，梯公饯友人远行，招周信芳、朱石麟、陆洁诸先生作陪。席次，石麟语信芳曰："公为艺苑宗师，其成就自可垂之不朽，特惜继起无人。以言列门诸弟，择一出人头地者，且不可得，无论传周郎衣钵矣。"信芳亦以是兴嗟，既则曰："我常念之，我艺其实亦无可传授者，今日老急,并飞脚亦不能打;而天厄我喉,我诚无佳觅,以畀我徒。特我今日,恒欲为诸徒言者,劝其努力读书,读书较高,修养亦厚,则于艺事上之造就,帮衬必多。惟虑诸徒终不是我言耳。"是时席上诸人,遂杂论麒门桃李,梯公颇厚伯绥,谓:伯绥疏狂,学乃师而学不到,惟较之鹤峰优也。鹤峰则太过火。梯公论艺,太过宁取不及,故以伯绥为好。然桑弧固言:论"身浪",鹤峰优逾伯绥良多。愚曰:"杨宝童者,实不以信芳为师,而但取法于鹤峰。"信芳亟然之,谓此言颇合理,且事实也。

(《海报》1943年4月28日,署名:刘郎)

黎明晖与姚莉

黎派歌曲之盛行,明晖为其先河。及近年来,姚莉称著盛名于舞场"麦格风"前,则为其余烈耳。愚与锦晖先生交甚笃,独不识明晖。七八年前,黎氏父女虽同客春江,而明晖定省常疏,愚固未尝于锦晖座上,一睹明晖踪也。迩者,孙曜东先生,蓄杜鹃七八本,花盛放,乃邀客观花。因于孙夫人许,得遇明晖,则其人既育三四男矣。自以短发已不良于观,故为髻。黎氏一门,皆风趣,明晖亦隽朗健谈,尝闻其恒时不讳言其老,因有言曰:"我昔之为《葡萄仙子》者,今且成葡萄干矣。"雅谑如此。是夜,饭于"新雅",舜华夫人挈姚莉同来。前年秋,与陈雪莉同坐"仙乐",雪莉招姚莉为愚介见,过此复各不相识;此际重逢,乃觉其人已视昔为耐看。问其年,犹不过二十耳。愚故曰:歌韵之美,若醇醪之可以醉人者,以我所闻,第姚莉一人。姚莉大报,顾又不善为卑词,知此尚为天真未凿之儿。后一日,赴"扬子"听歌,歌名皆非所习闻,盖如《爱的波折》诸曲,已不恒出其口中,所以示别异于凡俦也!

(《海报》1943年5月2日,署名:刘郎)

秋霞春病记

周秋霞病,逾月始已。昨夜见之,则病起甫七日也;头上青丝,去其大半,惟体貌无殊,以手捻其臂,臂上之肉,坚实犹昔也。秋霞因曰:离榻之日,自顾形容,不类曩时。未几遂健饭,肌肉亦渐复旧观;苟发无脱落者,唐生之来,且不获知故人为疾病困者已经月矣!秋霞为舞人中之好女子,数月以来,伺我尤驯。其人本读书,为好人家女,知愚为士人,故视我甚善。愚苟不辞吾言为"肉麻"者,则当为读吾文者告曰:愚于秋霞,殊不胜红粉怜才之感也。秋霞之貌,初非美,其目病短视,三尺以内,不可辨物。舞场通例,舞女未尝御镜,故秋霞在舞场,其目若盲,携之出门,始悬镜于鼻,则婉亮有大家风范。愚近时于妇女之御镜者,辄生好感,以为银海双泓,其风韵正复绝世。顾在女儿,则无不视晶晶之镜为恶物。即如秋霞,恒曰:苟不以我不能晰别道途者,我且不欲携此累疣自随耳!

(《海报》1943年5月5日,署名:刘郎)

谁遣闲人识姓名?

张淑娴之来,愚屡屡为诗,诗固无足当意,特于其演《别窑》后,所为律句,始自矜为快心之作,顾无人从而善我者;有之,特仲谋后人一人而已。后人为不肖新知,雄奇跌宕,才调正复卓绝。吾诗刊露于吾报之日,会饭于后人家,后人翘一指语愚曰:"是真佳句!"愚恒时所作滋多,后人未尝许我,而独善兹诗,是为识家。旋就之谈,渐审其十数年来,纵横正复至富;然妒眼所环,因此而勿慊于人者,为数殊众。愚因之恍然悟:愚诗所谓"明知环堵皆雠敌,谁遣闲人识姓名?"后人之所以赏爱之者,正从经历体验中来,不从自身历验,不足以知他人诗境之善。譬如费穆先生,亦尝评骘吾诗,谓唐君之作,特以词藻而快一人之私意而已,非复从方寸灵台中,吐一句真言者也。诚非知我,然亦缘其无此体验耳。愚既感后人为吾知音,曩时,取道路传谈,尝施薄谑,后人初无忤,转礼我甚殷。以告诸旧交,咸曰:后人毕竟书生,其雅度不可及也!

(《海报》1943年5月6日,署名:刘郎)

烧香龙华寺

我从来不皈依过任何宗教,烧香也烧过,礼拜堂耶稣的道理也曾听过,但都非出自本愿。前天,我又同了七八人到龙华庙里去烧香。

因为同行中有几个佞佛的小姐,她们说不来则已,既然到此,非往龙华寺烧烧香不可;故在临街一家香烛店里买了许多香烛、元宝,以及檀香之类。她们又说烧香不能请客的,所以每人派着三十元。我因此才明白,烧香的开销,正复巨大,未曾"祈福",已先破财!

龙华寺破败得不成模样了,四金刚的五脏六腑都呈露在外面,对之惟有好笑。比较完整的,还是那座大殿。老老小小的瘪三,跟我们走上大殿,我的朋友,有个把乐善好施,摸出钞票来遣散他们。大殿上的和尚,便当我们施主看待,以修殿为由,要求捐助。我心里想跑到净土庵慧海师父请我吃饭,跑到吉祥寺望望雪悟当家,从他云房里捧出椒盐胡桃、糖莲心来,这样的要好,他们也不忍要我撂落一块洋钿。与龙华寺的和尚有什么交情?我们去了,连一杯清茶都不倒出来,所以关照他们与她们,一毛不拔。和尚看见我们的手,并不朝袋袋里去摸索,更加来絮絮不休。我就对他说:修大雄宝殿,替菩萨装金,是上海白相人的专门义务,我们拿出来的,不够买一张瓦、一块石灰,也值得你费许多唇舌吗?他们才明白我们不是虔佛的诚心者,都望望然去之。

几位小姐,自己上香,我也上香。她们磕头,我也磕头。她们求签,我也想求签。但想来想去,想不出我何故要求签。除非问问菩萨,我买了一张一百五十万元的万国大香槟,会不会中奖?但因为求签也要用钱,我又吝啬起来,犯不着在香槟票本钱之外,再贴利息!

送子观音的那座小殿,破落得成了一条陋巷。几尊菩萨,局促得像吃白面的瘪三。她们也去磕头,也去烧香。这时我没有胃口再吃豆腐,倒不是看不起这些"老爷",实在因为这群小姐们,纵然求子得子,其合作的人,决不是我。我是三个孩子的爷了,还求它则甚?

(《海报》1943年5月8日,署名:刘郎)

出 身 论

　　愚不识罗兰,闻之人言,其人有殊色,一笑尤甜润无伦。乃者,报纸有记罗之出身者,谓罗昔尝操货腰生涯。罗见之,良不悦,以为诬,乃与剧团之宣传部曰:苟不为我辩白,请从此谢事!兹事一揭,外人议曰:罗兰曾否为舞女,固不可知,特罗兰唱文明戏,则为不可否认之事实。必欲以封建社会之目光,解剖职业之高卑,舞女诚为贱业;然唱文明戏,亦为"吃开口饭"之俦。"吃开口饭"者,自封建社会视之,其非高品,与舞女等耳。今罗兰既置身于话剧,为时代艺人,不图思想之落伍,至于如此,真不值一笑。昔者,吾友尝招"仙乐斯"一舞女侍坐,舞人侃侃谈同场舞女,有起身刀光俎影间者,曰:某为八仙桥头某号之二媛耳,某则于"一·二八"时,犹为跑房间女人也。某起身于私门头中,至今尚能于某处喊得来也。吾友止之,曰:以卿而议若辈者,直五十步笑百步耳。女大窘,愚曰:吾友之言,极煞风景之能事,然其立论,又何其仁恕哉?

　　(《海报》1943年5月11日,署名:刘郎)

好 为 人 师?

　　最近有位读者写信与我,要我做他的先生,他要做我的学生(一年之中,类此情形,总有几次)。自己忖忖,三十六岁的人,的确可以做人先生的年纪了。但我将拿出什么来,足以为人师表?论本事什么都没有,何况又是凉德薄行,一不足法的这么一块料。尊我为师,岂非笑话!

　　所以,那位投书者的一片盛情,我是无法接受的。几年前,我想在上海做一个白相人派派窜头,但后来看看,觉得上海的白相人的行径,决不是我小时候所向往那些游侠儿的风度。上海所有的白相人,正是江河日下,他们做梦也想不到白相人最高的目标是"义气"两字,他们都是"半吊子",畏强凌弱,从女人头上刮钞票。还有更甚于此的种种卑污行迹,那里还谈得到古时候所谓朱家郭解之风?因此之故,我想做个白相人的念头,也冷了下来。但从此做人"先生"的机会,更加绝无了!

(《海报》1943年5月12日,署名:刘郎)

肝胆之交?

《万象》杂志出版之始,虽然蒙蝶衣兄邀我写过文稿,但我却一直躲懒,终于辜负了老友的雅望。我不欢喜在杂志上撰述,有几种原因:(一)自己晓得我平时落笔轻薄,写在小型报上,以为风月文章,还可以掩盖自己的丑陋;杂志的内容,比较严肃,终觉得我这一枝笔,不堪与高雅谐和。(二)我好像天生似的,不能写洋洋几千字的稿件;近来一稿之成,五百字已算最多的了。少至于两三百字,字字固然写不连牵,实在也没有精力来写。小型报的文稿,简短一点,原无妨碍;杂志的体裁,总以"大块文章"为合格。(三)我有一种脾气,是与胡梯维先生同样的。梯维为报纸撰述,他希望今天杀青,明天见报,迟了些日子,他便大不耐烦。我也是如此。为小型报写作,是有这样的痛快,写到杂志上去,便要使你引颈为劳。为了这三种原因,所以我自从为职业文人以来,差不多专门替小报动笔,大报的副刊,以及任何杂志上,我未曾有过只字。

去年的冬天,襟亚预先送一笔稿费与我,要我替《万象》写一篇东西。我本来推却,他则坚请收纳。但我收过了四五个月,也没有报命。在五月号发稿之前,他重申前请,我不好意思再推诿,故作了一节短文送与他。在他这一期的编辑者言里,称颂我是"肝胆之交",其实说穿了他不来逼我,说不定我永远会把他的稿费"摆堆老"的。

(《海报》1943年5月14日,署名:刘郎)

义助英子

英子病,以贫不暇疗疴,于是友好及话剧观众,群伸义助,"兰心"

虽为之演义剧一场,得资二三万金,票价高至百元与五十元。艺人之际遇可怜,而得人之同情若此,宜足慰矣。惟念英子此次之病,其友好为之援助者,不一其人。尽友好之力,因已无虑于医药费用之匮乏,然则更不必乞怜于他人。乞怜于人,固未必遂损艺人之声华;然其非冠冕之事,则无疑义。"兰心"演义剧之役,宣传甚至,然"上艺"剧团,亦尝演戏两场,售券所得,悉与英子者;则为剧团与"卡尔登"前台之损失,未尝乞助于观众,亦未尝沾光于"上艺"之演员也。闻之人言:为英子施手术者,为任廷桂医生。任为一代名医,由一艺人介绍,使英子乞任施回生之术。任悯其孤苦,勿收诊费,谓英子为艺人,非国家社会之废物,今贫而且病,本人类互助之精神,我当尽力使其脱离苦海焉。仁心仁术,盖尤足多者矣。

(《海报》1943 年 5 月 16 日,署名:刘郎)

罗　兰

闻话剧新人罗兰之演技卓绝,已深向往,不图其文章正复可诵。昨本刊载其《我的几句话》,婉曼有致,知其人必不俗也。文中述"米高美"舞人名罗兰者,是则又是不佞旧识矣。为舞女之罗兰,面目殊娇好,王亦芬、王莉曼之流,驰名于国泰舞厅时,罗兰亦"红星"之一,虽微病尪瘠,第竟体清芬,睹之意远。时罗有假母,居马乐里。未几,有客眷罗甚,将量珠聘去,而假母勿许,遂缠讼不已。又若干时,闻其终适人,且离沪他去。往岁,始重见于海上,则以别鹄离鸾,而重堕风尘者也。尝以事来访,询其往事,悒悒不为一语,袁简斋所谓"可怜十九为孀女,犹是人家未嫁年"。对罗兰亦不免有此感伤矣!罗独居于法租界一逆旅中,今年,见其在"高士满"为茶舞,近复屡见之于"米高美"。闻之人言,罗亦情痴,置其夫遗影于手箧中,舞客稍相习,辄自承曾嫁人不讳,自承为未亡人亦不讳。而其夫之"音容宛在",有时且流览于其稔客间。或怜其痴情,或亦憎其倒人胃口云。

(《海报》1943 年 5 月 18 日,署名:刘郎)

新 艳 秋

在坤角儿中,新艳秋是我最刻骨倾心的一个。在台上的温和美丽,而私底下更有一股秀气扑人。虽然我只同她吃过一次饭,见面不过两三次,但一直到现在,我对她眷恋之情,真是无时小辍!

她前几年罹过奇祸,有人说她是得祸而死了。我曾经背人流泪,想起易实甫的诗来,所谓:"天原不忍生尤物,世竟无情杀美人。"又云:"直将嗟凤伤鸾意,来吊生龙活虎人!"这些好诗,都可以移悼艳秋。

但她毕竟没有死,后来还到南方来唱戏。我欢喜得什么似的,那时候我们晓得她已有了恋人。前年,则传她在天津已经结婚。今年,二个月以前,又传她因小产而死了。小产而死,不是惨酷的事,不过悼惜她的短命而已。乃昨天的本刊上,又把她死的谣言纠正过来,另外还说起她嫁人并不在天津,实在上海;嫁的人,是一家什么"茶室"的老板。我读着这节消息,比听见她"小产而死"的噩耗,要难过万倍。我为什么难过?说不出所以然,也不必说所以然。我只以至诚之心,祷告这段消息,尽属讹传。生也好,死也好,反正不要证实她,做了"茶室"老板的姨太太!

(《海报》1943年5月19日,署名:刘郎)

言之非其时耳?

某法家将与舞人行婚礼于沪上,文友某知之,屡于报间致其抱憾之词,谓舞女乌可以宜人家室者。弦外之音,似欲劝法家速绝此女,毋自贻伊戚。法家读其文,窘甚,辄以电话抵其五先生,谓某兄善意,贶我良多,特我今日,百事俱备,惟待良辰,某兄不满于新妇,以书来劝我,或睹我面而斥骂一场,我皆感受;今乃宣之笔下,扬之报端,脱为新妇见之,则患非吾二人后来之福。其五哑然之曰:某君之言非不当,特言之非其时耳!

永春居士,与舞人菊影善,旬日之间,缱绻弥殷。永春之友,深虑循此以往,将不为永春之福,因私语菊影曰:"永春有妇,善妒,昔尝箠一室,妇闻之必不容;永春哀于妇,始允其夫于一月间,与姬人第数面,无论当夕矣;汝苟妇之,汝亦能当受之乎?"菊影闻其言,滋不怿,徐言曰:"我何为必恋永春者?使永春今日即绝我者,我亦何怨?公言毋乃勿中其程。"友味其言,大赧而退。自后,菊影终抑抑,偶以友言白于愚,愚亦笑曰:言之非不当,特言之非其时耳!

(《海报》1943 年 5 月 22 日,署名:刘郎)

死矣余叔岩

余叔岩死于故都,愚向时对京朝派须生,视同刍狗,余在生前,既未尝有一语以恭维,今闻其死,更不必致其悲忧矣。然料沪上之评剧家,将因闻小余噩耗,而抱头痛哭。愚子、愚侄,年皆少,不及闻叔岩戏,将来此辈若不肖,不幸而为评剧家者,其笔下若谈起余叔岩,当为撒谎,为啃死人骨头,亦犹如今日之三四十人,谈谭英秀、王楞仙之说得天花乱坠焉!

余叔岩戏,愚所见尚多,然已不可尽忆。或可忆者,至今亦无印象可寻。某岁新年,赴香厂"新民",听歌三夕。一夕似为叔岩与荀慧生之《戏凤》,其下为杨小楼、王长林、钱金福与余叔岩之《青石山》;一夕似为叔岩与荀慧生、杨小楼之《摘缨会》;又一夕,则为余、杨、荀之《宛城》,余为张绣,杨为典韦。此戏人才,固极一时之选,然若有人问我如何好法,则我亦不可答矣! 愚看此戏时,为十七岁,距今将及二十年。当时看此种戏,并不以为欢喜,惟于休沐之日,到城南游艺园,看碧云霞下装,始为一乐。重色而不重艺,少日已然,及我老来,此习毋移!

(《海报》1943 年 5 月 23 日,署名:刘郎)

健社义剧事

◆谢江一秋兄

上海健社诸君,热心公益,华北灾荒,怵人心目,诸君谋所以赒赈计,将演义剧一场。其大轴戏为全部《探母》也。江一秋兄,故以电话来,知愚有"出关"瘾,欲以出关后之四郎,委于愚。且曰:饰公主者,其夫人焦鸿英女士也。焦玉貌清才,有风华旷代之美,鄙夫乌足以俪天人?故于一秋之约,宜婉谢者一也。又小型报业同人,有发起亦演义剧助赈者,愚为此道中人,将不可逃避。愚资质奇拙,一月之中,虑不能速成两剧,无此时间,亦无此耐性也;故于一秋之约,宜婉谢者二也。一秋电话来时,愚方作叶子戏,不及多谈,报以明日踵府面陈,复以事梗失约。今布肘臆于此,惟冀故人宥之耳!

(《海报》1943年5月27日,署名:刘郎)

北 国 归 鸿

三星期前,吾友蓬赤游故都。愚十载论交,与蓬赤殆不胜知己之感。愚之疏狂,吾友能谅之,而平时见解,亦往往相同。比以书来,述故都概况者,有妙语如环之致。吾友文章绝幽美,愚日以本刊寄之,因丐其为本报撰述,自可以新读者耳目也。兹节录其言云:

"来此已逾二十日,方于昨日进故宫游览。此外所历者,亦惟中央公园、天坛、北海、景山等数处,以时日尽多,不欲亟亟也。故都风景,大抵以气象雄阔,轻倩明媚,则不逮江南。惟北海深得柔美之致,是以弟乃偏爱北海也。韩家潭亦曾往观光,其地无殊色,少坐即去。此间妇不懂化装,大红大白,望之生怖;且往来坐街车者,类皆用帕覆面,以避为尘沙所袭,其状尤不雅观。惟开出口来,均为流利隽爽之京片子,尚可人意耳。弟于平剧,亦根本无嗜好,来此仅一度往聆一新角之起解。此外所谓京朝大角之玩意,皆未领略。马连良伧然一物,而卖座特盛,于以见北京人听戏程度之低能。自余叔岩死后,此间人士,如丧考妣,幼稚浅薄,尤不堪及。嗟乎,大郎!环视域内,其演技之足以动人心魄者,惟周信芳、盖叫天、张淑娴三人耳。张辍演'黄金'已历二月,何久不返津,窃虑其从梅习艺是假,已有'胡老'是真。倘其对象为性情中人,犹不必说;苟为洋场恶棍以蹂躏女性为能事者流,则吾人之'惘然',宁有已时哉？"

(《海报》1943年5月28日,署名:刘郎)

陈云裳的"毛病"

胡蝶在没有同潘有声结婚之前,据说她欢喜的男人,都是像明太祖一样的长"下巴"(下巴二字照正兴馆写法)。潘有声的颏部特长,所以终为胡蝶所喜。其实有声除仗其天赋"下巴",能博美人欢心以外,其他更无可取之点。如今的陈云裳,闻又据说凡是男人而为医生者,大都使她特别崇敬,现在的汤(于翰)先生,便是一位仁心仁术的大夫。陈小姐的身体向来健康,不过有一种从小就有类似毛病的毛病,就是她的头皮屑比人容易产生。女人欢喜干净,头皮屑总是讨厌的东西。她千方百计,要使它减少,但卒归无效。问计于汤,汤医生所服务的是镭锭医院,电气治疗,自然比任何医院都完备,故替陈小姐悉心扫除毛中之病。毛病之是否治愈,外人不得而知;不过因看毛病而发生了情爱,则是事实。二人之将举行婚礼,亦基于看毛病而来也。

(《海报》1943年5月30日,署名:刘郎)

读蓬赤书后

蓬赤兄像我一样,容易热情奔放。前天,我把他的一封信刊在这里,他说:"环观城内,演技之动人心魄者,惟信芳、盖叫天与张淑娴三人。"这分明是偏激之谈。信芳、盖五,是剧场盟主,当然我无间言,若张淑娴,则求进的地方还多,而需要改善的地方,正复不少。

他关心张淑娴的近况,淑娴辍演之后,先说要回北方去,但一直到现在,还没有动身。听说她天天请益梅门,功课不曾间断。我和她没有"过从之雅",最近遇见过两次,一次在国际照相馆,一次则在"百乐门",同李丽华一群女人,就中只有她与张少泉不会跳舞。

据说她也读书,还学着骑自行车,却不曾听她有什么香艳的事迹。

这个孩,在方寸灵台间,发不出什么浓烈的情感,太沉默,太忍心。男女的事,她非常隔阂,"葳蕤自守"的名声,正因为这几个原因,而博取来的。

(《海报》1943年5月31日,署名:刘郎)

"孝子"婚筵

周孝伯、张子明之婚礼,女傧相二,皆为今日舞国之红人。一为刘莉娟,一则王国花也。以刘为傧相,故随刘而来观礼者,有周菊珍、菊英姊妹,及"丽都"之周丽娟。刘饰貌殊妍,司仪人呼新娘入席时,刘为首导,盈盈将至案前,司仪人误此即是新娘;又呼证婚人宣读证书,而音乐随止。林康侯证婚,毕竟"老举",初不宣读,司仪者悟,命乐工复奏乐,而莉娟甚窘,众大笑,金曰:司仪人亦冒色鬼哉!

张德钦有演词,谓周孝伯之孝,张子明之子,合之为"孝子",因劝孝伯善侍夫人,似令子之孝养其亲。闻者亦大笑。惟张以孝伯从未娶,故谥之为"标准童男子",则开心寻得太大。若孝伯而为童男子,唐大郎似可为平生不二色人矣。

证婚人致训词,以无词可训,康侯乃读现成之颂词。颂词为四六文,起句用"盖闻"二字。康侯以为省事而又典雅,不知文字为物,有越雅而越觉恶俗者,结婚之颂词是也。

(《海报》1943年6月4日,署名:刘郎)

观屠丁婚礼

我自己也想不到,五日的上午十时,我会同了之方,去参加屠光启与丁芝的婚礼的。天还下着小雨,一辆三轮车,在法租界兜了不少途程,才到达贝当路的美国社交会堂。我因为没有看见过教堂结婚的仪式,这次算是新奇的尝试。因为路远,又是下雨,所以观礼的人不多到,女明星只到了陈云裳与童月娟二人。

婚礼一直延到十一时半开始,七个童男,十个童女,穿着雪白的衣裳,"上艺"管弦乐队陪奏下唱歌,牧师与男女傧相,新郎新妇,在歌声乐声中,缓步登场。

牧师是宁波人,说他自己的乡谈,丝毫没有国语的成分。他一开口,我总是忍着笑,不敢出声。他叫新郎新娘宣誓,什么"困苦贫穷、有病无病,要爱护他,尊重他"一连串的话,新郎新妇,依样葫芦的说其一遍。丁芝声细如蚊,绝不像台上那样哀感顽艳的声音。她当时自己的感受,不知如何? 观礼的人,却无不为她狂窘。之方说,我情愿老法结婚,磕他一百两百个响头,却不愿这样受罪!

丁芝装扮新娘,非常明艳。丁芝平时,固然不十分美丽,但这一天却极其好看。一个女人于鲜花在抱,长纱曳地的时候,若再使人看见了讨厌,还做什么女人? 女傧相是作家施济美女士,要我形容起她来,又该用"健骨高躯"四字,皮肤不及丁芝细洁,但毕竟胸罗万卷,所以来得气度翛然。

(《海报》1943年6月8日,署名:刘郎)

补 婚 记

愚年二十三,娶沈氏妇,归七年而殁,遗两雏。殁后三年,乃遘惠明于沪上。惠明氏刘,已失怙恃,兄姊皆远游,茕茕而独,少愚者十年;不委身于沽屠,而甘为贫士妇,其志盖滋可悯也。刘氏事吾亲甚虔,渠育一女,未几而夭。去岁秒,又诞一雄,亦未尝以此而异视吾亡妻二子。愚甚德之。顾三年以来,愚常陷穷途,终未办婚姻上之合法手续,遂无以正名分。此在丈夫,初无置意;其为封建社会之女儿,则罔不竞此。故刘氏恒悒悒。愚谋所以慰之者,因举行一最简单之公开仪式,为补婚礼焉。六月六日,下午七时,邀至友八九人,为我证婚。愚自述数言,写于吾二人媒书之端。其言曰:

吾二人于民国二十九年春,相遇于沪上。既又互矢爱悦,惟未尝举办婚仪,迄今盖已逾三年矣。秉圣人名不可不正之训,爰于民国三十二年六月六日,在上海国际饭店之孔雀厅,出我二人之婚书,烦平时至友,如金雄白、金舜华、姚肇第、姚吉光、唐世昌、姚绍华、周翼华、陆小洛、龚之方诸先生,各赐题名,以为见证。复丐双方家长,予以署诺,然后共藏此纸,为我二人婚姻上之合法凭证,兼所以为百年永好之券也。

翌日之《新闻报》上,复刊一启事,其言亦等是。此例容无前见,今自我而创。肇第乃言,是与民法初无所背。笠诗为当世名法家,其言不背法者,吾二人皆得安心矣!

(《海报》1943年6月9日,署名:刘郎)

与君约略说"长毛"

因义戏事,出席"皇后"之座谈,到者寥寥。忽隔座有朋友挈顾竹君来,得为妙谑,而不致岑寂,以姚妖为人艳称。或发现其竟体生毛之地到处茸茸,故晋以别号曰"长毛骆驼绒",其事盖出吾《海》芷香腕底,而竹君初不甚知也。愚以是诘之,则茫然不知所答。问曰:彼言"长毛骆驼绒"者,固属何意?愚曰:是为人体生理之奇,不佞与卿交尚浅不足言深也。顾犹勿解,自言曰:我又无冬季大衣,即有之,亦非长毛骆驼绒耳!然则知我有长毛骆驼绒者,彼为何人?愚亟曰:是为朱公,吾党之尊,其人已望六高年。顾思索有顷,徐曰:我乃不识朱公,愿足下为曹邱,使我往拜之,称朱为义父,丐其勿复以文字毁儿。语至此,忽有人羼言曰:汝拜朱公,岂俛渠送一件长毛骆驼绒,做见面礼邪?若然,朱公所有,非此物,特有一只灰鼠耳。众大笑,顾仍懵然无所知。顾体高而面阔,姿色不足取,身上肌肉甚富,然胸部又不可见高原,故线条亦不佳。已嫁之沈玉英,且胜此一筹焉。

(《海报》1943年6月10日,署名:刘郎)

母 与 子

木斋夫人旦夕间人矣!九日下午,愚往临存,木斋乃谓往夜三时,夫人痰上涌,未几遂瞑。仓卒无以问医生,木斋故高呼,又念佛不已;果悠然醒。睹环榻诸人,则曰:我固勿死,伺我何为?自是又复前状,惟木斋知其不可留,已为具备后事。傍晚,臧医生来,亦以为无能为力。木斋公子,年十五,见母将不起,因丐臧为挽救之图。木斋益伤感,语子曰:母所犯,绝症耳;苟其可为,虽倾吾家,父胡所吝?子乃不复言。愚闻言涕零。愚妇之丧,长子才八岁,幼方五龄;愚无状,不能善视亡妻,然彼母子无忤也。五六年来,两子渐泯无母之哀,而吾悲不可杀。木斋曾珍视其妻,亦笃爱其儿,当此境地,肠摧肺烈,逆知其悲苦之不自胜,视愚又宁止倍蓰矣!

(《海报》1943年6月11日,署名:刘郎)

相　　悦

一方兄指我"好合券"上的"相悦"两字,有欠严肃。其实我在"好合券"上的原文,本来是写"相识于沪上,既又互矢爱悦",及至发报上的广告时,要不让它超过四行,曾经加以削减,而改为"相悦于沪上"五字。固然不大妥当,不过我一向的解释,"相悦"即是互矢爱好的意思,单是一个悦字,则作欢喜,爱好的解释。经过一方以"古人言,狡童相悦"的典故来,便使我感到惶悚。因为我读书不多,也根本不求甚解,若有人将我所用的一个字,或者一句句子,要我交代出爷娘来,认为生平窘事!

年岁渐渐老大起来,使不出我十年前狂放的情怀。其实照我向来文章以"真"为贵的主张,我应当这样写:"相识于沪上,为妍度生涯者,盖三年于兹矣。"夫然方为坦白之言。现在所用的相悦,相识,又什么互矢爱好,这些都已经加过雕凿的了。说句诛心话,尽是要不得的。

(《海报》1943年6月12日,署名:刘郎)

厄其躯壳

唐嫂于十日下午十时三刻逝世,越二日始盖棺。先是世昌母太夫人之灵榇,厝于乐园殡仪馆,嫂孝敬其姑,岁时必躬祭。见乐园之礼堂轩敞,恒流连叹赏,故及其殁也,世昌遂殓之此堂中。陈尸未久,十指皆黑,馆中人欲为注防腐药水。世昌勿许,谓夫人生前,深恶其事。然馆中人坚持,曰:否则不待就殓,而消蚀之象已呈。愚亦谓嫂久亲针灸,今已死,更何恤厄其躯壳?世昌始允办防腐手续。因忆先舅之丧,经殡仪馆化装后,妗氏睹舅之两颐猝丰,异之,伪辟其肤,乃见口腔中所实者,皆黄凡士林。犹不足,取篾片一,弓于喉际,使其颐颊外张,遂不复消瘦若陈尸矣。妗大恸,随哭随将口中所实者,一一掬之出。可知世俗恒情,于人死以后,犹重视躯壳,固比比是耳。

(《海报》1943年6月13日,署名:刘郎)

"勿落槛"

上海白相人有句话,叫"勿落槛",望文生义,大概诅骂一个人,做的事,讲的话,都不适当。昨天同一位朋友,谈起一个白相人的"勿落槛",他说:这个白相人欢喜扎台型,譬如有人去告诉他,某某人与此人"难过",请他出来解围。如果是一个做事、说话都"落槛"的白相人,便应该说:"某某人是我好友,待我去劝他不要再闹意气,你放心好了。"如其换一个"不落槛"的白相人,他的话便不是这样说了,一开口就要"魁":"噢!迭个小鬼,现在那能狠起来哉?明朝我差个人去,叫伊勿要再搅。"如其这几句话,被某某人听见,某某人也是"吃斗"的户头,非但此围永不能解,而且连白相人一起"难过"到底。

二三月以前,报纸上有人骂严春棠,春棠到处寻我,意思要我替他解围。但他也不善词令,终于说了两句使我极不开心的话。他说:"你有办法最好,没有办法,我自有路道。"严春棠在白相相朋友淘里,永远窜不起来,就是吃亏在"勿落槛"。他明明知道我与报界有关的人,而说出什么"路道"之言,既有路道,何必寻我?但毕竟他没有路道,我就没有看见他的颜色,此春棠之所以为"勿落槛"也。

(《海报》1943年6月16日,署名:刘郎)

苏 州 人

之方有戚,自吴门来,闲谈间语之方曰:"奴昨日仔搭是阔极阔极,勒笃新亚吃咖啡茶。"之方曰:"第在此二语中,苏州人之个性,与其平时之生活情形,可谓宣泄无遗。"愚则谓咖啡下著一茶字,尤有传神阿堵之妙。

◆市招

马霍路刘定之装池家之市招,无一非当代书家经心之作。其邻为福致饭店,其招牌则极粗劣,用红漆书成,擘划皆不等样。刘定之当有择邻不善之叹。

◆天真

周翼华与孙克仁交谊甚厚。坤伶应畹云南来,闻风采甚都,克仁于十六日饭之于美华酒家,同席八九人,皆现隶"更新"之演员。闻何以不及翼华?则曰:"渠京片子太好,渠来之后,尽是听他说话,我将无一点罩势矣!"克仁说话,往往天真如此。

(《海报》1943年6月17日,署名:刘郎)

雨 中

在一方的小品文中,每每看见了落雨,就有许多妙语幽思,发纾在他的腕底。落雨我也看得见,但尽管看着它,却怎样也写不出一个字来。这两天不大在外面跑,为此题材,非常枯涩。今天提起笔来,正是窗外大雨如绳的时候,我又想起了一方惯用"雨窗"的题目,再想从这样的境界里迸出一点文思,良久良久,终归没有。

放了笔,靠着窗口,望望雨,还是没有任何感想,只得看其他的景物。对过的小学堂里,因为在大雨中,室内光线暗淡,开了电灯上课。楼下的屋子,这一学期是空关的,从前也是课堂,我起初以为当时招生不足,所以空了一个教室起来。但那天被我发现校长先生将空关着的房门开开,里面却做了囤货的栈房。一大包一大包比箱子较大,比棺材较小的货物,堆满了这一间屋子。这才明白,校长先生的算盘,比人精明。培育英才,毕竟不是发财之道,赶走了活人,囤藏着死货,这才是泉源。

(《海报》1943年6月18日,署名:刘郎)

海派与京派

蓬赤书来,谓故都亦有集团结婚之举,但不名集团结婚,而改为"联璧婚礼",雅则雅矣,惟酸气终嫌忒重耳。愚固谓北人好卖弄风雅,昔年,中行同事,皆北人,夜来有为雀战者,次日问其胜负如何?每答曰:"鸿雁"特不知何意?旋诘之,则谓"稍输"耳。"稍输"与"捎书"同意,"鸿雁捎书",为《红鬃烈马》之一折,如以"鸿雁"代表"稍输",亦觉酸腐之气之扑鼻矣。蓬赤又言,比阅沪报,知有人筹备某某三老牌"集团证婚",而誉为"福""禄""寿"三星,辄为之肌肤起栗。大抵京派之可恶,止于浅薄幼稚,而海派往往入于无耻状态。如报载李昌鉴诱骗段干木孙女一事,令人所大惑不解者,非在于李昌鉴之手段卑劣,而在于凭他这只面孔,自有人当他小白脸看待也。因念当年某舞场举行讲鬼故事大会串,李昌鉴不许场中关熄灯火者,自有其自信力,是诚海派妖孽之尤矣。

(《海报》1943年6月20日,署名:刘郎)

女 说 书

累两日在"南京"听书,第一次为自动,第二次为被动。第一次去时,吾友悦周氏一儿之婉娈多姿,次日乃招之"堂会"。此会在旅舍中,听者七八人,女邀一伴同来。来时,其一挟琵琶,其人持弦子,初无"跟包"偕至。乃知此道中人之寒俭,视昔益甚。时在下午九时,歌既已,吾友语周曰:"场子完时,可更来此。"周则尼吾友曰:"允在书场,唱《送客书》（犹言京戏之唱大轴），苟无人捧场，将为同道所讥。客果不遐弃儿家者，愿来顾我。"友喜而从之，则翩吾同行。书场面积，似寻常之统厢房，不足载二百人。使日夜客满，所得不过六白金。书场与各档说书人分拆，则售艺者能得几何？于是若辈乃不得不恃堂会与点戏为大宗收入。此中茶房，为说书人打令点戏甚力，以愚所见，其中以一周一严，尚可人意外，其余皆蓬头垢婢。独怪横云阁主，于弦边婴宛，不绝于书，真人间之第一胃口矣。

（《海报》1943年6月21日，署名：刘郎）

臭味与白虱

因为《连环套》是群戏，我们去的人过多，所以都聚在武打的扮戏房里。那里好像是地窖，空气固然不好，而臭味更浓，附近一间茅房里的阵阵"氤氲"，常借好风送入鼻孔，为之窒息。后台的清洁，要推"黄金"，随便在那里扮戏都觉得心目都爽。

扎扮好了，在幕后遇见陈鹤峰老板，他同我握手，我说戏台上的"黄门后代"你是祖师，我是弄斧于班门。他与我觑了一觑，发现我领口少围了一条布，领子缩在里边，他以为不大美观。我那里管得这许多，推开里面一件箭衣到"翼宿星君"神位之前默默祷告道："今天我是做好事来的，请祖师爷保佑我，万一这件箭衣上面，有个把白虱盘踞于此，千万叫它不要爬到我汗衫上，甚至在我身上繁殖起来。至于台上的戏，那怕被我唱砸了，我也不会怪祖师爷的。"

（《海报》1943年6月22日，署名：刘郎）

靴与网巾

愚于剧艺不求有深造，亦无如海上名票之雄心，故视登台为儿戏。"义演"之日，尝令上台者靴自备，水纱与网巾亦自备。四五年前，愚曾购黑靴一，着之甚称脚，底颇厚，惟不及二寸半耳。近岁登台，恒携此自随,第水纱、网巾,迄无购备。闻之人言,即此零星物件,所费亦复不赀。黑靴一,至少四百金,花靴逾千元,若"白满"一口,过二千金外,更无论蟒与靠矣。北平李丽语愚,此来在苏州买行头,所耗二十万,其实亦不为多也。愚尝谓今之女儿,求为舞女,犯本正复至广,然若求为坤伶者,又岂恒人之家所能致?好为坤伶义父之流,闻此当兴"银根吃重"之叹。往岁,有人介某坤伶以父礼事愚,不论德望未孚,若干女儿以"点翠头面"一副相要挟者,愚且力所不胜。然此犹前二年事也,苟在今日,不更将惊而却走邪!

(《海报》1943年6月23日,署名:刘郎)

张培兰之死

与培兰先生无深交,特相识已久。愚昔年进商场时,几与培兰每夕得见,顾非吾游侣,见面特一招呼而已。三年来愚稍息游踪,闻培兰仍未倦,乃知兴怀常不恶也。培兰甚壮健,初不料其断命之速,仅一夕间事耳!上星期六,培兰犹携一舞人同餐,既已,忽觉头目森然,遂归寝,就灯下阅书。旋觉饥甚,令家人进粥。食后,晕眩益甚,故速医者,量其血压,达二百六十度,知无治。旋入昏迷状态,至翌晨八时而气绝。十二小时前,犹生龙活虎之人,十二小时以后,乃已陈尸。人言人生如朝露者,培兰且不如朝露矣。死后,故交检其遗藏,了无所得,知其身后,正复萧然。培兰为张善琨倚重之人,说者谓善琨事业甚富,独本身无居积,而从其游者,蓄财皆广,今以培兰证之,又知人言之不可信。而凭一己之测断,道他人富裕之谈,尤不可听。培兰生前,浪迹欢场,博亦甚豪,又谁知一死之后,其人固赤贫至此哉!

(《海报》1943年6月25日,署名:刘郎)

堂会与外快

有熟悉女说书情形者,尝为愚言,南京书场,日夜两场,书多至六七档,座位少至不足二百只,每位售二金,卖足日夜场至多八百金。但女人说书,不能引女人听客,亦不能招致为听书而听书之听客,其惠然肯来者,类为意不在酒之醉翁,然究属少数。于是南京客满之时恒不多。至听书人与场方之拆账,虽不甚详细。然闻五日一拆账,如三人一档,至多可分拆百金,每月不过六百金,计每人月入尽二百元耳。若辈乃不得不视堂会为大宗收入。顾堂会一次为百二十金,场方须扣去二成外,场内之茶房,亦须剥取"拔头",以所余归三人分摊,每人仅获二十余元。故堂会之收入,亦未足能赡其生计,欲求积聚,不得不赖"外快"。赚取外快之方式,惟出之卖笑一途。或尝统计,谓今日南京书场之女说书,除一严雯君初来,不能诘其底细外,其余貌尚可人之诸儿,几无一不可以遂客所愿者。若顾竹君,尤为率直,作快语诒人曰:"说书所得,能有几何?不趋此道,则金表、钻戒、脚镯、锁片诸物,又乌能环饰吾体哉?"嗟夫!凡兹所言,胥不足为"弦边"才子语也!

(《海报》1943年6月26日,署名:刘郎)

倒　　贴

堕楼自死之薛大弦先生,与我并不相识。时在别张报上,读他清丽的文笔,私心常是折服。他死了以后,雪尘为我说起他的生平,知道大弦是一个振奇之士,他向来叹赏一个能够自杀的人,他以为自杀非"大勇"不办;同时又赞成女人肯倒贴男人,以为凡是肯倒贴男人的女人,是人间"至爱"的表现。前者我当然同意。所谓"千古艰难惟一死",一个人肯轻生,男子是勇士,女人是烈妇,徘徊凭吊,我亦为之。惟后者则有不尽然者。举一种例,如从前某一个舞女,她要罗致上海的武生,都为其入幕之宾,但到手一个,玩了几天,马上放弃。这群伶官,都受过她的"倒贴",据她事后语人,某甲最难弄,要她做几身蟒,和一件黄靠,才肯与她苟且一次。某丙最容易,一共送他一百只现洋,已能使他小心伺候。又譬如王文兰的想"吃"尽四小名旦,在宋德珠、张君秋身上,她都牺牲过物资与金钱,不能说她不是实行倒贴。但如某舞女与王文兰之流,终说不上她们是表现人间的"至爱",实在是淫贱无耻而已。

薛先生赞扬女人能够倒贴,从女人方面,可能把人间至爱的表现来替她们文饰;不过这种事件,若从男人一方面想想,真是难乎其为丈夫了!

(《海报》1943年6月27日,署名:刘郎)

老汉推车之波折

七月三日,大舞台的义戏中,大轴是《大溪皇庄》,原定以各平剧院当局,分扮"十二美跑车"。张善琨也是"十二金钗"之一,在二十七日"新利查"第二次会议席上,他忽然起来反对,并说:本人不愿意扮女人,所以要求掉个头来,让十二坤伶,扮美人,待十二个男人做"推车"的"老汉"。要求发表之后,不待大家"合计合计",而周信芳第一个起来反对。他的理由是:"这样一来,噱头全无!"次之,有人说盖五爷起来发表意见,盖五说了许多话,我没有听清楚,大概也是赞同信芳的意思。所以张先生的提议,势难遽付表决。当时不知什么人,说派的角色,不能变动,谁想规避,要罚洋五千。张先生马上答应愿罚五千,女人还是不扮。结果张缺由"黄金"的金君承之,而大会里收到张善琨名下捐款五千金。

(注:"合计合计"一语,为盖叫天先生之口头禅,予尝曾于本篇中申述之。)

(《海报》1943年6月28日,署名:刘郎)

定依阁随笔（1943.7—1943.12）

小 黑 姑 娘！

在七月号的《万象》上，读季黄先生的一篇《风沙寄语》，这就是老友蓬矢替柯灵兄寄的故都通信。蓬矢的文章，清柔婉丽，正如他形容北海的风光一样，读过之后，使人从"衷心引起一种温暖和甜适的滋味"。

在《风沙寄语》的末一节，谈起穷守在荒城里的小黑姑娘，已经不是当年的"胜概"。因为没有吃，吃窝窝头，又因为没有抽烟，蒙在破被胎里啜泣。而久病之后身体上连皮带骨，只有六十来磅。我一面读文章，一面回念这一位从"风华盖代"中过来的女人，再也不忍想像她现在的一番模样。小黑姑娘是道道地地的所谓美人胎子，十几年前在北平书场时候，还是艳光四照。记得她一上了鼓台，先把项间的纽扣松解，露出她白净的蟠蜥，我心头上终是起无穷的美感。在她下嫁后三年，又同她并坐着看过一次戏；虽则烟瘾更大，然而眼睛里放出来，还是盛年时代的媚波，纤纤十指，如玉一般，套上一只巨粒的钻戒。向来看见巨粒钻戒，戴在白相人手上的多，往往觉得他们糟蹋了名贵的饰物。惟在小黑手上，似乎终无负奇珍。这些回忆，再也不能把现在的情形来对照了。我读完了季黄的文章，惘惘然真有半日之久。我一直痴想，能不能替她戒烟，同时，再替她调理身体？纵使青春不再，但养到她身体丰腴之后，一定可以见她的余态犹妍。这是我的痴想，也可以说是野心。如果她真能恢复到余态犹妍的一日，我自有同她"缱绻"的勇气。因为她青年时候的印象给我太好，我因她而积留的欲焰，十年之后，还没有蠲除。可是谁肯为她改造呢？我又没有这种力量。

（《海报》1943年7月1日，署名：刘郎）

［编按：季黄、叔红、蓬矢（蓬赤、蓬尺）、桑弧，均为一人笔名。本名李培林。］

促梯公奋笔

《海报》不获刊梯维之文，为《海报》不弥之陷。愚既代《海报》力请矣，修梅亦当更番致语，情意殷切。吾友或不复固辞。登场之始，请先布其旧述一文，则调侃愚之"西风面孔"而作也。夫若是，始为雅谑，苟出以庸流之笔，不成含粪四溅者，盖几希矣。大郎演黄天霸有日，与翼华兄摄剧照，愚未得见也。天厂有远行，送之江滨，问旅途亦苦岑寂否？天厂探怀出一帧示愚曰：得大郎胸坎温存，羁人当有以自遣。取而缔审，英姿照眼，赫然黄门后代也，熟视有顷，不觉顿足大笑，天厂亦笑不可仰。则以大郎本为加官脸，影中人抹额加冠，庐山低如培塿，望之如雀牌中之西风，乃富奇趣。天厂谓甬曲家孙翠娥女士，见象狂喜，爱玩不忍释手，语大郎曰：唐先生请必分赐一帧，对此能消万古愁，儿家此后，不致更与"娥牌白皮""造孽"矣（注）。天厂述竟，愚复大笑。读我报者，请再缔视画里真真，当佩孙娘辞令之妙，此次炊弄与"黄金"合作，或且售券筹款，大郎以浑身羊毛，用是惴惴。第日来大郎对此剧研讨甚勤，容未许湮没。全剧词句，早已烂熟胸中，业精于勤，他日当有惊人成就，益以饰貌之风趣，愚知海上周郎，行且空巷来观，借谋消愁一粲者矣。书此为客满牌迎宾之验。

（注："娥牌白皮"为孙娘之雅号。）

（《海报》1943年7月3日，署名：刘郎）

兰　老

一夜同兰老吃宵夜于满庭芳，冒雨行，过五马路中央饭店之附近，檐下皆瘪三,拥破席卧。兰老以足蹴之,操江北兼上海口音,高叫曰:"明朝早些起来,六点钟要来汏马路矣。"瘪三探头视兰老,互为私语不已。

又一夜,同兰老出咖啡店,上三轮车,一瘪三自后至,称兰老为大块头老板。兰老大怒,命车人止其车,语瘪三曰:"汝安从识我老板者? 我父尚在,所业至广,我依父而食,胡之老板? 汝今谄我,固无伤,特彼'老娘家'闻之,必'多心',以我在外招摇也。"瘪三笑而改口曰:"然则小开矣。"兰老顿色霁,曰:"小开亦只值一只洋耳!"因畀以一金。

兰老为滑稽之雄,寻常言行,恒足使人绝倒,翳何人? 孙兰亭先生是。孙与闻兰亭同称海上二兰亭,人称闻兰亭为兰老,于是亦以兰老呼孙君矣!

(《海报》1943 年 7 月 4 日,署名:刘郎)

兰妮印象记

昨夜,于"压近梯娜"座上,始识蓝妮女士。与蓝同来者,为愚故人。复有故人之友,则携舞人薛冰飞偕至。又欧西男妇若干人,方轰饮,逸兴正飙发也。愚曰:"震蓝小姐之名甚久,今夕得亲芳范,快慰何如?"蓝笑曰:"我亦夙忆刘郎,以刘郎事报,屡发讦诋,使我几不堪当受。"愚大诧,曰:"我乃无只字曾及蓝妮者,蓝小姐特误忆一人耳!"蓝又笑曰:"否我亦知讦我之文,不必出刘郎笔下,特报为刘郎之报,先生宜负其责。"愚遂不复辩,知蓝尚不知刘郎起码,从未办报。凡流布于报上之文,第为他人佣耳。蓝着深色旗袍,娇小若香扇坠,而双瞳澄澈,朗然炤四座,随谈,所语多风华而兼豪迈者,蓝妮有焉! 乐起,故人逊愚舞,谢不能,殷勤订后会而别。

(《海报》1943 年 7 月 7 日,署名:刘郎)

看房阀淫威!

纪灵居福煦坊三十号,置夫人与子女于小室中,生活本清苦无伦。

屋主人徐,举家悍暴。若干时前,迫吾友迁居,不迁。畀以租金,则不受。吾友求合法计,乃付法院,请求提供。徐家人因衔吾友益深,视纪灵家人若雠寇。十时以后不许燃电炬,稍拂其意,诟詈随之。所吐皆秽言,不可卒听,而吾友皆受之。纪灵依巽愞,屋主人之淫威亦益炽。前日上午,吾友之子,偶倾水,不慎,微溅及屋主人之身,大怒。注冷水一巨桶,悉倾于纪灵室中,床褥皆溃。犹不已,将纪灵妻子,扃于一室,禁其外越。事为纪灵知,因告于官中。官中人侦询一过,谂屋主人殊暴而无理,罚十金示惩。及晚,纪灵归,徐之两子亦返自校中。两子胥成年,皆读于大学(一在圣约翰),置身黉舍,而形同悍匪。猝持纪灵而凶殴,夫人亦遭重创。殴已,辄白于官中,谓吾友曾殴两子,盖先发制人也。此夜,纪灵又白于官,遂成缠讼之局。海上房阀之暴虐,令人谈虎色变。举海上人似纪灵所受者,多于恒河沙数,特为吾人不及知耳!纪灵近主《万象》辑务,终为驵侩所欺,同为文士,念此故时用发指也!

(《海报》1943年7月10日,署名:刘郎)

[编按:纪灵,即柯灵。]

朋 友 的 事

一个朋友受了别人的欺侮,有十个朋友听见此项消息的,三四个人,义愤填膺,自愿为其援助;五六个人则是袖手旁观。我当然不能说袖手旁观的人是不热心,也许他们本身无能为力。但我看见了自愿为之援助的几位,我会感动得涕泗皆零。朋友中,木公是热肠古道的人,又是心地仁慈,看见朋友被强暴欺凌,他替他奔走,还情愿到强人之前,替他"排炮"。而知道朋友既弱且贫,还安慰他说:要用多少钱说给他听,他代他设法。这是木公本性使然,无足为异。笠诗是一个风趣人,被人认为玩世不恭之流。但他一见朋友在患难之中,挺身而出,费了许多脚步,许多口舌,陪着他报告官中,还陪他出庭,陪他验伤。这样不辞劳倦,正可以见他是至性中人。还有小洛是一致公认他是冷酷的人物,除了吃豆腐,似乎不大好替他谈正经事。但当他在饮酒的时候,听我传说,他便纵杯而起,挽出另一位朋友来帮忙。我不论上面三位朋友奔走的为效如何,但一片赤忱,在友道中是最可宝贵的了。我受辱的朋友,自有其休戚相关的人,而不曾听说有什么表示。当此役也,是为最遗憾的一点!

(《海报》1943年7月11日,署名:刘郎)

[编按:参阅柯灵《我感谢!》,载1943年7月15日《海报》。]

也谈作贾

两三个月来,想做一点生意,多谢朋友的帮助我,从三处地方,借到一笔款子,就着手做三种生意:两种是合伙的交易,一种是买股票。让我来仿一句妇人家的口吻:"大概我的命苦到连狗都不想吃了!"别种股票,这两天都在涨足的时候,独有我手里的两种,一种是停滞着不动,另一种跌进票面。譬如说票面是五十元的,现在跌到四十元,还没有人顾问。至于两种合伙生意,其一蚀本、赚钱,尚在不可知之数。另一种则闹了笑话,明明议单都已签好了字,货色也定了两个月了;而到了出货的当口,我们这位发动的人,忽然来关照合伙的人,不必再下本钱,所有的货色,由他一人独自经营。当然信写得很客气,并且还是替我们投资的人着想,免得受到损失,使他无以交代。我闻听之后,真是啼笑皆非。我不敢揣测朋友的居心不良,为了货色已经涨价,存心将我们撇开。但我倒也想问一问这位朋友,如其你一个人不能胜任在交钱出货的时候,我们合伙的人,一致说:这笔生意,请你独自经营,我们没有资本,算我们悔约了,岂非把你吊在马棚里,你以为这样的滋味如何?

(《海报》1943年7月16日,署名:刘郎)

"下下烂"的骂

骂人有种种方式,口出秽言,亦是一种。我所擅长者,正是这一种而已。无论怎样"下下烂"的话,在我嘴里,一吐便出。但,纪灵与我是相反的,他说:他并非不懂得"下下烂"的骂法,但他想要骂人时,一张嘴好像有什么东西把它钳住似的,张不开来。因此他平时非但不曾骂过人,而且连得罪人的话,也没有说过半句。

我不相信纪灵的话,难道这样骂人,是需要"天才"的,或者要下这一番苦功的?昨天,我在某一张报上,看见一位先生,写的文章里谈起此事,他好像说,凡是会下下烂骂人的人,一定受过极其丰足的"上海教育"。这句话,我有些领悟。

据纪灵说:他的二房东老太婆,几个月来,天天提了一根拐杖,坐在他家房门外,骂一声,将拐杖在地上触几触。老太婆嘴里吐出来的,都是污秽之言。但纪灵忍受下来,没有还骂过一句。我听得气不过,问他你纵使嘴巴里搬不出女人的生殖器来,或者嫌"老蟹"两字,也不便出口,那末何妨来一句"我欲敦汝二位令郎亲者之伦"雅骂的吗?并此不能,宜可休矣。

(《海报》1943 年 7 月 17 日,署名:刘郎)

《辛 安 驿》

小时居故乡,看草台班戏,《辛安驿》一剧,似常有奏演。洎乎壮岁,顾曲春江,此类花衫好戏,转不获寓目。坤旦之动者,尤如曙后孤星,不可多见。盖习《英节烈》、《辛安驿》诸剧,擅花旦风情外,非具武底子不办。娇痴妙儿,习武事者不多,故若张淑娴、李玉茹,实如鲁殿灵光,为周郎所争宝。淑娴固以演文武兼重之剧,驰誉甀瓵,今岁来海上,贴《辛安驿》二三回,愚皆梗于事,不暇观赏。然以《英节烈》之矫健无伦,试从隅反,则《辛安驿》当亦出人头地之作。近顷见玉茹演"擎刀入店房"场,自柔媚中见英爽之致。后来与小生之枪架子,殆不甚经心,故不能显其遒劲。窃念淑娴为此,必有气象万千之美。愚不必为二人作左右袒。读者有尝并见二人此剧者,殆终谓玉茹媚爽,为淑娴所勿逮,演艺之稳练,玉茹且稍逊于淑娴矣乎?

(《海报》1943 年 7 月 20 日,署名:刘郎)

谦　恭

"天津名票"谓梅兰芳为人谦抑。昔在沽上,有票友唱青衣戏,一日炊弄,梅在台下观赏,及后二人相值于酒筵间,梅语票友曰:先生绝艺,仆尝拜观,他日有暇,仆将请益于先生之门也。其虚怀若谷如此,惟愚终疑"名票"之言为不确,若果有此事,则梅兰芳不是谦恭,当为伪诈,不是诡谀人,直是触人霉头。以兰芳剧事之旷古绝今,请教内行或有其事,若问学于一票友,为理所必无。梅固谦穆其人甚识大体恒时发言,必中程式,故"请益"之谈,或为誉梅者故甚其词耳。

(《海报》1943年7月21日,署名:刘郎)

守　时　间

愚于钱财信用,未必良好;惟时间信用,恒能谨守,与人相约,必准时至。愚性躁急,每赴宴,苟逾时已久,犹不入席,必愤懑且遁去。然宴会十九不能如时开席,愚之所以常拒绝应酬者,此亦原因也。孙曜东先生,今之俊士,亦信人,谓生平与人约晤,守时不爽片刻,因述一往事。如十年前,孙犹不若今日之腾踔,因事往访唐,唐固显达,孙至,良久不能见,大怒,语唐之役人曰:"渠约我来,而渠忙不我见,然我亦忙,待我而欲见我者亦众,我何能永待。烦为传言孙某去矣。"比出门,顿其门之限曰:"异日者,苟不令唐来视我,或我往而渠已迎我埠下者,我将不复晤其人。"未几,先生果骎骎然为阛阓之雄,复以事晤唐,唐且先待先生矣。孙不欲以豪语翘人,顾述此则得意之状,自可想见。

(《海报》1943年7月23日,署名:刘郎)

做　好　事

"做好事",我一向没有这种嗜好,原因我自己还要叫别人替我做做好事,那有力量由我来做好事。有人说做好事不一定用钱,所谓有钱出钱,有力出力,我则连出一点力都不情愿。所以以慈善名义,邀我参加的任何运动,我都谢绝;不得已而不能谢绝,还是一百个不愿意。故而我纵使迫于友谊,为"慈善事业"出了力了,但决不出于诚心,绝无功德之可言。好在我压秆儿没有打算在做好事上积德!上海善棍之多,多于恒河沙数,我真不好意思开口,劝别人也少做做好事,你做了好事,实惠的决不是一群哀鸿,也不是遍野的灾黎,而是博带宽衣的几个所谓"冠冕人伦"!

前天同一位朋友闲谈,他是事业家,也是过着上海最优越生活的一人。他非常同情我上面的言论,他说他就不做别人劝他做的好事。有人来以某种善举名义,劝他捐助十万元,他立刻拒绝,但他也立刻划出十万元,由自己来做好事。自制痧药水,赠送与人,或者做棉衣棉裤,托人分发。他的意思,要做好事,决不能假手他人,好事要做得自己眼睛里看得见的,才能实惠到穷人。如果转了几个弯,禁不住"逢关必税",十万元到穷人身上,能够有五千一万,已算上上大吉。

(《海报》1943年7月25日,署名:刘郎)

囚犯之镇定

杀人越货案发生之后,报纸不称之为匪,不称之为盗,而称之为"客"。是为报间历来对强盗第一次客气称呼矣。既为匪盗,则匪盗可耳!必欲诿为"神经有异状",冀稍脱罪名。其实果为盗者,在若干人之心目中,犹以为其人足供嗟赏,若神经初无异状,而佯托有异情,是为慊怯。黄赐福之在堂上高歌,显为慊怯之表现,其人岂足当丈夫?又岂是英雄?纵为盗,亦小盗而已!

弱冠时游于马鞍山,山下将刑一盗,官中人员之赴刑场,过愚侧,目瞪视呼冤不已。此印象愚至不泯,以为人之惧死,原属恒情。当见古今之大盗临刑者,高歌欢笑,自矜镇静,其实此亦反人情之常,疑为笔记者渲染之甚。前人诗话,有谈义士受僇,将绝命,忽得句云:"杀我安知非赏鉴,因人决不是英雄!"诗为好诗,然不信其出之刀在颈上之人之口者,疑亦为时人所附会耳!

(《海报》1943年7月27日,署名:刘郎)

富连成群童生活之一斑

富连成科班出演于"天蟾",愚迄未寓目,惟知载誉甚盛而已。闻之人言:梅兰芳翼护后进,乃出至诚。富连成之来,尝谒梅氏于其寓邸,不胜眷恋。越二日,梅亲往"天蟾"答拜,抚按群雏,若爱其子弟然。又一日,梅购西瓜三担,遣人送往"天蟾",以旌稚子。顾稚子不得食,而为管理人所眷。说者故谓:富连成之管理者,严酷如烈日严霜,从无以春风煦拂,故群儿都憔悴无人形。此科班行政上之大弊,乃犹保留之,真要不得也。梅氏之西瓜外,复闻黄金荣尝斥二千金,为稚果饵。稚子虽闻之,终亦未尝能膏其馋吻,此情尤为卑恶。某日,"天蟾"前台某君,挈稚子四人,游于市。及归,四人各得糖果,然不敢献众;藏之前台,有时潜至,取之而食。盖若为管理人知者,鞭笞随矣。凡诸苛政,不可胜记。嗟夫!又孰知彼在台上煌煌者,固胥从地狱中,偶现色相于人前者邪?

(《海报》1943年7月31日,署名:刘郎)

"真假看嘴唇"

曾国藩有相人诀,其言曰:"邪正看眼鼻,真假看嘴唇,功名看气概,富贵看精神,风波看脚跟,主意看指爪,若要看条理,须在语言中。"林庚白书誉其言皆深刻,非阅世久者,不能道只字。愚所领悟者,当为邪正看眼鼻,真假看嘴唇,以及从语言中看条理耳。往日,与雄白先生闲谈,偶及金融业之某君,愚谓其人淫乱无行,雄白急状其两目之异征,曰两眼若此,宁为善类?又说话之好夸张者,是为失真。友人龚之方,凡其所言恒逾量,闻者皆笑其夸张。共舞台之广告,出之方手,以夸张而博满堂之誉。夸张与吹牛皮有异,吹牛皮之鄙陋,在于妄自尊大,若夸张则仅于一事之范围,扩而大之,譬如谓:他人誉周翼华演《盗马》之美,使内行为之失色。若易之方言之,必曰:"袁世海、裘盛戎看翼华演《盗马》,哭泣不欲饮食,明日且遁归故都,语人曰:上海有斯人,吾辈无啖饭地矣。"以是观之,吹牛皮足使人鄙恶,夸张则有时甚风趣,而能诱人一粲者。特以常理论之,夸张之言,都失真,之方故恒无真言。而之方之唇,固亦脆薄似莲花,《碎琴楼》所谓撕之可以扬为六片者也。

(《海报》1943 年 8 月 1 日,署名:刘郎)

偿了夫人又折兵

"上艺"剧团既告解散,卡尔登戏院,遂为同兴公司接办平剧,聘盖五父子,领导演出,顾不得旦角,商量久之,忽有邀素雯客串之议。梯维无间言,素雯"抛间钿翠",久亦有髀肉重生之感,故允参加,坐是此局得观厥成。顾上海以还,且逾半月,卖座未能美茂,同兴之折阅殊巨。梯维之于同兴为股东,其于卡尔登戏院,亦股东,及盖五之局,深遭挫折,则顿足呼曰:"周郎妙计安天下,赔了夫人又折兵。"说者谓文哥,毕竟才人,其引用成诗,故确切无移也。素雯之登台也,或私议曰:梯维胡为使夫人犹显呈色相者?不知梯维固自有其用心。曩时,梯维恋眷素雯,视其台上之饰貌如花,与夫表情之他人不可及耳。此素雯既归于胡,日常相处,所言不过家常盐米之事,此情殆无异于黄脸常婆。吾友或者久亦厌之,遂欲重回其当年温香之迹,使夫人在台上做,夫子在台下看,宵半同归,从此且弥笃燕婉之欢。然则折将损兵,本无所恤,即赔了夫人,又胡足计哉?

(《海报》1943 年 9 月 1 日,署名:刘郎)

为谢君白诬

搁笔期间,坐卧偃息,乃有暂抛尘事之快。旬日前,有素昧平生之某,忽以书来,扰吾清度,则告愚曰:"唐君亦知张淑娴遁归沽上之役乎?是盖为谢筱初所迫也,先是谢录淑娴为义女,淑娴来沪,谢居以室,衣以衣,食以食,所以示惠于干姑娘者,无微不至。淑娴辍演于黄金,在理,当不归,而不果行,亦为谢所坚留。泊乎中夏,谢忽向夫人提请求,谓愿斥二百五十万金以一部分为夫人寿,复以一部分畀淑娴为奁资,意欲求夫人首肯,而谢则置淑娴为簉室也。夫人似非峻拒,顾问于淑娴,大羞,非致不敢,无已,奋翮而扬,遁归沽上,则盖不欲置身阱壑间耳!"
(书中大意,如上述,原函为语体文,文不甚通顺。)

愚与张淑娴为相知,淑娴事愚关心甚切,投书者以是突兀之新闻见告,意似可感。特愚尝久久思量,而决投书者之言,实为厚诬筱初,必无疑也。若非,则投书人之用心,无乃可恶! 愚故不惮词费,敢以此文斥投函人,兼为筱初白诬。愚何以决筱初为受诬无疑者,理由有三,请条举于次:

(一) 愚与筱初无深交,相见亦仅一面,我去年此时,已知谢君为一九四二年之上海闻人,及既晤对,尤信谢君为场面上人,亦衣冠之伦。既是场面上人,复是衣冠之伦,假使赋性风流,讵肯染指而及于弯过脚馒头之过房女儿身上者? 海上之暴发户,起身沽屠,收坤角儿为过房女儿,其挟野心,愚不敢承认为绝无,独不必怀疑于筱初,以筱初固自跻于缙绅阶级中人,万不致有此兽行也。

(二) 筱初曾告愚,渠不欲收过房女儿,特其夫人深喜之,夫人贤德,筱初敬畏之。若如投书人之言,直拟谢夫人为何等人物者? 此则不独不忍言,亦不忍闻,是何冤孽,辱谢君而复亵嫂夫人哉?

(三) 谢家之录当代红女人,为过房女儿,不止淑娴一人已也,投函人何以不指他人,而独指淑娴,讵此人知愚与淑娴为相知,遂诬筱初于我,使我愤激而攻评筱初邪? 若非则其计殊左,愚决意不攻评私人,况愚识事理,剖断綦详,若卤莽之夫,听兹谣诼,其不动之肝肠大者,盖几希矣。

(《海报》1943年9月2日,署名:刘郎)

乞 予 更 正

讹字近来不算稀,我云"然"必汝言"非"。忽称阿嫂尤嫌妄,为我腰缠尚未肥。

前日《为谢君白诬》一文,有若干讹字,不可不勘正者,如文中所有"然"字,皆误植为"非",此事不欲咎手民,以予写草书之"然",恒绝似"非"字也。又"是何冤孽,辱谢君而又亵慢夫人哉?""慢"字误植为"嫂",士子荒寒,不欲与巨腹贾如谢先生者攀此亲故,不得不郑重声明,惟读者与友好鉴诸!

(《海报》1943年9月4日,署名:刘郎)

叶影秋霞并记

叶影与周秋霞,并货腰于大沪舞厅。大沪局踏舞海中,殆无佳丽可求,若叶与周,已如鲁殿灵光之不可多见。二人并为读书种子,叶至今且求学勿辍。二人性格之柔婉无异,气度之隽朗亦相似,第家境互殊。秋霞有弟妹及寡母,赖之活者,凡六七众,故不能不谋其所业昌隆;非然者,将不足全其一家也。今年春,秋霞语我,曰:儿家将不复安于淡泊,且致力成一"红星"矣。又曰:"我为红星,不在闻名,特欲广其收入。"愚悯其遇,未敢有间言。半载以来,秋霞已甚驰妙誉,今为"维也纳"所延揽,一月所得,逾四万金。惟叶则犹处"大沪"中。"大沪"冷落,叶不求去,谓我特一人,所获已足全我衣食,固不必广致多金。恒时不令舞女大班荐其侍坐,虽不临一客,不为羞;十数年投目欢场,未尝见此中女儿,有自甘落寞如其人者,真可儿也。

(《海报》1943年9月6日,署名:刘郎)

送亡妇归乡

愚故妻之丧,方逾六载。死时,殓于中央殡仪馆,不遑迁其柩返故乡也,则暂厝于"中央"。六载以来,愚伤于贫薄,亦未遑为吾妇筑佳城,渐疚恒不可自已。"中央"主持人贤,亦未尝有一言催让,心甚感之。及暴风雨后,殡舍欲倾,馆中始以一函来,欲使愚为亡妇之椟,自蔽风雨。愚遂决计先送妇返故乡。故乡亦有殡舍,曰报功寺,距吾家先茔甚迟。今先归去，及至冬时，苟我财力不及，更为卜葬之谋。今妇归之期，已定本月九日。先一日，遣两子往拜之，语母曰：阿爷明日送母归矣，愿母安眠毋怨。归之所，母之家乡也！九日，复遣两子归故里，迎母榇于道。愚恒时薄亡妇，妇未必乐见我，所以自慰于九原者，特其遗留于尘世之二雏耳！忆妇死后，故里犹不若今日之安谧，愚吊妇诗云："莫向故乡回首望，江南到处罨烽烟。"嗟夫！棺中人果灵性未亡者，今当责我；郎讵不复虑烽烟扰我，遂遐弃亡妻哉！

（《海报》1943年9月7日，署名：刘郎）

小女子之役

张文涓与杨云天之附为姻媾，愚于月前知之。一夜，为新仙林开幕，文涓与金信民来，金微露文涓将订婚消息。愚诘文涓，文涓不否认，第曰愿唐君勿张之报间耳。愚从其意，始终未尝有一言。近顷二人正式订婚约，始为报纸喧传。前二日愚为本刊寄两诗，皆咏其事者，屡事择辞，皆伤轻薄，顾愚非自傲，诗实好诗，几曾见打油之什，清奇绝俗，有如吾笔所出者？意云天雅士，文涓亦旷达襟怀，睹兹必不以为忤，不图第二首付刊之日，慕琴以电话来，谓受张、杨之托，愿唐君勿复为此。愚漫应之，而心实病之，以为彼固俗物，不足与言风雅也。未几杨君之电话至，愚初不识杨君，据谓往岁游吴淞，我二人曾于轮渡上见之，愚健忘几绝无印象矣。杨每自言，我殆无可憾唐君者，特文涓女子，胸怀褊窄，见唐君嘲弄之章，至用勿安。愚辨其言，渐知其旨，而漫应之。识文涓已六七年，初见时，文涓深喜唐君之笔；常写文涓，今将隐良家，则又深恶唐君之笔；偶及文涓，亦可见女子之役，真难为功矣。

（《海报》1943年9月8日，署名：刘郎）

夹阴伤寒

"夹阴伤寒"之谓，为中国民间所谬传，此稍通医药常识者，类能知之。愚弱冠时,值表兄钱雨岩之丧。雨岩擅贸迁术,频岁经营,颇有赢钱,居室车马之奉,俨然巨贾,一妻以外,复购一妾,妾艳如花,与妻固同居也。一日天炎甚,妻博于外,雨岩于白昼归,诣妾室,未几,启冰箱啖橘子水,而病遂作,腹痛如绞。妻闻讯仓皇返觅床下,乃得淫筹,诘于妾,妾不敢讳,直承之,因亦具告中医。医亦循其说而施回春之术,顾诊断既谬,纵有参蓍,何能去疾,一日夜而死。及愚临奠,见妻哭甚号,而骂其妾不已,且与族人议,将使妾殉亡夫,则欲钳其四肢于雨岩椁盖。愚不乐闻残暴,抱头窜去,及今思之,盲医与愚妇之所为,岂仅可笑而已。此事距今乃垂二十年,国人智识,犹未普及,复狃于伤寒有"夹阴"之说,其为海市第一流之国医,亦未尝辟其理之悖,而乐道其于此病医术之神,真可杀也。

(《海报》1943年9月9日,署名:刘郎)

盖叫天之面部与白口

苇窗先生劝人看盖氏之艺,曰:从冷庙中烧香。何其言之沉痛哉?又曰:海上周郎之不喜盖氏,以其面上太板,复以其白难听。面上太板,或者尚成一理由;然盖氏眼神之佳,固无匹敌。眼神既好,为武生者,已具威风凛凛之概,则又何贵乎面孔之"活"?至于盖氏说白,实不难听。世人论武生白口,以渊渊作金石音者,是为至上。杨小楼之所以独步当时,正以发音之若钟鸣磬响。盖氏固不及此,第其张口极沉着,音节老辣,而不病于浊。江南武生之惟一毛病,无不缘发音太浊,独盖氏无之。不浊即不可谓为难听。屡屡见其演《恶虎村》,行路一场,音调之沉郁苍凉,动人至深。果其白口"难听"者,讵更有动人之力哉?愚故言盖氏之艺,欣赏无人,端在欣赏人之力量不足,此实海上周郎之耻,坐使"京朝名角",竖子称豪,而彼江南伶范,将终世蒙其不幸耳!

(《海报》1943年9月10日,署名:刘郎)

身 边 事

　　愚初不识盖五,今年春于乾麟座上遘之,始通姓字。一月以前,伯铭招饭"新利查",又见之,顾不及交一语也。畴昔之役,盖五演《武松》,愚过后台,视胡嫂金夫人。时盖将上场,韩金奎为我二人作介。愚亟曰:既相见矣。盖亦曰:然,一次在顾先生寓中,一次在伯铭席上,固曾遇唐君也。乃知此老初不健忘,谁又能病其已到残年哉?

　　中秋节之千龄会,凡是寿翁,每人可另约亲友四人,共得百众,分坐十桌。愚为信芳所邀,昨日,信芳过我,以"千龄宴证"见遗,并请柬一份。愚以外,复为信芳邀请者,有笠诗、中原,及江寒汀君。

　　愚作《送亡妇归乡》文之次日,得惠康一函,并贶以隆仪。愚以力薄,亦不当时,故未营葬。惠康佳贶,故不敢受,惟盛意殊可感。其函云:"今日读大作至性格天,尊夫人虽死犹生,足下尪弱书生,而独扛健笔;有此清丽欲绝之文,令人疑不复置身红尘十丈矣。肃此布勒,借志钦迟。"(原函不在手边,大意如此。)

　　(《海报》1943年9月11日,署名:刘郎)

牙 牌 与 牙 签

　　舞女之荡检逾闲者,沪人锡以三十二牙牌之数。王文兰称"至尊宝",尤藉藉人口。淫雌无耻,闻此曾不为忤也。顾舞女某,列海上少年十人,谥为十大牙签。彼少年十人,亦未尝以肇锡佳名,引为奇辱。午郎为十大之殿,初闻其事,笑语人曰:"操伊拉,那能摆我勒拉第十名呢?"不知谤谈,偏效怨诽,丈夫如此! 又何忍苛责至尊一宝哉?

　　舞人某,有客逐之不舍。客为"十大"中人某,其他诸客,渐知其事,语某曰:慎之,毋为彼人辱也! 某为愚素识,问于愚,愚告曰:舞女有卅二牙牌,舞客有十大牙签,牙牌为若干舞客所喜,牙签亦为若干舞女所悦,是在各人爱憎之不同耳。我固不审卿于牙签之见解为何如者,若非憎恶,则媲比亦何伤？某闻吾言已,曰：说与不说无异,遂指愚为"黄牛"。

(《海报》1943年9月12日,署名：刘郎)

盖叫天与马连良

盖叫天在"卡尔登"之售座情形,惨不忍睹。近日以来,日贴双出,始渐见起色。《三岔口》与《洗浮山》,《白水滩》与《史文恭》并演,是可谓如火如荼矣；非所卖者盖叫天一人耳！愚恒谓盖五绝艺,真赏无人,故不足以广邀观众。第若"卡尔登"者番之局,不振至此,管事亦不能辞其咎。为盖五配戏者,除崔广福、朱宝康、艾世菊,及张国斌之俦尚使人满意外,其他班底,悉为糟粕。闻之人言,以马连良来,同兴公司辄将班底之比较精锐者,无不献于"天蟾"；次者供"黄金",更次者则付与盖五。于是"卡尔登"台上,角儿以外,俱为鸠形鹄面之流。同兴公司之所以不敢轻马,以马于班底之选择綦苛。某内行曾言,马在台上,叫一声家院,为班底之院子,答应一声"在",若"在"字之发音,不适于马老板之耳,马下台后即传语管事,明日某人直应撤换。其只便自己唱戏唱得适意,不顾穷苦之班底,打碎饭碗,凉薄若此,岂大角儿之脾气天生,直天下之狂妄枭人耳！读吾报者记之,使今日盖叫天与马连良易地而处,盖入"天蟾",佐之者有小翠花、林树森、王吟秋、叶盛兰之流,卖八十金,其盛况必无逊于连良。或使马连良入"卡尔登"陪之唱者,为今佐盖五之群,其售座之惨,或更甚于盖五。盖五自能独标高格,遭兹拂逆,犹堪自喻于怀；若连良临此,必局促无以自解。其不与康脱凡弟同命者,不可得也。天下事类不可拆穿,拆穿言之,一钱不值。故今为马连良而风魔之海上周郎,无非浅薄之徒。愚于连良宿无好感,特戏馆为朋友所开,及其南来,恒保守缄默,昨以某内行述其苛刻班底事,滋愤恚。愚天性不乐欺凌弱小,对兹妄人,不能重怒；明知为若干朋友所不快,惟愿见拒于故交,怒布腹心,不容不泄！

(《海报》1943年9月13日,署名：刘郎)

盖叫天琐话

盖叫天自贴双出后，售座渐盛，至十二夜重演《三岔口》与《贺天保》，而造成地无立锥之局。考此两戏单贴之日，售座不过三四成，《贺天保》尤衰落不堪，故纵令演，未必遂能客满。此夜且有向隅千百人者，要为报纸宣扬之力。冯蘅笔下，不轻许人，独为盖老逢人苦誉，故今之来看江南伶范者，泰半缘文字所导。此夜，冯蘅、锵锵、慕尔并至，愚为冯蘅谓上述诸君，渠亦以为良是。嗟夫！我人岂好事？强海上周郎，为盖五知音，半欲稍慰此绝代伶人之寂寞清怀，半亦欲一杀京朝大角之恶焰高张耳！

盖叫天与周信芳合演《溪皇庄》之日，《申报》康祖艺君，为取一影，适当褚彪与尹亮亮相时，神情绝美。愚以桑弧往时服膺盖、周二人，久客宣南，因以一影投寄，旋得其报书，有言曰："远人得此，喜极欲狂，盖五信芳，眼神之佳，劲道之足，无与伦匹，使合京朝派武生千百人，捣为肉酱，用为瓦坯，亦捏造不出这样两块料也。"

（《海报》1943年9月15日，署名：刘郎）

千龄会拾趣录

甲午同庚二十人，举行千龄会于停云园邸。拾趣事若干则，博读者一粲。

◆不问苍生问鬼神

停云园邸，拓地甚广。入门，其左为家祠。愚初至，误入祠门。以阍者引，始得就寿堂之径。杜樊川所谓："可怜夜半虚前席，不问苍生问鬼神。"正可移用于此也。

◆我是"笃定"点哉

李祖夔邀一寿翁至。寿翁氏杨，为怀白尊人，年九十三矣。怀白扶老人至，杨清磬私语周信芳曰："看见杨老先生，我'笃定'点哉！"二十人中,清磬最羸弱。五十之人,虑其寿日促,睹兹耄耋,自以苟得春秋之富,似彼老人者,尚有四十三年好活也。故有"笃定"之语。

◆谁是马"鞭"?

郭午昌为马头亦称头马,次为祖夔,故祖夔自称"位置"。清磬马尾,其生日为除夕。信芳比清磬早数日,愚故称信芳为"马屁"。屁从马尾前放出来也。特以部位排之,又不知谁为马"鞭"耳!

◆今朝勿响

来宾亦邀女客。某夫人至,有人戏语之曰:"梅博士且先汝来矣!"夫人大赧;顾夫人与博士初不相识。闻之人言,夫人亦擅歌,宗梅派,有"女梅博士"之号。平日又健歌,宴会场中,恒调嗓自遣。此日以博士在,故语其闺侣曰:"今朝勿响。"盖不欲于雷门布鼓也。其言愚亲耳闻之。女宾十数人,无一美色,故眼药一无所摄。

◆一个鳏夫!

报间恒记陈彬龢演说,以为此人必擅口才。是夜亦代表来宾致词,其吐属初无佳致。极好之题材,而不获聆一妙语,滋可惜也。陈要求二十同庚,述恋爱事迹,一人曰:可以简赅言之,二十人者其夫人必不止二十,合夫人之寿,必不到一千。寥寥数语,妙绪无穷。惟二十人中,一人忽起立,曰我乃鳏夫。视之,其人为孙伯绳。闻孙有三妻,先后去帷,不知信否?

◆马的草料、人的食粮

酒八桌,居中两桌坐寿翁,其余六桌为来宾。姚肇第指居中两桌曰"马的草料",又指其余六桌曰"人的食粮"。闻者绝倒。

(《海报》1943年9月16日,署名:刘郎)

梨 园 二 老

北来人言,王凤卿老境堪怜,今犹置身红氍毹上,为升斗之谋。王有两子,少卿与幼卿是。少卿以琴艺之胜,名驰城内。幼卿亦曾为舞台红角,有此佳儿,尚不足为一甘旨之奉,使老人犹自食其力;亦可见吃梨园行饭,欲求为蔗境回甘者,复乎其难矣。

尚和玉以七十余人,亦时复登场。然其境况非不佳,保定府置房地产甚广。其子为外行,雅擅经营,而和玉终不能忘情于粉墨生涯者,正如北方所谓他"有这个瘾"也。一说,为有一心爱之徒,颇伤沦落。和玉不忍睹其徒困踬至死,故一月之中,数度出演,券资所获,悉济其徒。英雄老去,而风义弥高,闻之真使人肃然起敬焉。

(《海报》1943年9月16日,署名:刘郎)

闻 歌 小 记

杨宝森歌声甚美,《碰碑》之反二簧,"尺寸"甚快,盖有并剪哀梨之妙。郑过宜始终视宝森之材为可造,至今始悟其所见为无谬。然"夜审"之大段说白,竟不能博一彩声,徒令袁世海之潘洪,使台下人如醉如狂。愚不及看"夜审",第闻人言:袁表情恒力摹信芳。得信芳什一之似,已博表演圣手之誉。是无怪今日之信芳,可以睥睨一切矣。

挈幼子观盖叫天戏。儿子本不懂戏,看后,问其盖叫天如何?曰:好。顾不知好在何处也。既归,伸一手,踢一脚,学盖叫天在台上所为者,博愚欢笑。此子读书不勤,天资似亦不甚高。恒时,愚督子非严,使其习性渐趋于下流,喜效侠林中人口吻,遂欲遣之为白相人。然后日国家之政治昌明,流氓势必肃清,今且已呈式微之象。为白相人之计,当非甚得,故又问其好学戏?儿似无异言。安得慧海上人,助我训子,荐其列盖五门墙,则他日容有成就,亦未可知。嗟夫!唐氏之诗礼家声,及我已斩。若不斩而绝之,后来困踬,更十世八世亦不已矣!

(《海报》1943年9月19日,署名:刘郎)

"小 老 斗"

王吟秋以习艺不久,一跃而为大角者,戏班中人,呼之为"小老斗"。"小"谓其年青,"老斗"则似有"外行"之意。闻马连良亦以"小老斗"称之,其实非尽薄吟秋也。王之来,颇博佳名,惟先后闹笑话二次。一次在《回荆州》时,吟秋唱成三条腿,以为下句须老生唱,过门到时,王不张口,林树森促其再唱,王益不知所云,遂草草终场。一次为《法门寺》之"佛殿"一场,以时晏,王在幕后,有人衔马连良命,要吟秋在台上"马前"一点,时王幼卿为吟秋把场,犹未到宋巧姣出场时,幼卿即推之出帘外,吟秋将口喊冤枉矣,幼卿忽觉尚非其时,又牵之退入帘内,台下人遂大笑不已。王之义父荣君,爱王备至,睹状大怒,趋入后台申斥幼卿,几致用武,其栽培人才之一片赤忱,有如此者。

(《海报》1943年9月21日,署名:刘郎)

永绝此马!

太白不念旧隙,尝受辱于马老生,至于痛哭。顾及马重来,太白复以文字张之,张之不已,且涉肉麻。于是他人见者,辄致其愤懑,谓既是做人,应有几分"人味"。今太白如此,终无人味!有从口头相告者,亦有以笔墨诘讽者。太白闻之,则曰:他人皆不识我"皮里阳秋"耳,我何尝捧马老生哉?有一二读者,不能识太白文章奥妙,容或有之。今凡为太白之读者,而无一人能识太白之所谓"皮里阳秋"者,是太白文章,直等天书,故非凡夫俗子,所能解喻?其实诘讽之人,无非爱太白者;盖欲太白做人,留一点"人味"在身上也。今直告太白,不肖于马老生,初无嫌隙,所以切齿至今,亦以太白故。昔太白以赤忱对之,渠乃视汝为起码人,丈夫固不能忍此辱也。渠自视汝为起码人,讵汝不能视渠为瘪三者邪?若谓戏馆为朋友所开,捧朋友戏馆中之角儿,是尽友道;在太白立场言,当马之来,付之不加论列可也,顾又何其自卑身份?叔世风漓,俗伶尤不足与谈义气;况如马之凉薄,更不配谈风义,永绝此马,视此马为粪土,视此马为狗矢乃可!

(《海报》1943年9月22日,署名:刘郎)

为张伯铭解答二事

夜既午，愚雀戏方酣，张伯铭先生以电话来，则为愚之痛诋连良者。其言曰："何勿写意乃尔？既打你招呼矣，犹每日骂，是非骂马连良，直骂我张伯铭耳。然则请勿骂连良，骂张伯铭可也。"愚唯唯未加多辩，悉伯铭气盛，出言将勿逊，彼此尤不雅。及雀局既终，走笔述此，有不能不为伯铭设一言者。马之来，为我"打招呼"者为孙兰亭与吴江枫二兄，而未闻伯铭有一言也。故愚之评诋连良，若谓有亏友道，特对不起兰亭与江枫，而不及伯铭。至愚评诋之文，第于本篇为之，先后凡两见，固未曾"每天骂"，其实亦不屑每天骂也。矧愚之评马，于其艺事未尝谤毁，于天蟾行政，亦未尝有一言及之，而伯铭则袒马之甚，终于以身为连良之盾，以御唐某词锋者，抑又何也？年来于风尘万丈中，看交识故人，伯铭实义肝侠胆之伦，唐生摇落，时时沐其虚问之诚，心感宁有既极，不图乃以琐事，使伯铭遂生芥蒂，直为之惶惧不安。愚不羁若野马奔腾，顾生平不肯终负良朋，伯铭为吾良朋，我胡忍负之？兹请将伯铭误会二事，竭诚剖白，先谢我老友也。

（《海报》1943年9月24日，署名：刘郎）

戒　子　篇

愚二子常阋于墙，长子固横暴，次子亦好勇斗狠；于是战必浴血，吾母戒之勿俊，愚亦尝施无上权威，遏二人暴行，亦无效。顾最近为愚侦知一事，愤甚，辄欲逐长子于庭外。盖愚生平不乐闻之事，终乃出之于我自所出也！今岁以来，愚两次为吾子置自来水笔，旋皆失去。畀以钱，少顷即罄。初以失物为小儿恒情，用钱多，必已膏其馋吻，故不之诘。顾昨日幼子言于吾妇，谓："阿兄有雏人，惮之乃如鼷之惮猫，兄得一钱，此儿必掠之入其囊；兄市一物，亦攘之投其怀。兄苟不从，其拳集吾兄之背，兄恒负痛而号。"妇闻言大怒，曰："俱为童稚，惧之奚为？"因举幼子之言,述于愚。愚故诘长子,儿曰:"固有其人也,是为儿在'龙门'时之同学,残暴无伦,学生皆遭其凌虐,儿亦勿免。"愚曰:"何不白之师?"曰:"师忙,勿理兹琐事。"愚曰:"然则白其家。"曰:"其母健嚚,父则为近处之流氓,故无不惮之。"愚又曰:"儿何不斗?"曰:"渠年长,且躯干健硕,非儿之敌。"愚曰:"以儿平时施虐于而弟者,施之其人,亦足挫其顽锋,不然,亦当合聚儿之力,以击其人,则其人不死亦僵。"儿犹曰:"是胡可?其父母闻之,必吼而怒,不将吞噬群儿邪?"愚曰:"儿讵不念儿亦有父者耶?儿父虽羸弱,顾未尝惧流氓,则儿又胡惧?儿平时殊勇,第为勇恒加之于弟,是则怯懦而无耻!而父固无状,特生儿若此殊不乐见。"故又曰:"儿固不与人争,自今以后,必不复虐汝弟。非然者,请先攘外。外而得平,父将不吝献其幼子,为吾儿作威扬武之用;若凶焰所张,徒事内斗,则父且不复视儿为吾子。儿当知吾家十世书香,其间亦多勇士,父不忍见不肖如儿,终为汝凌替殆尽也!"

(《海报》1943年9月26日,署名:刘郎)

问 题 之 发

一方游云间,瘦狂先生记其事于报间,谓一方之衣着不甚入时,独善修其发。其发盖以电火烙之,而鬈曲成波浪纹者也。友人中以电火烙发者,一方外尚有黄转陶与金舜华二兄。一方尤爱其须发,其须不恒剃,特以钳子刈之。此则恒为护生协会,视为国人残虐成性之一端。至其发,不知烙于何时?而每见其人,必见顶上青丝,纹路井然。之方每相见,必问曰:理发之价日增,足下支出之巨,且逾于恒人,恒以人不烙发,独足下须征"火候"也。一方闻之必勿悦。盖否认其发,曾经水烫火烫,奶油电烫,来路电烫,及一切烫法也。之方复诘之,谓不烫何得自屈?一方又不欲自白,特否认其曾经人工如故,悬案迄今,令人无法"试加结论"。录之,以供生理学家专攻皮毛者之研究焉。

(《海报》1943年9月27日,署名:刘郎)

"风沙寄语"外集

《万象》"风沙寄语"作者季黄先生,比以书抵愚,录数节于此。眉曰:"风沙寄语外集",一以见吾友文章之余,一亦欲节我若干分钟"搜肠"之苦云尔!书云:柯灵因赶写《飘》,于日前北来。他乡遇旧,快慰可知。据言行前曾以电话抵兄,适相左,致不及话别。日来渠即下榻此间,风雨联床,往往剧谈终宵。佐临牵"苦干"一行,在"长安"上演。第一个戏,即《大马戏团》。异地重逢,倍感亲切。惜此间观众,水准太低,卖座甚惨。及换演《秋海棠》,始有起色。于以见北佬之毕竟浅薄也。此间人看戏修养绝无,台上演至紧张时,则以茶壶与壶盖互击,以示激赏,杂以叫好声,及果壳之吐磕声,故演员纵力竭声嘶,而后排仍听不清楚,真奈何他们不得也。

顾兰君近亦来此,今日起上演《陈查礼大破黑猫盗》。顾名思义,江湖气十足。兰君心地纯良,今乃为人视作钱树子,到处卖野人头,此诚人间之一幕悲剧矣!

(《海报》1943年9月29日,署名:刘郎)

痨 之 可 怖

外舅沈颂升先生,育女子三,丈夫子二。长女华,年二十二嫔于愚,二十九而死。二女清,适乡人印心复君。惟三女霞未嫁,贞且孝。以沈氏清寒,霞则力作以赡其家,顾体质亦瘠弱,今岁忽病不能支,问于医,知为肺痨,疗之不可愈,卒于九月二十六日晨,弃两老而逝,年二十七矣。愚仇视亡妻,妻抑郁致死,其病亦肺痨。日久以痨菌窜布于肠,故亦成肠痨;今霞病正复相类,因疑或遘自先天。叩之舅,舅谓沈氏先人之亡于痨者,凡二人,然诸女皆不及见,故无传染可能,亦非遗传。近顷戚里中之厄于痨者,日见其盛。月前,表弟毛善冲君,亦以病肺来沪,愚介之访丁惠康医生,经其诊断,谓痨焰已张,宜图速治。愚向日视疾病至淡漠,今则视痨如洪水猛兽,以其刑人多也。复知惠康近年之致力于防痨运动者,要为金针济世,慈航度人矣。

(《海报》1943年10月1日,署名:刘郎)

"蓼"字失粘

闻《东方日报》某君,指愚于"三百首外集"所作送周秋霞游白下之诗,有"人来高艳似红蓼"之"蓼"字,为失粘,以"蓼"为仄声。愚诗随便写,其韵与平仄不调,皆不暇细诘。从前案头有袖珍诗韵,近年并此亦废之;故失粘之字,在在可见,承某君检举,心感无极。"蓼"字之是否属萧韵,既不可必,惟寂寥之"寥"为平声,则可决定,"寥"是平声,而"蓼"入仄声,是为支配声韵者与我不考究声韵而作诗者之"难过"深矣。若干年前,为双星渡河之前一夜,愚访某坤旦于闺阁中,及归成一得意之诗,忆其句云:"怜渠红艳似秋蓼,向晚来看特地娇。安用明朝灵鹊引?此身本在凤凰巢!"愚作此诗时,亦以"蓼"误平声者。若如某君言,则此亦可以毁矣!

(《海报》1943年10月2日,署名:刘郎)

南市殡仪馆所见

前日往南市殡仪馆吊妻妹之丧。城南有殡仪馆三,一曰"南市",一名"南海",又一曰"斜桥"。"南市"与"斜桥",皆为会馆所改造,"南海"则不知作何状,惟闻设备皆简陋。愚在"南市"坐三小时,盖送其殓而始行也。大厅间为三,取费较奢,若两厢排列皆是者,胥供穷人薄殓之用。顾生涯甚盛,一小时间,先后舁三尸来,家属皆随尸而至。尸初不消毒,置于待殓榻上,覆一铁纱笼,使群蝇不获附尸体。其家属燃香烛已,即着孝服,遂殓,而哭声大震。亦有尸已穿着而来者,则耗时尤短,第闻一片号哭中,杂以丁丁声,而棺已阖矣。计其时,类不足一句钟,比之活人混堂沐浴,为时殊暂,此诚见所未见矣。惟尸体不消毒,与群蝇大集,要为卫生之障。又其中寄厝之棺,都薄板为之,日久皆裂,蝇飞集不去,睹之尤惊心怵目。此类殡仪馆,诚不足以言气派;特污秽若是,市政当局,宜予以警告。大厅之上,左右两柱悬照片二,则为某氏就殓时所摄者。尸以外,家人绕之。尸前列花圈四枚,此在南市殡仪馆中,已属罕见之"饰终盛典"。若万国殡仪馆,花圈恒以千百计者,则为若辈所梦想不及耳!

(《海报》1943年10月3日,署名:刘郎)

看小翠花于"私底下"

小翠花之来,愚未及看其戏。而十月一日之夜,先晤于碧云轩中。是亦京朝大角,然此人此技,自足千秋,不能与纯盗虚声者,所可同日言也。碧云主人与夫人并笃嗜剧艺,于此中怀极诣之士,恒加优礼。当其来谒,款以酒食,视若家人;盖巨眼怜才,非欲自炫于捧角家之林也。夫人唱须生,兼习花衫。会宝森与翠花同抵海堧,夫人既烦宝森为之指点,复问艺于连泉,故二人常为府上尊宾。是夜,翠花以十二时来,鼓人杭子和,琴师赵济羹(喇嘛字)与马富禄皆至。碧云轩之宾客,无不感道翠花,谓其艺故自不凡,而其人心地纯良,谦和仁蔼,不类常优。及相见,果于质朴中见其性格之真诚,恂恂正复不俗。叩其年,已四十有四。容色甚苍黑,顾精神至健。发长及于项,着哔叽衫,登革履。其手亦粗黑,展十指,诸甲上猩红,别卸装以后,着此余痕,若欲示人以此其辛苦生涯也。愚就之谈,知其不多读书,而朴实可喜。梨园前辈,此为典型。碧云夫人将习《鸿鸾禧》,俛翠花为之说第一场,然不及身段。既毕,夫人调嗓歌《奇冤报》,翠花惊曰:"醇醇着是,内行亦不易求,何况外行,更何况其人为蛾眉哉?"夜深,小老板之谈锋弥锐,述梨园往事甚多;将次第记之,类为可宝之史乘。天将曙,始各散去。视翠花,目灼灼而巨,犹未露倦容也!

(《海报》1943年10月5日,署名:刘郎)

章逸云之浣纱女

愚于他报两记章逸云,皆有微词,及昨夜观其演《鼎盛春秋》中之浣纱女后,乃知评此人亦殊不忍也！三年之别,逸云之嗓弥弱,甚至若游丝之仅属,而动作复拙稚可怜,乃知若干时以来,号称求深造于北方者,实为欺人之谈。愚于逸云本人无所责,特怪抚植此儿者,如其姊其母,曾未施造就之功,遽复驱之登场,使台下人睹台上之逸云,终为一场悲剧耳！浣纱女殆为临时"钻锅",只见伍子胥后,子胥乞食于女,女问其身世,宝森乃有大段唱工。照例浣纱女之饭,俟其歌毕始与之,章逸云则于未问来历前,已布之地上,既审其误,大僵,背其身于台口,而面赧不可掩。检场人私语之曰："他在唱,你当听,不然将乖剧情。"逸云再回身,然已无法接笋,而宝森则连白带唱,一气拖下来矣。愚坐台前,见之甚晰,故能述其详。逸云之戏不过一刻钟,及进场,为逸云捧场之每日三千元票子,一致"起堂",此亦予人以不良印象；惟有拿别人戏票,专看白戏之徒,始做得出来耳！

(《海报》1943年10月6日,署名:刘郎)

重 九 日 记

九日诗绝爱杜樊川"尘世难逢开口笑,菊花须插满头归"两句,后世人真不必再说什么废话也！一夜与诸友言诗,愚推重小杜,以为虚空婉约,格律弥高,然今之人有重少陵而薄樊川者,亦有重玉溪而少冬郎者,要皆病其凌藉前贤之甚。刘半农为韩偓诗手述一过,更付剞劂,真有心人矣。

重九日,上十四楼访于静庵先生,不欲登高而自登高矣。返翼楼,与友人言笑,愚忽曰："无处登高,何不骑高。"时某夫人在座,忽纵声笑。愚愕然,既亦吃吃笑不已。某先生在旁止之曰："若乌知唐生之言,秒而临亵者？"夫人若有所思,猝大赧。嗟夫！是良家闺彦,乃不识无赖口吻之奇,愚为大动。吾友古道热肠,为叔世之好人,年来颇不自适,天乃力贶兹佳女儿,为好合之俦,所以慰其投老情况也。

(《海报》1943年10月9日,署名:刘郎)

李丽称觞记

北平李丽于初夏来沪,一晤而别。顷闻重莅海壖,居哥伦比亚路之寓邸中。道远,不暇为故人存问也。忽以简来,邀愚于双十之夜,餐聚于十四层楼。既至,知是日为李丽生辰,故张广宴,半欲自庆长春,半亦欲与海上宾朋,互倾积愫耳!客四十人,席占舞厅之半,为双十形,男女杂坐,一中年妇,为李丽司招待之役,若为当年之宁波李丽。顾闻其操南蛮𫛢舌之音,又疑非是。就同座人问之,曰:前此固是名,今则欧夫人矣。宁波李丽腾踔于舞宫时,与陈霆锐律师善。愚于霆锐座上,数见其人,遥违五六载,佳人无恙,且幸其弥老而风采无多也。唐季珊偕其妇同至。若干年来,恒值季珊于广筵间,见其臂上牵来者,恒为倾城之艳。已故之阮玲玉,是其尤耳!李丽在沪上,有过房爷,亦有先生。过房爷为龚大王马,先生是伶大王梅。是夜,二大王皆税驾。博士与李丽并坐,李丽依依于博士襟袖,为状甚挚。席间来宾,频起舞,李丽翾诸友同舞,及愚,谢不敏。自九时入席,至夜午犹未酒阑。愚薄醉,踉跄归去,月明如水,斜挂高楼,若亦为"尤物"生辰,而增其光华璀璨也。

附记:李丽将返北一行。惟闻启程以前,拟在沪演义剧一场,剧自己定《四郎探母》,饰四郎者为李宗义,地址为更新舞台。其师梅,已允其刊报纸广告,用"梅博士亲授"字样云。

(《海报》1943年10月12日,署名:刘郎)

郑雪影与鲍莉莉

郑雪影为旧时"丽都"舞女中之翘楚,其外貌若放浪不羁,其内心则殊纯洁。当陈曼丽死于"百乐门"之日,有彭某者,中流弹亦毙。有人语于郑,郑驱车至,抚尸大号;识者义之,以为是必彭之腻侣矣。顾及郑退隐,传与一英国留学生结婚,而郑终为金刚不坏身也。既嫁,日挈筐走菜市,曾不以前身为红舞女,遂辞井臼之劳。愚数数见之。一日于电车中,人方拥塞,郑必攀援而登。视其腹,隆然而巨。复一次则孕中之儿,已入怀抱,亦据电车之窗,逗儿笑乐。不用告人,人已知其为贤妻良母。笠诗屡为愚述雪影嫁后事,曰:若尔人者,讵不可风邪?其意欲愚志一文以张之。愚故复述鲍莉莉为之并传。鲍今尚被舞衫,在大东舞厅中,生涯之盛,第此一人。论色初不甚美,惟肌理腻洁,肉亦丰盈。而于宾客应肆之周,当者无不回肠荡气。吾友二三人,皆与鲍舞,鲍故亦识愚。有时相值,亟问愚友无恙否?幸代我问起居也。殷勤之状,使人感动。平时不拘形述,风流姚冶,见者无不决其人定多艳行。顾有某商人,倾资十万,未尝辱莉莉之身;又某商人,求爱垂三年,迄未能遂。凡此胥为共知之事实。一日,鲍语其客,谓儿家尚处子身,客或不我信欤?众客皆摇首,愚独信之甚坚,以为蛾眉刚烈,正不可以形迹绳人。世有郑雪影,又何尝不可有鲍莉莉哉?

(《海报》1943年10月15日,署名:刘郎)

"过房爷"鉴诸

唱戏人之凉薄,固无分男女。海上不乏好为人父者遂取乐部莺花,为螟蛉之女。顷闻某翁于若干日前,录今在沪上出演之某京朝坤伶为义女,投拜后三日,翁率其友访女于后台,女于应肆之际,忽启其行箧,出玄狐一,示翁曰:"阿翁观此,价逾万金,是为某义父所贶者。"又出夹大衣若干件,曰:"阿翁更观此,或购是'造寸',或买自'鸿翔',其所费,又为其他义父所任也。"翁漫应之,犹不以为意。顾翁之友闻之,咸大愠。既出,语翁曰:"汝亦此女之义父,不知所示于娇儿者,乃为何物?"曰:"觌仪二千金。"友默然,私议曰:是无怪不能餍伊人之欲矣。又一日,坤伶之妹,亦以父礼事某君,行仪式于酒楼。礼既成,某君张女之皮箧,实绛帖于其中,亦藏纸币二千金。女顿觉其菲,因曰:"吾皮箧亦大幸,日必有万金充实之也。"某为之色然,自此,不复识其人为女。其实,某犹老成人,故不伤忠厚。若使愚当之,必指其皮篋曰:"大幸者汝皮篋耳,惟汝衣裳之囊,正复可怜,十年以前,虽欲得一二窝窝头,以入汝橐中,且不易致,宜汝今日之头轻脚重矣!"

(《海报》1943年10月19日,署名:刘郎)

自　　讼

昔一方于本刊中有《短长文》之述,似谓于报纸治文不宜过短,过短即不能成篇。故一方为文,恒尽一稿纸。不足,亦必搜肠以充实之,然后满意,姑不论强索枯肠之"足为训"否? 而一方处事之富责任心,则于此可见也。愚适得其反,愚文恒寥寥二三百言,尽我意已足,不愿多说废话。自己不惯治长文,亦不好看他人之长文;盖赋性褊急难与人言,二三语倾倒之,更不喜听他人之为我絮絮也。迩时体益弱,文思益塞,即二三百字之短文,亦惮于涉笔。强而为之,遂使文事荒芜,不堪寓目。往者,报馆与作者之稿资薄,愚力倡缩其行幅,以为抵抗。其实使今日者,报馆即予我以可观之数,愚亦未必能酬以宏文。王粲体羸,纵欲卖命亦不可得,是不尽哀伤耳!

(《海报》1943年10月20日,署名:刘郎)

"股"栗记

前日股票又起涨风,说者谓棉布收买之后,此时又当新起一批发财人矣。不知发财人固有一批,其蚀得不遑喘息,因此谈"股"而"栗"者,亦有一批人也。某君于"永安纺织"在二千四百元时,买千股,未几纱布收买而挫风大起,降至千元余,所亏乃达一百数十万金。顾某君初不脱手,越一月,永安升股,升股既竟,涨风又起;以今计,尽偿所损外,且赢百余万矣。此当属之前一批人者。复有某君,三月前,闻股市可为,集资仅十五万,乍下手,遂遇跌风,丧其资三之一。未几,以一部分钱债须归,遂斩其股票,以偿逋。复以未斩者,尽改票面最小之新股。及此次涨风既至,若存其昔日所藏诸股,此时可以返其本,独新股皆呆疲不动,甚至有不支而却步者。某乃大怨,语人曰:我为"股"栗!我为"股"栗!

(《海报》1943 年 10 月 21 日,署名:刘郎)

印 象 甚 佳

周秋霞重返"大沪",后数日,愚与天衣往访之。天衣有旧识华姑,亦货腰"大沪"者,与秋霞甚善。秋霞来同坐,华犹不至。天衣因戏问秋霞曰:"闻华姑葳蕤自守,不轻施爱于人,信邪?"秋霞颔首曰:"信也。"天衣曰:"君二人相善,平时必尽所怀,红闺闲话,苟及我者,华之视我乃何如?"秋霞漫应曰:"渠于足下之印象甚佳!"愚闻言色变,视天衣凄然不为他语。顷之,秋霞应他客传召,离我去,愚视天衣而笑,天衣亦笑。愚曰:"桓桓男子,恒为小妇人品头量足,宁非大辱?"天衣亦曰:"千金买笑,只落得'印象甚佳'四字,做舞客真做过做伤哉!"

拾翠寻芳,不比求官问职,彼舞女非上司,舞客尤非下属,则舞客不以博舞女之"印象甚佳"为荣。两相情愿,不妨"热络",稍有"□开",便好滚蛋,亦说不到印象二字。故愚有舞女,苟言我为印象甚佳者,愚必还咒之曰:你的印象使我将永永不佳!

(《海报》1943 年 10 月 22 日,署名:刘郎)

雪涕归来省外家!

党国名流中,工诗古文辞者甚众。于右任先生以书法之高,名闻天下。顾亦能诗。愚近读其诗集,以为于髯诗未必臻于至善,顾此老性情特富,而才气纵横。读吾报者志之,生而为人,无热情如沸,则不必治艺,亦不必言艺也。于诗文然,于一切艺事亦然。昔人曰:行文以情致胜,又曰:情至乃生好诗。于诗之美,正有热情万斛,如沸如煎耳。十年前,愚尝睹于为人书一小屏,写绝句一章。当时记有"雪涕归来省舅家"七字,深哀入骨,不遑诘其何为而咏也! 及作报人,辄就所忆述之。时张慧剑橐笔白门,因以书来,谓是为于髯所唱也,全诗凡五章,题曰:《归省杨府郏房氏外家》,是即录于今日愚所读之《右任诗存笺》者也。愚读至情之文,恒堕泪,矧愚少日沐舅家恩,十年留养,报答无期,读于翁省外家诗,真成放声号哭矣。今记于此,愿读者鉴吾言,于髯即未必能诗,持此五首者,为千秋不朽之作,盖无疑也。

　　朝阳依旧郭门前,似我儿时上学天。难慰白发诸舅母,几番垂泪话凶年。

　　无母无家两岁儿,十年留养报无期。伤心诸舅坟前泪,风雨牛车送我时。

　　记得场南折杏花,西郊枣熟射林鸦。天荒地变孤儿老,雪泪归来省外家。

　　桑柘依依不忍离,田家乐趣更今思。放青霜降迎神后,拾麦农忙散学时。

　　愁里残阳更乱蝉,遗山南寺感当年。颓垣荒草农神庙,过我书堂一泫然。

(《海报》1943年10月23日,署名:刘郎)

轻薄云云

愚以看不惯于文字间对周鍊霞作意淫的调笑,故作《宜惩轻薄》之篇,布之他报,不图反响群起。凡鸟先生讦我尤甚,大意谓他人可以禁人轻薄,独唐某自身为轻薄人,落轻薄笔,出轻薄言,视为恒事,又乌得攻讦他人之轻薄哉? 是故直谅之言,愚不敢辩。特愚常时施轻薄于女人,彼女人与我为漠不相关者,我为之。若稍有牵连,我必不致稍施狂妄。此种心理,不必律以道德,而不妨范以人情。愚以为鍊霞之不可侮,以鍊霞为斯文中人也,为金闺国士也,又为罗敷有夫也! 而罗敷之夫,又为吾人之契友也。诸君奈何不念亟逞的词锋之际尚有一情极难堪之城北徐公乎？推己及人，诸君亦当知所谓施"雅谑"于鍊霞者，实多逾分矣？

(《海报》1943年10月25日，署名：刘郎)

品 头 量 足

友人相处，习为欢场女儿评头量足。一夜，与仲谋后人谈，后人问曰：严九九固所相识，今闻唐生亦逢人苦誉，讵彼人自有可取者在邪？愚曰：九九之面型，为我所喜，特其人之貌初不美，顾为状甚顾，着玄色衣，丰肌盛鬋，掩映华灯间，觉其人亦仙样亭亭矣。后人以吾言无悖情理，哑然我。愚于妇人，雅不悦娇小若香扇坠者，古往今来之所谓美人者，无不以骨肉停匀，为首要条件。李香君以香扇坠称，然在美人中，终非上头之选。复一夜，赴"高士满"夜舞，友人于此中之隽得二人，一曰王玲玲，一曰罗敏，众惊绝艳。愚以为罗敏果不恶，特无大家风范。若王珍珍，固娴静若香楼中人，惟眉目无朗澈之致。若谓明艳无伦，舍周菊英外，乃不多见。世欲觅王彦泓所谓"赵姊丰容，术工泥夜"之儿，似舍周菊英外，亦不多见也。

(《海报》1943年10月26日，署名：刘郎)

星 眸

妇人之美，以眸子澄清，为必备条件。愚昨述王玲玲固窈妙无伦，特一双眸子，无朗澈之美耳！次夕，又坐"高士满"，座上有绍华。绍华亦言，我每晤玲玲者，辄见其黑瞳而外，红丝绕之，睒睇间殊不类窈窕秋星也。又丁皓明以学府佳人称，愚不病其体态痴肥，而病其双眸之亦多涸浊。天下之真美人者，虽被酒，两靥皆朱，而其眸仍朗，望之绝似晓霞之拥托晨星，斯为绝色。醉且不可涸，何况不醉亦浊乎？欢场中双眸澄澈之儿，以愚所识，圆珠老八外，以二梅妹妹为最。妹妹非殊色，特以眸子之清，遂有神采飞扬之美。此人嫁后，私心眷恋，直到如今。

昔怀人诗有"欲逐红座随处问,有人曾见二梅无?"亦可见之颠倒之勤矣!

(《海报》1943年10月28日,署名:刘郎)

头　　衔

金雄白先生,在某处与银星周曼华女士相值,有人为曼华介绍于金先生曰:"是为银行家,亦著名之法家也。"曼华颔首为礼,雄白忽曰:"周小姐闻此头衔并不头痛耶? 然尚有头痛者在,盖不佞且为报人也。……"曼华急曰:"金先生勿作兴个,倷那能常常骂我呢?"雄白大笑。雄白固趣人,而曼华亦娇憨可喜。

招舞女同坐,一而再,再而三矣。舞女似欲稍知我之底细,于是问曰:"所业为何?"愚必曰:"一无所业,在上海白相相的白相人耳。"愚不以吃小报饭为耻,特惧欢场中人,闻小报饭三字,正如雄白所谓要头痛也。且此中婴宛,绝少愿与文士交识者。愚天生不喜吹牛,故索性自我谦抑,伪托为白相人也。嗟夫! 清姿玉貌之儿,彼洋场恶少者,愚所见已广,上海惟白相人,极为美妇人所歆动,其视橐笔文人,又往往同于废物而已!

(《海报》1943年10月29日,署名:刘郎)

信芳与兰芳

信芳组移风剧社,出演于"卡尔登"时,始识王兰芳。顾前此见其戏已多矣。兰芳在南优人中,亦有宗匠之目;识者谓北方之赵,未必遂胜南王,故自知言。自今而后,《四进士》打光棍之彩旦,《青风亭》赶京之青衣,谁更足为信芳之绝唱生色邪?

兰芳与兰芳相依为命者最久,兰芳猝死,信芳之腹痛神伤可知也! 往岁移风剧社,邀某坤旦参加,某具条件绝苛,信芳不悦,曰:"坤角儿与我配戏,使吾戏于颜色上增其光艳或有之,若论演戏,惟兰芳一人而已。"其言固愤激,然其珍视兰芳可知。昨与费穆先生谈,谓信芳《青风亭》之赶子,其能熨帖无伦者,兰芳辅助之功,实不可没。今闻兰芳身后萧条,信芳为之张罗后事,风义要不可及。第律以怀旧之悲,则信芳今日,亦正宜出其全力耳!

(《海报》1943年10月30日,署名:刘郎)

菊 花 不 幸

世人比菊花如佳士,以陶彭泽之笃好黄花,于是"采菊东篱下",尤为千秋韵事。顾所谓"风雅无伦"者,一至今日,在在见大恶俗。菊亦不幸,受上海人之亵慢,几使其自忘本质。上海之幺二堂子,在九秋时节,例有"菊花山"之举。大凡三楼三底之房屋,上下满布菊花。各家门口,辄于此时轧其稔客设宴。亦有专跑长三堂子,而在"菊花山"汛里,特地到幺二上请客者,蔚为盛事。此俗不知创于何年?十载以前,愚尝参其局,今勿稔此风犹存否?盖久不闻有人道及矣。

跳舞场迩年来亦利用菊花,为门庭之饰,而舞女登场,其熟客恒馈赠花篮,大率取花朵较小者,缀为舞人名字,花篮越高,字型越巨,则舞人之风头越健。舞场中每夜有新人"候教",菊花需量,用是綦繁,乃曾无人念此举实凌铄名花之甚!嗜风食雅之伦,睹此讵不当呼号痛哭哉!

(《海报》1943年11月5日,署名:刘郎)

樽 前 偶 记

金雄白先生震吉祥寺素斋之名,而未及快一餐,畴昔之夜,木斋先生因烦若瓢为具佳舞,约雄白并知交四五人,饮于雪悟方丈禅房外之客楼中。客各携妙侣,其来自舞榭者,有王珍珍、严九九与袁佩英三人。金妹妹本拟同来,而临时悔约。诘其故,则曰:身上突遭不洁,患触神怒,故不往。吉祥兰若,固有佛,第愚茬此何止十回,而未尝一亲佛面。佛既离人甚远,妹妹正不须避忌。此人于战后游海防、河内,今年甫自香岛归来,风尘颠顿,年不过风信,而盛时容色,凌替无遗,转不如严袁之弥老而风采弥多也。吉祥之膳,故自不恶,佩英谓实生平所仅尝。席上,愚念栖霞枫树,因动白门游兴,雄白愿为招待。因问白门餐肆,亦有尽我人饮啖之乐者?雄白力言金粉酒家为至美。金粉酒家售川菜。海上以粤菜大行,尽夺川肴之席。然川菜自有其不可湮没之优点。顾今日之海上无之。欲穷胜味,固不能不求诸白下之金粉酒家焉!

(《海报》1943 年 11 月 7 日,署名:刘郎)

赞 美 太 太

去年十二月里,我的太太生产,我把她送进医院里去。事先,关于养下来孩子的哺乳问题,我主张叫太太自己喂奶,她却反对,她要我用奶娘,或者喂代乳品。我未尝不知,叫她自己哺乳,多少要损失我们一点幸福的;但为了孩子的健康,与我支出的节省,这样却是最高之策。她反对自己哺乳,理由或者比我多些。当然,不是与我的铜钿"难过"。她怕孩子吊在身上,没有空闲再约束男人,怕自己太辛苦,又怕奶被孩子吃瘪了,身条上看起来不甚等样。

孩子生产下来,我们还没有决定怎样哺乳。我打定主意进过去再说。终于她不忍起来,在一二款条约之下,表示情愿自己哺乳。她的条件是,你不许出去白相,下一次再养,你一定要雇奶妈。

喂乳喂过十个月了,我们的孩子,果然异常苦壮。她是"久亦安之"。照例现在可以断乳,她反不大舍得,预备再辛苦一冬,到明年春天再断。不料前几天孩子的那只右面的"吃饭家生",起了病态,她感到痛苦,发了两夜的烧。她于是重新怨起我来。我真的也有些抱歉,给她吃药,整整两天,轻易不离开她身边。看她寒热退尽,痛苦轻些之后,她依旧欢喜她的孩子,让他吮乳。

老婆毕竟不是"壳子",稍些放出一点良心来待她,她就肯舍命忘生的替丈夫效力!

(《海报》1943 年 11 月 10 日,署名:刘郎)

千 秋 绝 唱!

《打严嵩》与《宋十回》,俱为信芳黑须戏中之无上妙构。《开山府》以金少山匹严嵩,成二难并。"闹院""杀惜"以小翠花演惜姣,遂亦成千秋绝唱矣。翠红陪马连良来,贴《坐楼杀惜》,翠花声势,视连良为盛,连良嫉焉。在台上,翠花将做戏,连良辄中道梗之。于是翠花之戏做不足,翠花大愠,语人曰:连良乃常在台上"窝"我也。"窝"为戏班术语,释其义殆为抢别人之戏,使长才无所展耳! 第信芳异于连良,台上唱戏,自己固不肯让人,然亦不要别人让他。坐是天蟾之贴《宋十回》,常成如火如荼之观矣。翠花有十分戏,做足十分,于是"闹院"、"坐楼"、"杀惜"诸场,只见台上都是戏。台上演戏者,固已入忘我之境,同时亦役台下人于忘形之地,是所以为千秋绝唱也。当我之世,不能求第二份如周于之《宋十回》者,即求之此世以上,亦何曾有? 若后起之人才凋落,益不敢求其有矣。愚宿爱信芳,第未尝阿谀信芳,使信芳贴《路遥知马力》,虽卖五十金,亦病取价太奢,而极构如《宋十回》,售三百金五百金,亦不可谓为"啃人"。愚以为是非好戏,特为尘世之伟观,乌可以作价衡之哉? 马富禄毕竟庸才,无足称。袁世海亦太粗犷,且抖乱,"下书"一场,妙在调子轻灵,刘唐一野,空气遂破;转不若张月亭之稳练为佳。愚见如是。

(《海报》1943 年 11 月 14 日,署名:刘郎)

"淑气温和,娴都贞静"

认识了张淑娴不过一年,去年到今年的上半年,她还是"当家花旦",这一回她在黄金是挑正梁的台柱了。上礼拜六,是她登台的第一夜,戏码是全部《连环计》,因为角色俱属一时之选,所以卖了一个满堂。——岂止满堂? 简直狂满!

台上亲眷朋友送与张淑娴的花篮甚多,比较巨型的一只,还用花朵缀成了张淑娴的名字,在她从前用过的一堂"守旧"上面,加着一幅横披,送的人是吴国璋君,上面有八个大字,叫作"淑气温和,娴都贞静",看的人都几乎纵声大笑。如其将这八个字,个别的用来描写淑娴的性格与为人,除了一个"气"字没有交代以外,其余无不可以通用。传闻所得,张小姐的私底下,颇能做到"守身如玉"的明训。果尔则吴先生的一个"贞"字,不是有感而发,竟是神来之笔?但若把这八个字联系读起来,那末不通不通,第三个还是不通。想起了"愿博海上周郎轩眉一笑,谨代灾区黎庶顿首三呼"我们那位胡梯维先生的大手笔来,该明白锦心绣口者固有其人,而荒谬绝伦的草包,也正复不少!

张淑娴比从前发福得多了,真有圆姿替月之概。腰围也粗了,屁股也丰了,逆料这体胖的现象与临去秋波时的李玉茹是有着绝对不同的原因的。"貂蝉"不是她的对工戏,为了安排角色,特地把它"打泡"的。她好戏正多,我祝颂她这一回,要红极一时,头牌一直挂下去挂到她有了归宿为止。

(《海报》1943年11月15日,署名:刘郎)

舅氏遗诗

舅氏遗诗,都无留稿。有之,亦不过十之三四。近由惟一录示者,不及五十章,因中有风致绝佳之短句,如《赁庑》二首云:
　　赁庑不到伯通家,忆得仓街小巷斜。矮屋三间楼一角,安排瓦盎种秋花。
　　油碧双车曲径分,尚回头去望斜曛。悬知归向金昌路,应有相思寄莫云。

(《海报》1943年11月17日,署名:刘郎)

樽前偶记

十七日傍晚,朔风骤动,甚雨载途,天寒乃若严冬。而雪园食品公司，改其招牌曰"雪园老正兴馆"，方于此时新张焉。座客如云，后至者终向隅，当年华安楼上之盛况，乃重见于今日，滋可喜也。上海所有著名老正兴馆之主人，皆周旋于觥筹间，迎其宾客。愚至，一戴眼镜之老者，遽曰：先生真老主客矣，我肆在二马路银行对过者也。愚亦谓固曾相识。此时况味正如异乡遇故，自有亲切之感也。

雪园原有侍者，皆少年而秀，今雪园老正兴馆，皆粗健而壮，着白色号衣，遂呈拘谨之容。盖盛夏之日，裸其上体，踞热水桶边，振臂拭其背上汗流，始为若辈本色，今若此，在若辈为不习惯，在食客视之，亦如看卖口技之山东佬，在"法仑斯"夷服登场，同其异趣。

复兴银行孙曜东先生，与凌华夫人，来为座上客。孙氏家厨，以精贵艳称海上，故曜东先生恒时，绝少涉足酬酢之场，以与绍华为相知，故乘风雨而来。绍华大喜，谓孙先生不易请到，不觉光宠逾恒矣。

（《海报》1943年11月19日，署名：刘郎）

听 香 馆 主

俄人俱乐部第二夜之昆曲彩爨，欣木贻愚二券嘱往观赏。盖见于此夜演"琴挑"一折也。顾以时间所范，愚不及待"琴挑"上场，已先离去。故人雅意，愚终负之，真不知何以自解？愚所见者，为"看状"与"小宴"两折，"思凡"半折。"看状"为听香馆主与朱鼎彝君合演，听香馆主，即李祖虞夫人，年五十外矣。闻之人言，治曲艺者，年岁弥高，而癖嗜弥深，观于夫人之逸兴雅量，二十年来，曾无稍减，所言固可信也。夫人于"看状"饰小生，第张口无小喉咙，且其音颇晦涩。此不可异，愚特觉其台步有异征，而不及究其所以然。后座一白髯老人，忽与邻座人为密语，谓夫人者，当年实古老女子，其裙下盖一搦双莲耳！愚始大悟。夫人之戏既终，亟卸装，又亟赴台前，为诸亲故谢，谢诸人冒严寒捧场也。台下人称夫人为李太太者有之，称大姨、姆妈者亦有之。及晤后座之白髯老人，夫人乃执礼甚恭，呼老人为老伯。老人亦起立，笑曰：汝乃越唱越好矣。言时大笑，夫人逊谢。愚回首视老人，私语曰：何来老伯？

直一块老豆腐耳。夫人又与老人言,谓生平彩爨,未尝扮老旦,而明夜将试之,以有人演王十朋,非我饰十朋之母,将勿唱;我以他人定要认我为母,我乌可拒之? 故从其请。间夫人吐属,知其亦隽爽无伦。夫人过我侧,我谛视之,长身玉立,着毛葛旗袍,项间护一巨狐,颊上脂痕,猩红若血,特以额上犀纹,试度其年,必五十以外,决不能看进关里也。(末句用投机市场行话)

(《海报》1943 年 11 月 20 日,署名:刘郎)

小 宁 波

舞人之为甬上女儿者,类不能变其乡音,若倡门中人,则不说本地话与苏白,即不足为"长三倌人"之条件;若一开口为"辣块""柴话"之言,将使堕鞭公子,走马王孙,疑其从山梁队里,与宁波堂子所蜕变来矣。惟舞女异乎是,其理由为舞女多半途出家,而生意浪人,类所谓三考出身也。近时所识之宁波舞人,凡得四众,除大沪之凌烟外,余三人皆在维也纳,为潘菊妹、柳红,与一沈小姐是。与菊妹尤相习,满口乡谈,不能更易一字,愚称之为小宁波。一日,座上遇友人某,招柳、沈并坐,二人并为甬语,友亦呼柳为小宁波,此盖一二人为之私谥,非如小浦东、小南京之成为普遍绰号者也。菊妹从小舞场中跃为大舞场之红星,当初出道时,有客挈之登十四楼吃夜饭,后一日,又有客挈之入五味斋,滞止于门首,不肯人内。客诘其故,则曰:"格冒地方坏吃(曲)个。"客又询曰:"然则什么地方好吃邪?"曰:"国际十四层楼耳!"潘欲炫其派头之大,特以矜饰,而成派头奇小,客故愤曰:小宁波亦"贾老鸾"哉!

(《海报》1943 年 11 月 21 日,署名:刘郎)

也 谈 博 事

仲谋后人,既为愚述闽人某氏临博事(见前日本篇),是固为任何人所不可及。后人因谓,苟此局而临于我者。我则清一色之牌,必和倒,至于多事后既稔他人之艰难,返其博资而已。然此已着斧凿痕矣。

或谈潘复生前,与闽人林白水善,白水以新闻记者,与缙绅阶级中人游。一日,与豪者为雀戏,负至万金,复突至,睹林状,辄曰:我为若竟其局耳!复又负,既终,尽偿所逋,林甚德之。谈者亦谓复真能礼贤下士,顾林殊无行,卒以所索不遂,于复亟施丑诋。复不能堪,作计僇之。谈者固谓:潘馨航人尽可骂,独林白水不可骂馨航,杀身之祸,是自召也。惟一说僇白水者非潘复所使,不知信否?

(《海报》1943年11月25日,署名:刘郎)

樽 前 偶 记

天厂居士自北都来,费穆、陆洁、梯维三兄为之洗尘,邀熙春来伴,以熙春为居士义女也。"八一三"沪战前,熙春尚习艺于白下,居士与伯权同止白门,故天厂之为坤伶过房爷,虽不能谓此中嚆矢,特为时之早,则今日一群好为人父之暴发户,尚在店堂间里打杂差也。熙春后来为氍毹红角,为银幕巨星无非赖居士为之扶掖。盖居士之所期望于熙春者,比之望子成龙,为尤殷切。比熙春作嫁,始稍稍疏音问。梯维夫人,惟时与熙春往还殊密,此日故觅之同来,使以姑太太姿态,一晤其远归义父焉馨航。熙春视往日为腴健,衣饰极馨航朴实,着丝棉袍。是夜天甚燠,坐久,体暖内蒸,晕于颊,双颊尽赤,不须薄饮,已见酡颜。惟默默不多言,曩时憨跳之状,兹不可睹。已嫁女儿,习于沉着,是固普遍现像,况熙春久嫁,且育一男乎?

(《海报》1943年11月26日,署名:刘郎)

"横 下 来 看"

或言:写字要直起来看,女人要横下来看。直起来看好,是真好字矣。横下来看好,始足当美人之目耳。一夕,与舞人同处,谈女人睡姿之美。袁佩英言,旅香港时,与某女同寝处,夜深,佩英归去,睹其睡态方酣,两颊皆赤,若苹果;而口角深弯,朱唇微撅,乃有似玉温情之美,我见犹怜,何况男子?又曰:卸装既竟,辄就其床前,吻其发,吻其两颊,常悔此身之不是须眉也。顾舞凤生者,去年夏,与舞人朱娘嬉,同诸旅家,一夜温存,昧爽已醒,生视朱娘,尚伏枕为酣眠也。上体皆露,顷之朝阳射窗上,照其颜,则夜来朱润之色尽褪,而一口洞开,涎沫汨汨自唇角流出,生遂兴怀大减,悄然披衣,不顾而去。次日,又遘之舞场中,朱诘生曰:尔以何时行,胡不醒我?则曰:我行匆匆,亦不审为何时者?惟知其时卿方寻儿时尘梦耳!朱笑曰:若乌知我寻儿时尘梦者?则亦笑曰:苟不然,胡以我第见汝唇角流涎邪?其言弥谑,而朱终不知其言为谑也。

(《海报》1943年11月28日,署名:刘郎)

台 上 事

唱戏人门户之见甚深,南伶之北往者,无不受北伶之侮。谓梨园中人天性凉薄,无论门户之见,即同舟共济之人,亦以相轻为能事。台上尤各不相让,视他人之"钳",为一己之乐境。闻梅兰芳与谭叫天配戏时,亦屡受叫天之辱。兰芳纯厚,复以谭为前辈,未尝睚眦必报焉。一日,二人合演《汾河湾》,兰芳说:"莫非要白开水。"兰芳念"白"字为张口音,叫天即曰:"我要白开水,什么叫白开水?"盖正其谬也。台下哄堂,而兰芳大窘,至今未尝一日忘此辱也。事为兰芳述于碧霞主人,而主人述于我者。又杨宝森与郑冰如唱《武家坡》,杨唱"倒也安宁"句,使一小腔,使冰如无法接口,僵在台上,此亦缺德。碧芝夫人因言:"我而为郑冰如者,亦拖腔,以难宝森,惜冰如女子,无此能耐,亦无此'种'耳。"昔周啸天与金素琴演《探母》于"黄金",饰六郎者为宋遇春;二人对唱快板时,向例六郎唱四句,而遇春唱六句。至第四句时,啸天已张嘴,而闻遇春犹歌,始已。至后台,啸天大骂,向遇春曰:"谁为汝说者,乃存心'阴'人邪?"遇春曰:"老先生所说,准纲准词儿,我第四句没有交代,你怎么好接嘴?"其言铮铮如铁,啸天亦无可如何也!

(《海报》1943年11月29日,署名:刘郎)

谈吐之妙

林树森与愚为熟人,特其人不识字,而第能写字,则为创闻。然林所能写之字,亦不过唱《戏迷传》中"六〇六"三字而已。梯维曾与树森谈公事,树森忽发表意见,有言曰:"我们应当研究的讨论,考虑的意见。"辄使梯维失笑。树森近在"黄金"又唱《戏迷传》,此剧林固以看家戏视之,当场演说,其所语亦足逗人笑乐,譬如谓"树森在上海多年矣,就凭人缘儿好。"言至此,忽又急转其词曰:"怎叫人缘儿好呢?"以下便不知所云矣。信芳于此等地方,修养自优于他人,故吐属正复不俗。然盖叫天亦朴质,开口无非驴非马之弊。愚昔日好从侠林中人游,某大亨曾有事相烦,则曰:你替他"吹鼓吹鼓"。盖以"鼓吹"误"吹鼓",愚恒腹笑不已。又一次,愚为某大亨言,某伶人来沪,轰动甚至,某辄唔然:上海人之虚荣心耳。不曰一窝风,而曰虚荣心,亦使人掩口胡卢。

(《海报》1943年12月5日,署名:刘郎)

惘然之感!

向来使我刻骨倾心的女人,一旦为了她所适非人,总使我心头上涌起一阵惘然之感。最近却又一而再的发生,其一是乐部女儿,还有一个,是舞场之隽。

乐部女儿之所以为万人爱戴,传说她在莽莽风尘中,能以"守身如玉",独标清格。我不承认我是封建之遗,但为了她的自异恒流,也曾为她感动,为她倾折。今年听说她有了恋人,这个形影相随的对象,不是什么正经人物,正是洋场恶少。还有人肯定地说,他是个拆白之流,此人早已见逐于家庭,在白相场中,一向以"闲""小"博女人欢心的,在外头走走的人,没有不晓得他是百分之百的臭盘。我想不出是何冤孽,使这位束身自好的乐部女儿,居然以华焕者委弃泥涂,终于嫕此恶人!

至于舞场之隽,她似春风一样的朗秀温和,我认识她差不多近十年了！为了她性格的驯和,在娓娓青灯时,那种清柔的情致,虽然不是我直接的户头,也为她沉醉。她还在读书,造就又是相当的高。自然,她更不是个俗物。但一年后的今日,从另一朋友口中,说出她是某一个舞女大班的禁脔。我不相信会有这样的事实,临到我眼前的,我于是着手侦查。有一次找一个相识的舞女大班闲谈,想从他的口中,露一些风声与我,但我忍不住,还是直截地问他有无其事？他们自然"班班相护",不肯直言。我追得紧时,他才说,你何必问呢？与你又绝无干系,况且不一定有的事！从这几句话,我大大怀疑起来！

苏曼殊有两句诗:"我本将心向明月,谁知明月照沟渠。"固然轮不到我用这诗境来发自己的牢骚,但一种惘然之感,会使我永无尽期的。从今以后,我更明白,女人真不能把她们估价太高,问题还在"根器"二字。"根器"是内在的,浮面上我们的肉眼,永远窥测不到她们的！

(《海报》1943年12月7日,署名:刘郎)

愿打与愿挨

有几家小型报馆送与执笔人的稿费,真的菲薄得可怜。别说养活一家人,连养活自己四分之一的生命,也差得很远。有人看不过,便发了话了,你为什么啃住了不放,还愿意替人家效劳？执笔人的回答是:凭着彼此交情,他们(指报馆老板)纵然待我不好,我不要辜负他们。其实这也是违心之论,原因是为文人者,生路太少,有得写,那末得一钱是一钱,比沿街乞讨,多少冠冕一些。

某一个机关里的执政者,御下不甚宽大。有一天,我的朋友无意中打听出那里的茶房,一个月所挣的钱,万万不够买大饼充饥,但他们终朝忙碌。我的朋友起了恻隐之心,告诉他们说:不会拉黄包车去？一样以劳力换钱,拉车者,养活了自己,还可以养活家人。茶房说:怕拉不动。我的朋友又说:这情形之下,不让你死,不让你活,不是白熬你们一场吗？这时旁边一个人对我的朋友说:先生你不必替他们愤慨,他们这里不干,后面愿意垫他们缺的人多着呢！根本人浮于事者太多,反正难不死资本家们。

《群英会》里有两句台词,"一个愿打,一个愿挨",写罢了上面两节,再念这两句词儿,真欲潸然泪下!

(《海报》1943年12月8日,署名:刘郎)

但愿吾儿

唐密病多日,昨日为其周晬之期,事先愚拟发"小儿周岁"之秋风帖子,广贻亲朋,借此得措一笔过年盘缠,要亦名正言顺。不图我儿久病,愚夫妇心意烦乱,不遑宁处。妇劝我废前议,谓实无心于此也。我儿负我,夫复何言?

昨日,儿病犹未瘥,在家乃为之奉寿星,着新衣。香烛高烧之后,吾母使唐密虔拜于神。拜已,红毡上铺笔砚各一,秤一,尺一,算盘一。俗例,小儿于礼神之后,使其手触红毡上所列诸物。譬如小儿把算盘者,及其长成,将使之从商。若手把砚田,则后日必为士人。愚固知其妄,特不欲止之,而得"但愿吾儿"词若干章。录之,为唐密生辰点缀可也。

但愿吾儿捏算盘,将来生计自然宽。试看今日黄家伯,银号银行开不完。

黄雨斋先生以算盘精明,名闻海岛。雨斋今成巨富,开银号后又开银行,故愿吾儿似之。

但愿吾儿须把尺,重财之外兼量帛。宝大祥中居士丁,钞票多于山样积。

知止居士以"尺寸"起家,今成大富,愿吾儿似之。

但愿吾儿休握笔,十年此笔误穷爷。除非一个人堪学,说笑秋翁已起家。

以文士而成富室者,绝无其人。必欲有之,则吾友秋翁是。然亦只秋翁一人耳!故愿吾儿还是勿提起笔来也。

(《海报》1943年12月15日,署名:刘郎)

朋友与女人

同几位朋友坐在跳舞场里,各人招了一个舞女来侍坐。朋友之中,甲先生向来是跌宕欢场的少年,他忽然出一个问题,他说:我要从维也纳、米高美、仙乐斯、高士满、丽都、大都会、新仙林,而至百乐门,这八大舞场里,依次去"接"一个"龙头",你们看,要费多少时间,能完成我的愿望?当时与我坐在一起的玖娘,回答他有三个月可以了。甲先生却摇头道:不过一个月。便有人说:那末你试试看。甲先生又说:要试便从这里维也纳试起。在甲先生本来是一句戏言,话到这里该没有什么下文可接了!谁知玖小姐毕竟口没遮拦,她抢口就说:这里,我——又指着在座的二人——(亦本场舞女)和她们,就不会被你接着!甲先生当时色变了,我也觉得深自不安,用脚去踢了踢她。而甲先生终于回过笑脸,说道:红的接不着,还有阿桂姐,难道我都接不成吗?局面终究是扫兴了,我们便怏怏散去。

换了一个地方,甲先生便开始与我谈判:我若不念你是朋友,我要不触她的霉头,我不是某甲。她说我接不着她们的龙头,又安知我有胃口想接她们呢?我本性重朋友,轻女人,何况今日之事,错在女人,所以马上为故人谢过,劝他不必生气。无论我于她是怎样历史的一个户头,为了朋友,从今以后,断给朋友看,终可以彼此释然了!

(《海报》1943 年 12 月 16 日,署名:刘郎)

章府上的侍女

章荣初在股票市场人物口中,亦"切莫去上当"之一"名角"也。章经商以来,仆而起,起而又仆者,不知若干次。近年始告立定脚跟,俨然巨贾。因积资之丰,乃闻此人穷奢极侈,借此一吐十余年来之寒酸气。其住宅为孙哲生故居,华屋连云,而陈设之富,则又充分表现其为十足暴发户也。海上富有之家,雇男性侍者,一律着制服者,屡见不鲜。而闻章家侍女，数甚众，年岁相似，姿色相称，身材亦无参差。平日着艳丽之衣，式样相同，色泽亦相类。此则为名公巨卿府第所未有者，而章府上居然有之。由此亦足以觇荣初之富裕矣。有人谓荣初之所以广收俊婢，实由为人浅陋，平时又笃好弹词小说，故凡弹词小说中，叙富室铺陈之豪奢，荣初遂一一效之，惟恐不似。果尔，则不识章府群奴中，亦有秋香其人否？而二十尺香楼中，亦有如花娇女否？有之，不佞甘效唐解元与文必正之卖身投靠，点秋香而送花楼会焉。

（《海报》1943年12月17日，署名：刘郎）

蜡　烛

寒家以节电故，改燃红烛。烛影易摇，看书写字，两不相宜。小时，恒就灯下读，我目终病近视；近年非明光不适，今居处陡暗，以为大苦。吾家所燃者，为巨烛，贮量亦丰。妇言：目下烧不尽，新年中犹有为用也。昨夜不眠，燃烛起坐，将执卷，而烛光摇影，入目生眩。因悟世上之所谓物质文明者，一旦失其利用，为苦弥深。枕上，杂忆前人写蜡烛之诗，忽记一绝云："路迢迢更夜迢迢，淡月飘灯自过桥。料得阿娇银烛畔，也应初换第三条。"已不审为何人所作，虽非佳唱，然从烛上生情文，自觉其风致便娟也。

◆"发传单"

"到门帖子"四字，为形容词。秋翁善谑，又称之曰"痨病鬼挑水"。问其义，则曰："半泼在外头耳！"然此已视到门帖子为优。其更有并到门帖子而不逮者，某君则谓之"发传单"。盖到门帖子者，帖子犹能到门上也。

闻伶人中叶盛兰体质大损，去岁在北时，每不胜遐思，病态之甚，有如此者。又沪上某伶，与某坤旦演《虹霓关》已，入后台大怨，此即所谓"发传单"是也。

（《海报》1943年12月19日，署名：刘郎）

［编按："路迢迢更夜迢迢"来自王次回《疑雨集》，第三句原作：想

得阿娇燃烛待。]

舞女的眼睛

我最近发觉舞女的两只眼睛,于她的营业有着绝大的"兴替"的关系。

秋翁曾经说:跳舞最倒胃口的事,是舞女的两只脚在同我跳,而她的两只眼睛,却不住的往客座上的拖车笑。这情形非常普通,我的朋友金先生,他不许他跳的舞女,在舞场里陪他同坐的时候,"游目"到别地方去,更不许她对他所不认识的男人辗然一笑。待遇固然苛一点,然而为了保持他的钞票不致变作"灰钿",这样的条约,原是未始不可的。

去年,周郎跳过一个舞女,几次之后,他忽然废然而止。我问他的道理,他说当他每次买舞票的时候,这个舞女,老是把一双眼睛,瞟到他的钞票上去,认为她派头奇小,可以不再搭讪。最近龙公也跳着一个舞女,一天,她在"大华"进场,龙公不免前去报效。当他摸出千元大票来数一数之时,那舞女不但圆睁双目,居然还将唇皮翕动,也在计算她这一只台子的进项。龙公在眼角上瞅见了当时的情形,离开台子,罚誓道,孙子再有胃口,来跳这样的"壳子"!

(《海报》1943年12月20日,署名:刘郎)

舞场术语

"触煤球"三字,近来又盛行于上海一般人口中。其实创始此三字者,舞场中人,由"触霉头"而变化为"隶煤球",已属多事,且亦浅薄之至。说者谓此种术语,大多由舞女大班偶然一呼吸间,发觉"触煤球"可以代替"触霉头",以为"隽永"无伦,坐是宣之于口。舞女无知,更代大班为之广播。舞客之卑俗者,且喜其名词之新奇,群相弦诵。自是流传弥广,然而终为识者所齿冷也。不久以前,文友题身畔无女人者曰"散装香烟",以散装之烟,初无壳子,喻孤身之客,不随带女人,其意义较为深远。在理此可以流行为舞场术语矣。然终无人道之口上者,正以其并不浅薄耳!

(《海报》1943年12月22日,署名:刘郎)

坐 台 子!

　　一夜我同两个朋友跑进"大都会",这里我没有户头,也不想开什么新户头,所以任凭大班兜揽生意一概谢绝。一位朋友,比较好白话,自动坐了一个之后,大班还替别个舞女,挜他的台子,他也未加峻拒。于是先后坐了四个,我不待终局,先告退去,剩他们两人,周旋四位小姐。据说,后来把并不惬意的三人,遣散下去,留着一人,邀她一同去吃宵夜。这个舞女说,她另有一批客人,明日早晨,须乘坐飞机到广州,今夜要我陪他们到"伊文泰",但可以迟一点却不妨先吃咖啡。我的朋友非常直爽,说那末广州客人要紧,我们是上海朋友,天天可以相晤,不必忙在今宵。舞女自然非常欢喜,因为他不肯使她为难。

　　待她也走了之后,依然剩下我光棍二人,朋友就请大班过来谈谈。他说我们一坐下来的时候,台子上几乎挤不下人,现在临到打烊,却只剩十来只空玻璃杯,不谈钞票,只谈情理,你们如何对得起客人?大班看此情形,也不禁哑然失笑!

(《海报》1943年12月23日,署名:刘郎)

樽边偶记

　　一夜,与二郎同饮,二郎犹未至,有女客先临;愚未识其人,第稔其人为老于舞榭矣,自陈曰:我二郎义女。因礼款之。少顷,二郎来,复有二女同行则皆素识。二人为同枝,是香楼中人而系出名门者也。二郎以二女介于前来一女:汝等为平辈,今以姊妹相称。顾二女兀傲,终不为前来之一女礼也。又少顷,饮者渐集,二女乃诱愚入别一室,私询曰:彼前来女客,为何人?我等审其装饰,不类良家。愚曰:然,十年前,已见其人腾踔于舞丛。语至此,二女皆失色,徐曰:然则二郎侮我,我不知其义女名中,尚有处身欢场中人也,宜问其罪。因招二郎亦入,数其过。二郎侃侃曰:汝等人耳,彼舞女亦人耳,特以处境勿同,渠则沦入欢场,汝则养尊处优于绣闼中;然人格未丧,即以彼此为姊妹,在彼未必增其家声,在汝亦何尝损其妙誉?为之哓哓,多见汝等量度之褊,滋可耻也。顾二女终不为然,愚虑此宴将成僵局,幸雄白至,与前来之女客固相习,并坐倾谈,亦多趣语,使冷肃气氛,为之和暖。惟愚辄鳃鳃,惧中席而变,则为观良勿雅矣!

(《海报》1943年12月25日,署名:刘郎)

定依阁随笔(1944.1—1944.6)

高 高 氏

坤角儿的气度,够得上"幽娴贞静"四个字的人,大家说,现在的张淑娴,仿佛似之。从前的雪又琴,也当之无愧。

距今不知多少年头了!我同雪又琴吃过两次饭,她相貌好像还不及张淑娴;而当筵默默的神情,二人正复相类。我也听过她的戏,她那甜净的歌声,至今还萦绕耳际。

从前她住在我的对邻,她的楼窗永远没有开过,我从隔楼相望,始终看不到她的人影。每天上午,在我好梦方酣的时候,常被一片莺声,将我催醒,知是雪老板在调嗓。这时候我非天亮不归,曾经记过一首诗,录其词云:"几年楼上住云鬟,扇扇长窗尽日关。帘静知渠春睡足,日高归客一身闲。曾持杯酒联清座,又遣舞衫托醉颜。枕畔还撑将倦眼,要闻仙乐到人间。"我一向赏爱"帘静知渠春睡足,日高归客一身闲"一联的意境清远,故能把全首诗都记到现在。

过了没有几时,听说雪又琴嫁人了,丈夫是"麻皮阿根"高兰生,一向是白相人,在当时是赌台老板。雪老板本人也姓高,从此便成了"高高氏"了。我闻此消息,着实摇过几次头,皱过不少趟数的眉头,我想不到她会随便肯委身于"人间驵侩"的!

她毕竟不是金碧玉之流,嫁了以后,果然相处甚安,一直到高兰生死。到最近,听说她将以"未亡人"之身,与吾人重见于红氍毹上。消息还没有征实,但情势是未尝不可能的。

(《海报》1944年1月1日,署名:刘郎)

《惆怅词》

时有清霜堕帽檐,巷深多恐损鞋尖。乍归宾客强呼主,若问婵娟故姓严。但祝长春修短日,不闻东鲽怨西鹣。明明驵侩人间贱,今向人间或未嫌?

《惆怅词》一章,报吾友文哥所作也。文哥识此中人于为人大妇时,比愚识其人,则已堕欢场者一岁有半矣。文哥知其人良善,而仲谋后人,亦力誉其兀傲异恒俦。从愚游,一夕,止"法仑斯"。纵酒后,忽与人立于廊下,未几,别愚先去。同行者失色,曰唐生真不可恋此馋余矣!遂不复通音问。然彼此未尝有一言为隙也。昔尝叙经过于文哥,岁暮天寒,作《怀人诗》,自遣余暑,忽得此章,自谓最得温柔敦厚之旨;知文哥或不笑我,以文哥亦性情中人耳!

(《海报》1944年1月3日,署名:刘郎)

朋友"论交"

玉狸词人曾经发过一番议论,他说交朋友要看其人对待自己的老婆如何,假使此人是"虐妻"的圣手,那末他对朋友,绝对不会以赤忱相向的。

瓢庵曾经在欢场中有过一位隽侣,后来他忽然发现她从来不曾有过一个知己的闺友,凡是平时相识的那些女人,不是从她嘴里乱说她们的是非,便是从她们嘴里,说她许多坏话。瓢庵便认定此人之决不可与。他说女人而没有一个女朋友,男人而没有一个男朋友,这都是赋性乖张,当然不可结识。

又有某君,他平生择交,视其人之是否爱好女人,他说:男人如其不好色,决不能同他交朋友。这见解比较稀奇。大概他以为好色者都是情感浓烈的人,待朋友也决不致凉薄。

这些都是我朋友"论交"的纪实,不能说他们绝对没有理由,但理由是一部分的。多少年来,以我的阅历渐繁,知道例外的事件正多,稍暇容一一述之。

（《海报》1944年1月4日，署名：刘郎）

圆珠八孃的年纪月生

去年秋天，报纸上登着一节趣闻，说有个做西药生意的姚夹里，要讨名伎圆珠阿八做太太。姓姚的是个刮皮朋友，自己向阿八开出条件，以他所经营的一家药厂内股票一百万元做聘钱。阿八究竟老于风尘，知道股票这玩意儿，是若干昧着良心的商人，在向大众头上，做诈欺取财的工具，她不希罕这种东西，结果是婉言谢绝了。

这节趣闻发表之后，腾笑海堧。而北里间传说尤甚。后来听说姓姚的颇疑心新闻的撰述者是我，连圆珠阿八也说：定是唐君所写。我都一笑置之。因为究竟是无关宏旨，说我本也无妨，不说我，我也不必拉在自己头上。

我同圆珠阿八，可以说是相当老的老朋友。她的年纪月生，当时也许曾经告诉过我，但我倒底不是方天时、袁树珊之流，有得记录下来。所以现在也不会把她记得了！那节新闻的精华，便是把阿八的八字都写了出来，不是有心人，如何能够这样详细？阿八曾经碰着过我的一位朋友，谈起此事。她说真奇怪，我的八字，唐先生怎么会记得这样清楚呢？其实王八旦才记得她的八字，有人现在来问我，我连她几岁都弄不清楚了！别说几月几日几时生。

前天遇见一位接近想搅落一百万股票的姚夹里的人，与我又谈起上面的事，此公也似乎断定非我得不到这段"珍闻"。昨天在路上又碰着了圆珠阿八，今天就把它都撼拾拢来，以示我态度。

（《海报》1944年1月5日，署名：刘郎）

领　票　人

有许多朋友，将"猎艳"的技术，加之于职业妇女之中。所谓职业妇女,当然把舞女,以及其他卖淫的女人除外,但写字间里的花瓶,非个中人无从接触,而容易接触的职业妇女,除是店员、餐室的侍应生、戏院的领票人之类。

我曾经记过某一位朋友,把一个但闻其声不见其人的大饭店里的接线人,置于枕席之间,实为奇迹。论猎艳的本领,已属上乘。还有一位朋友把一家平剧院里的领票人,带了四个出去吃饭,又带她们到赌台上去参观,她们看见摇缸女人的进益浩繁,不禁涎美起来,要求我这位朋友把她们都荐在"台子上"任事。朋友说:这里的"差司",需要登记,叫她们每人送三张照片进来,但结果她们失望了。朋友说根本就没有替她们费过唇舌,因为请她们吃饭的时候,在新华酒家,蒸鸡、鲍鱼,都滥点一起,像吃冤家一样的吃他,不免怀恨在心。

由领票人而蜕变为舞女的最多。前几年,卡尔登有一个领票人投身舞海之后,名噪一时,还嫁得一位快婿,于是许多领票人,都追踪而去,不甘淡泊。女孩子尚且如此,何况须眉?

(《海报》1944年1月6日,署名:刘郎)

妙根与阿巧

昨夜同刘琼、李之华、江栋良、龚之方在饭店里吃饭。他们都是些艺坛上闻名之士,尤其是刘伯瑶先生,到处为人属目。所以我们每次上饭店,为了避免麻烦,一定要找一个房间,不能坐在散座上。这一夜,也在帘幕深垂的房间里面。

吃到一半的时候,侍者递进一张字条,说外面有个小姐叫我送与刘先生的。刘琼在电影演员中,不失为佳子弟,他立刻面红起来。

条子上字数并不多,而头上四字是"伯瑶先生",刘琼的心定了一半。她不写刘琼而称伯瑶,定是熟人。再看到下面,他似乎没有主意。之方听见递字条的是一位小姐,就告诉侍者,请她来谈谈,侍者便关照到外面。十分钟之后,果然有两个二十多岁的女人,走了进来。她们不知礼貌,对刘琼劈头就问,我来问你,你可晓得妙根已经死了?我现在同小阿姨在这里吃饭,小阿姨即是阿巧;阿巧说从前也认识你,你们还一同吃过油豆腐线粉。她想问你,目下住在什么地方?但她因为身上穿得不好,愧见故人,所以托我来问你一声。

这女人的话,说得很多,我一时也听不出头绪。因为妙根与阿巧的名字,都俗得可爱,故容易记忆。刘琼很谦和的把她们敷衍出去,他才告诉我们,从前他住在城里的时候,妙根是野孩子,从小就在一起,阿巧是妙根的女人……。我说:她们还能念旧,真是人情并不凉薄的表现。但也有人说:她们是十三点,存心来砍刘琼的招牌,说什么吃过油豆腐线粉呢?

(《海报》1944年1月8日,署名:刘郎)

娘姨的工资

前两天,梯维从银行回到家里,看见素雯抱了孩子在那里发怔,梯维觉得诧异,问起情由,才知孩子的奶娘,突然罢工,现在出去上人家了。梯维为了舐犊情深,自然也大为焦急,派人往各处荐头店访问,奶妈的踪迹,竟无着落。一直到夜晚八时,奶妈回来携取行装,胡氏夫妇把她圈住了,自愿谈判条件。奶妈一开口要求加工资百分之一百五十,梯维答应得爽快,于是从两百元一月加到五百元。

第二天胡公馆里所有的娘姨,闻此消息,纷纷自请退休。但奶妈可以拔东家短梯,娘姨却难不死东家。而梯维则不愿操之过急,也从她们七十元一月,加了一倍。

梯维把隔夜的事,告诉与我。我回去问我太太,我们的娘姨多少钱一个月,她说六十只洋。我请她本月份照加一倍,同时把梯维家里的事,为她叙述一遍。

我并不畏惮佣人对我罢工,不过自己总觉得人家替我操的是劳役,我给人家的,不免太少了一些。有时候我太太叫娘姨到水果摊上买十只生梨,十只橘子,总要百来块钱,便会引起我的内疚。我疑心娘姨在那里长叹,因为我们吃一次水果的钱,还不够她一个月的工资。在我写这篇文字之前,娘姨从外间进来,她买了一双线袜,告诉我太太,说连捐钱花了四十五元。我大大的惭疚起来,想想我们原定的工资,还不够她买三只袜子!

(《海报》1944年1月9日,署名:刘郎)

禁中寄语

四年前,愚与旧日之情妇某既割席,遂与刘氏卜同居之好。至昨岁,复正名定分,为夫妇;且与某订解除当年干系之约,期吾二人之订笃爱关雎,固不可不有此也。半载以来,未尝与某见一面,亦未尝稍通音问。乃六日下午,愚赴"卡尔登",时吾妇午饭于"起士林",旋来觅我。我方与友人为琐谈,忽有电话至,妇接听筒,为女子音,问其何人?则具告妇曰,我某也。妇遂怒,置话筒,色厉词严,责难于愚者,视挞伐为尤苦!嗟夫!是何冤孽?必欲我负兹丛眚,使吾家室勿宁,乃若是也!我虽告天证人,亦无以祛吾妇之疑。遂迫我同归,絮聒于耳根者,迄暮无休。愚直如临谳之囚,不获辩一词。以愚有所辩,妇都以为伪之极耳。自是,愚欲出行,妇请相从。妇又不能以一人行,必抱其子。愚不忍,语妇曰:相虐奚为者?自今而后,我将伴汝家居,非必赴之宴,皆辞之,妇意始悦。此文从幽禁中来,以告平时"相依为命"之俦,请当日薄崦嵫时,各以电话来饰词曰:"有要事商谈,务希光降。"使我得疏散筋骨之机,而暂遣其忧苦生涯也。

(《海报》1944年1月10日,署名:刘郎)

"弦边婴宛"

愚尝谓舞女之派头至小者,当舞客摸出钞票来时,舞女移其目光注射于舞客点其钞票也。然此尚不足言小,小莫小过于女弹词家,亦即书场才子所谓"弦边婴宛"焉。请述二事,借博噱嚯。

友人甲自书场中携一女妇焖楼堂唱,去时不带"相帮"(如角儿之跟包),女故携琵琶自随。歌既毕,夜已逾午,甲邀女共啜咖啡。顾抱一琵琶,为观勿雅,因劝女置诸炯楼,明日遣相帮来取。女以为可,遂同行。啜咖啡毕,出门,女呼车欲归,将发,忽牵甲之衣,曰:明日相帮往取琵琶,宜畀车资,请赐二十金,毋令儿家贴本也。

友人乙,于书场散时,亦挈一女诣"七重天"。饮啖既竟,又送女入逆旅中,盖女之所居也。室中初无人,女就宿衾中,乙亦随之同枕席,顾不及乱,特五爪所至,殆遍其身。乙睹女已入眠,将潜去,而女目忽张,语乙曰:伴汝吃过咖啡,汝又得此温存,请平心筹算,亦抵得两个堂会否?乙颔首曰:值也。女曰:然则请付我以堂会之资。乙啼笑皆非,掷三百金,忽忽遁去。

(《海报》1944年1月11日,署名:刘郎)

女　说　书

一年多以来,我们跑跳舞场,可以说没有休息过,大家都有些厌倦起来,惟有我同玄郎说:如其经济力量不是够不到的话,那末对这一处"胜地",暂时还不想敛迹的。前天晚上,吃罢了夜饭,刚敲过九点钟,我们从"新雅"到了"米高美",几个"大班",川流不息的来兜台子。没有相熟的户头,又不想"硬伤"坐台子,于是觉得"大班"们的絮语耳边,十分憎厌。就中一个朋友,发起听女说书去,我也怦然心动。

年夜还没有到,茶房已经送元宝茶来,四只橄榄,四只橘子。我们吃了他的橄榄,不吃橘子,赏了他一百只洋。又各人摸出两百块钱,点一次开篇。我点的那一位叫金小天,还是初次见面。在台上神采飞扬,而开篇也醇醇味永。一位内行的听客告诉我,她还懂得字眼的阴平阳平,但我倒茫然无知!

后来又用五百块钱"带她出去"。她们并不像舞女一样,带得出去的,而听客要用叫堂会的名义,才好用这笔款子;她是跟我们跑了!

第二天日场又去了!如法炮制,点戏之后,再叫堂会,又是七百元。我带她到"新华"去跳茶舞,下来再吃夜饭。夜饭之后,叫三轮车送她上"写字间"。我是计算过了,如果平平常常做客人,平平常常用钞票,那末,跑跳舞场与听女说书的浪费,是相差无几的。

(《海报》1944年1月12日,署名:刘郎)

良 家 人!

距今逾三年矣,予友举行婚礼于海上,欲烦袁履登先生为之证婚。知愚与袁为素识也,因托愚敦请。婚时,愚到且甚早,虑袁老之来,无人款接也。时予友固练达有为,而新人如玉,见者咸目为良耦。无何,婚后若干时,予友淫于博,其踪迹溺于城南博窟中大负,渐隳其业。隳业不足,毁其产。其人固无恒产,惟妇有盛奁,悉耗其手,达五六十万金。家乃赤贫。顾予友犹未尝省悟也,故归沦落,为戚党朋友所不齿。无已,乃遣妇投身舞榭,以良家人而被舞衫者,不知是何日月也!

玄郎与予友旧亦至交,审其不可振拔,遂弃其人。一夕郎诣舞场,舞女大班荐舞人为之侍坐。舞人室,睹郎在,忽遁去,语舞女大班曰:郎固相知,不忍见于欢场中也。然郎不知为老友之妇,以为此中自有因缘,置之不复念。又一夕,郎友林亦入舞丛,猝与妇同坐,林亦妇夫之友,妇大惊,遽失色,林复惶诧不知所措。时座上人众,各无言。旋请与林舞,遂与林数其婿之罪,曰:自入此间,凡吾婿之友,皆避之。遂述一夜曾遘郎于此,郎犹不知妾为故人妇也;今不意遇君,殆已不欲我留些许颜面于人间矣。言时泪簌簌下,为状至哀。林不获为其慰一词,亦咨嗟无已。明日白于郎,郎亦悁悁然,历数日未已也。

(《海报》1944年1月14日,署名:刘郎)

地产股中之凶神

自华股转跌风后,地产股尤疲不能兴。论者谓地产股当蓬勃之际,而突呈颓象者,则以受"建隆"拉抬过甚之影响也。"建隆"以购买大世界地皮矜炫于人。大世界地皮,为值不过四千万,"建隆"成立前,拟作价五千万,为"建隆"之资金,继以五千万之为数犹菲,遂改作一万万。盲目者固不知此中玄虚,争相投资,并以做手之大显神通,市价遂扶摇日上。曾几何时,遂近三十元之高峰。乃其事为大世界业主某所闻,复以"建隆"所刊广告中,以购买大世界地产为宣传,某殊不悦,亦拟以大世界出面,刊一启事,声明大世界产业与大世界地皮截然两事,"建隆"所得者为大世界之一块死地皮,与地皮上之房产及一切事业固风马牛不相及也。若此启事刊登,则可以使投资于"建隆"者,知地皮一方,固无值一万万之理矣。"建隆"大惧,挽人疏通。然此事已传闻于外,市场中,一市哗然,"建隆"之股价遂锐退,其他地产股,亦随之下降。故地产业中,谈"建隆"股票者,咸谓其如凶神之入羊群焉。

(《海报》1944年1月16日,署名:刘郎)

登 徒 自 白

前几天,我写了一节《弦边婴宛》,昨天在某报上看见有一位先生,向我大施评诋。类此事件,记得从前已经有过。是我不好,对于女弹词家,落笔不慎,受过横云阁主的讽骂,他以"登徒子"三字,加在我的头上,凭良心说一句,横云阁主没有骂错,从我平日的行为、谈吐,以及落在白纸上的黑字看来,的确是市井登徒的流亚。

有人说:以文字来替"弦边婴宛"们张目的几位先生,论文章都是大手笔,他们所差一点的,是封建气氛太浓了。犯了这个毛病,就有被人目为寿头的危险。不过我真谅解他们,我也是从寿头做过来的人,明明是宿货,当她们宝货;明明都是一些淫雌,而我当她们是坚贞卓绝的名姝。后来的事实,一样一样现在我眼睛里,听在我耳朵里,再想想以往当她们如仙如佛的辰光,真会使我立刻上吊,都嫌等不得的。

近年来,我接触的方面较多,呼吸的境界比较宽阔,阅历自多,任何事都看得平淡,而不再惶惶然奔走相告了。再肯定的告诉诸位先生,那篇《弦边婴宛》所记述者,是绝无虚头的事实,我并不曾把她们的名字写出来,诸位先生又何必大动肝肠呢?

(《海报》1944年1月18日,署名:刘郎)

食 与 色

二月前,寒家市牝鸡二,时皆在髫年。未几,翠羽金冠,居然秀发,短墙啼晓,梦回听之,恒疑置身于村舍中也。岁将暮,吾家复买一牡鸡,乍至,二雄竞逐,牡鸡不得安,将遁去。家人乃捉之入笼中,勿令与二雄为群,顾二雄皆大戚,长日伏笼外,伺牡鸡不少动。与食不食。天既昏,亦不谋宿。夜来雨甚,二牝鸡复不离去,翌晨遂病,所溺皆赤。吾妇患其即死,命女奴并宰之。愚归,妇述其状,恻然久之,终不食其肉。愚之矜怜于彼禽者,以彼禽非好色,而为天壤间多情种子耳!

一日者,止于"卡尔登",有女演员某,与女演员某,以巾裹一犬至,大小如鼷,蠕然犹不能作步也。某曰:堕地才十日,自犬之生,其母辄不令人窥其巢,翼之哺之,维周维谨。有人攘其雏狂嗥不已。今日,诱其母食,乘间,袖雏而去,母觉,喧喧向人,若叙悲怀。乃知爱子之情,人畜无异。某述至此,闻者咸不忍,促其返于母,谓更不得乳,后且死矣。后不知何状。特兹事萦回愚心曲者,愀然者又竟日未已也!

(《海报》1944年1月23日,署名:刘郎)

舞 场 偶 记

舞场生涯衰减,为半月来事,股市锐落,为原因之一;白相舞场之脱底棺材,忙于轧头寸过年,原因之二。坐是大都会、仙乐斯中固荒凉万状,即向时地无立锥之中心区各舞场,亦寥落不堪逼视。客岁腊底,历坐于大都会、米高美、维也纳三家,非意兴特高,惟喜人少,无喧嚣之苦,抑亦见"欢场烈士",于急景凋年中,尚堪挺身而出也。

维也纳舞人以前辈风代周旋于明灯华乐间者,有袁佩英与严九九,而后起之秀,为薛冰飞与许美玲。薛本佳人,为愚素识,亘两日皆招之坐,愚不识女儿有楚楚可怜之美,睹冰飞于颦笑时,顿悟楚楚可怜之所描绘于女儿者,固有自矣。许美玲无殊色,健硕而无顾长之胜,第口才便给,所言都井然有条理,且风趣,客座娓娓,颇为之解,疑斯人之所以能腾踔者,或赖于此。王玲玲以静如处女,为客所欢,许美玲则以伶齿利牙,誉于众口,二人之秉赋各殊,而享名之盛,则又一也。

(《海报》1944年1月28日,署名:刘郎)

二 名 人

癸未年除夕下午之某一时间内,静安寺路之南京理发馆中,忽着许晓初先生之踪迹。时南京生涯大盛,全体理发师无暇招待主顾,许君只得坐待一旁。待至约一小时,忽有一伧夫至,睹许在,亟趋前与之寒暄。许告以来此已一小时,尚苦不得理发也。此人大愠,即扬声告南京之理发师曰:"尔等咸不识许先生邪?许先生为上海之事业家,为社会之名人,今日何日,讵能使许先生以理发之微,而耗时甚久,速毕尔事,速毕尔事!"言至此,有某号理发师者,突诣伧夫,告曰:"我们诚不识许先生,惟若谓名人者,则此间尚有一人也,待我于此,已达二小时以上,了无怨言,此人非他,××××××××××××××,亦南京常客。"理发师之言既出,南京座客,于是胥瞩目于×、许二人,许益局促不安。愚固恒言,海上名流,往往为群小包围。在广众之间,以群小之胁肩谄笑,而使名流受精神上之苦闷者,在在皆是。许亦不幸,乃与彼伧夫相识也。

(《海报》1944年1月29日,署名:刘郎)

顾 孝 女

舞人顾凤兰有母,体质本强健,特以持家辛劳,当迟暮之年,百病皆集。去岁患胃溃疡膨胀及瘫痪诸疾,一身遂废。凤兰至孝,睹母病之亟,心胆皆落,则遍访名医。医金曰:腹隆然而痛,是俗名水膨胀,宜施手术，然手术之工程勿巨，第须凿一穴，以皮管导水于外，即愈矣。及投治于黄益慧，独排众议，谓是殆血瘤。黄擅妇科，名闻海上，凤兰委治疗之责于黄，移母入医院中，施刀圭；乃无所得，盖黄医之诊断误也。凤兰滋恚，耗手术费二万金，住院费又万余金。于冬至节前，母以耗血过多，胃疾剧发，而急不可支；更邀黄来诊，谢不应。因知海上之所谓名医者，无非恶耆。特母体血已尽，宜谋接血，故又丐朱宝琳负其责。宝琳索值至昂，凤兰货腰所得，罄于母病，今且勿继，尝谓愚曰：今世殆无仁心仁术之医。又曰：吾母病，勿药已耳！脱有如何，我且奋身状名医于官，虽凶无恤！

国泰舞厅当我友顾尔康兄经理时，愚为其间恒客，识舞人二，皆吾乡人，一曰王慧琴，一曰顾凤兰。王风华豪迈，与愚甚善，尝宠以诗曰"妾去唐家才十里，一泓练水出东门"者是也。顾婉丽温文，处风尘中，茫茫无所遇，至今犹凤泊鸾漂，不遑归宿。年初二在"高士满"，招之同坐，忧母疾苦，戚容照眼，状至可怜。愚因为其母祝福，谓凤兰贞孝，又未作恶，愿天鉴其心，毋令偊偊者，抱无涯之戚焉。

（《海报》1944年1月30日，署名：刘郎）

凶　室　记

距今尚不至二月前，某大饭店有旅客二人，以互竞一雌，甲客杀乙客致死。事传于外，闻者甚众。未几，吾友结缡于此饭店中，有人分一室为新人坐憩之所，室在七楼。愚偶问曰：妒杀之役，闻在七楼，岂即此一室邪？曰：否，是在邻室某号也。当时愚深印此号数于脑海中，至今未泯。

癸未岁暮，愚与言郎税一室于七楼，言郎导我临室中，睹号数，惊心动魄，震恐无已。然忍而不言，惧为他友扰也。又以当时情状，未曾目击，更冀传言者或有所为，则亦安之。愚午后无俚，独往坐卧，久且习焉。昨夜有舞人某，来室中为宵谈，忽及若之妒杀事，直指曰：此即凶室也。室中人遂大悖，愚颇责其口没遮拦。言郎谓家于此者且三夕，不知其事亦已耳;今既知矣,不欲复留。遂迁去。前后税居兹室,犹不及旬日焉。

(《海报》1944年1月31日,署名:刘郎)

喜 雨 二 首

二三月来久旱,近时始得甚雨。雨夜,辄喜外游,看舞场中,景象萧条,恒为至乐。亘雨夕诣"百乐门",招凤兰时同坐。愚初识凤兰时,犹未逾二十,今廿四年,尤仙样亭亭,似天人鸾鹤之姿矣。门外雨骤,其稔客皆不至,宛转于吾襟袖间,久久不去,用是大乐。比散场,送之归去,一车双载,若居雨盖风棚中,自饶佳致。前人诗云:"好似晚来香雨里,戴篓亲送绮罗人。"念此未尝不回肠荡气矣。因亦成二绝句,用志其事。

雨珠细散泪珠圆,昨夜青袍一角垂。车近门前还梗咽,有儿思母母思儿!

兰母病,兰忧心如捣,临歧谓愚曰:阿娘殆不可为矣。

三年求艾成痴愿,一夜清欢实酒肠。不用柳枝长短绾,已教烟水覆鸳鸯。

午夜,送之归时,适大雨如倒,山谷所谓"但见眼前人似月,不知帘外雨如绳"者是也。

(《海报》1944年2月4日,署名:刘郎)

皮 夹 子

放钞票的皮夹子,从前也算男人随身的装饰品之一;不是说里向钞票放得多为"吃价",而视皮夹子的出品者某国某厂所制为有"台型",这与一切舶来商品之讲究牌子是一样的。

但时至今日,男人的皮夹子等于废物。假使在外面开销大一点的人,用八千一万的钞票,那怕是一百块一张,那怕是大号的皮夹子,也装塞不下。你不妨留心现在跑跳舞场的朋友,钞票都从衣袋里掏出来,而不再用皮夹子贮藏了。

记得有一次在饭店里吃饭,一桌上人吃罢之后,两个人抢着会钞,一个人夺去账单,而摸出皮夹子来。另一个人却一摸出就是钞票,把账会掉了。时座上另一人,以诙谐的口吻,从目下皮夹子的无用,而谈到存心会钞者,尤不应从皮夹子里摸钞票,把那位夺得账单者调侃了一场。

有生三十七年,曾经用过一次皮夹子,但不久就遗失了,连我德配夫人的寄柩证,都一起丧落,几乎使我夫人的遗体,押在殡仪馆里,无法赎身。

(《海报》1944年2月6日,署名:刘郎)

"糟酒"之言

愚于本篇二记顾凤兰,遂引起丹蘋、文歪两先生之谈凤兰往事。凤兰为舞人六七年,自有往事足供文友之笔底渲染者。丹蘋则曰:凤兰尝与某甲有肌肤之爱。文歪又曰:凤兰尝为某乙所眷。朋友之言,本不敢目为"讥诼",愚视凤兰,至今犹未尝挟邪念,特欲于色笑场中,赏好女儿清华之度,为愿已足。当丹蘋一文发刊之日,遘欣木于"高士满",欣木笑曰:亦尝读丹蘋之文,倒汝胃口邪?愚曰:固见之,特胃口殊未倒也。愚有时有为"舞场孝子"之量,今请述一事于诸君。若干日前,凤兰谓愚,有客邀我同看《红尘》,而渠不能得佳座。愚曰:然则我为汝致之。辄买三排中座二券畀凤兰。是夜,愚举此事白之方,言已而频。之方沉思良久,曰:我筹之已熟,我殆不能有此雅度也。辄揶揄不止。若使文歪闻之,不将投笔叹曰:吾友刘郎,亦一家"糟酒"(糟界祭酒)耳。

(《海报》1944年2月7日,署名:刘郎)

刘　琼

识电影男星甚众,比岁以来,与刘琼交往尤密。老刘在艺事上,造就最高,而其人拘谨,见"寡老"不敢平视。稍能为白相人攀谈,顾无秽德新闻,故可喜也。

刘琼演舞台剧,遒劲苍凉,能使台下人不尽低回,今后《红尘》,着时装登场,则摆尽其衣裳架子,台下人侧视横看,有穷态极妍之美。摄影场中人,谓刘琼拍戏时以两肩牵动,疑老刘背上,有白虱觅栖止之所。此病在舞台上亦不免,特以若干眼光视之,则谓刘琼乃效麒麟童先生背上有戏耳。

愚不甚看外国电影,尝苦誉老刘,比之为茀莱特马区,识者以为不类。一日,碧云谓刘琼固不能比马区,而颇类贾莱古柏,盖以顾长似耳。

(《海报》1944年2月8日,署名:刘郎)

舞 中 人

汤修梅先生以书抵愚,谓近得"百乐门"舞人顾影女士投寄诗笺,题曰《感怀六章》。修梅谓舞国女儿,未闻工于吟咏者,今得其人,刘郎不当惮三顾劳也。因系附笺与愚。愚读其诗,固未善,纵谓非剽窃他人,此中亦多滥调。昨日,茶舞于"高士满",遇"百乐门"之舞女大班,问有顾影其人否?曰有之,盈盈十六七,未必为唐生所悦也。时一方在座,因取顾影之诗,传观一方;第一绝有"十七年来身世恨,可怜侬是舞中人"。愚故谓有其人,而年岁又相若,或非赝品。一方则谓:顾影所作,多取前人成句,而窜易一二字者。譬如前人有"可怜侬是梦中人",渠则以"梦"字改一"舞"字耳!其实"舞中人"三字甚隽,因念顾影虽不习风诗,而亦雅擅才调,以修梅嘱,会将一对清姿也!

(《海报》1944年2月9日,署名:刘郎)

盖棺方识此人贤!

耿绩之先生谢宾客后,群皆惊悼,曰:惟好人始不寿耳!耿先生为好人,无论执海上何人问之,必称其良善。愚与耿先生无深交,特平时者，耿先生视我甚至，今知已沦亡，云何不痛？

舞人某，为闺人旧友。若干年前，耿先生尝善视其人。某既嫁，夫经商遇挫，隳其业，家不可支；遭某自白下来，称贷旧交，闺人则款之居吾家。愚不知某识耿先生也。一日，问愚，若求援于耿，或不摒我？愚方不知所答，妇为我约略述其往事。愚曰：然则耿先生必不拒。因畀以耿家住址，某遂往。及返大喜，谓耿先生态度温然，我有所乞，无不应；且言后此不继者，先生复愿苏其困也。

耿先生既入中年，颇不忘声色之好，欢场婴宛，尽道其贤。金曰：耿秘书者，真能多钱而爱人者也。嗟夫！耿先生何尝多钱，不工居积，特能度使其钱耳！

（《海报》1944年2月10日，署名：刘郎）

陶郎怀宝记

舞国淫雌，以"至尊宝"鸣于海上。数年以来，所蓄面首，有五光十色之观。顾未尝其与人谐百年之约也；有之，自陶氏子始。迩传闻陶与宝订婚约于某酒楼，为之证明者，为律师张福康君。陶世家郎，姊二人，并为王效文先生义女，亦愚之素识也。昨日，两姊来访，谓其弟犹未届法定年龄，昨年岁暮，自外埠归海上，携十万金受堂上命，为两姊在沪作滗裹之资者，而悉罄于宝。弟方读书，今为狐媚所蛊，荒时失学，将无以自拔，故欲阻其好事，知愚与张律师为相知，要愚导之，诣张许。以下午二时往，而弟与宝适亦以事面张，弟闻二姊至，跟跄遁去。二姊不知也。张则谓事至今日，惟任自然演化，苟压迫过力，反应亦巨，所得结果尤不良。言自成理，特二姊矜怜其弟，似必欲扑杀淫雌者，其事正复难为矣！

（《海报》1944年2月11日，署名：刘郎）

大哉，仁者之言！

巽夫千载人还耻，壮士年来只见公。不用我将私谊哭，已闻酸泪万家同!

上面是我写与耿绩之先生在天之灵的一首悼诗。在耿先生大殓的那一天,我满想去灵前一奠,而终为私事所阻,至今还不胜抱憾。第二天,我同金雄白先生见过一面,同时又读完他那篇悼耿的文章之后,更加哀恸难禁。耿先生生前的大仁,与夫临死时的大勇,在陌路人闻之,也该加以向往,何况熟人?

我前天说过,我同耿先生并没有深交,这几年来,我"身边有事",他替我挡过了不知多少回。偶然见一次面,他终是咻问频劳。这些往迹,这些印象,都使我刻骨难忘。

耿先生的外貌是冷淡的,但热情如沸,他永远替亲故朋友效劳。蒋忠义先生说:耿先生在叉麻将的时候,无论什么人打电话去,而当他牌势万分紧张的时候,他总是去听一听电话的。他怕不去听,会误了人家的重托,而使他永远不能安心。这样"助人"的精神,已不可及;据说在他的遗嘱上,有几句话,大意是:"我平生以忠恕待人,又是热心过度,亲戚朋友,有所困难,我无不尽力帮助。万一我不能成全人家,我会比什么都着急,什么都难过。但现在为了世态炎凉,为了经济困难,我已力不从心了。以后我无法再替亲戚朋友出力了,请亲戚朋友原谅我,矜怜我,你们还要自己珍重。"这一节蔼然仁者之言,只要是稍有血性的人,能够听了不掉下眼泪来吗?

(《海报》1944年2月12日,署名:刘郎)

革 乳 记

当我的太太把孩子哺乳到十个月的时候,她就想给孩子断奶了。为了我自己还要随便一时,不能不设法阻止她,理由是天气已冷,孩子没有其他的营养,倒不如待到明年三月再说。

哺到目下已是十三月有半。一星期前,孩子的齿锋,把他的饭碗箍碎,先是左边一只,后是右边一只,也告损伤,发炎。她又不能耐痛,一忍心就决计断乳。我是男子,以前德配夫人哺乳的情形,我没有亲眼看见,现在才晓得妇人替孩子断乳的痛苦,是会比什么都厉害的。她四五天以来,转侧呻吟,真把我的心胆都要吓落。孩子的哀号,她不能再听下去,便把他抱到吾母亲那里。母亲以年老之身,让她受这一分罪,我心里万分不安。夜里,为了她的受痛,想起母亲的大费心力,又想起孩子索乳之悲,意乱神烦,怎样也不能就梦。早知今日,我那儿不好省几个钱下来,雇一个奶妈,孩子还不是我的孩子?

(《海报》1944年2月13日,署名:刘郎)

御下宽和

愚尝记耿先生生前为人仁蔼,而御下宽和,尤非恒人所及。兹更记一二事于此。一日者,劳尔东路之别业中,失现钞一万六千金,遍索不获。顾厨房中有稚子忽逃亡,众谋追捕,独耿先生梗令毋究,呼厨房之主来,语之曰:若亦识稚子家何所乎?烦汝挈吾语告稚子,一万六千金,不足为数月用也。令其为行贩,此后或可自存,脱遂挥霍,则钱尽立见。我贷其人,勿令其人终无以自赎也。又一日,耿先生遗短铳一枝,合宅哗然,知为侍者所窃,众又请究。耿曰:任之可也。众谓是非钱财,若此人持此为盗,案发,侦铳之来源,公为其累。耿又曰:任之可也。未几,有人见窃铳之贼,纵博于城南,报于耿,请即掩捕。耿不许,曰:捕之,我铳且无术珠还,亦殊徒劳。又未几,窃铳之贼沦为丐,耿出门,当街求援,则斥数千金,亦令其去为行贩。度量之广,有如是者,宁为恒人所及?闻先生遗嘱,散诸仆,必优必厚,盖濒死复眷眷于群奴也。

(《海报》1944年2月16日,署名:刘郎)

小开的疥疮

癞疥疮这种毛病,除了传染之外,自身的不清洁,也是致病之因。但奇怪者,养尊处优的"海上小开",也有身染疥疮者。以予所闻,有六桥后人,与城北郎二位。六桥在两年以前,遍体生疮,据说那时候他正与一个舞女同居,后来不知如何,他们忽然散场。这舞女在去年,已进"高士满"做茶舞,因为长得似花如玉,生涯盛极一时。我们喊她坐过台子,后来一打听,她是六桥的下堂之妾,由六桥而想到六桥的一身疥疮,虽然她是出污泥而不染,但悬想他们要好的时候,她一定用纤纤十指,替六桥剥过疮痂,说不定指甲之间,还存留疥菌。想到这里,兴味索然!

城北郎即老友南洲主人,在好几年以前,他被绑匪劫持到匪窟里面。那里非常潮湿,天气又热,住了一个月,始脱险归来,疮痍遍体,经过许多医生,没有治愈;后来寻着一位冯智堃医生,数剂之药,其病若失。智堃是张旭人先生的快婿,南洲主人深感其恩,逢人苦誉,恒称之为神医云。

(《海报》1944年2月21日,署名:刘郎)

所谓"顾影"

"百乐门"舞人顾影,尝以感怀诗寄本刊,诗不尽善,未曾刊录。修梅嘱愚往视其人,始于昨夜成行。顾影非熠熠之星,坐位子上,衣饰不甚华丽,貌亦无可取。问其投诗事,曰:"有之。"愚曰:"身世之嗟,情见乎词。"顾影长叹,于是有一段新文艺词儿向愚诉述。愚不通新文艺,不能尽忆其词。苟毛羽在座,必能为愚备忘矣。惟记其自言读书于夏光中学,夏光同学有莅此间躞步者,睹顾影,辄大诧曰:似子温温,奈何至此?顾影每微噫,对曰:孰愿恃腰脚为业者?正以生活驱人耳!时愚忽忆顾影之诗末一章,有"才人不惜生花笔,多谢深情赋落花"之句,其自注云:"近有陈君,为侬刊集,可感也。"因问其陈为何人?忽不能答。更问之,则曰:"诗非自我所出也,为旧时一同窗捉刀者。同窗男子,故能诗。"又曰:"能诗第男子事耳,乌有蛾眉亦通韵语者?"其言渐涉离奇,颇悔多此一行。试叙经过,借报修梅。(修梅谨按:累公败兴,抱歉之至。)

(《海报》1944年2月22日,署名:刘郎)

失　　眠

　　近来我的家里,人口有些不大平安,孩子在革乳之后,忽患感冒,请过几次医生,数日间没有复原。内人为了照顾孩子,昼夜辛劳,两颊更显得瘦削。我呢?则老是失眠。

　　记得在十七岁那一年,我患过长时期的失眠。那时绝对成了病症,一年以后,我进银行里做事,才觉这个症象轻减许多。在此后十多年间,不是完全不失眠,偶然还是有之。而今年起,忽然又发作起来,我大为忧惧。二十年前的老病,不能再加之现在的我,心血早已枯竭,神经极度衰弱,如何能使失眠再来侵袭我身?我想,它是一定来催我死的。

　　有时一睡下去便不能合眼,有时半夜觉醒过来,一直看到窗外天明。以前,我睡不着,起来写作,但我终于得着个经验,写完之后,尤其不易入睡。因为濡毫之际神经必经一度紧张,自然更难宁静。所以我现在当临睡之前,也不动笔墨,一回家,趁精神疲倦时,立刻躺到床上。这两天为了妻子都不舒服,我心神也为之烦乱,更加不能成眠。翻侧之顷,百虑交萦,据说任凭你襟怀豁达,当失眠症临到身上的时候,不由你不清夜扪心,瞻前顾后的让你受罪,让你痛苦!

(《海报》1944年2月25日,署名:刘郎)

拾　煤　人

　　　　暂时我尚不虞饥,门外千家未及炊。此日炉灰休检尽,好留余烬拾荒儿。

　　愚所居巷内,投垃圾之器甚多。午时出门,恒见三五小儿,从垃圾中,检已烬之煤球。然以煤渣多,小儿恒无所得。念"莫谓此时难下咽,前村尚有未炊时"之诗,对此恒恻然心伤也。

　　曩者,吾妇以持家俭约,晨起恒督女奴,勿令以煤炉残烬,投弃于外,必去其已烬之灰,留烧余之屑,更入已炽炉中。此在燃料未尝恐慌时,固不失为俭朴家风,特以今日拾煤童子之众,乃使人有不忍鄙吝者。以语夫人,夫人亦惘然不知所对也。

(《海报》1944年3月1日,署名:刘郎)

尚留一半与人看?

吾友向荣先生,眷舞人林儿甚至,税逆旅高楼居之。林良家女,以失欢于父母,投身舞榭。向亦佳子弟,裘马多金,浪迹欢场;睹林儿艳之,遽盟噬臂。居半载,其事渐闻于向氏夫人。夫人婉美,悒悒不示妒意。向殊勿忍,密遣林儿,重被舞衫,赖此祛夫人疑也。林韪其言,现身舞海。夜深,乃归宿良俦。时愚过其双栖楼上,睹壁上丹青,作蜀葵一,前障以栏,题句云:"五尺栏杆遮不住,尚留一半与人看。"向指林语愚曰:"渠似蜀葵,某则比五尺栏杆耳!"林儿御用甚奢,有所需,向无不许之。相居逾岁,所耗过百万金,乃无吝也。比最近,乃闻情海中陡起微澜,林儿且捐旧日恩情,而永绝向荣矣。向亦豁达,曰:"既不相容,请从此别。"则迁去高楼。林儿漂泊风尘中,与旧时宾客游。盖昔之为"尚留一半"者,今则全部出笼矣。二人割席之期,为二月二十八日。是夕,与向荣同饭,述其与林离合之缘,至详至尽。并诵其记事之诗,有语曰:"今日无端离我去,有情还望扑帘归。"吾友诚人间情种,顾林又安从得知哉?

(《海报》1944年3月2日,署名:刘郎)

也算"述怀"

在岁尾年头的时候,有几位眼光尖锐的朋友,都来劝我凑集一笔本钱,囤积物资,最好是必要的日用品。我们并不曾考虑到这样做会犯了国家的刑法,我只是想到囤积物资,将使物价腾昂,殃及穷黎,故而未忍出此!

这一次是大势所趋,不再怨自己的命苦,更不为折阅太多,曾经皱一皱眉头,担一担心事,即使本钱一齐倾覆了,我还有弥补的能力。这几天来,我以为最可忧惧的,是物价的高翔而已。再是漫无止境的下去,真使我兴"偕亡不远,我其鱼乎?"之慨!

近来颇有几位故人,他们责备我平时的生活太浪漫,费用太奢侈,这样宁非自速其亡?的确这是忠言,尤其这一年多以来,我用在游乐场中的钱,为数若实可观。但我的朋友,你们假使真能够矜惜我的,让我在无理由中说出一些理由来:我是向来任性的人,不受拘束,为了心志日蹙,便想找寻刺激,来浸润我的寂寞情怀。我生怕无可自"魁",只以为自己的才气尚富,但那里禁得住十年来的消磨?到现在所剩者已是仅有的一些了,所以不能不宝贵它。假使不再想法自宽怀抱,而蛰伏于萎顿中,那末连这仅有的一些,早已荡然无存了。

偶然写完了一两首诗,自己讽诵一过,未尝不欣赏意境的灵空清远,但立刻想到这应该归功于生活的浪漫。不然,那里能够培养这一分"才华"?

(《海报》1944年3月4日,署名:刘郎)

儿　病　记

其三谓愚笃爱群雏,其实愚非真爱吾雏者。愚长次两子,皆就读,学业长进否?衣履周全否?亦修身笃行否?平时未尝有一言噢问也。惟独怜幼子。幼子甫学语,晨起,匿枕畔呼爸爸,愚撑倦目,注其双眸,睹其眸子中,乃蓄无限柔和,往往心意皆苏。三十七年来遍阅人间,人间面目,皆狰狞可惧,使人不敢顾盼。特稚子无邪,始可观耳!

幼子诞生,将十五月,多病。一病愚必心胆皆摧,而此次之病,尤凶猛,愚几欲一身以替之,苟人生疾苦,可以匄人代负者,愚必奋吾儿之所苦,悉布吾躬。吾儿受苦,不能言,若萃之吾躯,得为医者语,药之且愈也。儿本病痢勿止,忽作寒热。丐儿科王玉润先生来诊,视其口腔,云将布痧子。愚大忧,以痢不已,必无利于痧子。寒热至第四日,痧子之象已著,而痢亦甚,一昼夜间,凡二十余次。念儿已数日不食,今之泄者,皆体内精华,至是儿不能哭,惟倦眠。愚以妇亦羸瘠,不忍使其过劳。是夜,愚不寐勤视吾儿,及儿痫,始唤妇易之。

愚抱儿在手,语以怜惜之言,然儿勿知也。明日,医至,谓病固可为,劝愚毋自扰。今日一剂,热且退,退则唐氏福矣。愚唯唯谢。日间痧子布渐密,痫亦稍减。及暮,热度亦降,因佩玉润医技之巧,复感其慰我殷也。至昨日,寒热皆消,玉润又来,谓愈矣! 来势既骤,去之亦速。惟痫未尽驱,犹宜宿而善慎温寒。视妇颜,妇颜欲展。愚亦拭额上汗焉。

(《海报》1944年3月19日,署名:刘郎)

英秀文孙

唱戏人赋性凉薄,是一致公认的事实。就我相识诸人中,无论男女,简直找不出一个性情敦厚的人物。最近才听朋友提出一位坤角儿,一位京朝派老生,都不失为心地纯良,这两个人,俱是盛名鼎鼎,与我却是素昧平生。

坤角儿童芷苓女士(以我理想,以白玉薇的热情奔放,其人决不嚣薄),说她好的人,没有将她的个性刻划出来,只说她懂得交情,做人又非常随便。

老生是谭富英君,据说:此人除了抽鸦片烟在他私德上不无可议外,其为人真如浑然一璞。他不知道世界上有虞诈之事,也根本不识世故。养成他这副状态的人,是他的老子。谭小培从来不希望他在人世多一点阅历,他的"公事",都由他老子承办。所以他也不晓得权利之争。又以天性仁慈,谭小培给他的零用钱,他放在手上,没有用处;不是周济穷苦亲友,便是被许多歹人,将假东西,去卖他的好价钱。去年,有人在他家里,亲眼看见他一件笑话。那是秋深的时候,他想做一件棉袍子,拿出五块钱来,交与他母亲。对他母亲说:"一件袍子二十斤棉花,可以穿吗? 五块钱想来可以买二十斤棉絮了!"说罢,听见的人都笑起来,都笑他太"不领市面"。

他是这样壅蔽朴愚的人。我想,他所有的聪明,都发泄在唱戏上面,他的造就,自然是比众高了!

(《海报》1944年3月24日,署名:刘郎)

杂忆陈霆锐律师!

前天,听见陈霆锐律师有客死蜀中之说,我无从证实。昨天别张报纸上有一节陈氏已经逝世的记载,想来不是误传了!在三星期之前,我在瓢庵府上,碰着江紫尘先生,谈起霆锐。因为我们都听说俞逸芬兄在铁道部谢事之后,就帮助霆锐,办理法律及商业上的事务。

陈律师是舞迷,在上海时候,他是夜夜沉湎在舞场中的。我见他面,终是夸耀他精神真好。他是宁波李丽的"吃准户头",跳舞场里都以为宁波李丽,必嫁霆锐无疑。后来不知如何,他们终于成了伯劳飞燕的。

陈太太年纪不一定比陈律师大,但陈律师比他太太长得年轻。因为他淫于舞的关系,也劝他太太学舞。我在不认得陈律师的时候,写了一节挖苦他的文字,说陈律师笃于孝道,常常侍奉太夫人,到舞场里去跳舞。陈律师看见了深感不快。后来我们交识之后,提起此事,他将手指指着我说:"你个人……"没有下文,还是表示啼笑皆非。

我记得很清楚:当陈律师离开上海没有几天之前,我同他相遇在大新舞厅。这是茶舞时间,我们便在楼上吃饭。饭后,又到大华去跳夜舞。过了两三日,就听说他已经出门了!一去之后,没有回来过。岁月匆匆,已有五年光景。

(《海报》1944年3月26日,署名:刘郎)

"叫我猪猡"

翼华有方言天才,不仅此也,又能摹仿他人之谈吐神情,无不绝倒。迩时与向荣居士游宴既频,乃谓向荣固年少多金,而其人之能为欢丛诸女所悦,复别擅"哆"工。翼华故曰:向荣每以电话与其所欢,开口即称对方为"冤家",对方则詈之为"十三点",向荣更以"嗯"字答之。所以示骨头奇轻也。若冤家,若嗯,向荣言时,皆别有声调,闻者不醉亦痴耳。此种声调,笔墨无以形容,而翼华效之毕肖,闲时试令其为之,恒为捧腹。

又一日,翼华与向荣同车,向荣拥一舞人并坐,向荣语舞人曰:"你叫我一声。"舞人曰:"我叫你大令。"向荣曰:"我勿要。"舞人曰:"大令示亲爱之极,舍此更无可叫者,以汝之意,要我叫你什么呢?"向荣曰:"最好叫我猪猡。"此言一出,舞人亟扬手击向荣之身,骂曰:"死快哉,十三点,老开。"翼华闻至此亦吃吃笑不已,而向荣大乐。明日,翼华白于众,有人谓此人真妖孽,愚则谓男女之奇,必更有甚于此者,特不当令翼华闻之耳!

(《海报》1944年3月29日,署名:刘郎)

叶仲方印度自杀!

二十年以来,有许多使我忘不了他们的朋友。虽然隔了好几年不相见他们,而我则随时在此想他们的。就中"小抖乱"叶仲方先生是一个。在沪战的那一年,他戒除了痼癖,离开上海。不数月,他又来沪一次,他特地来寻我,畅谈许久。他说他翌日要到杭,杭州回来,立刻再要离开上海。自此一别,便不再得到故人消息。经五年之久,直到去年,在友人的家里,听一位不相识者谈起他在西蜀的近况,说他当了银行经理。我当时就对着在座的许多人议论他,我说:仲方不是世俗所谓"败子回头",他是人杰。不然,平常人哪里有这一分刚毅之志?

但不幸的消息来了!二十七日夜间,我同朋友坐在国际饭店的三层楼上,遇见仲方的姬人陆小妹妹,她告诉我们,仲方已经死了!她点点她头上的一朵白花,她说:我戴着重孝!我猝听其言,大为震惊,请求她详细一点告诉我他死的经过。她说:他死在印度,不是因病,而是自杀。原因并不详细,但知道他死于去年十月中旬。她得到他的凶耗,是今年二月二十日她的亲戚的一封信,报告她仲方自杀死了。遗书上,请求立刻把他火葬!同时叶氏家族方面,也得到这个消息。不过至现在为止,还瞒着仲方太夫人一人而已。

我有些怀疑,陆小妹妹,这几年来,她一直还在做舞女。故问她你不早同仲方脱离关系了吗?她不承认,她说,我们没有恶感;我不能随仲方同行,为了生活,我不得不谋自立。不想倚赖叶家,但我还是守着仲方。说罢,她在手箧里,取出一张仲方的照片,她说这是他给我最后一张照片。我接过来看了一看,故人的风采宛然,难道我们真成人天之隔了吗?

(《海报》1944年3月30日,署名:刘郎)

与仲方最后两小时

一方闻仲方凶耗,以为未信,疑仲方旧习未除,特造作谰言,惊海上故交耳!愚昨日之文,得自其姬人陆小妹妹者,当不同于道路传说也。愚与仲方同庚,三十岁时,仲方邀我与之为六十双庆,愚峻拒。自问终世穷愁,不作延年之想。仲方则屡屡以书来,速愚临其所居。所居在静安寺路精艺木器店楼上,时仲方染白面毒甚深,终日偃卧不起。门外有司阍者,门上张红绿灯,闻愚至绿灯忽明,门亦遽辟。盖若为恶客,拒勿纳者,则燃红灯,其开关皆在仲方床畔也。时仲方蓄小髭,瘦瘠无人状,床前置香烟罐十数件,皆满贮洋蜡油。盖为合白粉之器。愚甫坐,仲方命侍者冲鲜橘水,佐以冰,与愚共尽一巨杯。仲方饮既尽,遽取杯掷地上,砰然为巨响。愚大震,问其故。则曰:神经已极度衰弱,不得不烦巨响以刺戟精神也。未几,起身如厕,侍者以溺器进,器置于木板上,其下有小四轮,板端缆一绳,仲方便时,雏鬟二人,曳绳来回于室中。愚睹状大奇。仲方曰:非此则便结不能出。是日,吾二人谈甚久,今亦不能忆所言为何事矣。自此一别,越数月,仲方突过我,则肥硕几不复相识,乃知其痼癖既除,体乃转壮;谓于役汉皋,不久复拟溯江而西也。

(《海报》1944年3月31日,署名:刘郎)

雀斑与梨涡

　　愚不喜面孔生得太平正之女人,亦不喜女人面孔上,绝无瑕疵可寻。王敏既遭覆车之祸,创其颊,施手术后,颊上乃有疤痕,非疤痕固颇非可爱也。一夜见管敏莉临镜,艳艳如皓月之照名花,顾细视其面,雀斑数十点,隐隐布眉目间,愚指曰:是何物者?管遽曰然,我恶之如恶大敌。愚曰:是亦以何人视之耳,譬如我往往深喜女人面上有雀斑,若星光之映于太空,正复夺目。敏莉疑吾言为戏,其实吾言真也。愚旧诗有"好似斜阳烘满纸,轻筛淡墨画湖山"即咏女人面上之雀斑者,敏莉又乌能解吾哉?敏莉之貌非极美,特盛髻丰容,笑时梨涡晕其颊,则亦多艳采。梨涡足以增女人妩媚,雀斑亦足使蛾眉多其风采,而管敏莉兼之,敏莉遂有绝世之观!

(《海报》1944 年 4 月 1 日,署名:刘郎)

韭　　蒜

　　愚嗜食韭蒜如命。秋时,新蒜登盘,各种家肴中,必入蒜,无蒜且不能尽饭。韭菜亦所好,故恒时吁气作奇臭,外头壳子之不大欢喜我者,此亦大半原因也。

　　愚妇刘,平时恶韭蒜如大雠,以我嗜此,恒多诟谇。愚曰:诟我奚为?大不了两横头睏耳。妇曰:两横头睏,臭气犹绕吾鼻。坐是厨中不常陈韭蒜,愚有时赴宴,吃烧鸭,蘸酱之蒜,愚尽其半,既归妇必掩鼻。惟近一年来,妇已不甚较量于此。殆处鲍鱼之肆,久亦不觉其腥欤?

　　欢场女儿,皆不嗜韭蒜,非真恶韭蒜也。悉客人之不食韭蒜者,将勿耐其"齿颊芬芳"耳!顾亦有例外。顾凤兰与我有同嗜,偕之入餐肆,必呼韭芽肉丝。有时韭芽已尽,不得食,凤兰辄怏怏勿乐。嗟夫!刘氏终为唐家妇,大奇。顾凤兰而不为夫子妾,则奇之尤奇!

　　韭芽补血,大蒜祛肺痨菌,兼辟疫疠,二物并为致强妙品。一夕,碧云轩主人招饭,家厨中出韭芽包饺子,为之胃口大开。愚问府上何以亦啖此?则曰:韭芽可以预防脑膜炎,胜于注射之剂。比返,白于吾妇,意亦欲动其多吃韭芽,而妇犹不顾,卒置我言若放屁焉。

(《海报》1944年4月2日,署名:刘郎)

"开戏馆"癖

我最初认得天厂居士的时候,他还在长斋礼佛。后来他因为出远门,吃素不很便当,所以毅然开了荤。他为人非常风趣,除了本身是颜料名商人之外,他有"开戏馆"之癖,战后在上海经营卡尔登戏院,去年又办同兴公司,接着更同张善琨先生等合办大来公司,及大来停顿,他立刻在北京接办华乐戏院。有人说:天厂居士开戏馆的癖,从南方过到北方。

原因还是他笃嗜平剧,为了爱好唱戏,开一只戏馆白相相。我拟于不伦的说,六七年前沉湎于跳舞场里那一群飞机头少年,到现在颇有人在舞场里充当舞女大班的。我不能说他们不长进,他们也为性之所好,不觉癖之深也。

与天厂居士有同癖的人,近年发现一位顾乾麟。他何尝不是名商,但开戏馆的起劲,足与天厂颉颃。有人说:欢喜开戏馆的人,在流年上一定交进了劳碌运。我则说:他们一定前世欠了唱戏人的债,今世叫他们受清偿之罪!

(《海报》1944年4月9日,署名:刘郎)

麒麟馆夜舞记

顾乾麟先生于四月十日,张绮筵于其寓邸,极裙屐翩迁之盛。饭已,复开夜舞会。尝倩琴师杨宝忠,杂乐工中奏梵哑令,起舞者大悦。顷之,乐工报告来宾,谓将予来宾一特别节目,请来宾尽立舞场中,其为男子,立于外,联为巨圈;女子处于内,与男子相向立,亦联为一圈。乐纵,男女两圈,回旋场中。及乐止,两圈之人亦止。是时相向立之男女,即拥而躔步。比又闻乐止,男女皆散,分为两圈,如前状,凡六七次,历时甚久,而为欢则殊无尽也。稍憩后,乐工又言:将请来宾为十五分钟之长舞。舞时,男子拍男子之肩,被拍者即以怀中女侣,与拍肩人互易。愚初与顾凤兰舞,十五分钟间,凡七易其人:为王熙春、高百岁夫人、张淑娴、张淑芸、李玉明、曹慧麟,及一谢小姐。淑娴从之方手中拍来,淑芸,则自善琨所移交。百岁夫人拙于舞,斌昆拍与我,我则拍与翼华,翼华复转拍与之方。之方无从拍,终竣其事。坐既定,乃谓如肩上挑一担煤球,而记错门牌,往来于弄堂中,无从投送,其苦乃不胜言状矣。之方凡事好夸张,然皆风趣。此言一发,闻者为之绝倒。

(《海报》1944年4月12日,署名:刘郎)

宣 传 书 画

金潜庵先生,从北都带来家藏的书画三百件,于十二日起,在宁波同乡会五楼,展览求售。笠诗告诉我,潜庵是当代名画家金拱北先生的长子,与袁帅南先生是姑表亲,说起来都熟人,因此托我为这个颇有价值的书画展(因为他不同于一般的书画贩子所为者),效一些宣传之劳。替女人宣传,或者是我的杰唱,替书画宣传,便十足外行。所以老想写一点出来,而终于无从落笔。

十二日那天下午,落着大雨,我同翼华跑过同乡会,顺便去欣赏一次。在楼上碰着了帅南,他还替我介绍潜庵。但并没有遇见笠诗,不然他会告诉我一点材料的。

齐白石称三百石印富翁,他的画我是一向爱好的。这次展览会里,有他不少作品,真是徘徊嗟赏,不忍遽去。有一幅屏,是经叶遐庵先生题识的,却有颊上添毫之妙。我看一看,标价以为一千元,想马上掏出钞票,卷了就走。再看看是一万元,便空手伸出了袋来。其实与其挖花输掉,把它藏到家里,总是便宜的。

(《海报》1944年4月14日,署名:刘郎)

酒肉朋友？

记得五六年以前，我与上海一位著名的药商同席吃饭。这位先生，在酒席筵前，当着众人，指着我口口声声的说：我与唐某人是道义之交。我被他说得好不自在。想了一想，我同他固然不是酒肉朋友，但也谈不到道义之交。我忽然机灵起来，对他说："先生，你说我们是道义之交，是不是你怕我将来会同你发生金钱干系？若然，那末但请放心，终我之世，不打算问你借一只铜板好了！"现在想想，我当时说话真太不饶人！在我朋友中，所谓道义之交，固然未尝绝无，但酒肉朋友，自然占着多数。平常征逐队中，时时在我笔下提及的华曼先生，他是我一位白相的"垫梢"者，叫舞女坐台子，身边钞票不够，由他放款与我。挖花输了，立起身来，不够付输账，也由他借钱给我，使我不致做"一立清"的臭盘。我非常感激他让我在白相场中，不曾下过一次面子。其实他因为我脾气尚好，历年以来，尚无积欠不归，或者存心赖债的情形，所以"梢"一直由他"垫"下去。我也放着胆，身边即使不名一文，也会踏进舞场，凑进赌局的。

有一天我忽然想，像华曼这一种朋友，应该十足是酒肉朋友了。昨天我跑去看他，告诉他说：舍间要办两担杜米，半吨煤球，一时头寸缺少，请你借一万只洋来。他毫不延迟的开一张支票与我，还能够顾得朋友家里买柴籴米的朋友，终算还不是"酒肉"之极。

(《海报》1944 年 4 月 15 日，署名：刘郎)

"不雅"之诗

护龙先生近于他报述"芙蓉似面柳如眉，对此如何不梦遗？"之诗，指为不佞所作，其实非也。不佞无此巧思，虽欲"不雅"亦不可得。不佞"不雅"之诗，指不胜屈，为本报所作者，有看吴素秋《盘丝洞》后之二句云："欲向台前投一问，后台可有行军床？"又看李绮年之《潘金莲》，亦有二语云:"两脚若然无放处,老夫免费让双肩。"又如最近赠某舞人诗云:"此后拖车挡子空,可容一隙让余挨?"凡此不仅无蕴藉之致,卫道之士,视此且以为不佞方含粪四溅也!

不佞为诗,未尝欲摹仿所谓"大胆的描写",惟落笔容易情不自禁,故曩作风怀诗中,乃有"正以爪长怜润玉,可容广舌度朱唇?"二语若以俗谚言之,则"摸奶奶"与"吃舌头"耳。髫时读冬郎诗,至于成癖,冬郎有"四体着人娇欲泣,自家揉损砑缭绫"。此则为活春宫矣。然字面之艳,与意境之活,在文艺上自有其不可磨灭之迹,乌得以"不雅"量之哉?近世林庚白之描写亦率直,如"我愿作橡皮带,熨贴着你的月经"。此诚粗鄙,以其无足使人寻味。然若记梦遗而用"浣得香衾偌大痕"七字,要亦写尽人生苦趣。冬郎之作,垂数千年犹为后人爱戴,庚白之诗,愚料其必传。不佞向无"名山绝业"之想,"不雅"又岂足病哉?

(《海报》1944年4月17日,署名:刘郎)

浓　　香

三四年以来,我的太太梳妆台上的化妆品,日见短少,不见增多。原因她是长日家居,无心修饰;更因为化妆品价的高涨,吓得她连问讯的勇气都没有。凡是香水,都有酒精渗入里面,开过盖的香水,酒精是要蒸发,所以不去用它,瓶里的香水也在缩减分量。她隔了些时,看一看各种瓶里的香水,老在呼痛不已。我听她呼痛,便在暗头里皱眉。她那里晓得她丈夫一个月在"壳子"头上的消耗,只要省下一部分的钱便可以堆满了她梳妆台的一角。有一天,我告诉她说,几时我跑过永安公司,给你买一套什么"密丝佛陀",或者"可的的"化妆品来;但说过算数了,我是绝无诚意。她嫁着我这个丈夫,真倒了一辈子的霉。

孩子正在扶墙学步,当大人不留心他的时候,他走到他母亲的梳装台旁边,看见陈列着许多小瓶子,以为是他的玩具,老要攮在手里。昨天早晨,他把他母亲的一瓶比较宝贵的香水,都倒在他自己身上,从身上还倾泻到地板上;等到他母亲发现的时候,却只剩了一只空瓶。太太把他打了两记,他哇的哭了起来,我立刻将他抱在手里,一闻他浓香馥郁,马上记得这一股浓香,我是常常有得闻到的。当我们从跳舞场里出来,叫一辆汽车到法仑斯去的时候,车上三四个女人,在车窗关紧之后,满车子郁熏着的,便是这一股浓香。发自她们身上的浓香,还不是我们的钱去分化出来的?难道我宝贝我自己的孩子,还会输了她们这一群人吗?

我紧紧抱住了孩子,一面哄他不要再哭,一面正色告诉太太,也不要再着恼,今天我一定照样买一瓶回来,我来替孩子赔罪!

(《海报》1944年4月19日,署名:刘郎)

笑

从前兰苓在维也纳伴唱时代,常以笑靥示人,四座为之倾动。我一向以为私底下的兰苓,是一个"傻大女儿",及至相识之后,才知她也是"淑气温和,娴都贞静"的一位姑娘。

这一回,她卷土重来,在红棉献唱,依旧以笑靥示人。昨天我的诗里有两句是"灯火有情流照处,兰苓一笑溅唇膏",自以为把兰苓的展颜一笑,写得不亢不卑。

有一天我同兰苓闲谈,谈到了她的善笑。她告诉我起初唱歌的时候,本来不笑的,因为教她歌的菲列宾人,训练到她的态度问题,劝她不要绷住了自己的脸,一定要笑,不笑是表示自己的傲慢,笑才是表示自谦。所以她不想笑也只能笑了!

我听了她的一席话,恍然大悟到笑是外国人的一贯作风。无论什么地方,去看罗刹婆娘的表演,纵使她们穷得晚餐吃不起面包,只吃了两根油条,但一到表演场中,她们总是拉开了嘴在那里直乐。不过最近有一个例外,前几天我们到伊文泰去,看见一位表演的洋妇人,她并不笑,脸上还罩着一重忧郁的色彩。看惯了笑的面孔,突然看见这一副嘴脸,立刻见得奇怪。有人说:她大概不仅饭没有吃饱,还恐打印子钱的红头阿三,守在门口,向她讨债。

兰苓的笑,带着几分娇憨,笑时,从眸子里放出慈祥的光彩来,这绝对不是媚笑,因为媚笑是轻佻的。《碎琴楼》写女孩子的笑,用"佳笑"两字,我想以佳笑来移赠兰苓是最为适宜的。

(《海报》1944年4月20日,署名:刘郎)

赵 姊 丰 容

"大都会"群儿中,赵雪莉有出群之秀。其人亦工"佳笑",而朱唇银齿,一笑扬辉,雪莉之秀美益无伦。亦谙修饰,衣裳色泽,恒喜淡洁,望之乃如大家闺房。癸未岁杪,愚识之于"维也纳",天衣邀其同饭,许之而不履约。是夜,乃遘之于博窟中,愚爽然曰:赵家女直舞场中之"扰鬼"耳,乌可嬺比者?故雪莉与吾人之形迹遂疏。近二月来,向荣居士悦雪莉甚,吾曹与向荣博,雪莉来侍坐,默默不为一语。愚有时撑眼望其人,其人一笑,颜为之酡。愚亦神醉作本地音。天衣浦左人,弥不胜其亲切之感。因谓:与雪莉闲谈,直似搭着一只申曲"壳子"在身边,譬如与王雅琴耳鬓厮磨时,其情境殆亦似此也。

向荣于今岁初春,既失欢于管,则移情于赵。赵亦仁慈,怜其无告,视向荣至厚。向荣身短似晏婴,而赵则为状甚顾,因日履平跟绣花鞋,入舞场,将以补向荣之勿足也。向荣来舞,犹昂其颅,复使雪莉微俯,两颊始得相偎。愚因此尝为冥想:苟雪莉尚着三寸半高跟者,则向荣之颅,直可贴雪莉之股,为状虽不类,顾亲妮之情,宁复有胜此者乎?

(《海报》1944年4月21日,署名:刘郎)

"洋盘"与"臭盘"

> 做到登徒事亦难,者般恩怨太无端。愿将"公子""名"声惜,只作"洋盘"莫"臭盘"!

初春时,某氏子尝为舞人雪儿,报效甚勤。某以名商之后,舞场中人,固亦审此为海上一小开也,故赊以舞券与茶账之资。特某以赋性乖张,颇不为雪儿所喜。越时逾月,某怅怅无所获。一日,舞场中遣人诣某之居,请偿所欠。某峻拒,往者诘其故,曰:我耗巨资,终未与雪儿全亲肤之爱,故将永逋汝金!后此且勿劳汝胫耳!往者返白于舞场,舞场中人曰:我所设非屠人肉之窟,受客之惠,乃必欲使客尽情始已也。因复白于雪儿。雪儿亦怒曰:我为舞人,非俎上物,客为我所欢,纵勿取一金,献吾躬而无吝。客为我所恶,堆其金之高能断我趾,我亦勿与。自此好感益蠲,雪儿既鄙某如腐渣,某亦视雪若陌路人矣。惟二人初非大敌,日久,雪既淡然置其事,而某独无状,时遇雪于舞场中,辄切齿。某向与文士游,复以愤不能平,嗾某君揭雪隐私,传之楮墨间。愚读而大悲,以为人间气质之恶,殆无过于某氏子矣。雪儿为愚旧识,尝私问之,某所贶于汝者,为几多钱?曰:舞券三万金,他无所有。三万金亦值得须髯戟张邪?某真渺小可怜哉!

南宫生曰:某为雪儿报效之始,为状甚豪,见者辄视之为洋盘。比拒逋一事,喧腾万口,某则自洋盘为"臭盘"矣。洋盘为群情所恕,臭盘则走不开路。游乐之侪,求为盘之不臭不洋,固亦从神仙洞府修炼来耳。

(《海报》1944年4月24日,署名:刘郎)

香奁诗

旧尝见周錬霞女士作有赠一诗云:"雷声车走晚晴天,何意相逢画里仙?螺黛翠描眉十样,云鬓香拥玉双肩。墨华衣称文心细,荷粉装成笑靥圆。最爱乌丝绒半臂,娇红一线着边缘。"今日搦管为文之士,谁更惊才绝艳,似錬霞其人者?愚尝读昔人作游仙诗,最爱一律云:"烟淡香浓×霭间,若非魂梦到应难。窗前人静偏宜夜,户内春浓不识寒。×指递觞纤似玉,含词忍笑腻于檀。锦书若要书名字,满县花开不姓潘。"惟不可尽忆其字,然讽诵一过,犹觉齿颊之芬芳也。蓬矢居故都时,于冷摊购《奁光香影集》贻愚,凡四册,此中所载,皆近代人之艳体诗,然无妙构,求似上述之二章者,亦渺不可寻。

(《海报》1944年4月26日,署名:刘郎)

[编按:文中所述游仙诗,实为唐·徐铉《梦游三首》之一。原诗:绣幌银屏杳霭间,若非魂梦到应难。窗前人静偏宜夜,户内春浓不识寒。蘸甲递觞纤似玉,含词忍笑腻于檀。锦书若要知名字,满县花开不姓潘。]

四 副 眼 镜

不能怪国际饭店摩天楼游客的流品日见庞杂,它们管理伙食部的那一个姓张的混蛋,以身作则的天天灌饱了老酒在稠人广众之前,效灌夫骂座。二十五日的那一夜,我这小身体几乎撄了他的凶锋!

据说这个姓张的,向来与我有难过,因为从前我当面触过他的霉头。而这夜,我是存心扎了他的台型。从前触过他霉头,事或有之,这一夜扎台型的事,那末到现在我还想不出来;而他却两怨齐发,向我骂起街来了!起初我坐在里面,没有听见,后来我们走了,到衣帽间去的时候,听见他提我的名字,再一听,不好,他在那里辱骂我。记得他有一节话是:"我这咖啡座的音乐,可以敲到十二点钟,客人可以停留到两点钟以后,虽然市政府接到许多匿名信,告发我们,但我有颜色,叫他禁止不了。难道我会怕一个唐某人不成吗?他,我看他是个瘪三!"

我当然生气,他先骂的时候,我回过头去看一看他们的人数,一张长桌子上,排列七八名之众,我对同行的三个朋友说:"我去打他。"说完我又看一看我们四人,戴了四副眼镜,便自己废然兴叹,也不再看他们三人的面有难色了。因为一向听说,打相打最不"吃价"的,是戴了眼镜——大概戴眼镜,便是表示其人的文弱,同时也是打架时莫大的一种障碍。

时候已是十二点后了,我问红蝉,现在还有地方喊人吗?他立刻拎起电话,打了好几处地方,但都不凑巧。我虽然不惯于好勇斗狠,但也不愿意做十分的"脆头"。今天是别人来寻着我,我总要想法抵挡的。不然,上海就没有我走的路了!念头转到此地,决计先下这座高楼。幸亏朋友的帮忙,在二十分钟内,我们又赶到那里,姓张的依旧兀然坐在椅上,好像醉意未消。我是"原主",先去责问他方才辱骂的理由,他立起身(当然不是讲究礼貌,怕我捺起来一记)。随后我的朋友也上前来,问他到底有什么难过?他支吾了半天,说不出一点理由。我便不再客气,翻我所有骂人的成句,都搬到他身上。他又坐了下去,僵持着不发一言。我叫他不要装死,但众口纷呶之下,他只是瞪着眼瞧人。有人说:这样,动不起武来了,同时其他座客也开始替双方劝解,我们借此收篷。在临走的时候,有人还对他说:看你这个混蛋,有什么脸再立起身来,对仆欧们扬威耀武!

这戏如果只唱了上半本,我想这一夜我是不会合睫的;如今唱过了下半本,只要那个姓张的,稍为有些人气的话,这一夜他也闭不着他的一双狗眼的。

(《海报》1944年4月27日,署名:刘郎)

楼哄之役

楼哄之夜,愚未尝动手,故同行者亦未能用武。彼伧有友,友皆不为其助。伧以势孤,示力弱不能斗。于是我同行者亦不获用武。佩之当场且扬言曰:此人诈死,吾人又如何下手哉?打相打原要两方吃斗,譬如我嘴上先"开花",骂曰:×倷个娘。彼亦曰:×倷个娘。我曰:瘪三。彼亦还骂曰:侬是瘪三。成短兵相接之势,欲不动手而不可得矣。生平有一大恨,非恨自身之不能致财富,而恨无力与人殴击;有好勇斗狠之欲,而力不足以付,徒呼负负!是夜,愚闻彼伧叫嚣时,辄欲毁一身以与周旋,红蝉劝我曰:忍耐须臾,斗而不敌,将无法下此高楼。韪其言,终获后来之果。比返,白吾事于妇,妇顿足曰:当时胡勿斗?愚曰:尔夫体羸,同行者又弱不禁风。妇曰:丈夫忍辱,虽时刻须臾,其难过尤甚于死!我不在耳,勿然,我必挺身起,擎杯盏击彼伧矣。妇性躁急,怒发,似迅雷轰天,万物震栗。闻楼哄役,曰:虽勿丧师,特吾夫犹不足当英雄之誉耳!

(《海报》1944年4月28日,署名:刘郎)

"叫　开"

白相人有了"难过",寻过相骂,或者打过相打之后,讲究那"叫开"。叫开者,言和之意,其方式不外一方面认错,向另一方面谢罪,或者由鲁仲连出来,为双方杯酒言欢,红红面孔。所以不为衅深如海,没有叫不开的冤仇。从前杨阿毛在上海的时候,为了与人难过,人家挽曹幼珊(人称曹三爷,已故大字辈)出去,要同他叫开,他对人宣称:"别说曹三爷,就请天王老子出来,我也叫不开的,要叫叫他掮了棺材板来叫!"这样豪语,难道结下的是杀父之仇不成吗?

冤家是要叫开的好,不叫开,到处碰见,随时可以出事体的。白相人打坏了人,还要问被打坏者,服帖不服帖?如果服帖,要他派人出来叫开,不叫开再打。听听,似乎是白相人的过分,其实所以必欲求叫开者,他们还是希望解一个冤结。所以有种人,吃了人的亏,他不肯叫开,意思是我亦静待报复,这也是使对方"吃酸"的一法。

我生平得罪过许多人,有的当时叫开了,有的没有经过叫开的手续。好像有位余先生,他到现在遇见了我,还是怒目相向。他当我起码人,我也对他瞟过一眼之后,暗暗詈道:瘪三!这就因为当时没有叫开的缘故。

(《海报》1944年4月30日,署名:刘郎)

女　歌　手

海上女歌手,愚相识者勿多,昔年陈雪莉为愚介绍姚莉第一面。去年金舜华夫人,复约莉与愚同餐,始纵谈甚欢。今岁识兰苓,为顾森康先生所介,至最近又识一黄薇音。先后得三人而已。今人论海上女歌手之艺,以姚莉与欧阳飞莺为双绝,惟皆拙于姿。论饰貌之妍,兰苓而外,不作第二人想。凤三乃曰:若使姚莉之艺,兰苓之色融为一人,此人当为中国之宝。其实姚莉与欧阳,虽非秾艳,然风貌正复不俗,所谓

"肃丽温恭"，当之宜无愧色。若黄薇音亦娴雅温文，吐属之隽，且视兰苓为尤胜，必欲求婉媚似兰苓，则上帝实吝鄙之夫，铸人之模中，正不暇多范琼姿，使其流荡人间耳！

兰苓既立意习绘事，于二十九日下午二时，在吉祥兰若，以师礼事唐云。薇音初拟参加盛典，终不果。是日燃香烛于大厅之左，唐云上立，兰苓拜于下，愚持门生帖子恭递唐云。唐云受，礼乃成。帖子上书曰："受学张令陵顿首载拜。"张为兰苓之氏，令陵为从读之名，今称兰苓，为其艺号。预此典礼者，仅一符铁年先生为艺苑胜流，余皆兰苓之友，若于静庵、陆洁、朱石麟、王熙春、胡梯维、周翼华、李培林、龚之方，及名舞人管敏莉女士。

（《海报》1944年5月1日，署名：刘郎）

丽都小坐记

足迹久不涉"丽都"，昨夜于雪园饭罢小坐其间，生涯落寞之状，颇似"百乐门"与"新仙林"。海上舞宫，论建筑之美，"百乐门"与"丽都"两家而已。"丽都"尤轩敞堂皇，雄踞一隅，以其他舞厅例之，其他舞厅直似铎中之舌耳。顾不知如何，比年以来，舞市如潮，惟"丽都"与"百乐门"恒无善状，此理真不可穷诘也。愚坐一小时，惊鸿过眼，了无殊色。惟唐乔司乐队，犹奏其疯狂之乐，曾不以欣赏人稀，变其初旨，实为此人之美德。座中有西班牙人，擅为探戈舞，其与唐乔司为稔友，唐因频频畀以探戈之曲，西班牙人辄挟一舞女躧步，舞女技亦娴熟，二人之舞态乃弥酣，汗欲透舞女之衣，而不顾也。"丽都"之舞女大班王某，见愚等至，立椅后良久，愚等无言，渠亦不语，旋逡巡去。此人老实，在舞女大班中，不替舞女强拉台子，亦未尝据舞女为自己禁脔。舞女咸称其人，舞客亦深悦其老成，尝有人谥之为"舞女大班之圣"！

（《海报》1944年5月3日，署名：刘郎）

唐 云 画 室

张令陵女士投唐云门下后三日,是为五月一日下午二时,愚乃送令陵就傅矣。唐氏画室,位于忆定盘路之绿野新村,万张榆叶,一树紫藤,此即杭人唐云之居矣。其画室在三楼,南向,光线极充足。令陵以习字呈唐云,笔致遒而秀,用以作画自可造也。令陵请曰:愿先生使我从花卉入手,后及翎毛,以两者为受业性之所近。唐氏然之,遂伸素纸,调诸色,为令陵作萱花一,紫藤花一,于用笔之技,匀颜之窍,阐谈甚清,令陵则倾心接耳,领悟亦多。唐氏又曰:作画必通物理,譬如萱花,其花须凡六茎,若增减其一,往往为高明所笑。花卉然,鸟兽亦然,尝见有人写马,马方长驰,其左边二前后蹄皆凌空,而右边之前后蹄则着地,或笑曰:是马必颠且蹶矣,顾不知马之行步,固似此方式也。愚私念曰:善骋之马,厥蹄往往仰天,顾此意甚亵,愚不敢告唐云,亦不敢为唐云之女弟闻焉!

坐唐云画室中,历两小时,始辞去。出门,令陵喜曰:唐氏真贤师,异日之所贶我者必多,则想见其依依绛帐之乐矣。

(《海报》1944 年 5 月 4 日,署名:刘郎)

戏 芒 子

上海人有"吃戏肉"一语,意盖谓"吃唱戏的"也。其语甚新,当为近年来始流传人口者。在北方则有一现成名词曰"戏芒子","芒"字不识如何写法?或为"盲"字,亦未可知。此为骂人语,但南方人为戏芒子而不以为辱也,则杨中中君是。杨为荀党健将,特以于慧生将护之周有时逾分,遂为人锡以"戏芒子"之号。杨不怒而悦,以为捧角荩臣,此三字乃适足尽其量也。一日,与芙蓉草谈,杨慨然曰:四大名旦,曩都有戏芒子追随不舍,今四小名旦,乃不闻有"小戏芒子",如我辈之效其忠义也!桐珊闻言,掩口欲笑,旋语于人,闻者亦无勿绝倒。

(《海报》1944 年 5 月 6 日,署名:刘郎)

文人与权贵

有人翻阅过女作家苏小姐的纪念册,说第一页是×先生的题字,第二页是×夫人的题字,其下还有×公子,以及×氏女公子的题字;有的写中国字,有的也写着英文。×先生是当今的权贵,他们一家子又都是淹于才学。苏小姐要求他们题字在她的纪念册上,其初意当然不在攀龙附凤,不过在一个不了解的人看起来,一定会疑心苏小姐的纪念册,像讣闻,像捐簿一样,为什么一定要一位财富或者显贵的人,替她开簿面呢?

听说有一天,袁先生招待作家们吃饭,其中有一位男作家文先生,不但对了袁先生满口"我公",还对袁先生胃口方面,也是"颇谙食性"。这一天是分了两桌人吃饭,文先生不幸得很,他赶不上与袁先生同席,因此他在另一桌上,拿了一只空碟子,在每次上菜的时候,他夹了某一种菜,献到袁先生面前去,口中还念念有词的说道:"仆知此味为吾公所悦也,敢来奉敬。"这样来回走了好几次,袁先生在酒酣耳热之时,对于文先生的殷勤,自然深为嘉许,文先生便直乐得四体皆苏。因为嘉许他的人是袁先生,袁先生也是当今的权贵。

(《海报》1944年5月8日,署名:刘郎)

翼楼轰饮记

管敏莉跌宕风尘,比岁以来,益以仪度清华,倾动人海。愚识之数月矣,交谊日进。恒时,敏莉恒称愚为兄长,愚亦以阿妹视之;势不获矢情好,为兄弟亦大佳。当兰苓投唐云门下之日,趁一炉香,愚与敏莉遂盟于神前,祷曰:"我二人今日为兄弟矣,愿吾佛鉴之,谊不属同枝,友好将无间手足!"祷已始起,众大笑。愚告众人,我二人求后日之长毋相忘,故缔兹盟。我尝思量,异日敏莉嫁为人妇,若其婿而与我衅者,骂我曰:"操你的妹子。"我将无词对答外,其事初未必互辱家声也。众复鼓掌称善。视敏莉,敏莉则淡然为潮晕矣!

上星期六,翼楼同人,设宴为我二人寿。文哥、桑弧,兼为柳黛饯行,设二席。敏莉之意兴乃飙发,与席上人竞酒。之方、素雯、石麟、唐云所饮绝多,柳黛亦频频尽盏;皆不醉,独柳黛忽停杯泣,泪渍其巾。敏莉乃嗅之,拭其颊上泪痕,曰:我亦女子,睹女子而啼,亦足以诱我感伤。柳黛闻言,果不泣。敏莉自矜其立言之巧。其实柳黛为人,热情奔放,适当此日,离绪填膺,被酒,伤感遂不可遏矣。敏莉酒后为酣眠,愚入花局,四圈毕,敏莉之倦意未消。八圈毕,眠如故,因唤之起,同翼华、梯公、桑弧、兰苓,餐于"红棉"。

(《海报》1944年5月9日,署名:刘郎)

"某公"云者

前两日,我在本报写了一节《文人与权贵》,曾经以婉讽的口吻,记述某文士见了某显者,没口子呼着"某公"。过了一二天,我和许多人在一起吃饭,谈起关于"某公"这一节事,有一位朋友着实替那个文士辩饰了一番。他所言者,都不失为圣人忠恕之道,倒使我有些抱歉,颇悔当时落笔的孟浪。这位朋友的话是这样说的:大凡对人称某公某公云者,泰半属于游戏性质。譬如有人见了你(指我)间或也称唐公,因为你不是权贵,所以听在耳里,并不觉得刺触。如其加在权贵身上,便肉麻起来。因为人们都不能分得如此精细严密,情不自禁地把通常对朋友的称呼,也施之于权贵。似某文士者,遂被他人所腾笑矣。又如说:目下的做生意人,对人为表示亲热起见,常常称人为"哥",为"老",为"公",对权贵亦然。因为本身是做生意人,纵然有旁人听在耳里,不致指责他们为趋炎附势,至多说他们真会殷勤。但若是文人,对了权贵也是满口"某哥""某老"或"某公"者,便有被人嘲弄的资格。这是各人的立场问题,说穿了,其实不值得惊惶相告的。

(《海报》1944年5月13日,署名:刘郎)

樽 前 小 记

二三月来,屡屡及我笔下之人,为管敏莉与兰苓,今日更并记之。读吾报者,幸毋笑我,笑我写女人为"乐此不疲"也。

敏莉于十日前,税静安别墅一屋,与张莉贞同居。恒时,敏莉自谓能烹调,今居处已定,欲自验其言,因于星六之午,招愚与诸友人餐于妆楼中。敏莉洗手入厨,为状甚忙。是日不纵酒。敏莉谓我纵无事,亦不酒,以比来每酒必逾量,胃痛大作,若不戒饮,将殉杯死。为酒徒可,不可为酒鬼耳!

一日,樽边遘丁冠颜先生。丁浦左人,与兰苓家有旧谊,谓兰苓实香闺静女,尊人某,老成宿学,藏书绝富,母夫人汤氏,亦阀阅家声。舅氏汤国桢先生,旧从张汉卿将军游,后曾任青岛市长者也。于敏莉席,晤兰苓,以冠颜之言,一一质之,皆是。身是名媛,蜚声艺苑,自有清华气度,照耀人间矣!

(《海报》1944 年 5 月 15 日,署名:刘郎)

通 文 之 女

舞女中通品绝鲜,婉亮如管敏莉其人,亦不多读书。《白夫人》《秘密客》之小说,或者能朗朗上口,顾未必能通不肖之文。桑弧曰:敏莉已表表若此,造物固当靳其才,非然者,其人且早死。数载以来,负妙誉而雅擅才识者,愚但识一秋霞。秋霞亦良家女,读书于允中女中,以家落而置身舞海,非得已也。往岁秋杪,退藏于密。愚投足欢场了无所遇,用是辄念秋霞。近顷重来,谓愚曰:定依主人怀人之什,皆见于报章,因为愚咏曰:"见说小人皆有母,不堪静女尚无家。"读此未尝不感动至泣下也! 又曰:"二月轻车来陌上,更谁同看一春花?"因问愚曰:唐生以不得我侍行,终未展游屐于龙华道上邪? 愚然之,秋霞微噫:唐生真能爱人者矣。嗟夫! 秋霞微特能通我诗,且能识吾诗意境之美,宁非难得？往年愚为秋霞咏曰:"此际何嫌光度暗,几时亲见绣襦红？"因问之曰:汝谓下句何如？曰:甚善。愚曰:然则几时识得亲见绣襦红邪？秋霞乃掩袖低鬟,脉脉而俯,至今念之,辄似有一片温馨,直透心头矣。秋霞娴雅,顾不逮敏莉之爽朗,安得合二人之美,萃为一人,一生拜倒,我更何辞？

(《海报》1944年5月17日,署名:刘郎)

捎边与剪边

旬日前,愚于"维也纳"座上,遘兰苓女士,愚方招王素娟同坐。王与兰苓为素识,愚故戏诘兰苓曰:与素娟有交谊邪？兰苓笑曰:固相识也。愚亦佯展欢颜曰:然则大佳,我方求爱于素娟,欲乞兰小姐为我"捎一捎边"也。兰苓以不知捎边为何事,故无言。比素娟去座,兰苓始问愚曰:唐先生顷言捎边指何事者？愚惊曰:我今日乃知兰小姐为婉静女儿矣,岂并捎边之义亦勿知邪？兰苓曰:实不知,我但知有"剪边"耳。

捎字不知应如何写？今始从手从肖,其音则读"妻萧切"者也。凡女人求爱于男人,或男人求爱于女人,托第三者代向对方说好话,这谓之捎边,亦称打边鼓,其义不同于拉皮条,故捎边为游戏之作,无碍于道德律。惟捎边为成衣工程中之一种,故亦称"裁缝司务"。譬喻是否适宜？不必谈,征逐欢场,殆不可少捎边之人,惟一着捎边人,与"单嫖"之本意失矣。

剪边为将朋友所爱之女人(包括妻妾)夺为己有,此在男人为无行,在女人为无耻。非但有背道德,于情理上亦万难讲得过去。白相人视此事极严重,往往师兄弟间,因发生剪边事告诉老头子,在香堂上活活打死！今日之"文明人",恒视剪边如常事者,愚诚迂旧,为之看不过去。故对朋友之女人,无不尊重。兰苓为我友顾森康先生之妙侣,愚故亦敬重有加,以捎边为请,尚不失为谐趣,终不敢以剪边二字相渎也。

(《海报》1944年5月18日,署名:刘郎)

忽 念 尘 无

近来我又同桑弧兄谈起于右任几首《雪涕归来省舅家》的绝句,我说于右任的诗集里,好诗并不多见,惟有这五首诗实在太好。譬如:"朝阳依归郭门前,似我儿时放学天。"又如:"天荒地变孤儿老,雪涕归来省舅家。"这些都是纵笔即成的东西。在充满了灵感的时候,他把要说的话,信手写在纸上,便成了好诗,决不曾加以丝毫雕凿。

桑弧因此说:好诗,好文章,都是纵笔即成,而不加丝毫雕凿的。一经磨琢,便落下乘。所以真正的"佳作",纵使潦草一点,或者杂一些语病,都是不足为病的。譬如说,万顷江湖中,杂一个浮尸,终不会使万顷江湖,染着一些腥臭的;只有河浜里,有了浮尸,才觉得满满臭气!

我们执笔人队里,自从尘无死后,已经没有这样的健才,能够写又要朴素,又要灵空的诗文了。让我来介绍他一首遗作:"白头父老呈霜柿,素手村姑荐蜜茶。不道先生非税吏,病余来看早梅花。"这几年来,你几曾看见有人写过这样的佳篇?

(《海报》1944 年 5 月 20 日,署名:刘郎)

东 乡 费 文 丽

这两天在"恩派亚"演唱《张勋与小毛子》的王雅琴小姐,我看过她在粉墨登场时,也看过她的私底下,在我约略欣赏中,那末以"柔媚"两字,来形容王小姐,已足尽其一生。到昨天晚上,我得了个与她同桌吃饭的机会,虽然也攀谈过几句,但为了她不大多说话,又因为吃朱天素,台上的东西,一样也不用。更为了要赶《小毛子》的场子,短短的三十分钟内,除了依然觉得她柔媚之外,还看不出其他的优点。

在申曲的圈子里,王小姐是尤物,已是万口一辞的承认了。这一夜,她为了正在刮沙眼,所以戴了一副眼镜,没有以前那样曼睐微伤之妙。但当她进门以后,把身上的大衣交与仆欧,露出了她一双丰不垂腴的臂膀之后,满屋子便顿时艳光四照起来。她常常带着微笑,说话的声音很低,也带一点沙。嘴长得非常有样,牙齿又是一白如银。她不但是明丽,还有光洁之美。在"爹娘勿养我三男并四女,单养我亲生一个人"的东乡调的一堆里,她自然是不世出之才了!

女人看得我适意,我就要发魔。我想替王雅琴小姐写一个剧本。写电影剧本、舞台剧本,我实在吃不住;编一些申曲唱词,或者是优为之的。但我又想起她做《魂断蓝桥》里费文丽那个角色,我又怕,怕写不到那样"绝代凄凉"。她走了以后,敏莉对我说:她真漂亮。这是由衷的赞美,决不是女人的嫉妒,我敢保证。

(《海报》1944年5月21日,署名:刘郎)

园 会 小 记

周园之会,以二客为特佳,管敏莉终不能除外,其一为兰君。二人之性格颇类似,所谓兼跌宕而雄奇者也。此在男儿,已为隽品,何况蛾眉?前数日,敏莉来告,斥三万二千金制旗袍两袭,将着一尤佳者,随阿兄参加妙宴。愚为大悦。及期,天气阴冷,有微雨,敏莉以新衣平薄,终勿御。其实勿御亦佳,不然必污酒,以是日敏莉又纵饮也。

被酒最深者五人,为兰君、敏莉、秋霞、光启与红蝉是。兰君醉则先行,敏莉忽兴身世之哀,念亡父不止,复怜弱妹,故泣。秋霞睹状亦悲。嗟夫!窈妙女儿,终不获若龚定厂所谓"玉想琼思过一生"者,真人天缺陷。素雯故力噢二人,附耳为絮絮语,愚不得闻,第见敏莉转悲为悦,知素雯之言,固动人也。

待玉薇来,始入席。至中席玉薇辄辞去,故不及睹众人轰酒之状。凤三能饮,而不肯轻犯,于是未尽量,红蝉与光启不工饮,顾为人所强,坐是大醉。二人之醉态甚可怖,红蝉更宛转呻吟,若在声嘶肠断时。后此不当以此为戏,愚甚悯之。

素雯酒后,忽游园去,愚睹其趋跄仄径中,或虞颠踬,从之。继至颓屋间,愚前导,之方亦至,忽见素雯已跌坐,袜且裂,胫创,血殷然渍于袜,之方大骇,扶之返。问其故,曰:我特偶蹈耳,非醉也。其实醉态已不可掩。文哥已先行,故不及护视夫人,卒由蓬矢送素雯归。

(《海报》1944年5月22日,署名:刘郎)

小马求学史

同小马闲谈,他真有许多风趣绝伦的话。一天我们在锦江吃饭谈起他求学时候的趣事。他进过两家中学,一家是沪光,一家是持志。沪光的附属中学,并不男女同学。沪光大学里,却有许多女生。小马说:当时未尝不对大学的女生,有染指之想,但因为自己在中学里,她们是大学生,不免自惭形秽。况且中学一进校门,也便道课堂;大学的课堂,还在里边。就课堂的位置言,已显得在校门口的中学生,对着"大内"的女生,实在高不可攀。

因沪光中学的校长,与小马家里有点世谊,当时曾经予小马入学的便利。然而天不教小马求得深造。据说第一次上算术课,小马闻着擦铅笔字的橡皮气味,一直头晕了一整天。他回去告诉祖母,祖母疼爱他,叫他不必再习算学。从此小马的算学卷子,永远曳白。校长警告他,他索性自动退学。

后来在持志里,因为骑脚踏车,跌了一跤,脱了臂上的骱,在医院里卧了两个月。自此便不再读书。以小开的身份,在上海社会中活跃。小马两个字,渐渐被人晓得起来,上海人都叫他吴宫饭店小马或者长脚小马。

(《海报》1944年5月23日,署名:刘郎)

[编按:吴宫小马,本名马勤伯。]

三轮车故事

因为家里有了妒妇,在白天决没有种,与别的女人坐在一辆三轮车上,招摇过市。去年我们带了舞伴,去白相龙华,坐了三轮车经过斜桥弄的时候,突然想起万一太太到臧医生那里去看病,撞见了回去定时一场相骂,立刻跳下来,去搭之方的那辆车子,让之方的舞伴与我的舞伴同坐,至今还被朋友们引为揶揄的材料。

明月清风之夜,同了女人坐着三轮车在沪西一带兜圈子,实有扑去浊尘万斛之快,这是我常为的事。记得去年的初春,是一个初晴的雪夜,带了一个舞女在三轮车上,行动渐渐近于狎亵。不料暗地里跑来一个自警团员,看了我们两眼。虽然不曾用言语来干涉,已使我窘态毕露。这里在同孚路威海卫路一役,绝不是悄无人处,实在大胆了一些。

单人车刚刚出现的时候,我曾经向往过。假使在大雨滂沱之夜,张起车篷,不坐一个人,而男女两个人,这该是什么滋味?今年我碰着顾凤兰之后为她刻骨倾心。当我第三次同她在正兴馆吃饭,饭后雨势像倾盆一样。出门时来了一辆单人车,我倒拘谨起来,叫她一个人坐着先走。她见我一时难得车辆,便说就两个人同坐了去吧!我真是受宠若惊,在车上兀是想着人家说顾凤兰三贞九烈,现在看来,她或者能够接受我的痴情,只要我迈进不懈。到现在四五个月了,迈进不懈的结果是一事无成。彼此还时相过从,依旧保持了舞女与舞客的关系,连再坐一次单人车的机会也不能再求。朋友你道我天天搭壳子吗?是的我搭来搭去,尽搭一些搭不着的壳子。

(《海报》1944年5月25日,署名:刘郎)

盖叫天登台!

盖叫天歇下来快一年了,他忘了自己已经到了暮年,还是苦练不已。听说他依然那么健康,而雄心不减,是何等可喜的事。我所以说天亦有情,至少,他当着盖叫天不死,让他镇压江南,杀一杀那些京朝大角的骄横之焰。

孙兰亭、张伯铭二兄,又把他请到中国大戏院登台了,"公事"谈得非常顺利。有人说盖叫天的脾气难弄,为什么近年来他事事迁就,连公事都不甚疙疸?是的,盖叫天自有一分倔傲的性情,但为了他身怀极诣,性情即使有异恒人,我们也应该同情他的。他还不致似某些伶人之惟钱是视,这一点已够可爱。我亲耳听见他扮上石秀以后,在后台发着牢骚说:"不为家里吃不饱饭,谁愿意到这里来呕气!"其实他有儿子,他可以闭门颐养,可以做老封翁,用不着当迟暮之年,还自食其力。但他却不肯,他还要苦其筋骨,这又何尝不是倔傲的性情使遣他这样做的。我们不但应该同情,简直应该向往他。

《恶虎村》、《洗浮山》、《史文恭》、《打店》,以及《三岔口》等等的绝唱,这一次又该次第献演了!这些都是别人所不能拟其万一的作品,即使说别人在台上唱这些戏,台下有人批评,比盖叫天来得冲,这个冲,是夸扬技术的字眼,不是赞美艺术的。我看过一位京朝大角的《洗浮山》,又看过一位京朝派武生的《一箭仇》,所得到的感想是"徒教竖子成名"六个字而已,此外更绝无印象。

(《海报》1944 年 5 月 27 日,署名:刘郎)

深喜顾兰君

向与顾兰君无深交,其人亢爽拔俗,不扭捏为儿女态,则夙所向往。数载以前,兰君访小洛于新华公司,愚方觅小洛谈。是日,兰君为夷装,望其人,益着腴健之美。及其回身,愚与小洛为窃窃语,兰君微闻之,返曰:汝二人为何语者?小洛曰:唐先生言,当世银星,论演技精湛,顾小姐外,更无余子。兰君笑曰:汝言欺我,我固知汝二人评量我之胸部耳。小洛笑不可仰,愚大赧,以愚与兰君非相习也。然隽爽若此,知此人实可喜之儿。今岁春末,兰君自湖海归来,始屡共宴叙,值我人与管敏莉过从甚殷。使二人竟爽于樽酒间,敏莉不羁,跌宕如人间俊士。兰君则豪迈风华,亦不类香闺妙妇。性格不尽相同而热情奔放,殆无异致。昨复与二人偕午餐,兰君又薄醉,粉靥飞霞,益艳艳若芙蓉。既愚与石麟就花局,兰君侍石麟坐,依依襟袖间,若敬贤师。晚餐既毕,石麟操琴,兰君打鼓,使愚与梯公、素雯皆行歌,特兰君不谙钳佬之技,则自檀口中吐锣鼓之音,居然入调。众为欢呼,谓其豪放不减男儿也。

(《海报》1944 年 5 月 28 日,署名:刘郎)

可怜俎上一氤氲

今岁以来,颇不为屠门游,衰顽日甚,故无触处能兴之象。昨忽兴到,涉足其间,数树夭桃,都刘郎去后新栽。得一人,盈盈十六七,眉目甚秀发。捉之枕上,为我徐言其堕溷之由,曰:客不我识邪？我则知客之名,殆已半载。愚大愕,问曰:若何由知我？则曰:一月以前,我犹披舞衫,自春徂夏,客尝为"百乐门"之常客,而悦彼顾氏女者非邪？愚颔首曰:然！然则汝当自"百乐门"来。女复颔首,曰:我业舞于"百乐门"不及一年,自以处子身,不为客所欢,故生涯甚寥落;而一家恃我活者凡五六众,饔飧恒不继,有妇人诣我家,审我贫寒,诱我至此,为上月事;我得万金为一客辟鸿濛于此。客来已晚,我已易十数男矣。虽然,我以业此滋微,犹图着舞衫,客毋为我宣告外人,谓我曾处身于刀光俎影间也。时愚方大怔,慰之曰:汝毋虑此,我必为汝终闷勿宣。自此遂无言。愚将起去,女问曰:此间索值几何？愚告以千金,女示羞容,曰:千金坐一只台子耳！愚忽似有悔悟,倾我之橐,得银二千,悉畀之,驱车归去,拥絮遂眠。念林庚白诗曰:"但觉眼前千暧礙,可怜俎上一氤氲。"怅惘之情,至明日犹未已也！

(《海报》1944年5月29日,署名:刘郎)

伊文泰诗

近年来不甚游夜花园,然每至"伊文泰",辄生亲切之感。四五年前,愚所作香奁诗,大半取材于"伊文泰"中,记有并肩二首云:"平肩胜语腻于环,轻鬟柔腰忆小蛮。诗境渐腴心境窄,美人罢舞醉人还。巡行顾盼千回忍,怀往伤春一例删。此意奉卿应笑我,人间至味在青山。""无数钿车聚绿云,刘家诸女尽通文。望中玉貌如明月,腕底酡颜似夕曛。吾土渐穷常作客,斯才绝艳好酬君。平肩胜语从今记,讵念蛾眉答谢勤。"前夜复为"伊文泰"座上客,强忆曩日所为,都不可记。旧诗亡佚,似云烟之愈吹愈淡,念之真惘然不尽矣。

(《海报》1944年5月31日,署名:刘郎)

不 是 小 疵

昨天听一位朋友议论盖叫天,他对于盖叫天精湛的演技,也和一般人表示倾倒备至。不过他说:"我在不十分懂戏之时,看盖叫天的戏相当多,自对平剧渐窥门径之后,盖叫天的戏却看得很少。最近看过他一出《白水滩》,大体是稳健无伦,惟有一处地方,是绝对需要商榷的。当十一郎与青面虎第二次开打,十一郎使的长枪,将青面虎打下以后,盖叫天也下场。在这时候,他亮一个相,身体内向,而面孔也是朝着下场门,同时将枪靶子曳在后面,好看是好看了,但与情理不合。因为平剧中固例,打仗后的亮相,一定是往台前亮的,这样表示他在得意;惟有打了败仗,才朝里亮相,而且曳枪在后,也是打败仗的象征。我疑心盖叫天的这种错误,决非出自师承,而是他本身的疏忽,因为这是梨园行的大路,做盖叫天先生的人不致于不通大路,毛病在盖叫天自出机杼之后,还没有高人替他指点。"

在我们狂捧盖叫天的时候,听着这几句话,倒是爽人心目,固然大醇足以掩小疵,但我以为这位朋友所求盖叫天的疵,并不太小,所以把它记录出来。明知盖五老板,倔傲天生,不一定会采纳别人的意见,为了爱护一位旷世艺人,我终是想求全责备的。

(《海报》1944年6月3日,署名:刘郎)

替 头 与 舔 头?

唱戏的人在一场演完之后,更待若干时间再上,照例到后台去将水纱网巾卸下来,在内行谓之"替头"。最近凤三兄记盖叫天的文字里,将替头写作舔头,银丝庐主人为他更正,写作替头。我以为银丝的替字,也未必尽当。其实舔头的舔比较来得"音似"。记得从前梯维兄因为著头的长脚阿大死了之后,他作过一篇念他的文章,其中也写到舔头两字,不过他既不用舔,也不用替,他好像是用一个"拽"字的。我当时就觉得他这个字或者也写错了,因为同替字一样,犯了"音不似"的毛病!

在替、舔、拽三个字看来,我倒以为舔字用得最妥。因为他们把头顶比作了舌头,水纱网巾的脱落,好像被舌头舔落掉的。伶人在连水纱网巾都脱落在台上,内行叫做"舔啦"!戏班中人迷信的多,都说台上舔头,这个伶人,就将走入霉运。据他们说起来,有许多应验的例证的。

(《海报》1944年6月5日,署名:刘郎)

我 不 敬 老

愚向来不知敬老,而第能尊贤。盖叫天为武生贤才,愚尊重之,非敬其老耳!老而且朽,便当退于人后,若更欲昭耀于时者,多见其为宿货而已。海上夙负盛誉之诸老,愚对之尽无好感。时人有与诸老结识,为一己之光荣者,在背后侈言,昨夜与某老吃饭,昨夜陪某老看戏,愚辄恶鄙其人。愚大逆无道,吾父老矣,愚向来不孝,既不为晨昏定省,亦未尝甘旨奉养。自己老头子,且如此,别人家老头子,我敬他何为哉?若不敬其老,而谄谀其名,则为鄙陋之尤。最近愚做一对不起朋友事,某俱乐部聚餐,友人托愚代邀文艺中人列席,当时答允下来。既而一想,俱乐部主持人为海上一老,愚便不高兴,作一书谢友人之请。此举对朋友不免抱歉,在自己的精神上初无不安。

今人之老而无形者渐众,尝闻骂人者不曰弥老弥吝,或曰弥老弥贪,是亦世风衰落之征。某闻人壮年时,犹有"钱袋顶倒拎"之号,喻其重义轻财也。顾一入耄年,惟钱是视,此既老之所以不可不死耳!

愚三十岁前,犹好媚中年妇。中年妇沪人谥之为老蟹,乃自己入中年则无持螯之勇,以为"美人自古如名将,不许人间见白头"之诗,为不腐之论。

(《海报》1944年6月7日,署名:刘郎)

271

芜杂的绝症

记得《随园诗话》里，说有人写一首过周瑜墓的律句，中间有一联是"大帝君臣同骨肉，小乔夫婿是英雄"，口气何等沉雄阔大！但作者认为并不惬意，便改了两句是："大帝誓师江水绿，小乔卸甲晚妆红。"不但伤于纤巧，有些扭捏作态。而作者还是不能满意，后来索性改为："小乔妆罢胭脂湿，大帝功成翡翠通。"那简直不知所云了！本来极其浑成的东西，定要加以雕凿，结果成为驳而不纯，芜杂不堪。袁简斋的诗话，不大有可取之言，这一节他把它当笑话一样的记录下来，却有一番深意。

最近我也改过我自己写的一首诗，就是本月六日在《三百首外集》里发表的那一首《挈敏莉观盖叫天剧》律诗，我在看过《白水滩》之后，马上就写的。最后的两句是"此日抚肩成一笑，明朝俊赏与谁同"。送与《海报》之后，三四天不曾刊出，我疑心这首诗已经遗失了，因此又抄写了一遍，重行送去。在我写到末二句的时候，忽然把原句改动了几个字，成为"手拍香扇成一笑，者回俊赏与卿同"。当时未始不觉快意，但明天刊出之后，越看越不像话，因为后来的两句多少有一点粗野之气，前者还终有几分蕴藉之致。龚翁先生一向批评我的诗文，他说："你永远不会有完整的作品产生的，因为无论一节文字，或者是一首诗里，总有几笔突兀的语句，把一缸清水，捣成混水的。"龚翁说的这种情形，几乎成了我一贯的毛病，也就是犯了芜杂的绝症。病根所伏，还是因为读书不多，根柢太脆薄的缘故。

(《海报》1944年6月9日，署名：刘郎)

陈鹤峰与丁皓明

舞女中，丁皓明初非荡踰之尤，特时人恒传其艳迹者，则以其人亦通文之女耳！丁方为舞女，称茸城闺秀，又称学府佳人。闺秀并非虚妄,佳人则有待斟酌。以闺秀固不尽属佳人也。为舞女稍有邪行,不足深责,特丁皓明之所以为人诟病者,则时以风流之迹,传之腕底,而所述复尽肉麻之能事;坐是腾笑于京沪间,几无人更以坦白、率真、大胆的描写一类好听名词,为之掩饰矣。近顷丁媜伶人陈鹤峰甚至,沪报张其日记写其与鹤峰缱绻之情都成"恶札"。陈鹤峰为人,有异于常伶者,此人初不贪佞,曾勿恃其身份关系,而媚取女人。昔年在沪,无论与伎人订噬臂之盟,或与舞人论亲肤之爱,鹤峰亦争掷缠头,所耗之巨,初不输于堕报公子,与夫走马王孙也。惟其所抱态度,亦不过白相相而已。丁乃寄以一往情深,此则又当为识者所腹诽,而丁终不获知也。

(《海报》1944年6月10日,署名:刘郎)

何云"亵渎"

金雄白先生于海宴席上,向《海报》执笔人致言,谢执笔人为《海报》灌溉勤劳,乃谓苟届年终,《海报》而广有余钱者,将为执笔诸君分派红利。雄白言至此,转为谦抑之词,曰:非敢以阿堵物,亵渎大雅,亦欲求吾心之稍安而已。其实雄白之用意甚挚,特此日座上,十之八九,胥职业文人,职业文人为报纸效劳,报纸若界以额外酬金,是报纸于文人待遇之善,无所谓亵渎也。愚迩常感慨,生计煎人,彼恃巧取豪夺,以谋生存者,愚且尽袒以恕词。若以阿堵物律人品之高卑,于今日殆不适用。数日前,有客问我友曰:汝至友几人?友曰:泰半死亡。曰:在生几人?友曰:生于今日,其肯借钞票与我用者,尽为至友,不然,虽友而勿至。吾友此言,真痛快。上月间,有人来告,谓某君愿从足下订交。愚曰:好好,其人财富,先请伊借点钞票来。吾意正与吾友之言相同,然来告者终无下文,乃知某君之欲与我论交,初无诚心;愚亦不见钞票,不欲得一新知焉。

转钞票念头而不丧天良,其方式虽较为鄙陋,实无碍于道德。愚意如此,至少愚之行径亦如此。他人如何,愚将不问。故于雄白谓"非敢以阿堵物亵渎诸君"一语,真觉金先生客气得"勿勒路浪"哉!

(《海报》1944年6月12日,署名:刘郎)

乡　谈

龚翁曾经写过一首打油诗,因为听了一个宁波女孩子说话而作的,记得有两句是:"年纪虽如破瓜时,声音却似老鸦啼。"桑弧常为之摇头不置,因为桑弧是宁波人,是以为龚翁的形容太夸张了。据他说:他在家里时,也完全用的乡谈。

女人嫁了男人,口音往往有一番变迁。内子是嘉兴人,嫁到嘉定人家里来,四年之久,她不自禁其流出了一些嘉定人的乡音。素雯与梯维结婚之后,因为胡家一门都说绍兴话,素雯于是也往往而说绍兴话,哪怕她是绝顶聪明,又是绍兴邻近的杭州人,而又夜夜同绍兴人睏在一横头,但绍兴话毕竟是最难学的一种方言,所以素雯说的,至多神似而已,一点也不圆熟。但奇怪的,素雯拼命学绍兴话,梯维却欢喜卷起了舌头,与她打京片子。大概因为他太太前身是江南坤旦的翘楚,虽已嫁为人妇,还是要她剩留一些平剧角儿的气息,不愿意将她变成姚水娟、竺水招那一副戎腔。

新艺剧团的碧云女士,富有方言天才的,上海话说得好,京片子也打得好。但几次她打电话到家里去,却是一口纯粹的湖州话。我不是"吴兴世家",听湖州话固然不生什么亲切之感,但人谁无乡土之情?碧云毕竟不曾忘本。

(《海报》1944年6月14日,署名:刘郎)

谢尔贞觊画

唐云先生以旷代清才,其绘事为时流所重。更以诲人不倦,及门诸弟,无不载贤声。女弟中似朱尔贞,尤出人头地。从唐云游,不三年而艺已大成。朱北都人,慕江南风物,故为南居。愚识其人于吉祥兰若,是为荐兰芩师事唐云之日。越一星期,友人设宴款愚与敏莉,席上复晤尔贞。尔贞以书件来,为愚所发,展示尊边,咸嘉其工力不薄。愚不知赏鉴,问唐云曰:先生评之,高足之笔法如何? 唐颔首曰:甚善。又曰:尔贞勤敏,造就初非偶然耳。愚因请于朱,愿为治小屏,补寒家败壁。尔贞固逊谢,事既过去,愚且淡然忘之矣。昨赴翼楼,忽得其画,为之喜心翻倒。问侍者,侍者不知何由来,惟陈良先生言,画为一女郎送至者,适晤陈,固以画授陈,谓陈曰画自我所作,请付与唐君。故知昨日尔贞实躬致,则惶歉不可名状。人言朱氏世家,尔贞以闺阁名姝,自视甚高,于人不免矜伐,今睹其意挚若此,从知人言殊不可信。更读其画,第觉设色之宜,良悦人目。逆知用功不懈,成就且垂不朽。辄志我所喜,兼为尔贞馈画谢焉。

(《海报》1944 年 6 月 15 日,署名:刘郎)

沙 与 腋

生计煎人,日紧一日,自己固然喘息不遑,同时也忧虑到一般比我不如的人。如此情形之下,真不知何以维持一个人和一家的口腹? 我非常明白,小学教员的艰困状况,不用有人跟我提醒,我寓楼的对门,就是一家小学。那位校长固然吃得神彩飞扬,在那只学校里,教员和几位先生,没有一个不是面有菜色的。可想而知他们是如何的艰苦的挣扎着!

昨天我的长次二子,回得家来,报告我曾经付过一笔献金与教师的开支,他们一个向祖母要了一百元,一个向母亲要了一百元,都已缴纳舒齐。我怪他们送得太菲薄了一点,预备再让他们送一点过去。他们不了解老子的情怀,因为我的突然慷慨,面孔上都呈着骇怪的色彩。

今天下午返家,太太告诉我电话公司里来了三个人,要求我们赈济他们一点钱,因为我们的电话号码六字头的,要由电话公司转接,接线的职员们,因为不够维持生活,请用户难得帮他们一次忙。太太因为他们没有电话公司标识,深恐受欺,所以只送了他们一百元,他们是称谢而去。她正在告诉我这件事的时候,又来了二个邮差,同前者一样以生活困苦为言,请我们把端阳节的节赏提前付给。其中有一位还会择几句滥调的文言,说聚沙成塔,集腋成裘……我袋袋摸得爽快,打发他们走了之后,告诉太太,我们一人不能帮许多人的忙,那末,在许多人中间,帮若干人的忙,不能推却的。我固然也是穷,但还不穷这几个钱,人家可以聚沙成塔,集腋成裘,我们何必连一粒沙,一块腋,都不肯做呢?

(《海报》1944年6月16日,署名:刘郎)

"欣赏艺术"的一天

昨天上午同徐善宏兄谈张谷年先生的画,据他说谷年最近有四件名作,在"宁会"的九华堂画展中陈列,尤以金碧的两件,为精贵异常。从前有位先生,在本报上曾经苦誉过谷年的绘事,认为他是近代的高手,王湘碧云:"自来大家未有不师古而能名世者。"谷年规模信本,所以根柢极深,善宏兄要我替他尽一些宣扬艺事之劳,所以特地来看我一次。下午田、冯二兄,请我在万象厅吃饭,我已经约好桑弧、小洛、一方同餐,他们听说我有约会,也一同到万象厅去进膳,顺便可以听欧阳飞莺的歌唱。但这一夜飞莺没有上万象厅,我们扑了一个空。据仆欧说,欧阳小姐因为头痛,所以晚间不会来了。桑弧、之方,都不胜怅惘。田、冯宴上,有盖五老板,有孙兰亭兄,饭罢以后,大伙人却到中国去看盖老板的《洗浮山》。这一出戏的场子,不能再坏,但盖老板的个人演技,却不能再好,"旷古绝今"四个字,赞誉他的《洗浮山》是并不过分的,但没有卖满堂。座前一个女人还是看得恹恹欲睡,她看不惯好戏,便当找一个男人去胡调,何必放这么一大块料在院子里,障碍别人的视线!

昨天在"欣赏艺术"中度过了一天,尽日没有接触过女人。假使唐氏祖先,在冥冥之中跟着我东跑西跑的话,那末当他们在夜午送我回家之后,他们一定在聚议我说:"这小子也许从此要变我们的好孙子了?"

(《海报》1944年6月17日,署名:刘郎)

勘 正 二 事

近来本报上，有两位朋友的文字中，记述的事实，殊有出入，故代为一一勘正。

大概是十五日的本报第四版内，何方兄访问顾也鲁的谈话中，顾也鲁对他说，在外边演过两个戏，一个是《殉情》，一个是《秦淮月》，而何方兄把"秦淮月"听错了"秦怀玉"，便在报上记录下来。毛病出在何方兄访问的时候，太用"新闻记者"的姿态出现。顾也鲁是苏州人，何方也能够说道地的上海话，但为了要与话剧演员谈天，一定要弯起了舌头，而"秦淮月"和"秦怀玉"的声音，以国语来讲，又简直无所区别，终使何方铸成此错。（原编者按：吾报似无此文刊载，想系刘郎先生见之他报而误忆者。爰附一言于此，亦勘正之勘正也。）

昨天柳絮兄的随笔中，记跟着顾竹轩喝采的人是顾兰君，也是弄错的。顾兰君与顾竹轩并不相熟，她也不至于跟一个素昧平生的人，开偌大的玩笑。喝采之事固然有之，其人也是我们的熟人，这是位风趣绝伦的朋友，否则也不会开心寻得这样巧妙。我记得这是今年初春的事，那时顾兰君还在流转四方，假使有人告诉她柳絮兄记述的这一件事，她一定连做梦也想不到会缠夹到她身上去的。

（《海报》1944年6月18日，署名：刘郎）

肺　病！

二月以前，刘哲民先生请我在新雅吃饭，席上有人谈起中医对于肺病，简直束手无策。在近几年来，上海发现一个梁少甫，治肺病确有神效，甚至有许多肺痨病患者，用科学的方法，已经不能治效，再去请教梁少甫，而还克奏肤功的。因此引起上海治肺专家的注目，都认为咄咄怪事。我当时留下梁少甫这个印象，还记得他的诊所在静安别墅。

上月中,我姑母的儿子,患着严重的肺病,到上海来投医,住在我母亲那里。他一向闭塞在穷乡间,不相信西医,而要寻一个中医去疗治。我突然想起了梁少甫的名字来,就教他去试一试。

一个月以来,药没有间断过。据他说医药虽然不曾发生显著的效验,但病态也没有更深陷的现象。梁医生本人,却似很有把握的替他悉心疗治。我姑母早已故世了,她只留下一个儿子,如今一病至此,亲戚都替他担忧。我母亲向来把外甥当儿子一样看待,为了他病不能兴,也弄得寝馈不安。

(《海报》1944年6月20日,署名:刘郎)

我不大相信的事

前后几日间,有两个朋友,各人告诉我一件叉麻将的故事。事情是绝对荒谬,连我都不大相信,但他们都是目击其事者,故言之凿凿,又不由你不信!

首一事是周剑星先生讲的,从前伶人刘汉臣欢喜叉麻将,完戏之后,到剑星家里去打牌,当他牌风涩的时候,他冒了火,把一只手伸入小腹以下,拔出几根"德辖如"来,放牌河中,乱吹一气,这算是触其他人家的霉头。据周先生说他是常来这一套的。刘汉臣是一个俗伶,这种举动,也十足表示他是个荒伧。

后一事是胡佩之先生讲的,不久以前,他在某一家堂子里打牌,同他一淘聚博的诸人中,有一个是铺房间的主政,此人要钱的脾气也不好,那天有一副牌,她听的是嵌中心的五索,和下来是一副一万和的双辣子。但听了好久,自摸也没有,人家也不出,在牌将摸完的时候,下家忽然得着一只五索把牌坍下来和了,她立刻气青了脸告诉众人说慢一慢。说罢,她将一只手向两腿之间抓了一把,又向桌上一拍说,我也是自摸五索,这副牌你们让我和了!

(《海报》1944年6月22日,署名:刘郎)

工 读 生

国际饭店的餐厅里,新近招进一班工读生,服务于餐座之间,提樽挈垆,他们的号衣与侍应生一样,所做的工作,也与侍应生无所区别,但他们是大学毕业生,大多戴了眼镜。我们逗留于三楼或者十四层楼上,对于工读生与侍应生区别的方法,不过是工读生的左胸上,有一块蓝色的标识,上面有"工读生"三字而已。

因为他们就事还不久的缘故,对于这项工作,是不习惯也不自然。我细细留心他们招呼食客,常常会却步不前,而面上浮现一种羞愧的色彩。最好笑的一次,我在三楼,一位工读生自电话间里出来,提了一块招听电话客人的名字的黑牌,他突然想起了自己的身份,立刻把那块黑牌递与某号的侍应生。不料那侍应生也是促狭的家伙,不肯接受,让他自己去做。他只得施施然从客座中走了几步,马上收了那块牌子,遁入后间去了。

我说,这是国际饭店的不是,他若把工读生的号衣,换了一种颜色,要好过得多。电车上,卖票与收票的分别,亦不过在号衣的不同而已。

(《海报》1944年6月24日,署名:刘郎)

米

在半个月之前,内人叫我预备一点钱,家里要买杜米。恰巧这一天,我上午读报,看见一条重要新闻,是袁履登先生关于食米的谈话,是说米即刻就要跌价了。我所有告诉内人,假使我家的米,还可以吃几天,现在不必急,等它贬价后再买。内人果然安静下来。因为瓮中所备,尚有十日之粮。

但在袁先生谈话发表之后,米价非特不跌,反而疯狂似的上涨,涨得我无从下手。内人当然天天与我争吵,骂我的见识远不如她。我是屁也不敢回放一个。当然我不敢怪袁先生的谈话,在存心作弄穷人,他有他无法抑制米价的苦衷。所以内人怨我，我也尤我自己，只因我生就浦东巡官打话"十三岁做道士"的命。所以生兹乱世，眼前纵使不致无饭可吃，但吃总吃在米价最高峰上。

这几天以来，舍间陆续收了两担米，其价比之半个月前，内人提醒我的时候，涨了百分之八十五。正在"发头浪"的儿子们，米价越高，他们越能够努力加餐！

(《海报》1944年6月25日，署名：刘郎）

戏中戏的戏中戏：盛大的话剧义演讯

在二三个星期之后，上海将有一次连上三夜的盛大话剧义演。地点在中国大戏院，剧目是《秋海棠》，演出者都是话剧的圈外人。惟有执行导演是乔奇，饰罗湘绮者为张淑娴。张老板想演一次罗湘绮，可以说"有这一个瘾"，一年以来，她简直梦寐系之。这一回她好了却一桩生平妙愿。《秋海棠》由二人分演，唱戏时候的秋海棠由包幼蝶上去，面孔上划了刀疤之后，便由金信民来。有人说假使让周信芳上这一个"刀疤阿海"，一定会胜任愉快的。曾经有人去征求过信芳的同意，他却谢绝了。此外可以告诉读者的，汪其俊的季兆雄，孙兰亭的袁宝藩，曹慧麟的梅宝，韩金奎的小狗子，不待看，想一想就可以逆料他们演出时候的出色当行。

这些都不在话下，我现在还要告诉诸君一个奇迹：主持这次义演的先生们，他们还想出一个新奇的销券方法。原来当开幕之前，请海上两老，一位袁先生，一位林先生，在幕外向来宾演说，报告义演的原因；待报告完毕，幕张开来，正是第一场的戏中戏；袁、林二公，便退到中国大戏院"场面厢"内，充为看客。其时场面厢内，已坐着十位看客。这十位看客，便是每人以三万金买一张荣誉券，方有资格可以坐进去的。当二公退入厢中时，十位看客，都来起身与二位闻人"逊坐"，这便成了"戏中戏的戏中戏"。及至第二幕，二公与十位看客，再到台前来，坐在全院最占优势的座位中。据说此项荣誉券，并不难销，因为二公盛名鼎鼎,上海人欲瞻望风采者,实繁有徒,每夜十位,连三夜不过三十位,限制太严,说不定还有抱向隅之憾的人呢?

(《海报》1944年6月27日,署名:刘郎)

定依阁随笔（1944.7—1944.12）

啃天祥剧团者

  天祥剧团的主办人是谁？我并不晓得，不过我终疑心此人的钞票恐怕在这次黄霉汛里，要霉烂得用不出去，所以他一定要浪费在办话剧团上。听说无论演员、编导，以及戏院方面，都想吃他这一份"小开"。先说最近天祥与金城的一张合同，有几条简直带着血腥气的条件。但天祥的主持人，居然签下字来。约略举之，例如金城租费每天二万元，一个月六十万元（天蟾舞台本月份起才加到四十万元）。这不算凶，凶的是前后台电费、广告费，都要天祥料理。还有前台所有的写字间，一齐封闭起来，连一间化装间都不给天祥。天祥的演员，说不定要在露天化装。柳中浩是一把出名的铁算盘，精明的人，心术不会怎样的，他眼看着天祥没有地盘，便故布尖刀山，叫你去爬！

  演员中只有一个顾兰君是一门心思想演戏的，其余的人，大半还是存心吃吃豆腐。某一个女明星，与天祥打了合同之后，她告诉人说先拿他们的钱用用再说。他们不一定演得成戏，演不成我的钱是白用了。万一真要上去，我再与他撕合同不迟。洪谟的剧本，收了天祥四万只洋，但合同上有一条，在签立契约后三月内，若不上演，合同无效，四万元不再偿还天祥。这些事实，我想做天祥老板者，在清夜梦回之后，思之重思之，不应该"拗门痛"，正应该吐几口鲜血！

  我不知道天祥的老板们是不是从囤积起家的暴发户，若是，那末被人啃了他们，我也不想作什么不平之鸣；万一是从辛苦经营得来的钱，而这样花掉,那末我劝他把钞票糊房间,甚至引风炉,都比较实惠。

(《海报》1944年7月2日,署名:刘郎)

雨窗夜话记

六月三十日,桑弧不拍戏,自徐家汇来,约同餐于花园酒楼。愚挈妇偕往,复约之方,及刘、高二兄,而无处觅凤三。时来骤雨,梯维夫妇,雨阻不果来,桑弧因久久不见敏莉,欲速之至,试一电话,固未出门。其家距花园密迩,俄顷亦来。七八人杂坐南窗下,饮酒言笑尽一时之快。窗外雨且甚,风来亦劲,凉意渐浓。逾十时,愚语敏莉曰:汝当入舞场。敏莉被酒微倦,伏沙法上,恹恹不肯起,徐曰:侍兄嫂与朋友言笑亦良佳,乃不思去。又半小时,愚又促之曰:舞场将散矣,汝胡得犹安此?则曰:我去亦归耳,兄实为强我?因悟敏莉今日,于愚真有知遇之感。故自念曰:当敏莉一日身滞风尘者,必吾尽力翼护之,俟其得归宿而后已。

凤三尝言:唐某之于管敏莉,侍护弥周者,初未尝挟些许亵念,自是知言。耿耿此心,乃足为吾妻所谅,不当容闲人妄说。近三月来,愚赴"大都会"必邀敏莉同坐。在义我自不容辞,比来淡于欢情,转笃为昆弟之爱,得一敏莉,真足以宽人心意也!

(《海报》1944年7月4日,署名:刘郎)

李少春何事不归?

一只老生,任凭他喉咙好,扮相好,唱两出三出,始终精力饱满。但若在唱戏之间,找不出一点情绪来的,终不能算他是艺术的上品。李少春之了无足取,便在此。此人在私底下,在台上,我是毫不欢喜他。今年他在上海登台五六月之久,看过他一次《洗浮山》,到现在直悔我当时多此一行。

私底下李少春是倨慢的、精明的,假定说他是个艺术家,而身上犯了这两项条件,正如潘柳黛说的"这人要多讨厌,有多讨厌"了!倨慢的地方,据说:天蟾舞台的几位当事先生,不敢开口向他讲公事。天蟾需要同他接近而头寸小一点点若干仁兄,他简直把他们当孙子一样,伶人精明的地方,不在包银之锱铢必较,而在他们不管替戏馆老板挣了多少钱,或者戏馆是赔本了,而他们吃起戏馆来,终像吃冤家一样的吃。马连良剃一个头买一张草纸,都要戏馆会钞,李少春亦复如此。天蟾戏早已下来,他至今还是合家老小住在天蟾楼上。正是"若问归期未有期",杳无日子的住下去。顾竹轩每天送一席菜去,他们不吃,他们要啃定了戏馆,叫天蟾每天预备一万只洋,供给他们的饭菜。他不想想现在天蟾的老板,自从接手办他这一分角儿之后,没有赚过一只铜板。纵使并非啃不起,啃上去难免有些肉痛。然而李少春何尝顾到?

我要是天蟾的股东,老早哄他们回去吃老米饭了!下一回,只要钞票碰得足,不怕他不乖乖的来替我唱戏。什么大角儿,还不是惟钱是视。

(《海报》1944年7月5日,署名:刘郎)

痛 股 录

米涨,金子涨,日用品涨,其他百物皆涨,独股市日见其萎缩耳。愚于昨前两年,以薄本营股业,皆曾吃着过鲜头,至今岁始尽覆所获,犹嫌不足。若终此不振,我必殉股而死。昔时,吾妻入股市早于我,返告我曰:股市当可为,妾身先下手矣。因措现金若干,不敷,鬻其首饰,锁片与鸡心各一,链条两根,钏臂一,腕镯一双,金牙齿五枚(刘郎自按,迭句牛皮),尽易为股。股市狂涨,妻不因既赚而斩,迨其锐落,亦置之不问。迹其用心,不在投机而志在投资,我见其获利时,心亦动,贷友人钱亦买股,复以手腕拙劣,造成今日之惨果!

吾妻既尽鬻金饰,出门,指上特御一婚戒,更无灿灿者耀其腕臂间,初不为意。洎乎今日,始大心痛,痛其丧资之厚,非惜其体无环饰也。今日入菜市,见饰金悬牌达三万一千四百元,较之卖诸饰于银楼时,几二十余倍,益懊丧若瘵。既归,自钱库中列股票于桌上,示我曰:若视此值几何者?愚亦嗒然。良久,徐曰:此正如"西哲"有言:"Cold water washing penis, more washing more short"矣。

刘郎曰:梯公尝为文,谓我研习英文,日有进步,今本刊之文字,时有英文掺杂其间,我若不卖弄,将何以彰我"罩势"？今日引用"西哲"之言,若译以琴南翁之笔法,则曰:"涤男子之阳于寒汤中,弥涤则弥见其萎减。"若以沪语直译之,则所谓"冷水汏×,越汏越短"者,意义正复类似耳。

(《海报》1944年7月7日,署名:刘郎)

"迭句勿是牛皮"

昨天我那篇《痛股录》里,写到我太太卖掉几件金饰,其中有五只金牙齿,我在此句下面自注"迭句牛皮"四字,我这样注解,是有来历的。记得好几年前的事了,我在某一张报上,写过上海某一位先生生平好说大话的故事。这位先生读报之后,非常难堪,声言要与我大大过不去。经过许多朋友的调解,要我自动写一段替他"登转来"。我却因为吾的文字,一不是蓄意中伤,二不是任意诬蔑,与刑法决无抵触,这位先生要与我过不去,除是用阴损的方式,报我此"雠"。若告到衙门里去,还是我振振有词的。事情一直僵到现在,有时候我们碰见了,他常常以愤恚目光视我,使我晓得他积怒未消。

其实,在当时我们纠纷之后,我对于某先生的好说大话,我是深表同情的了。据另一位朋友告诉我说:某先生的好说大话,百分之百是事实。当他在稠人广座前,摇唇鼓舌,滔滔若河之决的时候,说到某一句带有夸张性的话,他为了要坚他人之心,他总是跟着要夹一声"迭句勿是牛皮"的话。但听的人,往往为了这一句,反而大笑起来。

一个人说话夸大一点,有什么关系？只要他有自知之明。只有只晓得自己夸大,而当别人是死人,那才不足为训。某先生能够用"迭句勿是牛皮",来调和他全部的牛皮,这是他有自知之明的地方,哪又何尝不可爱呢？

(《海报》1944年7月8日,署名:刘郎)

请看饰演文天祥者之手笔

七月七日下午,从修梅兄处转来李少春一封信,现在我把它的原文原字,照刊在下面。此举将会使李少春诧异得舌挢不下。因为他连做梦也想不到,上海的"笔蛀虫",真有这一分汪洋大度。原函云:

> 谨启者:昨日贵报有刘郎著一篇放屁文章,说老爷何事不归,又说老生一只,放屁之极! 我亦可以说他一条笔蛀虫,专想吃角儿,吃又吃不着,故此笔蛀虫要生难过。但是我归不归与他有什么相干? 你有给我吃不起,而且你自己要饿死! 还说依足钞票,请我唱戏,你不要在做梦里。请问贵报刘郎何许人也? 他的狗姓狗名曰谁? 极欲他挺身而出,我领他账。李少春白,七月六日。

有人为了我那篇《李少春何事不归》的文稿,责备我措词未免偏激。当我重读一过以后,自己也是这样承认。及至修梅兄转来李函,我又大为懊悔。早晓得李少春是这样一个戏子,我连那些"偏激"的话,也是多说的,真是糟蹋了我的笔墨。自己称"老爷",问那人的"狗姓狗名",这种恶劣的口吻与气度,用浅薄、鄙陋那些字眼都不足以尽之的。

上海的"笔蛀虫",以笔来蛀角儿固有之,"吃角儿"则从来所未有。我们却听见过北方来的角儿吃上海的舞女,例如白小姐的一身靠、一件蟒,就把角儿打倒了。但角儿又哪里想得到白小姐买靠买蟒的钱,一部分还是上海"笔蛀虫"所输送与她的。因为上海真有几个"笔蛀虫",一直是舞场里的豪客。

李少春所谓极欲我挺身而出,意思是不是要我送上门来,你们就打我一顿? 近来我没有好勇斗狠的豪情,所以想大家太平一点。不过为了这个李少春而我避起风头来,那又断然不会有的事,请李少春暂且不要得意。

(《海报》1944年7月9日,署名:刘郎)

血 与 脑

　　七日薄暮,与桑弧同坐三轮车,自卡尔登赴花园酒楼,经白克路成都路时,行人道上,观者如堵。车更西,忽睹吾车碾处,浓血一堆。更碾,又有白色者入我眼帘,闻车夫曰:是殆人脑。愚亟瞑目,以愚不忍睹惨状也。旋听路上观者言:一童子被车轮碾死于此,尸体不知何往?留此痕迹,以骇途人。愚自此心间恒滓此迹象,饮食皆不爽,言笑亦无欢。愚每日必经此道,后一日过其地,辄瞑目不敢视。不知彼童子之父母,心摧肠断,今何状矣?昔年瓢师取丰子恺所作《护生画集》贻愚,时复读之,恒恻然心动,而能渐戒杀生。愚于生物无好感,特不忍见其死状,更不忍见其自我死之,此心理亦正突兀也。

　　(《海报》1944年7月12日,署名:刘郎)

摄 影 棚 中

　　参加《教师万岁》中一个镜头者,为凤三、梯维、之方、素雯、素英、敏莉及愚夫妇,时为七月十二日下午四时半至七时半。在摄影棚中,炙于灯光下,凡三小时,汗出如浆。之方、凤三、素英皆化妆,素英且着礼服,若披靠登场,真不知如何熬过来也?是日绍芬与勇石皆至,石麟、光启并来,而绍华与夫人亦双临参观,不辞路远,不惮冒溽暑。桑弧至此,乃深感朋友隆情,为不可及。

　　在三小时过程中,众人皆腹饥,石麟以府上所煮之玉蜀黍来,甘腴可口,令人遂忘所困。石麟言:甫采自田间者。此则居近郊人之福,非可以语嚣嚣于都市之群矣。棚中,梯维推小牌九,一方负七百金,愚夫妇分得三百,凤三得二百,敏莉亦得二百。问棚中人近来临时演员之行情,曰:男人六十八,女人七十四金。遂觉此行之得已广,特会钞者乃烦之梯维耳!

　　夜,桑弧以盛席款来宾。坐二桌,仍复斗酒。之方醉,敏莉亦醉。

敏莉近来恒醉,醉态正复可怜。此日之来,其妹侍焉。十时后,因丐妹复挟阿姊归去,非然,又当劳乃兄胫矣。

(《海报》1944年7月15日,署名:刘郎)

东南人物之美

二月以前,我们在周园举行一次聚餐会。我把这个消息,记在报上,文字中说到那次参加者,已尽了"东南人物之美"。万不料这六个字,竟似话柄一样的贻留到现在,成了大众所钳的目标,使我从报上看到一次,难过一回。

其实,我因为不曾轻视我自己,同时也不肯轻视我的朋友,所以口气说得稍为夸张一点,终不是什么罪恶,又何至于惹得众口啾啾?我同我一群日常相聚的朋友中,没有所谓高人雅士,但也绝对没有恶客。有些日子,当我们正在游宴的时候,突然来了一位熟人,参加在我们一起,在谈笑之顷,我们自然都会感到这个人是突兀的;甚至为了话不投机,使得阖座不欢,而大家都会立刻默喻到这情形是为了"人物"的不能"尽美"。

我自己在"魁"着自己,叨在同文,放松我一步,亦是情理之常,想不到都来苦苦相煎。有一位大狂先生,似乎盯得我最紧,我们生平没有恩怨可言,这样的放不开我,我不免疑心几时得罪过他。其实我的"魁"原无异于大狂先生的自誉其相术,一样为自得其乐。明乎此应该大家心平气和了。

(《海报》1944年7月17日,署名:刘郎)

"孤鹰"复活

若干年前,愚与信芳、百岁、素雯、桑弧、梯公诸君,尝演出《雷雨》。时假设一剧团为孤鹰。孤鹰之名,肇锡何人?已不可记,特知是从"过瘾"二字蜕变而来,意盖谓吾人演剧,志在过瘾耳!近顷与恒日聚晤诸友,方议复活孤鹰。信芳、百岁,未必来归,然泰半皆留,奚况新知甚广。一夜,议于花园酒楼,将俟秋尽江南之日,孤鹰第一剧,以《日出》上去。人选之可以决定者,为管敏莉之陈白露,欧阳莎菲之小东西,桑弧之方达生,屠光启之胡四。昨又商之潘柳黛,劝其为顾八。柳黛谓容熟筹之,我愿一试也。然人数犹嫌缺少,不审凤三、包五有志否,曷不语我?

孤鹰曩年初不登记,迩来以剧团限制之严,登记殆不可废。若进行无阻,则我孤鹰亦堂堂之鼓,正正之旗矣。愚在会议席上,即告诸君:孤鹰复活之时,正不肖"搭"女团员之始。在例,话剧之男女团员,固一个栗子顶个壳耳!言已,敏莉频频瞩吾妇,吾妇无言。敏莉辄娇鸣,指吾妇曰:嫂氏听之,阿兄乃言肆而无忌!吾妇始睨我为微笑,若鄙我,非鄙吾言为无状也。知夫莫若妇,正以鄙乃夫之"搭术"勿高,女团员将无法上手耳!

孤鹰复活后,演话剧,亦拟演平剧一次。敏莉将从素雯习歌,他时排全本《探母》,桑弧与敏莉合作"坐宫",素雯则与敏莉合作"盗令",愚演"出关",光启与石麟、沙菲演"见娘回令",就中以之方为六郎,以姚绍华夫人为宗保,券资所获,充《新闻报》之贷学金,将不为其他善棍造福。以上海"好事"之"做"得比较谨严者,惟《新闻报》贷学金一家而已。

(《海报》1944年7月19日,署名:刘郎)

人 事 小 记

王素娟口没遮拦,机灵善伺人意,比年以来,征逐欢场,长系相思于娟娟此豸者,坐是故也。其人复通学问,顾勿以渊雅自矜,曰:售舞之儿特以婉媚诱吾客欢耳,客故不喜我曾读几行书也。顷有人来告,谓素娟病甚,病亦至奇,胸以下,小腹以上,忽隆起如阜。医言,胃已离其本位,成突出状,然无痛苦,为观则不良。素娟大忧,故辍舞。嗟夫!窈妙女儿,初不惜其病状之严,第患突起峰峦,从此一搦柔腰,不复有苗条之致矣。

陆渊雷为当世良医,然书法之高,亦复与医技相垺,此则知者犹鲜。其书冲淡清和,不自工力中演化而来,宁有此杰构?比丐先生作一箧,珍视乃同至宝。愚于当世书画家,向不为衷心折服,独于渊雷先生,不敢有微词。近顷先生与瓢师合作画展于宁波同乡会,读吾《海》者,请志吾言,是为高品,必毋负欣赏之缘,冒溽暑往,非不值得也。

绍华有女公子,顷亦亭亭秀发矣。好习丹青,绍华拟遣之投唐云先生门下,烦愚与桑弧作介。唐先生诲人不倦,姚氏女公子亦慧质灵心,悬知三年以后,所造正复可观。请以此文为先容,告唐先生曰:姚氏女淳朴无邪,不至辱没师门也。

(《海报》1944 年 7 月 20 日,署名:刘郎)

又见梅兰芳

一年以内,愚与梅兰芳先生凡五六见。初睹之日,兰芳方被酒,眉棱眼角间,已不可掩其老态,虽薄醉,亦不足诱其意兴,益觉其人之萧瑟无伦。愚尝私揣,其人殆不可复为;果其人为中国之宝,亦仅在历史上留其璀璨之迹,后此且无由欣赏其绚烂之姿矣!昨日有黎宝荪君,以师礼事振飞,振飞邀至友同与妙典,兰芳亦至,则腴皙又迥异曩时。秋水轩诗有"斯人玉润与花嫣"之句,使兰芳当此,犹无愧色。兰芳既腴,两颊益如傅重粉。入门,便有光艳团然之概。面盘已广,远瞭其唇上微髭,且无迹象可寻。信知尤物,必自天生,愚故重韪斯言。

兰芳辍歌既久,今之人遘兰芳者,亦不复以其出处为问。愚曾看兰芳戏,终兰芳之世,不复行歌,愚亦无所憾。特海上之新兴暴发户,坐卧于钞票堆中,若不获睹梅博士之台上风仪,一旦死去,何堪瞑目?使兰芳更活四十年,今之暴发户,一一先兰芳而死,逆知此中必有人于垂瞑之时,呼梅兰芳不止者。嗟夫!斯人不出,如苍生何?亦惟兰芳有此魅力,即此而称兰芳为中国之宝,固无所不当也。

(《海报》1944 年 7 月 21 日,署名:刘郎)

脱底棺材一日记

日常聚在一起的许多朋友，忽然疏远之后，剩我一个人。想起了易哭厂的两句诗："平揖公卿非有恃,广征歌舞为无憀。"不免老脾气又要发作,蹓到跳舞场里,望望我几位"久违芳范"的户头。

茶舞去看邵雪芳,她没有来。舞场经理,舞女大班,劝我坐一只陌生台子。那人娴静得像闺秀一样,风貌也不恶俗。"凭良心讲"我是欢喜她的。但又一想即使可能弄到手,要多少开销,心随冷了下来。听说胡弟弟又在跳舞了,报上说她嫁过一个姓吴的小子,下堂的时候,拿着五百万元生活费。有人替她辩正,说绝对没有姓吴的小子,是块象牙肥皂,当弟弟跟他时候,几个月的开销,也勒煞吊死,哪里来五百万现钞,要末五百张草纸。上面这些话,都是舞女大班七张八嘴来告诉我的,我都姑妄听之。又听说王素娟今夜是病愈登场,茶舞在大沪,夜场在维也纳。一个舞女,时时"因故进场",使为其客人者,有不遑喘息之苦。惟我却对不起素娟,听着了她进场消息,始终无动天君。

在雪园吃完了夜饭,过去看邵雪芳,还是没有来。舞场替我打了个电话,她病了不能起来,她叫我听电话。为了我日夜都空劳玉趾,她向我表示抱歉,表示感谢。舞女大班再来劝我坐一只华莉莉的台子,我起初加以婉拒,理由是:华莉莉她们都是讲究爱情专一的舞女,一下子就要"爱煞"一个男人,我自分永远没有被她们爱煞的资格,那末用上去不都是灰钿？后来佩之也劝我勉为其难,既然勉为其难,我只好勉为其难。

一个大班来说:他要请邵小姐帮一天茶舞的忙,同时请我务必捧场。记得前几天在维也纳,阿潘也说:要请秋霞帮忙茶舞,她不答允。阿潘烦我代为劝驾,意思劝驾的人至少是捧场者之一。今日之下,只有舞女大班的眼光里看我,我还是小开。我在跳舞场里,因为受他们的奉承,往往自拥而勿馁,只在跑出舞场,坐上三轮车的归家路上,搠一腔怨愤之情,私詈他们道："我操伊拉娘格比！枣子过仔腔,当我是小开,阿晓得穷爷立刻要做瘪三！"

（《海报》1944年7月22日，署名：刘郎）

人在"风头"中

  我同李少春的纠纷，已经许多朋友的调解，而告一结束了。在纠纷进展期间，报纸上有几节响应"该项事件"的文字，因此引起了伶界中人的不满。他们商量的结果，根据祸从根脚起的一句成言，决定要与我为难。但他们并不挺出一个有名有姓的人物，而是用几个班底中人，所谓"苦哈哈"者，做冲锋队。在二十日的深夜，我得到此项消息，决定明天起躲一躲他们的凶焰。凡是每天固定到的地方，暂时不去。生存在此时此地，想不到我会"避这样的风头"，可见我这个人也起码得可怜！

  但我至少还有些人气，不肯懦怯得像捞不起的烂泥一样。我决不怨恨我在代人受过，我也决不请出人来调解，让风头过去。有一二位朋友，他们自动替我奔走，我当然感谢他们盛情。不过小型报人，受过伶人的凌踏，不止一遭。例如十多年前的余大雄，去跪在梨园祖师面前点香，以当赎罪。万一此番朋友调解的结果，不大顺利，而需要我向他们低一分头的话，那末我只想放弃上海，放弃我一家，甚至放弃我一身，来拒绝他们的条件。老实说世乱年荒，谁都在朝不保暮，真要肯挺一挺，我何尝不是亡命之徒？

  我平时对于伶人指摘的文字，不是绝对没有，但都是为了看不惯那些"京朝大角"们一种骄横之气而发的。对于江南的伶人，我一向爱护他们，尤其是弱小的班底，我常常眷念他们生活的艰难。虽然这些文字，实际上对他们未必有什么帮助，但终是人类同情的给与。不料施之于彼者如此，报之于我者却又如此。我不相信是非恩怨会这样的颠倒。因此我又疑心此中或者有人嗾使。嗾使不是光明的举动，真有其人，何不露一露面，让我也好知道究竟谁是我的对头？待我来抵挡一阵，岂不更加有劲？

（《海报》1944年7月25日，署名：刘郎）

修福应修才子妇？

在绍华新居的那一天,我们一堆人坐在庭院里乘凉,谈起许多相识的小姐们的归宿,我以为素雯是最幸福的一位。她不曾嫁与达官巨贾,而嫁的是一个不是穷愁日结的才人。张船山说:"修道人间才子妇,不辞清瘦似梅花。"素雯是否能够体会到船山夫人"修道人间才子妇,不辞清瘦似梅花"的境界,我不得而知,虽然她对于她的丈夫是了无微憾。

我的处境不及梯维,也没有梯维那一分冲淡蕴藉的气度。但有许多人也誉我为才人,我有时也不欲妄自菲薄,承认我自己确是才人,曾经肉麻当有趣的问过现在那位太太,说我是个穷鬼,使你生活常常不能安定,但你终于嫁给我了,是不是你也爱惜我的才调纵横?她兀自摇头说:我不知道什么才调不才调,我只觉得你的心地还好。我听她的话,起了一阵惘然之感。又继之以一阵恍然大悟,怪不得我们夫妻"造孽"起来,她把"旧料作"、"死赤佬"等等字眼来骂我,她根本就不懂得"侮辱斯文"的严重!

红粉怜才,在今世是不会有的事。在风尘中,更加渺不可寻。昨天读到梯维先生的两句好诗:"修福应修才子妇,相攸莫相莽将军。"同时也记起我送与严九九的"明明驵侩人间贱,今向人间或未嫌"的十四个字来,心头上滓着不少说不出的难过!

(《海报》1944年7月27日,署名:刘郎)

随 感 录

听鹏轩主人久辍笔,本刊久无以随感录为题矣。今效其体,试为数则,所以慰读者于一方文字想望之劳耳。

亦拟写"风言风语"若干则,署名用"卵袋"二字。此二字之妙,在于作者性别之异,令人一目了然。一日,于引凤楼遘潘小姐,告以上述之言。潘小姐不许，曰："若写，我扳面孔矣。"故不写，特以经过书于此。

吾妻骂我，辄曰："旧料作。"此三字实师先圣"朽木不可雕也"之意。然吾妻此语之来，决非远承至圣之旨。近顷与朋友谈以人喻木料，例如谓管敏莉为大件头之紫檀家生与红木家生，若歌手兰姑娘，诚婉美无伦，然比之"料作"，仅为小摆设而已。等是以下，殆即吾妻之所谓"旧料作"欤？

白玉薇在朱家剖西瓜，柳黛曰："玉薇破瓜矣，明日将志之报间。"玉薇微愠曰："不可。记之，我必记汝雠。"然柳黛卒记之。文章遇意境太好时，往往不顾一切抒之腕底，是即一例也。

(《海报》1944年7月28日，署名：刘郎)

随 感 录

与叔红坐伊文泰之夜，有二女子踟蹰吾坐前，忽闻其一人曰："我看看迭个人思想倒蛮伟大格。"叔红几为之掩耳，语愚曰："此人而有此吐属，相彼终身，殆已胶着于此，永无进步之日！"愚亦谓女子无才，正复大佳，若读书不通，所得为不伦不类，而本性尤好卖弄，于是其人言行，靡不浅薄可怜。王玉珍之流，开口"危险哦"，闭口"老牌哦"，诚浅薄之尤。然若辈不以才思自矜，浅薄也能浅薄得澈底，则又未尝不可爱矣。

愚看信芳演《青风亭》，恒泪堕如雨。敏莉乃言："我与阿兄似也；曩在他埠看票友演'赶子'一场，呜咽几不成声。"愚大笑，谓票友演技，亦足赚人眼泪邪？当世伶工，惟信芳有此魅力。曩观马连良演时，我亦哭，非哭其作语辛酸也，哭其远不逮信芳十之一，又哭其徒窃盛名耳。敏莉为人多感，读书看戏，恒易诱其眼泪。近顷看《红楼梦》哭，看《青春》亦哭，其情感之施，正复随便。闻其自吉祥寺饮后，辄病。病暑亦病酒，凡其故交，念不能释。若天降澍雨，假我些许清凉者，今将存其病状焉。

(《海报》1944年7月29日，署名：刘郎)

纳 凉 记

不知是不是为了老态日增,这两年来,特别怕热。有风的夜里,再也不想在外面耽搁。太阳西坠的时候,光着上身,在家里的露台上,或坐或躺,禁止太太与我谈盐米家常,让我一个人宅心与无思无虑渺渺之乡。到夜静的时候,再回房去睡觉。但前昨两夜,风信忽绝,使我更加烦躁起来。洗过澡之后,身上的汗,还是淌得不停。我没有办法,一只崭新的电扇,因为节电一直不去用它,这夜我再也熬不住,在房里把它开足之后,搬一张椅子面对着它。但因房里的炎暑未消,打上来的风,绝无凉意。不得已,再上晒台,叫佣人抱了孩子到弄堂里去,自己盛了一桶冷水,把全身洗沐之后,身无寸缕的躺在露天,好在夜色已深,对过人家,望不见我的横陈玉体。太太是冷静的人,看我这副情形,以为我已神经失常,又怕我着凉,屡次从房间里上来,劝我进去,或是加一块毛巾在身上。我不大耐烦,对她说:早晓得家里也没有风,情愿穿上长衫,在外边胡闹,闹得个浑身臭汗回来,比这样不死不活的躺在家中,要痛快得多! 她看我似乎要发脾气,更加疑心我在痴疾大作了!

(《海报》1944年7月30日,署名:刘郎)

儿 在 病 中

愚子唐密诞生后二三月,素雯亦育一子,以营养之善,将护之宜,故儿能茁壮。惟唐密恒病,时惊老夫之胆。堕地二十月,羸瘠无腴容。愚初不措意。前日,过素雯家抱其子,体重几不能起,为之愕然。愚尝提唐密于掌中,扬之,自吾颅而升,若不费力。顾吾子之生,早于素雯之子,今强弱之殊,至于如此,宁不惘然! 是夜,愚自胡家还,闻唐密复有热度,大忧。距今不过半月,愚夫妇自绍华家归,儿亦体热甚高,药之始已,转瞬又作,不知吾儿将使阿翁之老去情怀,何以所赖者? 次日投以药,则下痢,一日间十余次。傍暮,所痢者赤,愚大骇,亟电医者,勿在。

中夜,玉润兄以电话来,告以吾儿病状,则劝服消治龙,谓此殆治痢之圣药也。因间四小时予以半片,而吾儿遂无痢,然热度犹存,明晨亦无痢。作此文时,迟医者尚未至,抚吾儿之额,热似未尽减。视吾儿之目,深大,眶亦深陷,心吊不能下。吾妻皱眉曰:早知育吾子乃足诱吾夫忧深似海者,殊以无子为佳也。

唐密近方学语,撒痴撒娇呼爹爹来,愚辄为之轩眉一笑。愚归,履声橐橐,响自楼梯,唐密辄迎我于梯边,扬双手投愚怀中。小儿女婉曼之情,恒足消吾牢愁。闻其一病,愚益惊魂四逸,良久不知自返矣!

(《海报》1944年8月1日,署名:刘郎)

觐 母 记

愚生平无孝行,父母皆老,而定省荒疏,视彼饰貌矜情,博孝养之名者,则愚尤不贤矣!愚十数年来,淫邪无道,陷亲于危。某岁,吾母增白发无数,齿动摇殆尽,是皆愚之罪,百糜吾躬,不可赎也。德配沈夫人之丧,于今凡七载,愚以两子委我母,我母教养二孙,辛劳甚至,神思益乏,体力益衰,愚亦曾无慰藉之。母与二孙居人安里,东逐西驰,恒一二月不遑觐吾母。母病,必弟侍于侧,告母曰:遣人速阿兄归,视母疾可乎?母摇首示勿欲,谓阿常(愚之小名)事集,不必以吾病而扰其心曲也。故及母病起,愚不得知。前三日,唐哲来传语,曰:阿婆要阿父归视之。愚大惊,不暇问唐哲阿婆何状。随之行,则母固无恙。愚乃问母曰:娘何事诏儿?母目力甚疲,视我久,徐曰:我无事诏儿,特欲汝归,使我见汝耳!愚瞿然不复语,而心窃疑之,以吾母今日,为状乃大异曩时;讵母知其体气已亏,待时皆可瞑,故以恒健其骨肉为喜邪?用是亘三日皆觐母,母亦滋乐。顾吾心悬悬,若不可释。会唐密之病,吾母来视幼孙,妗氏亦至,睹吾母曰:阿姊犹清健如许,愚故稍抑忧怀。二孙中吾母尤钟爱唐艺,唐艺年十五,愿天与吾母以寿,使母及见其秀发之容,毋令愚抱无涯之戚也!

(《海报》1944年8月2日,署名:刘郎)

与 友 人 书

惕兄如晤,两奉赐书,弟无一报,歉疚实深。足下至性至情,贞孝格天,弟则心志日堕,情感日漓,猥琐之状,不敢重对高贤。承问近况,了无足述。故取近月来之报纸,付邮奉上,足下看报,便似眼见一荒唐鬼,自朝至暮,所忙何事矣。闻远居尚安适,特不知健康增进否?沪上友人,无不以此为念。文兄偶来存问,知府上皆平安,已足慰远人之望。弟进益日衰,支出日巨,几次想跳黄浦,但回头一看身后行列,便无此勇气。最近股市升腾,弟之热门股早已脱手,所换来者皆似十四五岁已犯瘆病之大小姐,发育一时难期。贱命之苦,至此已极。昔有人称我不失为"书生",弟则常常承认自己像"流氓"。以流氓还可升梢,书生必永无窜头。以今观之,弟真是书生耶?果尔书生,则要穷他妈一辈子矣。迩时不恒胡调,不搭壳子,其实与知己实言,搭又何尝搭得着,特钞票晦气耳!亦难得挖花,一赌铜钿,便想着足下。足下豪于赌,有身家性命不吝一掷之快,弟苗头最小,挖花从来不肯打一只赔张。此虽小道,亦可以觇穷达之征。足下病体如未愈,请少动笔墨,以符摄生之道。今日之事,养好身体为第一上着。匆复不尽欲言,顺颂痊吉,刘郎拜状。(八月二日下午一时)

(《海报》1944年8月3日,署名:刘郎)

纳 凉 人 语

从前人以为"公子调冰雪,佳人雪藕丝"是逭暑最好的境界,但我常常向往李越缦的两句诗:"流萤一点池塘影,来照阶前笑语人。"真是乘凉时候的胜境;不过都少不了女人则是事实。在上海乘凉,找不到池塘,有了池塘,自有流萤。伊文泰有一个小池子,虽无一泓澄澈之美,在朗月清风的夜里,身靠在池子旁边,似乎也耐人流连。

坐三轮车兜风,比汽车还要适意。有人说这是不人道的,车上人固然披襟当风,极一时快意;但看了前面踏的人,背心上的汗湿了一大块,你能无动于中吗?所以最好办法是坐马车。我听了非常茫然,因为我已分不出现在的劳力者与牲口有什么区别。

明月当头的一夜,孙曜东先生,白天打电话与我,要我到他家里去乘风凉。我在另一个朋友家吃完晚饭,坐一辆三轮车赶到海格路,一路上清风吹袂,觉得一夏天来,这是最舒适的时候。孙先生他们都坐在白石的阶沿上,面临着一片广大的草地,浓翠绕之,四周都种着高柳。人在草地上走,好似放棹在瘦西湖中,看两岸的钟乳。月光射在灰色的建筑物上,朗彻得像银子一样。我在这样幽美环境之下,并不以为满足,我终以为吹风凉无过于脱光了身体在自己的露台上,最为安闲舒散。因此想起了太公的敝屣锦衣玉食,只愿与丰城赌徒为伍,这里面是具有一种至理的。

(《海报》1944年8月6日,署名:刘郎)

我 的 诗

愚诗文绝少惬意之作,有之,一月中不数见。之方于愚忠实,尝曰:我友恒日所为,乃多如放的一个屁,与吐的一口痰也。盖亦力诋愚无经心之制矣。其实愚诗文本都芜杂,文字取法尤不高;特间常以能诗自矜,以为愚为诗自有才气,而着笔便重于意境,向谓作诗之最高条件,特在意境清幽,若彼徒务格律谨严者,每坐此壅蔽性灵,无以彰意境之美!愚工力噐薄,格律自不足言;第喜孕罔于方寸灵台者,纡之腕底,幸无滥调。近时为敏莉所咏诸章,皆布本报,格律固不高,而能得风人温柔敦厚之遗,是勿同于一般"美人香草"之章,应为有目者所共鉴。乃闻某君以书来(书自《海报》转致,次日即佚去,愚未寓目,惟毛羽曾见之,述其言与我),指吾诗为肉麻,本"闻过则喜"之训,乃覆按诸作,则所述皆老实话,无一字轻薄,亦无一语肉麻,颇不知某君所指,是何根据?无欣赏文艺之知能,秘而不言,不失为藏拙之道,必欲谬托知音,多见其本身为一斗筲之夫而已。故曰:孺子罔人耳,去之,幸毋溷乃公清度。

(《海报》1944年8月9日,署名:刘郎)

看《金银世界》

愚等看《金银世界》之日,会兰君创其嗓,吐音遂沙,一沙便带磁性,不必学唐若青,而活似唐若青矣。其实愚始终以为若青之说台词极好听,愚不喜女人发朗润之音,嗓不妨带一点沙,沙则似含磁性,别有引人入胜之美。兰君能做戏,一到台上,活色生香,无可伦拟。吕玉堃之成功,真出人意外。愚向对于吕初无印象,及见其戏,始为折服,窃以为今日之银坛小生,换一个上去,便无此成就,此论必不苟也。杏红亦娇媚无状,姜明与杨志卿胥斫轮老手,故自不凡。"天祥"此局,以阵容坚强,虽时临溽暑,售座乃不稍衰。谓非兰君、玉堃之力,不可得者。"天祥"之局既终,兰君又欲为北游,芳华渐逝,而此人曾不恤漂泊之劳,仗一副豪气做人,到处纵横,愚旧日句云:"红袖归来青一眼,丈夫依旧困斯城。"为须眉者,读此得勿弥增惭恧耶。

(《海报》1944年8月11日,署名:刘郎)

随 感 录

舞女口中,有"自说哦",为自说自话之简称。又有"神经哦"为神经病之简称。又有"勿二哦",为勿二勿三之简称。以及"十三哦"则为十三点之简称。说者既成习惯,听者渐不以为异。顾细细思之,此类说话,极脱头落攀之能事,更谈不到语无伦次也。

柳黛与李先生吃茶于新雅,柳黛方假寐,李乘其不知,取冰淇淋之残滴,洒其发上。柳黛觉,怒甚,取开水浇李先生之衣,上下衣皆润。柳黛之妹在旁,徐曰:你们二人应该各人把二十岁都拿掉,一个五岁,一个八岁,才干得出这样的事来。妹风趣绝似柳黛,愚不识其人。

王珍珍遗榇已归沪,又闻其死状甚惨,为之恻然不已。易哭厂所谓

"直将嗟凤伤鸾意,来吊生龙活虎人"。今日之悼念珍珍者,当闻有此感也。珍珍目短视,不戴眼镜,眸子嫌无神,及一御瑷键,便有风华瞻世之观。其所天蒋,为一办剧团者流,非今日之"小开",亦非大腹贾。珍珍乃委以终身,其旨趣正复不卑。愚于珍珍生前无厚谊,及其已瞑,又闻其琐屑事,则亦徘徊凭吊,竟日不能已也!

(《海报》1944 年 8 月 12 日,署名:刘郎)

程砚秋之诗联

程砚秋归农事,已屡记本报。程卜宅于西山之青龙桥,深巷一椽,屋后置广地数十亩,砚秋自耕于此。吾友有近赴北都者,从万子和君,往访砚秋。时火伞方张,见砚秋立烈日下,着短裤,赤膊,肤黑如炭,举粪杓,徐徐灌其田中花树,为状至闲逸。客至,砚秋肃客入室中坐,吾友见其门上榜一联,记其语曰:

此地别有天,杜门谢来往。
殷勤语路人,莫作退步想。

其实非偶语特小诗耳!当出之砚秋自制。子和乃言,砚秋既隐于是,绝对不要人寻访,惟极熟之友,始肯相见。其妻孥皆宿城中,砚秋偶一归问,则天尚未明,徒步返,行四五十里,始抵家,从不以车代劳也。翌日,子和得砚秋谢函云:"炎日之下,劳兄等光临,甚为欣慰。命书之件,俟写就后即命小儿送上,并乞转告某先生(予友名),弟意不拟入城拜客矣。"词简意达,语亦敦朴,真近世伶工中之奇士。濡笔令人低回不尽也。

(《海报》1944 年 8 月 13 日,署名:刘郎)

雪艳琴失明!

雪艳琴在坤旦队中,谁都承认她是应该坐第一把交椅的。扮相、嗓子,文的、武的,无一不是上乘之选。无论古往今来,自南到北的坤旦群中,没有一个人拟其万一。便是当世的四大名旦,放一个雪艳琴在外头,他们也因此减少许多光耀。

在她全盛时期,忽然辞管抛弦,退隐良家。她嫁的丈夫是溥洸,大概不能使她满意。到去年,实在不能再混下去,便与丈夫脱离。一时传说她将重整歌衫,上海的吴性栽,曾经假与她几万元联准券,劝她购置行头。

不知为了何事,她的重现色相,始终没有成为事实。而最近有人从北都归来,告诉我她已双目失明,从此断绝了她的舞台命运。双目失明的原因,一般人揣测她是梅毒。其实经医生的诊断,她的一双腰子,早已出了毛病。照例既成毛病之后,她不能接触男人,更不能生育孩子。但她终于同溥洸受过一次孕,于是影响到了她的眼睛,失明是必然的结果!

她现在境遇很坏,有人把她同小黑姑娘比为一对凄凉的尤物,但从艺术上的造就来讲,小黑万万不配同雪艳琴并论的。现在的雪艳琴,是损碎了的一块瑰宝。

(《海报》1944年8月14日,署名:刘郎)

为敏莉祝福

久孵犹难出豆芽,一双苦命我和她。她因腰健钱能换,我则才穷笔不花。安得今年传喜讯,便闻阿妹隐良家。开心但望休寻足,莫累令兄作勇爷。

敏莉在今天的夜场,重进大都会了。她本想再休息几天,为了要陪一个姓沈的要好姊妹进场,她也不再迁延时日了。在舞市极度消沉的时候,她不能摆脱现在的生涯,当是出于万不得已。她这一身,具有许多理该薄命的条件,譬如她有疏狂的习性,心地的忠厚,不懂得居积为何事,不善用手段去赚取舞客的金钱。这些条件,都是为欢场女儿者所不应该有的,而她一人兼有之。纵使她不致于局踏得可怜,而处境是决不能舒展的。

我一向说：敏莉的性格，有许多地方太与我相似了。跅弛不羁，不善治家人生产。我之所以一时穷不死者，正仗着一股豪气活命。想不到女孩子有这种性格的，她也不能免于困顿，但再要折磨下去，我的豪气完了，才气尽了，在未老将衰的时候，该轮到我过什么日子？我现在不忍想像。女孩子则尚有一个转变的时期，因为她终要嫁人。我时常为敏莉祝福，希望她早早寻着一个良好的归宿，让她下半世生涯，在"玉想琼思"中过去。所以我听到她还是置身欢场的消息，我非但不是兴奋、愉快，只觉袭击我心头上的，也是那一阵惘然之感！

（《海报》1944年8月16日，署名：刘郎）

溺爱我的儿子！

再过没有几天，就是我亡妇七周年的忌辰到了。这七年之中，我是疏狂似昔，她地下有知，对我不会有什么好感的。她的一缕幽魂所系，却是在她所遗的两个孩子身上。她希望我督教他们，栽培到他们将来立功立业。但这一点是使她失望了。我是从来不会发家翁之威的人，而且多少也存心放纵他们一点。我想起了《宝莲灯》里台词："两个孩儿在南学攻书，回得家来，前堂叫声父，有为父的替他担代。后堂叫声母，哎呀……"他们从小是无母之儿，精神上已够他们的痛苦，故而不要再苦其心力。即使犯了过失，我不忍严究他们。一学期的学业如何？我也不去查考他们。这种意识，当然十分歪曲，但我更有歪曲的理由在。我常常想生平没有干过伤天害理的事，假使因果之说，而不爽的话，那末我的儿子，反正不会做乌龟贼强盗的，最多做一些庸碌的人而已。人做得庸碌一点，有何妨碍？

昨天，两个孩子，跑来看我，刚刚洗过澡，衣服很清洁，身上也没有一颗疮疖。我非常欣慰，问问他们饭也吃得下，矢也拉得出，知道健康也没有问题。后来，他们取出一张单子，递到我手中，说："爹爹，你给我们解一解学费，从十六日起，二十二日截止，你派一个人解到银行去代收。"我接过来看了一看，发觉我的二少爷是五年级生，好像在我记忆中,他早该五年级了,怎么到现在才五年级?想问问他,但又想不要让这孩子窘了。便告诉他们,到时候让你们上得了学,为父的不砍你们的招牌。二少爷欢喜跳跃而去。这孩子虽然蛮狠一些,但他从小就懂得慷慨好义,我非常喜欢他的性格。以为乃翁之属望于吾儿者,不过如此而已!

有人说,我太溺爱我的儿子,我承认我是在溺爱着我的孩子。但朋友,不溺爱又待如何呢?自己是这样的一块废料,有什么能力教养得出出人头地的佳子弟来呢?

(《海报》1944年8月17日,署名:刘郎)

"吃饭"难!

有人看黄宗英之《甜姐儿》而激赏之,问瓢庵曰:拟请黄吃一顿饭,足下亦有路道可寻乎?瓢庵报曰:此易事耳。翌日,商于愚,愚曰:此难事也,我已碰过钉子矣。昔日,周园之会,愚主张要请宗英,匄某君往说之。某君摇首曰:其人乃如货物深藏,而有人实组织委员会保管之。保管委员,如李、如吴皆是也。愚不悦曰:然则应寝吾议,彼既深藏,我又何必盗之?矧盗而又未必可得邪?吾言述至此,瓢庵大笑曰:早识艰难,我不当于朋友前乃夸海口!

他人之请话剧女演员吃饭,其用意与心理,是否与请吴素秋、童芷苓吃饭,再看一看匡庐真相,为一时眼皮之供养者,无所殊别?愚不获知。特愚本人,则一本歆折其艺事之至诚,而欲谋晋接之缘,此言决非欺罔,可以誓之于天地神明。顾以愚平时行动之猖狂,他人恒以"臭盘"目我,坐是愚欲请某一个女人吃饭,必有疑我实挟一种阴谋者,尤其不能见谅于话剧女演员。譬如韦伟,与愚极相熟,愚亦酷喜其性格之爽朗无伦。往时愚等为兰君洗尘,前一日,于广座间遇韦伟,拟邀韦作陪,则竭诚劝请,韦伟摇首曰:我不想去。同座者哗然,力讽愚曰:唐某大砍招牌!愚亦神色沮丧,真如白相人打话,弄得我做勿来人矣。近顷又有人酷赏林彬,将谋一饭,商于愚。愚拒曰:话剧女演员事决不搭讪。

其人固请,且缠扰无休,不获已,愚打听何人与林彬最熟?应者曰:文宗山。文为老友,因打一电话,时愚已做贼心虚,告宗山曰:我欲请林彬吃饭,君与林交善,为我道地,其事必有成也。文初嚅嗫,知苗头并不甚好。既曰:然则我与熟商之,必不至负故人雅望。愚唯唯谢之,特返告请客其人者,谓林彬不至。其人嗤我以鼻曰:毫无台型。愚亦笑曰:早是臭盘,今更说不到台型矣!

(《海报》1944 年 8 月 18 日,署名:刘郎)

樽 前 小 记

老友吴鹤云先生宴信谊药厂、协和工业原料行,及利华西药行之上级人员于高恩路鲍宅,更邀愚与梯维为陪客,席上始识鲍国昌先生。在中国近世新药业中,鲍宁止为巨擘,直不容作第二人想。其人不鹜虚名,惟苦心劳意,专司所事;以学识之优,经验之丰,与才干之练达,经营信谊,使信谊之出品营业,以及内部组织,乃日进无疆。是日席上各陈一纸,列所有宾客名单姓字之下,系以职务,例如胡治藩(梯维)名下,书浙江实业银行总管理处。而例外者一人,则不肖是。鹤云于唐云裳之下,加"即大郎"三字。愚不悦,以主人直视愚为游手好闲之白相人耳。其实要为愚加一头衔,正复困难。坐是痛恨平生事业之无成。今年,有人发起设立冶铸厂,劝愚参加,要愚募一部分股款。愚所募亦颇有头绪矣。因列愚为发起人之一,事若成,将畀我以常务董事之席。愚惊喜交并,喜愚之荒疏,居然亦为董事,又惊董事之终不懂事耳。未几,厂为财力富足者所觊觎,众议遂寝。因念不祥之身,何骋勿蹇?若使事而可成,则今日鹤云之名单上,愚之头衔正复赫赫,弥足与诸君子竞爽一时矣。

(《海报》1944 年 8 月 20 日,署名:刘郎)

也记震川书院

本刊曾经记过几节关于归震川先生的文字,也有人提起了安亭的震川书院。安亭是我舅父的故里,我则住在嘉定城中,穷乡下邑,没有胜迹可寻,惟有震川书院的残址,尚可使通人到此,徘徊凭吊而已。

小时候随着母亲从城里坐了脚划船,到安亭去探省舅家。将到舅家还有三里的地方,我们的船,先过洋桥(大车通过的铁桥),再经书院。小时不懂得归有光为何人,自然不会发思古幽情,只留下一个印象,正如东方索先生所说的"白墙一带"而已。

震川书院同菩提寺是毗连的,住在舅家日久,厌闷时候,跟了野孩子到菩提寺外面旷场上去打滚,闯进菩提寺的山门,只觉得四大金刚的好看,而从来不曾去望一望隔壁那位一代大儒读书的遗址。及至成人以后,离乡背井,尘垢满身,更顾不到来一次下邑清游!前两年,听说震川书院的门外,曾经做过刑场,书院更摧毁得不成样子。舅父谢世至今,也已四年有余,将来我在"雪涕归来省外家"时,再要去看一看震川书院,怕连残迹都不能认了。

(《海报》1944 年 8 月 21 日,署名:刘郎)

无　　聊?

前几天接着朋友一封信,在后面有一行附笔,写道:"近日大作,无聊文字太多!"这位朋友,我一向当他是"知我者",现在看来,他原是知我不深。朋友,你我论交十数年,你几时睁开过眼睛,看见我写过一篇"有聊"的文字?做过一天"有聊"的人?现在看了你十个字的教训,我疑心你要把老朋友重新估计,若然,那末我劝你不必,因为你越估计下去,越要使你失望!

我是天生一块废料,用"无聊"二字,可以相定我的终身。我绝对不是为了怀才不遇,或者有一肚皮不合时宜,而在佯狂玩世。无聊是我的根性,无法将它改换的。有时碰着客气一点的朋友,谈起我的文字,他们问我,你怎么永远同几个女人搅七念三?我说我是聊以自娱。其实这四个字也是我急不择词,而非衷心之论。同女人搅七念三,也算聊以自娱吗?小时候读汉书上面越王赵佗,写与汉文帝的一封信,我服膺他几句话:"吏相与议曰,今内不得振于汉,外无以自高异,故改号为帝,自帝其国,非敢有害于天下也。"又为了许多不如赵佗的人,都在那里僭号称王,他又说:"老夫故敢妄窃帝号,聊以自娱!"以妄窃帝号,而为聊以自娱之计,该是尽了聊以自娱的最高极则。本来为王为寇,都可以聊以自娱来文饰一身的。搅女人却算不了什么,不过是无聊而已。

所以朋友的责备我,当然是属于好意,但我的不成器,也是不移的事实。写到这里,我真无法得一个结论,来报答我的朋友,还是说一些琐屑吧!你托我买的书报,我关照了好久,但都没有办来。大概星期四可以办齐了。花园吃饭,我们另约日期,因为定桌是要托熟人去的。

(《海报》1944 年 8 月 22 日,署名:刘郎)

张淑娴不是"京朝大角"

天华先生昨天在本报上劝张淑娴退出"中国",理由是目下的"中国",是海派的大本营,惟有张淑娴是"京朝大角",溷在一起,似乎糟塌了她的身份。其实天华先生的见解是错误的。我是欢喜张淑娴艺事的一人,去年用过许多心力,替张老板张目,但始终没有承认她是京朝大角,而且绝对不希望她成为京朝大角的。京朝大角有什么喧赫?雪艳琴虽然两眼失明,却还没有死,遗芳余烈,有她在前头,难道还有人好爬过她头上去不成?

昨天我刚同几位朋友谈起淑娴,一人说:张淑娴绝对不是京朝角儿,她所有的好戏,都是南伶的名作。譬如《红梅阁》、《英节烈》,而京角应该有的看家好戏,都不是她惬意之作:《探母》、《金锁记》、《玉堂春》这类戏,几曾听见张淑娴歆动过顾曲周郎的?又一人说:张淑娴绝对不合京朝大角条件的,因为她从来没有在北京登过台;一向她在北方演唱者,不过是天津、济南几处而已,所以她只可说是"津角儿",而不是"京角儿"。何况她在上海,演过多少次数连台本戏着时装,说苏白的王莲英一角,都上过台,这还成什么京朝大角?

为京朝大角既不是光荣,为海派名旦也决非耻辱。麒麟童、盖叫天,他们这辈子都挂不上"京朝"两字,然而他们都是千秋不朽之身!

金素琴走得远远了,素雯也已退藏于密,吾们何不让张淑娴跻上那"江南坤旦祭酒"的宝座?朋友,你何必一定要用"京朝大角"四个字,来囿囵一个艺人的性灵呢?

(《海报》1944年8月24日,署名:刘郎)

天厂捧角史

二十年来,老友天厂居士,力捧三老生,为麒麟童、马连良,与谭富英是。天厂尝寝馈皮黄,拟法连良,台步与腔调皆似,二人之私谊亦笃。又尝立宏愿,谓人曰:我而开戏馆于上海者,必以信芳为长年台柱。战后,百业凋敝,天厂苦无所事,今信芳栖迟沪上,因办昌兴公司,盘卡尔登,而使信芳组移风社焉。相处三年,终于割席,虽彼此无损交情,要亦不如天厂初愿。去岁,为大来公司事,连良颇忤天厂,吾友遂痛鄙其人,勿相闻问,直到如今。

半年前,瓢庵设宴宴天厂,座上有关正明。关将北上,苦无良师,天厂遽曰:何不投小培门下,此人侍乃父甚久,纵不肖,而孕蓄者自广,矧其子弟亦勿多。天厂言已,愚窃疑之,以吾友赏鉴日高,乃何以奖彼老奴?旋闻人言,天厂方与谭氏父子论交,过从甚密。春间,谭氏赴沽上,天厂张巨肆于津门,礼款二人居其肆中,供养之善,祀远祖不啻也。近顷,天蟾邀富英来沪,北方公事,天厂主之。一日,天厂遣其子诣谭家,入门,子闻小培作诟谇声,语侵乃父,大怒,返白天厂,天厂懊丧若痴,詈曰:亡义之徒,莫如老狗!

外史氏曰:上海长脚小马,旧尝言之,梨园子弟,其为男人,一概勿搭讪,其为女人,而可以遂摆平之愿者,姑媟之,我既媟亦必随弃之,勿能多搭讪也。证以天厂所历,真不能以小马其人而非其言矣。

(《海报》1944年8月25日,署名:刘郎)

有人曾见二梅无？

　　生平赏鉴力极富，鉴女人如鉴诗文，一加投眼，便入细微。我谓这个女人好，决不会有大毛病，我谓那个女人讨厌，则亦断找寻不出大好处来，"明鉴万里"，自来久矣。与管敏莉晤对二三次后，便苦誉其人，迄至现在，凡七八月，尚未看出些许恶劣，有时好处且层出不穷焉。或问曰：以子所言，货腰女儿之美好者，将无逾管氏其人者乎？则应之曰：舞海投眸，敏莉实第一佳儿。又问曰：然则风尘中人，亦无似管氏其人者乎？则曰：是固不然。因忆二梅。二梅为十年前之伎流，妍红粲白，艳爽撷人双目，作风异于敏莉，而婉亮温清，心地亦仁蔼无伦，健谈，谈必使客尽欢，真人间解语之花；志趣亦高，午后投塾中读，着蓝布衣，履平跟履，有时遘之道上，日光嘱其双眸，窈窕乃大似秋星。愚识之半年，忽隐去，谓其不伎而专攻读。逸芬在沪时，犹能侦其起居近状，及战乱既兴，消息遂杳。又二年，愚作怀人绝句，维时苦念二梅，因得诗云："灵台常放美人图，才可成阴莫便锄。欲逐红尘随处问：有人曾见二梅无？"句不足存，当时之刻骨相思，不可讳也。

　　（《海报》1944年8月26日，署名：刘郎）

樽前小记

　　秋后，以二十八夜为最热，与千尺楼主人同饭于云楼。云楼者，国际饭店十八十九二楼之别名，不肖雅篆中署一"云"字，登临至此，真有如归之乐，固不第有凌云之快也。风自窗罅吹来，潦且劲，烦暑都消。八时后警报遽传，窗闭，灯亦熄，汗出如浆，重衣皆润。迟淑娴姊妹，久不至，众人皆馑，因先餐。云楼制馔中，以云鸡最腴美，雄白操刀时，谓众人曰：是唐云裳鸡也。愚惶悚应曰：然则毋咬我，不尔，小性命殆矣。座上殊无俗客，新知童先生，见闻尤博，以闽人而久居平津，与徐凌霄、王小隐诸先生皆素识，为愚谈徐、王近况，因知才人无恙，滋可慰也。张家姊妹,至九时半始来,少食,辄赴阿勤梯娜。近者,淑娴辄工谈笑,不似往日之默默当筵矣。问愚有兴炊弄否?愚颔首曰:唯!颇想一演李奇,苟得淑娴为我俪桂枝,亦为殊幸。淑娴笑曰:在义不当辞也。二人舞兴甚浓,汗湿外衣,都无倦状。今夜,贴全本《木兰从军》,是经梅博士为之指正者。"中国"珍视其杰构,列为大轴戏,悬知"中国"台上之精彩纷呈,皆梅氏之流风遗韵矣。

(《海报》1944年8月30日,署名:刘郎)

夜捕"书生"记

距今四五日前,夜将午矣,沪西某饭店来一客,欲谋投宿;询于楼上侍者,侍者以三楼一室畀之。客出外,招两妇人及一男子同至。两妇人一已三十外,一犹二十许,皆为时世妆。两男两女,一室殆嫌未敷,更问侍者,应曰:今无有,过一时后,某室之客且行,可以匀住其中也。四人因呼酒菜,方恣情饮啖时,忽有巡逻者至,看市民证,二妇人皆别家内眷,而男子二,皆业说书。巡逻者诘之严,谓夜深何故聚饮于此?时男女皆被酒,答言殊不逊。巡逻者怒,系之同赴官中,押四人下楼梯。时愚友方登楼,睹此状,则并识四人,谓二男子,一为说《英烈》之张,一则唱《珠塔》之魏。妇人二,年长者为孀居,氏盛,其夫某,于三四年前,被人毙于道上。其一为吾友相知之下堂妇,曾育一男者也。是夜三时后,官中释男女四人归,四人仍诣逆旅,淫狎一宵,天明始去。述者乃谓书生(说书先生之简称)淫乱,殆为本性,而胆力甚粗,此事之前半段无足奇,奇在从警署中归来,若辈还能到老场化寻开心也。

(《海报》1944年8月31日,署名:刘郎)

虞姬帐下泣无声!

中国大戏院,动员"江南名将"献演之夜,张淑娴、曹慧麟双演《别姬》。淑娴演于前,舞剑诸场皆烦之慧麟。张、曹二人之造诣,分量上固有重轻,如此支配,淑娴深得礼让之贤。顾识者悻悻然,谓是岂事理之平?则张之报端,慧麟因此甚难堪。无何,及七月卅一夜,重翻此剧,淑娴将登场,忽慧麟亦装成欲上,互值于挑帘处,为势甚僵。淑娴既出帘,慧麟退去,入扮戏房,嘤嘤啜泣矣。及淑娴戏毕,闻后台传语,曹已"抽头",以后戏,烦三小姐(戏班中人称淑娴为三小姐)顶下去耳。淑娴亦愠,曰:我不顶,我乃未尝预备,亦来不及为打鼓佬说"剑套子"也。时台上等虞姬,不出,台下哗然,后台亦大乱。林树森本唱刘邦,至此摘头上之冠,拔颏下之须,登台为观众述慧麟迟上原因,亟致歉意。更诣后台力劝慧麟,全其终始。台下人得风平浪静者,林三一人之力也。淑娴遭此意外,告人曰:十数年演剧生涯,此为初遭。又谓与慧麟虽非同枝,情好无间骨肉,自问未尝侮慢慧麟,今日之事,慧麟实难我!言已亦伏案大悲。说者谓慧麟年稚,罔知世故耳!若必欲让舞剑与淑娴者,正宜于先一日言之,意挚词温,淑娴且乐于接受;知者亦必奖其襟度之善为不可及矣。

(《海报》1944年9月3日,署名:刘郎)

拆 字 记

女艺人某,今方驰盛誉于春江,顾葳蕤自守,未尝有荡踰之闻,流传人口也。识者无不钦其高洁。近顷,有甲乙丙三人,与艺人过从较密,艺人献艺既毕,三人必恭送其返家,盖亦钦服其艺事之精湛,而不觉维护之周也。后有丁戊二人,与艺人亦素识,闻甲乙丙得艺人青睐,同曰:若辈能得此,吾何尝不可为?稍费心机,取三人而代之,当非难事!然色厉内荏,不敢造次。二人遂同诣术者拈二字,请术者卜此行休咎。术者曰:是为"涠蛊"二字也,请问何用?丁戊白以故,术者遽曰:然则公等听之,"涠"之旁为二点,即指公等二人;又一旁为一"周"字,是为三面有包围之象,惟一路可通,苟能循此路而直入者,公等此行大"吉"矣。继又评"蛊"字曰:此字上面三虫蠹蚀之象,则妨碍公等行事者,实有三人。下为"皿"字,"皿"为"血"字无头,盖谓公等做此种事,殊无

"血头",亦即谓公等求抵于成,还要加一点心血耳!丁戊闻言,唯唯谢其技之巧,而相顾诧愕,私谓曰:我二人今日遇见神仙矣。

(《海报》1944年9月6日,署名:刘郎)

财产的数量

记得从前的《晶报》上,登过上海拥有一千万以上财产的人,当时搜东寻西,也不过写了十来个人。及至现在,上海的富翁,几千万者,车载斗量,几万万者,也更仆难数;非要有几十万万、一百万万才好叫听的人翘一翘大拇指头。闻说最近在报纸上刊载姚宅报丧的那位死者姚老先生,这是上海的财主,死了之后,遗有子女十九人。在他弃世以前,立过一张遗嘱,其中有八个儿子,继承他所遗的全部股票,是什么公司的,什么纱厂的,总数为三十二万万,每一个儿子,可以分到四万万元的遗产。仅股票一部分,已有此数目,其他可想而知。另外十一个子女所得到的,当然也是万万数。那末这位老先生身前的财产数量,假如用阿拉伯字写起来,写到完全准确的时候,岂不要费很多的时间?有一位先生说笑话,他道万一记数的纸张面积不甚广大,真怕这许多数目字,写一行还挤不下来呢!

(《海报》1944年9月7日,署名:刘郎)

书 家 论

他报有人记康南海生前,自矜其书法之佳。窃以为此老亦狂罔耳!康书自外行看之,固然不好,自内行人看之,亦必笑其非高品。愚于书法绝对外行,既不能远溯源流,亦不审其工力所在,特以为能赏吾心而适吾目者,即使好书;则于近代得四人,为叶恭绰、萧退闇、姚笠诗与陆渊雷是。笠诗为愚老友,其人未尝以一字易人钱,且保证终其世,亦不以书法易人钱,故苦誉此人,当无代为宣传之嫌。此人以最高之天资,而潜心于临池,所造乃高逸无伦。萧、叶二公,已成大家,正不劳愚之妄为轻重。今年始见陆渊雷先生字,亦发衷心的赏爱,顾以盲目者多,书展成绩,未如一般的圆满,滋可慨也。愚迩时心气和平,于海上卖字诸君,不复敢有一言之毁。若干日前,某某诸兄,于某某二家书,互为扬抑,且涉及愚往年所论,愚不欲稍参意见。本"光棍不断财路",与"让人家骗口饭吃吃"之旨,尤不当晓晓无休。特若杨草仙、姬觉弥之流,始未尝不可丑诋。草仙不恃卖字为生,第虚报其年岁之高,乞人见怜,其情可鄙。姬则久称财主,而附庸风雅以书法炫人。书法而可以看看,我亦无言,其如使人看见面而却奈何!然则不评此人,更将谁许。

(《海报》1944年9月8日,署名:刘郎)

同情一个故人

做了半世颓散不羁的人,给予一般人的印象,是唐某这人太无聊,太吊儿郎当,同他吃吃豆腐可以,同他酒肉征逐可以,要同他讲德、业、功名一类正经的事,那就……那就成了笑话似的!

我是有自知之明的,晓得一般人对我的见解如此,所以我有时感到生活的不足,想同朋友兴办一种事业,临到要去请几位相识的所谓"商场巨子",给我帮忙的时候,我往往却步不前。我生怕把来意告诉了他们之后,他们陈着一面孔疑难之色,肚皮里转着念头:"你,你也配谈这个?"我越想越有这种可能,所以在我还不致马上要流转沟壑,暂时还犯不着被这样的人,触这样的霉头。

几年来喊着要改行,到如今还是捧牢了这碗羹饭,原因实基于此。最近有一个故人,发生了一件类似上述的事,为了他所遭遇的,想起了我自己,我寄以无限同情。

这位朋友是王唯我君,王君过去的事迹,上海人晓得的很多,因为他是世家子,所以他行为乖张一点,别人对他的批评,也格外严厉。但他有一分绝顶聪明,他有许多著作,是关于戏剧上的。今年夏天,他写了一个舞台剧本,送与国华剧社,吴玔之先生看了非常赏爱,愿意替他导演。现在正当排戏中,而报纸上的舆论,却不肯放松王君。他们把

"小抖乱"的绰号,依旧放在《红菊花》剧作人的头上,他非常懊丧,他说为了报纸,不但使他剧作人的尊严尽替,还因此发生了许多困难。

我的论人态度是这样的,品格是品格,艺事是艺事,不作兴并为一说。天下自有许多"不以其人而非其言"的事,何况王君还在青年,他困踬多时了,我们何不放开眼睛来,看看他"新生"的一页。

(《海报》1944年9月9日,署名:刘郎)

"施家生"

听朋友讲述某一舞人的一节笑话,说有个客人,追求这一个舞女,经过不少时期,他们有了肉体关系。但一次之后,就成了伯劳飞燕,各自东西。有人去问那个舞客,你是存心做牙签的吗?客人矢口否认,他说我是煞费经营,好容易达到了目的,怎么会立刻弃之如遗?也不知什么原因,我再想去寻她时,她同我冷淡得冤家一样,非但凛不可犯,她那种肃然之气,使人不敢逼近。此人再去问那一个舞女,舞女非常坦白的诉说出来,她说:我对此人,凭良心说,一点点的"胃口"也没有,但他在追求我的时候,他那样温存体贴使我不能不为他感动,我未尝不知他对我是怀着什么希望。等我明白该是感恩图报的时候了,我答应了他的要求。在我把一双眼睛紧紧闭住之后,偿了他的向时心愿,他既尽义务于前,如今已享到了权利,我便毅然决然斩断了彼此的关系。因为我实在没有勇气,让他再享第二次的权利。此人听完了她这一夕话,不禁大笑,说上海有的是"施粥""施饭""施棺材",像你这样一番举动,不成了"施家生"吗?

外史氏曰:肯"施家生"的舞女,总不失为好人。浇薄的女儿,当她对你及有胃口时,你待她像祖奶奶一样,挖出心呕出血来,她所施与你的,还是冷酷无情。你且不要嘲笑那闭紧了眼睛的"权利",有什么情趣。

(《海报》1944年9月11日,署名:刘郎)

信芳登台前所闻

信芳将出演于"黄金",迩时传说甚盛。以势观之,大概不成问题矣。信芳所取于院方酬报之丰,今为南北诸伶冠,故此局之包银数量,颇为外间人属目。坐是有传其要出十万大关者,不知孰是？特索取过多,院方打不出开销,则亦根本不能成局。遂有"黄金"归信芳接办之说,自己做院主,能够挣多少便是多少,此亦近乎情理之事,实亦确有其事也。惟闻此举尚未谈判成熟,顾乾麟君之意,先请信芳演一个月,再谈让渡。周、顾二人,交谊甚厚,是不同于恒常宾主,凡事或容易商量耳。

"黄金"于信芳登台之后,前排座拟售四百金,较目下任何戏院为贵。惟阵容必使其充实,黄桂秋、王熙春皆在延揽中。从接近信芳者传出,谓泡戏已定第一日《群英会》,第二日全本《失空斩》。前者为信芳"逢泡必漏"之剧,后者则不知已数十年未动矣。一旦贴此,或将使闻者咋舌。其实信芳于谭氏此作,所见最频,心得自多,旧尝为愚言谭氏此作之美,其所体会者,又岂后起须生所曾梦见？吾人不当浅测其形貌,而宜深掬其神髓者也。

(《海报》1944 年 9 月 12 日,署名:刘郎)

"仿佛的命运"

柳黛毕竟性情中人,读其《送顾兰君》篇既竟,弥复黯然。兰君之行,愚不及躬送,别时,犹记兰君扬手曰:我将频频以书来,存海上故人也。是夜,熙春实送兰君归,及门,兰君语熙春曰:汝曷小憩吾家。熙春会其意,随之入门。登楼,兰君之所天已在。熙春投目隅墙,陡见一稚子方面壁长跽,壁上张一纸条,不知其上书何字。闻兰君曰:汝又何事生威,惩彼稚子？李英不答,良久亦问曰:若又何事迟归者？熙春因曰:李先生,我良歉然,我以别兰君在迩,既饮,复留之为纵谈,故不觉归乃綦迟。虽然,我踵此门,是为初次,先生当念佳客夜临,幸贶我以厚谊,毋咎夫人,亦毋遣稚子。稚子何罪者?先生当唤之起,长跪虑创其胫骨也。李英乃驱稚子门外,而盛威不减。熙春小坐即辞,出门,泫然曰:兰君良苦!兰君良苦!

柳黛文中,引兰君之言曰:"柳黛,你亦为自己活着一点。"其实兰君正不暇为自己谋,第能以此语噢人耳。故其沉哀尤蚀骨。柳黛又言:"我与兰君有仿佛的命运。"叔红谓此中亦有殊别,柳黛今日,不过于情感上之痛苦,虽深而易灭。兰君之痛苦,已臻于理智,镌入心头,不容削拔。嗟夫!好女儿真不能"玉想琼思过一生"者,念之辄愀然无已矣!

(《海报》1944年9月13日,署名:刘郎)

都弄错了

真抱歉,前天所记《信芳登台前所闻》的一节文稿,所有事实,几乎全部成了"传闻之误"。昨天有人碰着了信芳,据他说"黄金"票价,前座卖三百元,他的包银,照去年"天蟾"的办法,所以一场戏他是要取到十万大关朝外。不过他是这样说,其实"黄金"方面,无论如何,照他的办法是无法打开销的。顾乾麟这一次与信芳谈判公事,秘密得没有第三个人晓得,所以他们间能敲下榔头来,原因决不很简单的。反正蚀本赚钿,是姓顾的事,别人可以不必闻问。现在颇有人高兴研究这个问题者,只是想晓得信芳所创的包银纪录,究竟到了什么程度?

他的打泡戏,这一回不是《群英会》,而是《追韩信》。这十年来,《群英会》确是他逢泡必漏之剧,所以别人告诉我,我也深信不疑。去年在"天蟾"之局,配角有小翠花、马富禄、叶盛兰。再看看这番"黄金"的阵容,在观众当然有曾经沧海之感,好在想望信芳登台的人太多,假使人马差一点,真正麒迷或者不会计较这一点的,这真叫"饥者易为食"也。

(《海报》1944年9月14日,署名:刘郎)

"尺寸"谈

张伯铭兄体态痴肥，望之如弥陀佛，而生有柔肠，仁蔼固如佛也。还常与小马游，小马有长脚之号，其人颀颀，瘦而峻，立电梯中，不敢昂首，头一直，触顶上之风扇矣。二兄皆与愚善，闲时以电话来，相约共游宴。一夜集于金谷花园，愚忽生感喟，语二兄曰：后此有汝二人，必当无我。则问故，愚曰：譬如吃吃夜饭，本无所谓，若一本正经想搭壳子，有我在，必败公等事；伯铭阔大如磐石，小马则俊爽若高松。不肖诚不等样，特杂于二兄中，宛然有"秋纤合度，修短适中"之美，若壳子而以"貌"取人者，三人中，我殆登上头之选，二兄想搭，搭勿着，而我搭脱矣，岂不败公等事？言已，伯铭匿笑，小马咆哮，示勿服。愚亦笑曰：兄毋勿服，我言亦存心呕人耳。明知十数年来，小马纵横于脂围粉阵，搭名壳无算，当时其人尺寸，已"顶天立地"矣。之方恒言，女人事最难说，若壳子只跟俊美男人跑者，则发育稍稍畸形之男子，舍为缁流外，将不更为人，此白相场中所以有"各人头浪一爿天"之语，正欲劝条件欠缺之男人，不必气馁勿前耳。

（《海报》1944年9月16日，署名：刘郎）

看"四只陌生面孔"

"四只陌生面孔"在天蟾打泡之夜，我去坐了一个多钟头，从《翠屏山》"吵家"看起，至"偷鸡"终场为止。那四只面孔，从陌生而变为"熟"的了。

贺玉钦"杀山"的石秀，真冲，冲得他自己的命都忘记了。但身上并不好看，可是三层楼上，把他看作"瑰宝"。我说：这孩子有了饭啦！将来善琨一定不放他回去，请他加入共舞台。之方在他身上，哗啦哗啦吹起来，定有许多妙文。

王铁侠"吵家"的石秀，小马说扮相像我，我自己看看，也觉得大同小异。我没有看他二进宫的杨波,不知挂上髯口之后,会得等样一些否?喊起来调门还高,要紧关头嘎起来,也有满堂彩可听。

陈永玲的潘巧云,太使我满意了。他从过三个先生,小翠花、魏莲芳与朱琴心。但扮相真像翠花,大概就是今日的永玲。但今日的永玲,有二十年前翠花的那分造诣,而加上一条翠花所没有的嗓子,这真是瑰宝了!我要求求上海淫荡的婆娘们,别看得他好看,就想染指,让这朵花开得更灿烂一点,这是平剧坛上稀有的珍品,毁伤了他,你们会不得好死的!

张椿华什么都像叶盛章,连剃的平顶头,也同叶三一样。除了年纪比叶三轻,身体比叶三更精壮之外,其余一般无二。我不大欢喜一个人摹仿得太像某人,在艺术立场上讲,摹仿是落于下乘的。再好一点,是别人的,不是自己的,有大号天才,何以不自出机杼。我只望张椿华渐渐从叶老三身上,神化一番。

(《海报》1944年9月19日,署名:刘郎)

陈永玲的危机

昨天我记完了陈永玲的一节文字,突然想着上海是一只毁人的洪炉,不要把这孩子也糟蹋掉了,岂非可惜?所以又添上一段尾巴,劝劝上海的姨太太,生意浪、舞场里那一群专吃"唱戏的"荷兰货们。噢不,兰荷货们。别要紧动手,害得这孩子乍到上海,为她们嗓子坏了,功也退了。

有人告诉我,你不能这么说,本来她们并不注意,经你这一番劝告,反而引起她们的兴趣,倒要成群结队,去瞧一瞧究竟是怎样一只好看的脑袋。将来出毛病,也许就应在你这一句话上。其实这是废话,据我的阅历来说,男女都是一样,陌生面孔的坤角儿一到上海,上海早有许多名流巨贾、恶少们,准备作尝鼎一脔之想。这是我亲眼看见的事实,女人何独不然。

我可以逆料,这几天上海一定有几只手里向多两钿的老蟹,正在一本正经的同闺友商量:"阿姐,陈永玲格小鬼我看见过哉,喉咙也好,扮相也呒啥,倷阿要动动俚脑筋看,格种小鬼末,还勿是三只指头扼粒螺蛳,要俚哪哼就哪哼。"又可以想见的是天蟾舞台的台下,戴了金刚钻戒指,向台上一耀一耀,和隔不到五分钟,便要对镜子搽粉的女人,老的,中年的,少的,一天比一天增多。她们何尝是来欣赏这一份好材料的,她们只是想把他生吞活剥了下去!

我还想吁请这些婆娘们,积一点德吧,还望钳下留情。

(《海报》1944年9月20日,署名:刘郎)

周信芳与《四进士》

《四进士》已成信芳每贴必满之作,其实"白满"戏在信芳,无非绝唱。《南天门》、《青风亭》、《战长沙》,皆百观不厌,而《叹皇灵》之反串徐延昭,雄爽之情,苍凉之致,尤可诱台下人放声一哭矣。

《四进士》在今日,普及于观众,宛似当年之《追韩信》,每贴,台下人百分之九十五,已看过一次以上者,故效果之来,往往预于台上动作之前。盖于剧情之进展,台下人已熟极而流矣。往年,看信芳演《追韩信》,唱二簧三眼时,台下人咸从之歌,蔚为一片。今《四进士》亦然,唱"偷书"之原版时,台下人复亦步亦趋矣。

《四进士》唱工甚多,三五句二簧摇板,及西皮原版外,尚有大段西皮摇板,最好听,亦为全剧精彩所凝。往时闻此为之堕泪。缘其声调之美,似诉沉哀,不似马连良之但以漂亮是尚也。

《追韩信》剧本一无可取,而风行一时是为观众浅薄之征;《四进士》在平剧剧本中,为第一美构,而今得盛传,是无负于当年剧作人呕心沥血之苦,所可喜也。虽然若非信芳演技之神,《四进士》又安从发璀璨之芒,而台下人能欣赏《四进士》编制之好者,有几人?故曰:惟信芳不朽,《四进士》始赖以垂诸千载耳!

(《海报》1944年9月21日,署名:刘郎)

感念友情

儿子之疾,去十之七八矣。病亟凡三日,壮热不退,痢勿已。扶之起,如病鸡雪立,羸瘠已不似人形。一夜,妇临儿啜泣,愚心意益乱。次晨王玉润医生复至,皱眉曰:虑其成肺炎。玉润去,会孙曜东先生以电话来,告以儿病之苦。遽曰:曷勿诣许世珣医生,烦其诊断,许诊所在善钟路赵主教路口,为留学英美之医学博士,不同于时下儿科专家之自矜名贵,而医术精湛。吾儿诊竟,曰:肺炎之象已现。盖与玉润之诊断符也。则施以针剂。次日复往,热已减。复施注射,热尽除。自是辅以玉润之方剂,儿病遂如春被野田,日征善象。

三四日间,愚魂胆皆堕。曜东先生忧人之忧,日以电话来,问吾儿病状,关注弥殷。人言孙先生以少年而跻身显达,意气飞扬,实则其所蕴闷于方寸灵台者,热情如沸,不得相知,无由宣泄。今厚爱乃丛萃于不肖一身,吾儿奇幸,得广被其泽,使愚所感念于故人者,何可言喻?尘事稍闲,将躬为良友谢焉。

(《海报》1944年9月26日,署名:刘郎)

《教师万岁》上映之前

《教师万岁》从今天起在大光明、沪光、新光等三院同时上映了!这是桑弧第一次导演的一张片子。桑弧不是电影公司三考出身的人,他与中国电影所发生的关系,是写过《肉》、《人约黄昏后》、《洞房花烛夜》与《侬本痴情》四个剧本,现在从创作人而来尝试导演的。

我同他是老友,他的学问文章,受过无数人的景仰,年纪还轻,而品格十分高洁。看见他的人,就觉得他清澄得似一泓秋水,生平没有坏的嗜好,惟于第八艺术,真是嗜之如命。为了性之所近,他开始写剧本,终于又做了导演。

他从来不曾请我替他的作品在笔头上宣扬过,我明白他的意思,其实我又没有看过《教师万岁》的试映，我亦不会替他胡乱的大吹大擂，只是凭他以往写剧本的成功，对于此种艺术的心得，以及他本身文学上的修养来推测，那末《教师万岁》必有可以一看者。故而想劝上海的电影观众，不要错失了欣赏这位新导演作品的机会，或者不致于使你失望而返的。更希望贤达之士，予以指导，予以批评，只要不是出于恶意的，立论再严格一点，我保证我的朋友，他会虚心接受的。

为了我们有十年的交谊，在《教师万岁》上映的今天，我一连写了好几篇关于这张片子的文字，但不是宣传，我只当这些文字，代替一只花篮，送与我的朋友。

(《海报》1944年9月27日，署名：刘郎)

伶范的行头

伶人中有绝对讲究行头要漂亮的，也有绝对马虎的。以老生言，前者是马连良，后者是麒麟童。马连良因为太要行头漂亮，开了许多恶例：乌绒的纱帽，乌绒的罗帽，官衣上也以乌绒为缘，哪是何等的小家气？亏他发明的人，还在自鸣得意！相反的信芳是那样随便。在我记忆中，这十几年来，除了本戏外，老戏的行头，他好像没有添过一件新的。我还疑心他三十年来，他着的行头，都是老货。据说他有一件富贵衣，是一个故人三十年以前的遗物。这件衣裳的寿命，或者比他现在的行头还要高，他因为纪念故交，所以一直穿到现在，虽然破破烂烂了，他也不忍将它废弃。

信芳的人缘是好的，台底下从来没有人责备过他行头的敝旧。假使马连良如此，上海人定然要发话了："瘪三，皮子哪能介桂？"实际上马老板享名之盛，百分之七十原是叼着行头的光。

最近，信芳在"黄金"登台，我到化妆间去看过他一次，他那面化妆用的镜子、框架同玻璃，用一根绳子，维系了它们间的合作。这也是吃饭的重要道具，信芳也是满不在乎。这一夜他唱的是《四进士》，我在前台看戏，发现宋士杰着的秋香色与紫色的两件褶子，颜色比从前鲜艳了。我同培林研究,难道信芳"换过季"了？培林仔细看了一看,他说:不是吧？怕是洗过之后,加了一重颜色。及至宋士杰献上衣襟时,那夹里上面的旧垢,宛然入目,才证明了培林的猜测,没有错误。

信芳的行头固然旧,但还算多。惟有盖叫天,则又少又蹩脚,现在穿的那件黄天霸的花裙子,绣了许多飞燕,好像是童伶的行头,而他老人家这已是一百〇一件了。可怜我疑心他连这一件,还是他少爷穿剩下来,他老人家背在身上的。信芳与盖五,都是江南的伶范,他们不必要炫耀行头来帮助他们演技的精湛。

(《海报》1944年9月28日,署名:刘郎)

原非"狗尾"决不是貂

周瘦鹃先生是好人,不要说他从不会得罪朋友,我疑心他连一只苍蝇、一只臭虫,他也不会去咒诅它们的。他虽未到衰年,似总已是儿婚女嫁的人了,是我们的前辈。我是个荒唐人,喊过"我不敬老"的口号,惟对同为文士的前辈先生,却又向来尊重。譬如包天笑、周瘦鹃诸先生,到现在还在从事写述,我好意思说一句轻罔的话,去刺伤他们的尊严吗？

周先生是永远肯提掖后进的人,他要写小说,任何题材都好用,一定要用《新秋海棠》四字,用了《新秋海棠》,他还要谦抑到说他的作品是"狗尾续貂"。其实周先生的作品决非"狗尾",而秦瘦鸥的《秋海棠》,也绝对不是"貂",这凡是生眼睛的人,都可以辨得出来的黑白。

所以周先生的写《新秋海棠》,还是一本他提携后进的素志,他在捧秦瘦鸥的场；而秦瘦鸥对于周先生的著作,决没有贵贱轻重的力量的,假使秦瘦鸥的因此沾沾自喜,以为周先生在"攀龙附凤",是秦瘦鸥的狂妄。假使别人也有这种错误的认识,是别人的昧于是非。这许多话孕蓄在我胸中好几天了,今天才倾吐出来的。

(《海报》1944年9月29日,署名:刘郎)

"国语闲话"

演话剧的首要条件,要能够说一口流利的国语。包涵小姐最近的献身话剧界,是为了她的"国语闲话",虽不十分好,尚可过去。我就吃亏在国语"够勿到",不然,无论为影,为剧,都是蜚声的人物。孤鹰剧团的演员们,国语好的固然不少,搭浆的也实在太多。譬如凤三、之方、兰亭与我,一开口就不是味儿。有一天之方打官话,说起他吃饭地方共舞台的"共"字,念成"孔"字,我立刻吹毛,说:"凭你这副能耐,也配演《日出》里的黑三?"

一天,"孤鹰"的女团员熙春、柳黛、包涵、敏莉、素雯、沙菲都在一起。这中间,柳黛的国语最讲究,但我太太嫌她说得太急,常常会听不清楚。熙春不脱白下乡音。素雯与沙菲,说得最清脆。比较不行的是敏莉,但她胆子大,为了要上陈白露,拼命说国语。有她这一分性格,才有这一分勇气。那一夜她们是在劝慰柳黛的,敏莉对她说:"你的事我已经晓得啦,那天早晨,我哥哥打电话给我,我骑车子出去啦,没有听着。第二天他又打来,真把我气得要死!"培林在旁边听得这几句话,第二天来告诉我,说敏莉这套话说得字正腔圆,"我哥哥"三个字,尤其嗲得要命!

(《海报》1944 年 9 月 30 日,署名:刘郎)

"慧芳艺员"的杨贵妃

《长恨歌》就是前本的《杨贵妃》。《杨贵妃》里的杨贵妃,前后有四个人演过:狄梵、路珊、沙莉、夏霞。现在改为《长恨歌》之后,杨贵妃由李慧芳客串演出,她该是轮到第五个杨贵妃了。

据导演费穆先生的鉴定,五个杨贵妃,李慧芳将是最好的一个,他劝我去看她一看。当她沦落在小剧场里的时候,我赏识过她。我当时想这是"英雌未遇之时",所以我送她的一首诗里,有两句是:"管弦喧尽春江路,识汝今无第二人。"但她毕竟数奇,唱戏唱到现在,"未遇"依然"未遇"!

因为她的身材比较雄健、颀长,戏班子里替她起了个绰号,叫"泰山"。她这会为"国风"演出《杨贵妃》,最好的条件是正为她有"泰山"之号。原来饰演唐明皇的刘琼,更高得像"喜马拉耶山"似的,"泰山"正是其匹。

有人看了她排戏,说她演话剧比唱京戏为适宜。我是同情于一个老不得志的女孩子的,我期望她在话剧圈中,不要像在京戏班里一样倒霉。

在她上演的前一天,有人送来一张软匾,是粉红的缎子,纵三四尺,横有一丈有余,上面刺四个大字,是"惟妙惟肖",上款为"慧芳艺员惠存",下款三人同具,是姚俊之、林康侯、李向根。用这种礼物投赠的方式,京戏班里,习见已久,话剧则都惊为罕有。有人劝"李艺员"把刺上的字拆除,可以改造被头面子,但还不适用做"李艺员"妆奁里的新被,因为也毕竟不是现在的料子。

(《海报》1944年10月1日,署名:刘郎)

读者的来信

常时收着读者的来信,有的恶意的将我谩骂,也有是善意的规劝,当然也有把我奖饰得交关肉麻的。我为人疏懒,除了想向人家借两张钞票,才肯动手写封把信之外,一向是鱼沉雁杳。所以无论读者是骂我,劝我,或者奖饰我,我都不加裁答。

记得今年夏间,有位先生,为了我与某名优事,写信与我,他帮着名优将我臭骂一场,声势汹汹地,与我约了地方,约定时间,不知要同我打相打呢?吃讲茶呢?还是开一个"某名优剧艺的雄辩会"呢?我现在都记不清楚了。总之我对他的信,也是置若罔闻。一个人用情感到了错误的时候,最好不去理睬他,不然他一任性会永远不懂得更正的。

前几天还有一件荒唐的事,在我写了那篇《卧薪不成记》之后,一位读者,也写信问我上海的所谓"贵族屠门",是在什么地方的。他要请我指点迷津,这且不言,最不堪入耳的信后有两句话:"事成之后我要请你吃饭。"这位先生他把我看作从前北四川路,现在永安公司门口的"领港"。领港有"拔头"可拿,这位先生,似乎也懂得这个门槛,所以他会用"请你吃饭"来代替"拔头"。年纪轻轻,说话不懂轻重,我是那里的嫖客,不是乌龟,自己的身体,快糟蹋得不像人了,也不肯再害别人,尽管在"重赏"之下,我不想做这样的勇夫。

(《海报》1944年10月2日,署名:刘郎)

送 脚 炉

劈得柴爿指样粗,斗深都用砻糠铺。遥怜不耐寒宫冷,故为嫦娥送脚炉。

予家年年烧香斗,予不迷信,而予妇强之,辄以烧香斗之役委诸予。今年香斗无香,香末本用砻糠为替,香牌则以三夹板为之,而其中所谓沉檀细降,一律用小柴爿。谑者谓烧香斗直似煨脚炉耳。是夜明月无华,予不耐庭院中风露之深,甫八时,已将斗付之一炬。冒烟,烟浓辣人双目,辄谢曰:月亮菩萨鉴之,善男唐某,今为菩萨送脚炉来矣。菩萨收到者为糠灰,而善男所用者为灰钿,故罪过不在善男,只在香烛店老板格排杀千刀耳(据说月亮菩萨是女性,故骂人亦用女人口气,使菩萨也听得进也)。

(《海报》1944年10月3日,署名:刘郎)

夜半"奋斗"记

是秋天,淡月疏星的夜里……("文艺"再"新"下去,吃不消了,立刻掉转笔头)秋老矣,淡月疏星,杂渒太空,风露亦繁。维时为十一句钟,有三轮车二辆,疾驰于薛华立路,而福履理路,而贝当路,而入徐汇之华影三厂摄影场焉。前一车载愚与之方,后一车则载敏莉与叔红,渠三人皆被酒初醒,敏莉意兴弥豪,言笑随凉风荡漾通衢,若与秋野鸣虫,竟为佳奏。

愚等之来,为光启慰劳,光启导演《奋斗》于三厂中,今夜为最后一个镜头。棚中晤童月娟与欧阳莎菲二女士。月娟于此片中,自少妇而成老妇,演技皆臻化境,当其见儿妇"奋斗"成功时,作喜极欲涕状,眼角莹然,轭不能忘情于当年伊密而瑾宁斯之贤父孝子也。又晤吾们的同行——临时演员二百数十人,黄发垂髫,特以夜深人倦,不能"并怡然自乐"耳。

比一时始崴事,坐月娟之车,载我四人至贝当路沙利文门口下,得一三轮,使叔红与敏莉先坐,愚与之方步行。二人之车随我行,将至宝建路,复得一车,二车始分道。风露益严,袭人衣袂,骨骸为冰。之方遽感冒,愚亦瑟缩车厢,以羸弱之躯,与霜风"奋斗"。特念前行车上之痴儿妙女,相持于情爱之户枢间,何时始完遂其"奋斗"之愿也?

(《海报》1944 年 10 月 4 日,署名:刘郎)

这一回险些儿寻死记!

或曰:男人在女人面上砍招牌,是光荣的事。今请述愚之一页"光荣"史焉。

姚莉小姐以清姿绝诣,驰誉歌坛,愚识之,愚诚识之,忆雪庐主人于四年前执事于仙乐舞宫之夜,曾为我两次介见姚莉。去年,金舜华夫人,邀姚莉同餐,愚又两见之,谈笑甚欢,当时姚莉知愚为唐先生,亦知愚最爱听其唱《卖相思》者也。

华山居士,酷嗜姚莉歌,愿与姚莉同一餐,小马曰:我往邀之。中秋前一日,赴场子,及场而怯,谓华山曰:我特审姚太夫人耳,而不识姚莉,是日太夫人未至,不及进言。众遂怏怏退去,愚未与此局也。之方与华山言,谓刘郎与姚莉稔,曷烦其一行。中秋后二日,来商于愚,愚曰此事易耳,遂于茶舞时间,同诣扬子,此行六人,为小马、华山、叔红、敏莉,及屡次晤对,而迨此日始通款曲之张葱玉先生。

坐既定，华山为愚言，我亦识姚莉，我等二人，同具一笺，使其卖我二人面子，事较易为。韪其言，笺自愚书曰："特地来听姚小姐唱歌，今夜奉约至黄鹤楼吃饭，务希勿却为幸。"其下署二人名字，使白号衣人，递与姚莉。未几白号衣人返，曰：姚小姐言，与二客乃不相识也！愚已大震，白号衣人又曰：姚小姐且谴我，谓我不当为客传递笺纸也！时小马大哗，直以指逼愚之脑，苟其指锋利者，愚脸上之皮剥矣。时愚神色沮丧，迷惘中似闻叔红言曰：姚莉真纯正之儿。愚亦应曰：乃不易为登徒子所蛊惑也！

顷之，同诣黄鹤楼，雇三轮车三，愚与敏莉偕。车上，愚默默不为一语，至马霍路，愚忽自车上起坐，时仰面来一卡车，逼吾车已近，而敏莉大惊，亟止我，呜咽曰：阿兄宜珍惜乃躬，慎毋如此，些小事情宁足萦怀者？留此身在，不能为国谋，亦当为社会谋，不能为社会谋，亦当为家谋，矧我复偅偅，尔我弟兄之恩义厚也。愚闻其言，辄失笑，徐曰：我整衣襟耳，汝胡疑我？此文末节半出虚构，为欲演吾文人如火如荼之境，终不恤撒谎，愿读者宥之。

（《海报》1944年10月5日，署名：刘郎）

无　　题

《梅花梦》与《长恨歌》，皆为费穆先生精心之作，所谓植戏剧于诗情画意间者，愚观而多之，未尝厌也。往时，丁芝于二剧中，俱有惊人成就，《长恨歌》之梅妃，真能得哀感顽艳之美，《梅花梦》之梅仙亦似之，而其后之岳二官，一变风格，状娇痴小女，益妙到毫巅。愚诗云："彭郎老死久无诗，又是江涛欲沸时。我为丁芝伸一解，中原何梦不想思？"倾倒之情，至今犹是。

今金城之《长恨歌》，唐玄郎仍烦之刘琼，杨贵妃已易李慧芳，不审梅妃复由何人饰演？

卡尔登之《梅花梦》，皆以碧云承当时丁芝之乏。碧云非"哀艳名旦"，为岳二官，或不失洒脱之容，为梅仙虑勿逮丁芝之哀楚。俟《梅花梦》上演,当为二人比较之。

昔彭玉麐遇岳二官,曾有诗云:"但愿来生重相见,二官未嫁我年青。"今某君闻碧云饰演二官,亦发感慨曰:"但愿来生重相见,洋琴无鬼我年青。"则以碧云与音乐家刘,友谊甚善,某报人浅薄,旧尝制一文刊报间,题曰《碧云热恋洋琴鬼》,某君故亦"洋琴"而"鬼"之,可发一笑也。

(《海报》1944年10月6日,署名:刘郎)

耍人的圣手

昨天我同刘琼、小洛、培林从卡尔登走到起士林去吃"咖啡茶",在国际饭店门口,小洛指着前面两个女孩子对我说:方才听见她们对了你在窃窃私议:"这个人《教师万岁》里看见过的。"我看你走得快一点的好,不然影迷愈聚愈众,你要被她们包围了!刘琼见了,则笑得捧着肚皮走。我正色对小洛说:你是耍人的圣手,我也是玩儿别人的老举,谊属"同行",彼此何用侵犯?小洛也笑道:这不是侵犯,这叫做"互相切磋"。又说程笑亭他们的没有进步,就因为皆是"台上见",私底下永远没有"攻错"的工夫,我们应当做到这一步。培林更加笑不可仰,他认为小洛在朋友中,是最风趣的一个。从前马惕先生,他也喜欢小洛,他愿意从本身上制造许多缺点,让小洛来挖苦他,挖苦得刻毒一点,他也引为乐境。因为小洛尽管耍人,而耍人的方式是风趣的,他是有本事,叫被耍者啼笑皆非。

(《海报》1944年10月7日,署名:刘郎)

黄 桂 秋

信芳桂秋贴《南天门》与《斩经堂》之夜,入座太早,因赴后台看信芳,亦为桂秋慰劳。时桂秋已上妆,夫人侍于侧。桂秋言仓卒登台,不暇为老友致声,良歉然也。夫人南人,温和知礼,与愚相见时,辄为佳笑，而风致嫣然。

桂秋久居沪上，每出演，必与信芳偕。二人之匹，调子未必谐和，然桂秋之所示与台下人者，实老辈型范，弥足为后生矜式。累日听其歌，又悟江南坤旦中，足为桂秋之传者，惟一素雯。素雯旧从桂秋问艺，并声调亦能似之，特素雯兼谙演技，此则为正宗青衣，但求工力高深外，所不遑问者。于是金素雯在台上，可以见其活色生香，而桂秋终不能到此境也。

桂秋面上无戏，已为尽人皆知之事实。《斩经堂》非其素习，亦事实，此番陪信芳唱，临时钻锅，使坤旦如素雯、熙春、淑娴、慧麟演此于杀妻时，或呜咽，或哀啼，台下人必有堕泪者。桂秋则以"德霖嫡传"身份，不必有此。坐是台下妇稚，亦对此漠然。愚尝临此窥敏莉，敏莉之双目无恙，其人多感，易诱其泪，而桂秋卒不能，桂秋之失败可知也。当吴汉向兰英三不是时，桂秋偶忘词，台下有人鼓掌，此在桂秋，绝不因而贬声价，而看戏人之心理之残酷，于一刹那间，暴露无遗。

（《海报》1944年10月8日，署名：刘郎）

赋得"骑过骑伤"

记得十几年以前，我到南翔去拜望一家亲戚。那是春暖的一个上午，天上晒着太阳，而地下却到处在蒸发着潮湿。亲戚家里是一所古老的房屋，客厅里照不到太阳，方砖上直在流汗。我穿了一双粉底的新鞋，这一来把它毁污得不成样子了。第一个来招待我的是我"表"一千五百里的表姊。她已经嫁了人，与我寒暄一阵之后，接着就说天气，我至今还记得她有几句警句，她说："住在乡下，不如上海地方的太多了，譬如像今天这样天气，到处都是潮湿，如何踹得下脚，我真恨不能把两条腿放在肩膊上。"阿啊，这是"语病"，腿怎么好搁到肩膊上？我想了些时，不敢接她的词儿。

类似的"语病"，有的是。石家饭店招待我们的那一夜，我坐在潘柳黛小姐旁边，她忽然告诉我道："我这两天骑车子骑过骑伤！"你要是不听上面七个字,只留下下面四个字,那就是舞场恶少的口吻。但潘小姐决不会明白的,这同于上面所记的一样,说的人心地都很纯洁,只为听的人本身是下流坯子,才会从这些话里找得出"语病"来的。

写到这里想装一个题目,随手写了"赋得骑过骑伤"六字,既赋得,便该有诗,于是再写一首诗。诗有本事,同席柯灵、宗山、蝶衣、梯公、培林诸兄,看了自会点首,潘小姐当然明白。诗云:

果然骑过是骑伤,被虐从来若有狂。宛转尊边潘小姐,飞扬道上李先生。珍珠便咽千颗泪,鲍肺悭吞一口汤。相打将来真想打,出头寻我替排场。

(《海报》1944年10月10日,署名:刘郎)

赴 宴 记

姚笠诗到现在还没有娶过太太,他从前请朋友吃饭,允许朋友带了女人同去,因为他没有顾忌,可以随便"扰"一个晚上。我一向欢喜笠诗的家,他把书房和客厅,布置得那么纤尘不染,一到里面,就仿佛置身于芝兰之室,平时痴心地对我夫人说:安得十年之内,让我爬到姚笠诗那所不大不小的房子住下,以乐余年,即于愿良足了。但她并没有到过姚家,她嫁我四年有余,别的没有什么进步,至少因为她丈夫是个文士,耳濡目染的结果,对于雅俗的分别,有了一点认识。她所以也向往那一所房子,她要去看看。在今年的夏天,她遇见了笠诗,谈笑之间,要笠诗请她吃一顿饭。笠诗答应她,还招呼了当时同席的人。这个预约,到八日那天方始实践,中间已距离了二三个月,上万洋钱一桌菜,在那时不过五千,活该姓姚的倒霉,谁叫他请客不爽气。梯公说:什么东西都可以囤,而笠诗偏偏囤着了我们一批客人。

赴宴的时候,我因为另外有一个约会,不能与夫人同去,告诉了她地址,她犹豫着。女人就是这点讨厌,永远没有勇气寻一个陌生的地方。假使我有个姘头,小房子借了姚家的余屋,被她晓得了,不必有人告诉她什么路什么门牌,她会运其毕生智慧做侦查工作,保证一二小时之内,把我们一对野鸳鸯,打得两离分的。

(《海报》1944年10月11日,署名:刘郎)

"双十节"一日记

早起,孙先生打电话来,他看了报知道我上一天是生日,今夜要请我吃饭。他说已叫厨房预备酒席,我连辞谢都没有方法。在家里吃完了中饭,再去参加康乐、陈禾犀兄录取张曼君为义女的盛典,摆了七席宏筵,我同信芳坐在一起。他告诉我桂秋病得很厉害,今天《桑园会》已改了《状元谱》。

我近来大犯《南天门》的瘾,告诉白雪,想请他替我说一说。白雪说:不唱则已,唱要唱麒派。我说为了麒派才想唱的。他说京朝派行路时的慢流水,麒派就变成了快板。数八仙的二六,麒派唱的是摇板,经他一改,这个戏就生动了许多。白雪对于平剧,并不完全服膺海派,但他的立论往往能抉其窍要,非常动听。

张曼君我没有见过她的戏,私底下长得十分清丽。禾犀向我谦逊了半天,说他德薄能鲜,而好为人父……我劝他不必再说下去了,你这些话给别人听见,好像我在要求拜他做干爹。信芳问我:你要不要收几个干闺女?我说年纪还轻,道行尚未到吧,想起她不是我的亲骨血时,或许会促成我的兽行!

赶到"黄金"想听一出《状元谱》,那里是人山人海,没有我插足的地方,我返身就奔。回到家里,恰巧敏莉寻我,傍晚时我去看她,再从她那里,转到孙家,一辆三轮车,辗在白赛仲路上,天昏地黑,受了不少寒气。在吃饭时,呷了两小杯酒,我有些醉意,懒倚在楼下的沙发上,与孙先生天南地北乱谈一起,直到夜午,剑鸣兄在府上招我吃夜饭,我来不及赶去,抱歉万分。

回去,唤醒了太太,对她说:"双十节"在酒食中混了一天。念到友情的浓厚,你的丈夫,除了钞票比别人少两张之外,更复何求?

(《海报》1944年10月12日,署名:刘郎)

劝金二小姐出山

黄桂秋的肺病,到了沉重时期,有人忧虑他的舞台生命,怕要即此为止了!"黄金"的突然打住,正为他在九日那天,吐了两次多量的血。在"黄金"方面,麒麟童一个人固然可以顶得下去,但缺少这么一分当家花旦,阵容究竟是难看的。王熙春已往南京,曹慧麟一时无法过班,"黄金"一时要找一位适当的人才,的确是复乎其难。

昨天我们想起了金二小姐(素雯),她虽然是已嫁之身,但却闲在家里,老犯着戏瘾。她是信芳的好搭配,这一局里,把她插进去,是没有什么不合式的。有人说:问题在胡梯维先生,亦许他不愿意夫人重弹故调,别人就难于启齿。这是不了解梯维雅度的人说的话,天下最讨厌的男人,就是把一位清才绝艺的小姐,娶回去做太太之后,不肯再让她现身说法,永远与世人暌隔,这是最大的自私。梯维不是这样的人,去年盖叫天在"卡尔登"没有花旦,梯维勇不可当的把金二小姐献到"卡尔登"台上。或谓胡梯维是"卡尔登"股东,所以肯请夫人去打强心针,别家戏院,干他鸟事?——我不相信。

我写这节文字之时,没有碰着梯维。我是用悫恳的方式,劝我的阿妹(素雯是我师兄妹)出山。黄金大戏院,何不去托人走走路,上海不知有多多少少人在姥念着吾们的"东方凯司令赫本",不知乾麟兄亦同此感否?

(《海报》1944年10月13日,署名:刘郎)

在煎熬中的孩子

前天,到南市去参观一家戏剧学校,校址在一家同乡会的医院里面。那里学生不足一百人,六七个教师,他们都颓唐得似阶除老卒,连说话都要接不上那口气了。百来个孩子,至多亦不过十六岁的,就中女的占不到十分之一,男孩子都剃了光头,穿着的衣履,破烂不堪,营养不会好的，个个人黄瘦得都叫人看了心酸。我们去的时候，一只教室里教老生，一只教室里教黑头，楼底下的走廊下，放着两条长凳，靠十个女孩子，都站在上面。近前看时，她们脚底下都绷着跷，算是她们练功的课程。我闭了眼睛，回头就走，心里说我见不得这些，这不是习艺，直是受刑。

学校里因为住的人本身不清洁，招引了无数苍蝇，分驻在每个人的身上。我们去的一群，都是有妇人之仁的，认为这样环境之下，我们连五分钟都看不惯，其实我们何尝见过他们上课时候的真相？鞭子、木棍，往孩子身上抽时，不用看见，只要听孩子们的嘶号，就够你百辈子不安宁的！

回来的路上，培林心平气和的与我说：他已经服膺名角儿们那一分"狗戎"的脾气了！他们谁不是油锅中煎熬出来的人，煎熬的结果，还是不成名，那是运气太坏。既成了名，历来所受的冤屈，一旦挺伸出来，便要想报复，向一切人面前报复。于是表现他们那种乖张的性格，叫别人无可承受的他们都是这一种心理，所以所得的尽是"狗戎"。若以夫子忠恕之道来看"狗戎"是应该原谅的。你不看见他们现在的情形，我们看在眼里，酸在心里，但他们只在想望将来能够出头的一天，目前都不需要接受别人的同情。

（《海报》1944年10月14日，署名：刘郎）

记 李 健 吾

愚不识李健吾先生，今年看《青春》与《金小玉》后，则为之欢喜赞叹不复去口，以健吾写作之善也。问之人言，健吾能写剧本亦能导演，更能现身说法，登台演出。有人批评其剧本不良，健吾笑而接受之。有人指摘其导演未善，健吾亦乐于承诲。若有人讥其演技勿高，则大怒，与其人哄矣。又闻人言，健吾为人，颇不世故。譬如以近事证之，当《金小玉》上演之后，成绩斐然，以剧本、导演，与石挥、丹尼之演技，并足千秋，健吾故大悦。一日，分投一束与石挥、丹尼，缄中各附纸币二千金,为二人致言曰:"我之剧本,赖二君之演技精湛,得有今日成就,我深喜悦,无以酬二君劳苦,戋戋者特欲聊表寸忱耳。"

人言健吾此举,在老于世故者必不为,以独谀二人,何以告其他演员?而健吾不顾也。比丹尼见石挥,商曰:李先生之钱,纳之邪?抑返之邪?石挥遽曰:我这两天正闹着穷,先用了再说。丹尼故无异议,遂偕访健吾,躬身谢曰:先生之赐我多也。李扬二手拍两人之肩,大笑曰:"算了算了。"见者谓健吾毕竟天真。

(《海报》1944年10月15日,署名:刘郎)

吾 家 若 青

唐若青没落了!人人都这样说。这两年来的报纸上,更加无情的将她暴露,说她抽烟,好赌,甚至一切不名誉的行为,替她竟不隐瞒的宣扬开来。我见到这些,往往闭着眼睛,不忍看下去。又有人来告诉我她的演技,比从前衰退了,演一个戏,不如一个戏,不自振作的结果,她在话剧圈内,立刻要站不住了!我听到这些,往往掩上耳朵,不忍听下去。

我是一向同情她的,倒不是为了彼此都是唐家的老大,也不为了我同她是熟人,见了面她会叫我一声"本家",只因她从前给我的印象太好,在七八年前,看过她台上的陈白露而为之梦魂萦绕。

话剧的后起人物中,固然产生不少优秀分子,但我一直在武断着,《日出》里的陈白露,总不会有人演得过唐若青的。但一句话几年来我蕴蓄在心里,不敢说出来,怕被肝阳太旺的人听见了,会对准了我的脸,来上几个哗哗哗!以为我在梦呓。

这一回义演的《日出》上台,陈白露由三人分饰,是若青、宗英、丹尼。若青的第一幕,是由费先生导演的,非但不是从前的方式,费先生简直将她脱胎换骨了;若青也绝对遵从"费派"而上台去,我相信这一回她是特别"冒上"的。她使出她精湛的演技,而谨敬地做戏,依旧当年的盖代风华,依旧七八年前那一番活色生香的神韵。她说着好像有节奏的台词,嗓子沙而带一点磁性,也无异旧观。她人是没有老,她的演技更没有衰退,真使我欢喜得流了眼泪。有人赞美杨小楼的戏说:"杨老板在台上一站,台下人就看不见同场的人了!"这一天的唐若青,就有这一点光芒。

第四幕唐槐秋先生的潘月亭出场时,我从座位上立起来向他致敬。因为他老人家真有能耐,生出这么一位惊才绝艳的小姐。就说是抽烟,好赌,以及斯伤,都没有毁了若青啊!凭你们悠悠之口,就能毁了她吗?我是说,真是一个艺人,私生活放荡一点,没有什么大不了的。

(《海报》1944年10月18日,署名:刘郎)

方 言 戏

义演《日出》上演之第一日,孤鹰同人往观者亦众,兰亭居然亦去"偷关子",谁谓此子非有心人哉?观后同人小议,金谓人家是"无敌阵容",我们再要上去,便黯然无色。坐是桑弧提议,何不将《日出》改方言剧,全体演员皆说上海话,尽可能保全全剧本原意,而舞台地位,亦绝对谨严。众以为可,惟改译台词,又当费一番心血矣。

方言剧在上海,昔日有人试为之,皆失败,故所试者皆独幕剧,未尝有如《日出》之大块文章也。兰亭、凤三、之方与愚,皆不谙国语,改上海话似比较容易;惟难为柳黛,倒主为宾,其一口清脆流利之"国语闲话",此日将无用武之地耳。

愚问桑弧,《日出》中福生与翠喜口中"他妈的"甚多,"他妈的"换上海话,将如何?则曰"操伊拉"可以尽之。惟亦不必直译,须通盘玩其语气,能够避免,则避免之,亦无不可也。

(《海报》1944年10月19日,署名:刘郎)

献 身 教 育 界

周翼华先生今已为中华国剧学校校长矣。此君寝馈皮黄,从小学唱戏,拉胡琴,造就并不在打算盘之下。盛年,为戏馆经理,称上海平剧业巨擘之一。不及晚年,又为戏剧学校校长,吾友姚曲线是,谓中国伟人之从政者,必据一校长自居(此例多至不胜枚举),以示其身份之清高,我们的周校长亦因此心理也。学校系最近从他人手中,斥资五百万盘下来者。新组织立主席董事一人,为吴性栽氏(吴亦老朋友,惟头衔太大,不能不氏一氏矣)。董事若干人,有梅兰芳、周信芳、李培林、胡梯维、周翼华、朱石麟诸先生。设总务主任一,周校长兼。剧务主任一,训育主任一,则委之培林。当训育主任未加委聘之前,愚用蝇营狗苟之力,欲谋此缺,董事会若干分子,一致报我冷笑。一人谓:非敦品砥行之流,乌克当此?于是推委培林。欲畀愚以董事会秘书,不做;畀愚以剧务委员,亦不做。当时即表示倦勤,学校甫接手,而内哄已兴,特风浪勿大,则以愚勿出一张钞票,开起口来,力量遂比较薄弱耳。今学校已于十六日正式接管,翼华从此将以教育界后起之秀之崭新面目与社会人士晋接矣。敬书"乐育英才"四字,代替一方额匾,奉献于老友吴、周两先生之侧焉。

(《海报》1944 年 10 月 20 日,署名:刘郎)

一个筋斗的事

旬日前,愚尝治一文,题曰《一个筋斗》。刊布之日,赴宴康乐酒家,座上值修梅,问曰:是指管敏莉言乎?愚摇首曰否。则又问曰:若其人为敏莉者,足下将如何?应曰:我且不为此文,口吐鲜血死矣!顾此后疑吾文指敏莉者日多,愚无以为解。凡敏莉之相识者,皆告敏莉曰:若兄乃施讦诋汝身矣。敏莉为愚辩,曰:兄必不讦我,非然,何以随其文之后,复屡于字里行间,着吾名字邪?特凤三亦疑我,老马远道来书,亦疑我。是皆我之罪,护敏莉而转使其负兹丛詈也!

敏莉少日诚不羁,又以心地纯良,易受人欺,故犯情感上之错误者,不止一遭,敏莉曾不讳言。然其人未尝以其身为市道也,则可断言。近年向上之心日炽,气度愈美,旨趣愈高。愚哀怜之,不恤竭吾笔所能,为之延誉。读者已厌其过多矣,而愚不自觉。愚固滥捧女人,特为敏莉所传者累数万言，不以为多，亦不以为滥也。敏莉颇感动，一夜，饮酒微酣，语梯维夫人曰：终我之世，不能忘我兄；我无以为兄谢，后此当修身立行，善督吾躬，毋令阿兄因我而抱无涯之戚也！

（《海报》1944年10月21日，署名：刘郎）

记刘连荣

北伶中之心地纯良者，闻为刘连荣与姜妙香二人。妙香尝为故人立塚，风义尤流传人口。连荣坐科之始，本习花衫，令其扮为雌类。将上台，连荣拒曰：我不能以女人面目与台下人相对也。强之，啼而勿可，旋改黑头。科班中告之曰：让汝抹了脸，总可与台下人相见矣。故连荣终为净。去年，连荣隶"天蟾"，期将满，"天蟾"演反串戏，派连荣唱《四五花洞》之潘金莲，连荣因述往事与后台管事，管事不可勉强，于是此《四五花洞》亦撤连荣之牌焉。

（《海报》1944年10月22日，署名：刘郎）

茵娘传

吾妇性嗜冷僻，不易与人融和，当其处身欢场时，相知姊妹，不过数人。今吾文所述之茵娘，亦其旧识也。尝跌宕舞丛，巨贾名公，争倾风采。未几，适一客去，客本素封，而败于投机，家业日隳。愚见之时，已穷不可支，大妇某，悍甚，而有痼癖，视茵若奴婢，翁姑更斥骂随着，茵无怨言。昨岁贫益甚，茵置子女于家中，只身走芜湖，为负贩之役；有所得，养其一家。至今岁来沪，居吾家者逾一月。沪上无亲故，可告其穷者，吾妇外，尚有中郎之妇；二人皆解衣推食，疗其贫苦。中郎不若愚之困踬，故其妇所赒于茵者弥厚。其家有货栈，拓一空屋，居茵一家。风雨暂得蔽，而饥寒不可御，恒累日不得米。益以病，除及身之衣，更无寸缕。一日，秋风甚厉，茵垂涕莅吾居，衣一单衫，犹夏时物。妇心大酸，对曰：奈何天厄仁人，终令汝罹兹荼毒耶？数载以还，愚未尝见吾妇有热肠,第竭其全力,恤此贫交;愚甚感动。今茵之翁,尚有恃,夫与大妇依翁活,陷于穷乡者,惟茵与其子女三五人。妇无力全其命,寝馈皆不宁;为愚述茵之近狀時,清泪恒被其颡焉。

(《海报》1944年10月23日,署名:刘郎)

块,万数的代名词

现在上海那班豪赌的人,他们以"块"字代表万字的数目。譬如某甲赢了五十万,他们讲起来,就说赢了五十块。用意是避免招摇。同时,豪赌者特地把数字讲得轻飘,更加可以震惊"俗耳"。

只有我们这一群"起码人",在米价不到一"块"的时候,我们斗着一元二元平挖的花,到现在米价到了两"块",我们的筹码并不增加,斗了十二圈或十六圈的牌,输足也不过半"块"的样子,真他妈寒蠢。给一天晚上输一千块,赢五百块的阔人听见了,真要笑歪了他们的嘴。但我们却乐此不疲。不过闲话亦要说转来,我们这一群人中,倒底没有卖田卖地去偿赌账者,凭良心说,虽然我是无田无地可卖的人。

写到这里,觉得太少,所以补诗一首:

　　豪赌无须入赌场,呼卢喝雉一般忙。输赢半夜成千"块",道契明朝变几张。条子押完押股票,妻儿怨过怨他娘。看来要学穷爷样,只为穷爷赌不伤。

(《海报》1944年10月27日,署名:刘郎)

王 铁 侠 似 我?

天厂居士抵沪之第二日,上海某戏剧刊物上,登一专讯,装题目曰《吴性栽刘铁林抵沪》。刘为梨园管事,吴则为经营剧场之巨擘,手笔之大,莫可与京。读报因觅天厂,果已至。告以报间事,愚曰:大名往往与梨园管事并列,足下似可以倦勤矣。故人见此,知两者自分泾渭,特不知者读此,不能不贻伍侩之讥耳!天厂大笑然之。无何,会善琨为天厂洗尘，以愚为陪客。席次谈天蟾之少壮派四人。四人者，皆自天厂发掘而来。天厂深慨今日之生材难得，当其挑选时，邀老生三人，集天厂家，各竞天嗓。一人怯，不敢试。一名朱鸿声，嗓奇亮，顾不知台上如何？时朱方沦落天桥，遣人往观之，返告曰：台上戏勿佳。于是取另一人，即王铁侠也。闻少壮派四人欱动海堧，而王不为沪人所重，初勿解其故。比有熟人北归，天厂问曰：铁侠何以独逊诸儿？则告曰：其扮相酷肖大郎。天厂故顿足曰：然则此儿真没有饭矣。天厂侃侃谈，至此，愚止其词锋，曰：少壮派在天蟾打泡之第一日，愚即往观。王之石秀登场，愚辄告同坐人曰：奈何此人扮相酷肖不佞，即此已可知其不堪腾踔。此言不自他人发，实自我言之。愚昨日以报上事讯天厂，天厂必欲觅一言还击我，睚眦必报，习也久矣，非关器小易盈也。

（《海报》1944年10月29日，署名：刘郎）

认　　命

星期日白天，信芳贴《状元谱》，培林约我同去观赏。在他没有登场之前，我们先到后台去看他，他说为了感冒，嗓子坏了，一坏，更加不敢用气力。这一天的卖座，也不过七成的样子。有人说，自从信芳加入"黄金"为股东之后，营业忽远逊从前，原因是在座价加了三成，又因为物价的高涨，市面显得凋零，"黄金"的生意便降落下来。我则疑心是天派定信芳，不应该做老板，生成的是因人成事的命。不然，为何在顾乾麟时代，生意轧得翻倒，而又从来不曾坏过嗓子呢？

我近年来委实服膺"认命"之说，昨今两年，不知有过多少次数想犯本钿做老板，但结果是一事无成。自从叫银行里赶出来之后，十几年的浮沉，自己也不知如何活过来的。既没有做过生意，也没有吃过别人饭，因为没有一个人养活过我，自然没有一个人是我的主子。靠着东涂西抹，维持一家十口的生计，虽然吃力得透不过气来，但毕竟挣扎到了现在。所谓自由职业者，我假定说我有我的职业实太自由了。天派定我是自由的命，我何必去违拗他。我是甘心认命的，一年之中也有几次机会当前,我则不肯枉尺直寻者,总以为寻着,也未必是我的福分。

(《海报》1944年10月31日,署名:刘郎)

怀在远的素琴

自从本刊上登了一篇金素琴在内地同一个姓郭的结婚消息之后,有许多人来问我,这事情确实不确实的,我哪里回答得出。自从她出门以后,从没有给我来过一封信。素雯那里,也是音问甚稀,我们都无从晓得她的近况。记得在她出门的那一年,她在离开上海便有一家同业,登一段新闻,装的题目是《金素琴万里寻夫》,所谓夫,也指那个姓郭的琴师而言。但过了几月,证明那消息是不确的。因为素琴此行,止于桂林,而姓郭的却一直住在重庆。

本刊的消息,我不曾问过修梅的来源,也没有向素雯提起过。因为晓得她许久没有收到老大的家报,假定说实有其事,那末其事也正复平淡。嫁一个琴师,比嫁一个达官显宦、富商巨贾,使人家听了要舒服得多。她在没有出门以前,她私生活非常检束。记得我们同她分别的前一夜,她不告诉我们她要走了。同她喝完了一盅酒,她送我们出门,她那种黯然的神色,到现在还萦绕在我的心目中。我非常难过,我同情她情怀的落寞。过几天晓得她已经万里投荒,我同培林说,想不到老大是这样一个人,我们再找不出问题,来非议她了。

(《海报》1944年11月1日,署名:刘郎)

四 六 文 章

"四六文章"者,海生先生"三言两语"加倍之意也。之方对海生说:你的"三言两语",异日必传,后人且将谥汝为"东方高尔基"。愚不能治短俏之言,必仿海生例,不似,卒号吾文曰"四六文章"。

北边土著看《血滴子》中之张淑娴,退而语人曰:她那里是京朝派,也算不得是海派,她真是国际派耳!"国际派"三字,出李健吾先生之

《金小玉》剧本中。

某舞女姘过舞女大班,姘过洋琴鬼,亦姘过舞场经理。其客人平日报效甚广,不获其青睐,及知其隐,则委婉告之曰:你就不肯姘舞场仆欧,若肯,我卖身投靠,来此为人佣矣。

或问自有中国电影以来,哪一个女明星最美?愚举白杨与张翠红二人。白擅"国际美",张则"纯国粹美"也。白已久违,不审近况何若?昨于马路上见翠红,犹是天人鸾鹤之姿。愚平时劝女人快寻归宿,辄病张翠红嫁人太早,心理上之矛盾,往往如此。

相女人不可重外形,外形不好者,往往内容绝胜。吾友举舞人英姐、红姑为例,此二人为名舞女,特皆中人姿。英尝为俎上氤氲,又尝育儿女,然风味犹胜雏年。故曰:上帝精心之作,宜谥之为"神器"。

女歌手中,黄薇音为逸品,梁萍为隽品。郑霞不必列为品,然其人能诱人快感,立麦克风边,一手握克罗米梗,有时徐徐上下,使人兴"安得以吾身为替"之感。

(《海报》1944年11月2日,署名:刘郎)

怀黄雨斋氏

一日,到混堂里沵浴,因混堂而想起黄雨斋氏开之兰汤浴室,因黄雨斋氏而想起其事业之兴繁。汇中银行如祥生出差车站之环列海堧,其业为商场之巨擘,金融界之柱石。其人则为绍兴人之杰才,平时坐三号照会汽车,声名之重,与林康、袁履诸老相埒,惟年纪只逮诸老一半。黄氏今年只三十七,与不肖同庚,即此一点,不肖亦与有荣焉。

黄氏为人,德行之美,美不胜收。不忘旧,其一也。事亲孝,其二也。以经营余绪,竭心力培育其公子,其三也。何言不忘旧?曰:黄氏少时,擅朱家侠望,及后献身新闻界,为《申报》记者,及其腾踔,犹以黄衫客自拟,而以曾为"记者",尤不忘情。为巨贾而犹恋此寒蠢头衔者,黄氏之贤可知也。何云事亲孝?曰:黄氏椿萱早世,常念父母劬劳,置太夫人园林留影于案头,自题记曰:"老母园中散步之影。"又筑先人塚,工程綦巨,亦留为影,张之四壁,慎终追远,有如此者。何云培植其子? 曰:其公子幼而慧,有演说天才,不过十龄,已能当众起立为演辞。打"国语闲话",虽不纯,亦动听,则以其倒底为小囡耳。近顷,足球比赛,有闻兰亭开幕,而黄雨斋公子演说之节目,说者谓寿星与神童辉映,真一时佳话也。

不肖与黄氏久违矣,在浴缸中擦背时,忽念故人,因信口讽一诗。诗成,恐读者不尽解,更附黄氏之事迹如上,诗则系于下云:

声名地位日丰隆,氏愈财多某愈穷。老母游园留玉影,令郎演说号神童。汇银(汇中银行)汤混(兰汤混堂)皆宏业,林老闻公更雨翁。董理头衔难记数,当然不是旧英雄。

(《海报》1944年11月3日,署名:刘郎)

葆我童心

孤鹰同人,招待名流于桃源村管家聚餐。前以平剧清唱飨来宾,饭后则演标准文明戏,为娱胜友。孤鹰同人所指之名流者,此中无上海之"老",亦不及马路政客,或以才识称长,或以文章耀世,而无非通品。孤鹰同人,诚自惭谫陋,特亦不甘自溷于流俗,故亟欲求表表冠裳,为吾知己耳。

是夕,同人皆纵酒,至于薄醺,始停盏。乃登楼化妆,演一"警世社会名剧"曰《婚变》。愚无成就,打蓝青官话,上台后,噤口不能吐一词;视兰亭、梯公、素雯之生龙活虎,相去奚止霄壤?作壁上观者,亦金谓兰亭最使人绝倒。其实孤鹰同人之演于台上者,将无不倚兰亭为柱石,文明戏然,话剧与平剧,亦何尝不以吾友为圣手哉?

夜近午,客皆散,同人犹小坐。桑弧曰:酒且醒,醒来念顷间事,直为群妖聚戏! 梯维亦言,有生四十三矣,若大郎亦既三十七,天地有情,留吾身不死,然不死亦何幸? 不死而得长葆童心,始为至福,正不必以献丑陋于人,为可病耳。及归去,愚妇亦言:大郎善自娱。几曾见积财千万,而得快乐如大郎者,大郎惟常陷穷乡而已。此犹梯维之旨,而措辞互异。

(《海报》1944年11月6日,署名:刘郎)

马 斯 南 路

海上住宅区,佳胜之地,无逾于马斯南路。其地不似西区之偏僻,所谓闹中取静者也。然马斯南路,有时犹嫌车马之喧,若宁静殊不逮其支路之莫利哀路与高乃依路。愚近年来,时过梯维之居,梯维之居在马斯南路之尽头,位于薛华立路上,驱车自霞飞路入马斯南路,车辙所经,乃毕其道。两旁之外国梧桐,其在夏日,与行人百亩深阴。若在冬朝,则十里权枒,一身若为老树所困。暑夜而当明月高悬,顶上为枝叶交盖,露一罅,高天成一直线,月光映树叶,滋然作浓翠之光,爽人心目。近时,西风既密,叶黄而败,簌簌落地上,则路上皆稚子,以一橐自随,将用为炊薪之材。亦有不携橐者,则贯丛叶于一线,蜿蜒长丈余,曳之行,沙沙作清响。视稚子面,黄瘠亦类败叶,使人触忧饥念乱之怀,久不能已!

(《海报》1944年11月7日,署名:刘郎)

等 待 那 一 天

近来我深深地感觉到衰老的悲哀,最大的现象是我肉欲的狂减。譬如前两年到了春秋佳日,我就在埋头干的斲伤我自己的身体,今年却一直安分下来。从前孙师毅先生,知道我性欲亢进,他告诉我许多"升华"的方法,现在则不用"升华",自然会淡薄下来。这难道不是年纪不饶人吗?

秋雨连绵的夜里,我同几个朋友聚在一起,我告诉他们我浑身不舒服,腰酸腿软,两眼昏花。翼华说:这是年纪在同你算账,天气在同你算账。梯维也深晓得我已往自己戕伐自己的历史,但他还为我庆幸。他说幸亏没有姨太太,而太太却是娴静端庄,万一你是周旋在"中年妾似方张寇"的环境里,今日之下,你若不疲于奔命,就该派你做定了乌龟。

"盖世维雄"针剂打不起,我怕已失去了"生命的光明"。有位朋友他曾经因为在女人身上便宜占得太多,他一直疑心身上一寸一分的骨骼之间,都有花柳菌沉潜在里面,有一朝它们不耐久蛰,起了攻势,便是他撒手尘寰之日。他太旷达,对我说:能够有这样收场,不很好吗?那时我一定口眼闭得很快,决不叫一声冤枉。我被他一说,我对自己的生命,轻视了许多。因为我绝对可能有我朋友说的那一天。

(《海报》1944年11月8日,署名:刘郎)

血:AB混合型!

前两天的《新闻报》茶话栏里,有一节记载,说日本古川氏主张血型与性格有密切关系,大概血是A型的人,其性格为善羞,温顺安详,不避劳苦,好深思,易受感动。B型的人是:恬淡,活泼爽快,无长性,健谈,奢华好虚荣,受刺激立起反应。至于西文O型的人是:意志坚强,沉着,精力旺盛,不受感情驱使,主观,自信甚强。质言之,O型的人是世故而深沉,B型的人直爽而颓放,A型的人却是温良而惟懦。据此看来,O型血液的人宜于为政治家、科学家以及商业家。而文人及一切艺术家都宜于A型或者B型的人。

培林曾经检验过他的血型,他是属于A型的。因此他相信,梯维也同他一样。而我同敏莉却是B型无疑。他也曾经与医者讨论过血型问题,医生告诉他从优生学的立场来说,A型与O型或者B型与O型的男女都可以结合,A型与A型的男女结合后的种子也一定是A型,而格外的温柔善感。B型与B型的男女结合后的孩子,也决不会不是B型的,而格外的爽朗多情。最可怕是AB混合型的种子,这种性格,便成为反覆无常,自私,喜怒无常,色厉内荏,言行互异,以及种种不近人情的劣性。我于是请教培林,戏班中那些"狗戎"脾气的唱戏者,他们该都是AB混合型了。他说当然是的,不过这里面还有关系。假定说先天是AB混合型而后天教养得好,多少可以减除一点的。

万一先天如此而后天的教养又是一塌糊涂,那就造成百分之百的"狗戎"。他说到这里,他提供证例,金少山、袁世海他们该是这样的代表人物。

我又细细数了一数朋友中 AB 混合型的性格,实在太多了!譬如人家都道好,他一个偏说不好,以示标新立异,淆混是非,不辨好歹,你能说这样的人,也具有正常血型的吗?我想男女结合,先应该检验一次血型后,再谈婚媾,千万不要让 AB 型混合起来。说大一点,这也关于民族的优秀问题。若胡乱的匹配下去,将来有造成"狗戎"民族的危险!

(《海报》1944 年 11 月 10 日,署名:刘郎)

岭 南 一 郭

谈股伤心要发痴,若谈股市似乌龟。虽然场上诸盘臭(指周、许、朱、项、章),未必岭南一郭奇。终为"情虚"(行情虚软)低实业,皆因胃好涨公司。怜予卖股将何换?一口棺材一段尸!

今年该数买股票的人最倒霉,除了那班专门抛空的杀千刀之外,实在没有一个人能够在股票上多两钿的。我为了股票,气得目定口呆了好几个月,许久没有在文字上提起过股市。手里还剩二三种实业股票,眼看别的还在有时候高,有时候落,独有实业股一直停留在从前的票面进出关头,它永远没有上涨的消息。只要市场上一起跌风,它比谁都泻得快,就中最气不过的是在今年新年里以最高价买进的永华实业,这股票当时吃香的原因,为了董事长是郭顺那老儿。他是永安公司的主持人,广东郭家。那些臭盘不怕坍台,郭顺却不肯下面子,那末永华的股票一定硬了。但结果它也是一样的不可向迩,而我则以大量的本钱掩埋在这上面。今日之下,已陷于万劫不复之地。有人问起我手上的股票,我只有报以冷笑。好像做了乌龟一样的怕难为情去告诉别人。

(《海报》1944 年 11 月 12 日,署名:刘郎)

俭 与 吝

竹森生为上海最大之富翁,自浙江兴业银行解职以后,其人益匿迹销声,然其富程,犹非寻常暴发之徒,所能企及也。客有谈森生持躬之俭者,举二例,谓:森生所着之皮鞋,时日稍久,后跟之外缘已驰,于是唤皮匠来,使两跟左右更易,不使其溃决到底也。又谓:客有访森生于其寓所,时森生犹未返,客则坐外室中,侍者奉白开水一杯。及森生归,延客坐会客室中,命侍者倒茶叶。茶来,森生则从衣袋中出钥匙一巨串,终出一枝,开其写字台之抽屉出烟罐,取香烟一枝,以授客。授已,即阖罐盖,将罐仍置抽斗中,更锁抽斗,其巨串钥匙,复怀之囊中。是无异告客曰:香烟特能吃我一枝,第二枝请你自家摸出来矣。

刘郎曰:惟竹为富豪也,乃不知享受。富豪生平之乐境,特以检点其筹码之丰,及计算其富程之远。客曰:森生持躬綦俭,其实何尝为俭,特如《笑林广记》中临死时只许点一根灯草油盏火之啬刻鬼耳。

(《海报》1944年11月13日,署名:刘郎)

割 爱

据说从前张宗昌的姨太太多,老张不能雨露均沾,姨太太于是与他丈夫的属下,或者马弁私通的。老张晓得了,付之呵呵一笑,把男女二人轰了出去,决不似褚玉璞样的,会闹成血案。还有张宗昌常把姨太太请客,劝朋友同她们发生关系,认为女人也同财物一样,朋友便当有"通器"之谊。我不大相信会有这样的事实,张宗昌虽然有时候粗野得可爱,但这从一般人看来,总是不近人情的。

上海以往有个秦通理,眼看着自己的姨太太,成日成夜的陪了名流巨贾,同出同入,他老人家自甘缄默,旁观者认为秦通理也失却中和之道。因为做人不能太做得懦怯可怜。

"割爱"当割得有个分寸,有个气度,过去杜先生、耿先生都有过被人称道的史迹。以我见闻所及,那末最近赵啸澜的丈夫也是一个。赵啸澜是嫁与一位省长做姨太太的,其初是相安无事,后来不知如何,赵与省长的手下人,有了些不明不白的行为。省长晓得了,劝啸澜回一趟北京,探望父母,由省长派人送到北京。随去的那人,告诉她省长是请你耽在这里,不必再去见他。啸澜肚里有数,很感谢她丈夫这一种情分。但为了无力谋生,于是又传她要重现色相了。

(《海报》1944 年 11 月 15 日,署名:刘郎)

青　灯

一个月里,总有几天要点植物油灯。我房间里点的是玻璃的方灯,仆人房里的更加因陋就简,用一只碟子,贮放半碟子花生油,浸着两根灯草,这就引起了我儿时的尘梦。从小生长在乡村里,最早没有电灯,除了灶间,都点煤油灯,灶间里却都燃点油盏。不过贮油的不是磁器,而是一块生铁,安顿在一个竹架上的。

我记得刚刚离开故乡,到大都市来的时候,在电灯下面写字读书,并不觉得舒服,时常眷念煤油灯,自己也不知是什么心理。最近我家里又没有电灯,一夜,我睡不着觉,把灯芯挑起一点,在枕上读信芳先生借与我的《伏敔堂全集》。那是一本大字的木板书,我忽然想起陆放翁两句好诗是:"白发无情侵老境,青灯有味似儿时!"我虽然还没有到衰年,但已体念到了此中况味。

从前人说的青灯,大概都是用植物油的。我常常想起古人的读书,因为点不起灯而有"凿壁""萤囊"等等"佳话",那是不可能的。即使可能,他们的眼睛简直要不堪设想。但眼镜到甚么朝代才有的? 我怀着这许多疑问。

(《海报》1944 年 11 月 18 日,署名:刘郎)

女 人 二 事

自伎人而为舞女之林妹,与胡弟弟有虎贲中郎之肖,胡亦尝两栖于花丛舞海者。有人加以研讨,谓林、胡虽无干系,特疑其自来,或属同根,不然何以形貌似,而言笑神情,亦无不似邪? 此中人身世不可究诘,当初或同父,或共母,几经流离,不复相亲,事实盖绝对可能也。林妹久无消息,胡弟弟自下延龄之堂,复操货腰业,"仙乐"主人颇加优礼,让精舍居之,风头甚健。今之欢场雌类,嫁一次人,往往增其声价,此例甚多也。

曹慧麟于风雨之夜,归其寓所,遘暴客于途,为愚述当时情状,心有余悸。慧麟有言:我乃险作猪猡之被剥也。其实劫女人衣饰,不称剥猪猡,而曰白宰鸡;劫稚子衣物者,则曰剥田鸡矣。此亦居上海者之一种常识,当为慧麟辨正,特当其面不好意思吹求耳!

(《海报》1944年11月19日,署名:刘郎)

送 太 太 北 行!

我的太太于二十日的清晨,离开上海,到北京去了。十月里肃肃霜飞的天气,此去当然不是为了白相,但也不是为了牟利:惟一的理由,是在上海穿一件毛织品的衣料去,到那里换一身裘氅回来。通盘算起来,明明是得不偿失的事,而她偏要去做。在事前我的百计阻挠,都归无效。这一次,她完全呈显出她有坚韧不移的意志,坐言立行的精神,真使我害怕。

行旅的艰难,她未尝不晓得;车站员役的横敲直榨,叫人无可忍受的事实,她也明白。夷白先生所谓今世之"流刑"者,她不惮冒艰辛而尝试之,我还有何话可说? 其实我所忧虑者,也不过路上而已,同行固然有人,到了北京更有不少亲戚会照料她,使她安逸地耽下几天的。

近来为了她要走,我的情绪上,起了无限苍凉,而她却没有什么。

她比我小十年,有的是少壮的情怀;我则因为血气的衰耗,好像已臻于暮境。不然,为何会这样怕离散,而欢喜团聚呢?我把这心事曾经告诉过她,她还对我笑笑说不至于的。二十日的凌晨,我在惘然万状中,同她分手,她没有出过远门,回来写这篇文字时,我心燃点着一瓣心香,祝她路上平安。

(《海报》1944 年 11 月 21 日,署名:刘郎)

跟　人

欢场女子之退隐良家者,其方式约分三类,曰:结婚,曰:嫁人,曰:跟人。结婚为定名正室之谓,嫁人则在男方之家庭中,自有地位,若跟人则仅为暂时之同居。孙翠娥女士旧唱甬滩,曾为妙喻,谓暂时同居之男女,不论何方,皆如挖花中之"白皮",决不牢靠,只要任何一方,抓成"锦对",便有"轧白"之虞。其言真堪绝倒也。虽然,世风浮薄,"轧白"之风,正不必囿于跟人,其嫁人而甚至为结婚者,亦往往有之。周孝伯与张雪尘,无人不知其在十三层楼上,举行盛大之结婚典礼者,时逾半年,雪尘又流转风尘,孝伯则掉头长往。顾此犹有说,因雪尘本出处匆高,根器本非固厚。愚又尝见有人娶妇,妇本良家,既归,以夫赜其业,始投身为货腰之儿,赡其家室。上海事何奇不有,吾耳目良苦,往往不忍闻见者,恒自我所历也。

今日之舞场中人,百分之五十,皆中道仳离之妇。比过一舞人居,方于去年与某氏子占脱辐,育两雏,遣一子归故里,其一尤稚弱,女自育之。客莅其居,子酣眠于其母榻侧,光景至为凄凉也。往岁此时,愚与消寒女士过往甚密,凡三五月,消寒忽隐,与一客赋同居之好,顾时以电话来。一日,觅愚同饭。愚惊为殊宠,曾纪以诗,有"可怜梧凤囚鸾夜,重见惊红骇绿人"之句,继念此亦启他人割裂之端,始渐绝之,今阅半载,复不知何状矣。

(《海报》1944 年 11 月 24 日,署名:刘郎)

杨　　柳

羌楼主人在他的笔记里,提起杨柳。他说我若看见杨柳,一定会倾心其人的。其实杨柳我在去年同她吃过一次咖啡,那时候她同张翠英二人,时常出入相共,游宴场中,到处可以见她们的踪迹。私底下的杨柳,不似羌楼主人所说的什么赵姊丰容,徐娘风味。她长得挺肉感,但在她眉目之间,找不到一丝一毫的秀气。她应酬很忙,记得那一天,我们约她吃夜饭,她说要到别处去转一转,结果还是放我们的生。

上月我在"大都会"跳舞,看见客座上有一个女人倦醉在一个男人的怀里,细细辨认她的面貌,分明是张翠英。后来一打听,她已不做明星做了舞女,怪不得不似以往那样的端娴。看见张翠英,想起了杨柳,有人说她现在也是无主之人,交际比从前更加繁忙。世乱时艰,做艺术家糊不了自己的嘴,你能责备她们不甘寂寞吗?

(《海报》1944年11月25日,署名:刘郎)

贫　　况

林庚白论诗见地高超,薄两当轩甚至,尤不直其"全家都在西风里"二句,谓是特乞儿语。又世人但知有王景仁,而不知有江湜,实为恨事;二人皆以幽困愁愁,入其诗者,而境界迥异。愚迩时读江诗甚勤,恬淡清远,不同恒誉,方知郑孝胥、陈石遗之逢人苦誉,为不虚也。此中有述其贫况者,自谓效沈山人体曰:"典及琴书计更非,一寒渐受物情讥。三间屋底无薪火,十月风前有葛衣。为学讵能亲货殖?上书绝意到京畿。便怀七十二奇策,难救残念八口饥。"所谓沈山人者,遗诗亦有贫况一首云:"遮穷讳苦亦徒然,欲诉还休更可怜。昨夜举家聊啜粥,今朝过午未炊烟。强颜思去赊升米,默计都无值一钱。谁信先生谁不信,御寒无被已三年。"则尤为一寒彻骨矣!江故有感赋之作,其句弥可诵,并录之云:"八口只今计岂完?当世贫况有余酸。更怜诗里其人在,独可灯前与我看。吾道非邪良友尽,秋风起矣壮心寒。孰知广厦成虚愿,衾冷多年自少欢。"

(《海报》1944年11月26日,署名:刘郎)

扶得醉人归

一日,于逆旅中遘二妇人,其一居孀将经岁,一则与其夫中道仳离,亦未逾五月也。愚平时论"性道德",列"不乱孀姝"为戒,因与后者通款曲。其人钱氏,健骨高躯,而圆姿替月,健谈,亦健饮。及暮,招之饭于"锦江",同席五六众,尽大曲十二两。钱所饮最多,辄醉,复挟之入"高士满",渐坐渐勿支,因送之归。登三轮车上,凉飙吹之,醉意弥浓,笑语自襟袂中泊泊流出,腻弱不可辩。及抵其家,天昏路黯,忽失其巷门所在。问之,答不知,第能报巷名。愚出手电筒一一烛之,卒得其居。见其叩门,愚始归去。后二日,复相见,则言前事已悉不可记,愚故戏语之曰:某特老成耳,不然,是夜固载汝入逆旅者,汝将无以拒我。愚平时不好饮,亦不乐见他人沉醉;登徒者流,恒伺女人醉后,而辱其身者,愚绝无此好。男女相悦,愚固不烦女人之代剥吾裈,特亦要她自情自愿卸下来耳。

(《海报》1944年11月29日,署名:刘郎)

袁 寒 云

《小凤仙》中小桃花嘴里的老二老二,指的袁寒云。小凤仙向那个姓蔡的学生说:你也认识袁寒云吗?那姓蔡的说:我并不认识,只是晓得他有两句诗是"绝怜高处多风雨,莫上琼楼最上层"。袁寒云的诗,传诵到现在不过这两句,所以能够传到现在者,正因为以他的立场在讽刺时局。其实以诗的本身讲,那也是恒常之作。袁寒云的诗文,头巾气之重,实在是无可赞美的。小时候见解不高,以为他的书法是不错的,现在看看它,不过侧媚而已,论不到浑雄博大。又有人赞美他戏唱得好,一个抽鸦片烟的人,扮了小生,或者是小丑,一张嘴,口腔成了一个黑窟窿,这予台下人不过是丑陋而已!他给人的种种印象,如此如此,我不相信此人还有什么特色。这种文字,假使俞逸芬先生在上海,我是不会写的。现在欺瞒他不会看见,趁早痛苦地吐了我的胸臆。

(《海报》1944年11月30日,署名:刘郎)

[编按:原诗文为"莫到琼楼最上层"。]

汽 车 号 码

打仗以前,上海人坐汽车,讲究号码的数目字显著的,大多是侠林红客,或者是欢喜在外头兜兜的公子哥儿。到这两年来,这些好照会都落到了新兴暴发户的手里,或者挂在此时此地不怕招摇人物的车子上。但我们可以确定一个原则:上海人现在财产有几万万的不算大富翁,非要几十万万,几百万万的才是眼前巨富。但他们非但不需要好号码,连颜色明艳一点的或者牌子名贵一点的车子,他们都不想坐。说不定马路上停着一辆老爷得差胜于出差车子的木炭车,它的主人倒是上海滩上有数的富翁。譬如竹某、詹某他们的财产,连自己何尝数得清楚,你能指出哪一辆好照会或是漂亮的汽车是他们的呢?他们实在为了有着这分财产,再不坐汽车,怕要遭到天怒神怨。否则,你叫他们在路上跑,他们一样高兴。

前两天有个朋友熟悉上海汽车照会的,他来告诉我说:现在一只三的汽车是黄雨斋的,两只三是陈坤元,三只三是张松涛,四只三是王永康。黄先生是我们熟人,他现在倒是道道地地的殷实富翁,而不怕招摇,自是异数。其余三人,我们也耳熟能详。就中张松涛的照会从打仗以前坐到现在,炮火响后,汽车照会没有更替过的,除了这一辆之外,据说并不多觏。

(《海报》1944年12月1日,署名:刘郎)

见一见张爱玲

　　苏青与张爱玲两位的作品,一向没有注意过,直到《浣锦集》和《传奇》出版之后,在太太的枕头旁边,我也翻来看了几篇,的确值得人家景仰。现在上海出风头的许多男作家,他们这辈子就休想赶得上她们。

　　据别人说:二位中间,苏青比较随便一点,张爱玲则有逾分的"矜饰",她深藏着她的金面,老不肯让人家睐一睐的。其实梅兰芳还要出现在稠人广众之前,至多将帽檐覆得特别下一些。电影明星还不怕挤断脚骨,出来让影迷包围,张爱玲何至如此?

　　两三月以前,在朋友家里,碰着一位李先生,谈起张小姐是他的表妹;我就告诉他我们曾经想请她吃饭,结果碰了个钉子。李先生当时将胸脯一拍,说我请她,你做陪客,绝对没有问题。李太太也说,我们去请爱玲,她怎么好意思不到呢?我非常喜欢,临别时候,还勉励他们:这一回瞧你两口子的。但到后来消息杳沉,李先生的回答是她姑母病了,她在伺候病人,分不开身。

　　《倾城之恋》在兰心排戏了,听说张爱玲天天到场,大中剧团为了她特地挂出一块谢绝参观的牌子。我从这里明白张爱玲委实不愿意见人,她不愿意见人,人何必一定来见她?我就不想再见一见这位著作等身的女作家了!任是李先生来邀我,我也不要叨扰了。

(《海报》1944年12月2日,署名:刘郎)

谨为刘琼辩白:致周小平兄书

　　小平兄:每天小报读得很多,大报只看一份《平报》,"新天地"自然必读,"东南西北"尤其一字不漏。我太喜欢你的笔墨,我以为像滕树谷的文章,在上海终成绝响。不料还有你,你所不如他的,那一分十三点不像十三点,神经病不像神经病的语气,真有颊上添毫之美。这是各人个性的关系,但你所有的神来之笔,也实在太多了。

最近我为了"新天地"里批评《蔡松坡》是"粗制滥造",我替费穆先生辩正过一次。现在第二次来向你饶舌的,是为你记载《刘琼的三百万包银》一事了,又要替他辩白。刘琼和费先生,都是我的朋友,在电影男演员中,刘琼终是洁身自好的一个。当你的文章发表之后,因为你说得凿凿有据,所以我一见他面,首先问他是否有一点原因?他坚定地说:绝对没有,假使你疑我,你就是侮辱我!我被他的态度感动,说话感动,我又是从来相信他为人的,我不得不认清你是传闻失实了。我决不笑你把一个艺人攻击得这样随便,自己也是干这一行的,常常会犯这样的错误。当然体会得此中甘苦,我因为实在爱惜我老友的清名,故而用肫挚的友情,写这一封信给你,替刘琼辩白,而决不是强词文饰。

(《海报》1944年12月3日,署名:刘郎)

记李丽之言

二日下午北风怒吼未已,北平李丽以电话抵愚,谓莅沪且六七日。在香港待机时,曾有电报来,托友人转致,盖抵沪后亟欲觅愚与之方,图良晤也。今居哥伦比亚路寓邸中,道远,以飞车来迓。其家为小洋楼一幢,二年前李丽斥五十五万金购置者,并家具若干事,遣二獒司其阍。獒巨似人,吠声亦亮,愚不乐见兽类横行,为之却步。时李方调嗓,唱全部《玉堂春》,既已,乃肃客坐楼上,道契阔。李丽言一别经年,之方犹丰腴,我殊瘦减。其实李丽此来亦不逮往年丰润,特青春常驻,健美亦大似曩时耳。

李丽言,素性好动不好静,蛰伏既久,闻海上话剧售座,突过平剧,故在港鸠资创剧团,尝数度登场;今则迁全团来沪拟物色地盘,选剧本,聘导演,费时必广,此际犹难期演出也。惟二君为老友,意助我者良多。又曰上海为我第二故乡,遥别多年,今归来矣,而相识者无乃勿广,故欲于艺术文化中人,谋夺晋接,将来成就如何,付之公论。今则要使当道贤者知李丽从业之勤,为不可没耳。其言委婉而大方,闻之足以向往。

别时李丽送愚,车上,与之方互叹此人真巾帼之霸才,岂徒一代尤物哉!

(《海报》1944年12月4日,署名:刘郎)

佐临丹尼李丽

李丽请客的那一天,她与佐临夫妇同席,她知道佐临和丹尼于戏剧成就之高,所以执礼甚恭。她时时劝丹尼饮酒,她称丹尼叫丹尼小姐。我对李丽说:"普通网民都不叫她丹尼小姐,是叫她金先生的;她是金韵之先生。"李丽非常惶悚,对丹尼说:"我实在不知道丹尼小姐姓什么,所以才这样称呼。"但丹尼还拦阻她,对她说:"不,我是叫丹尼,我的名字叫丹尼,你就叫我丹尼。"其实我同丹尼并不相熟,有一时期,佐临夫妇与石挥、沈敏一班人和"上艺"合作在卡尔登的时候,常常见面,好像听石挥他们称丹尼是叫金先生的。我因为看见李丽对他夫妇谦抑甚殷,所以要她再恭敬一些,不要叫小姐而称先生。

李丽是北方人,她是久居香港广州,她说的国语,不大纯粹,简直参杂些粤语。奇怪的佐临是广东人,但他却从小就生长在北京,他没有回过故乡,他说的是北方话,不过也不纯粹,一听就晓得他是广东人说的北京话。

(《海报》1944年12月6日,署名:刘郎)

《血滴子》的轰动

李少春、叶盛章、李玉茹诸人隶"天蟾"演唱之第一日,售九十四万元。但第二天就衰落下来,卖了六十几万。后来更一天不如一天。"天蟾"这一局,假若卖十足满堂,一场可以得券资一百二十万元,戏院每天的开销毛四十万,只要如上次李、叶合作时售座情况,自然可以盈余几百万;但为了市面的凋零,为了李与叶和沪人违隔的时期并不多远,于是此番上去,情形颇不佳妙。不过平剧院的生涯清淡,是一般的现象,周信芳在"黄金",据说这两天也冷落可怜。所认为奇迹者,是"中国"的《血滴子》,从头本开始到今天的二本,没有一日不卖满堂,形势是愈来愈盛。他们不靠京朝大角,也不靠江南名将(没有麒麟童与盖叫天,谈不到江南名将),他们只以戏好卖人家的钱。他们内部的人事融和,孙兰亭先生的处置有方,连排戏他都参加了意见,于是《血滴子》成了一时独步的名剧。在市面不好的现在,在京朝大角和海派盟主对垒的情形之下,而《血滴子》永远领在前头,宁非异数?

(《海报》1944年12月7日,署名:刘郎)

池 边 小 缀

一日,茶舞于"米高美",夜舞于"维也纳",敏莉在"米高美","大都会"则时去时不去。以"大都会"迩日景况冷落,去亦无生意可做也。舞市阑珊之日,惟"米高美"犹有满坑满谷之盛,宁非异数?是日,同行诸友皆招舞女坐台,予自舞市加三成捐后,以敏莉所坐为第一台,南宫生为小马荐一舞人。坐既定,南宫附予耳问曰:亦识此女为何人乎?予摇首曰:素昧平生。因曰:是为某君之女弟,特彼等谊属同枝,非如敏莉与足下之弯脚馒头也。按某本富家子,徒以其人不自振作,好荒嬉,其父既隳业,此人益陷穷乡;今且以其家之千斤重担,烦俜俜弱妹荷之趋矣。闻南宫言,为之慨喟万端。有林君者,亦招一舞人,着湖色之兔子毛短氅,殆以质地不良,毛褪已尽。与客起舞已,客衣上黏绿毛几满,拭之不易去,谑者谓大似水盂清供之品。所可奇者,彼舞人明知有此弊,而必以兹衣为障体者,其理不可诘耳!郑霞在"维也纳"伴唱,在麦格风前,益有摇曳生姿之美。谈女歌手而若论幽质,黄薇音与梁萍皆复绝一时;退而论秾艳,则郑霞实个中翘楚。复有一金萍,闻其起身于高乐歌场,静婉似香楼中人,舍清唱伴座生涯,为一纯女歌手,其甘于淡泊可知矣。

(《海报》1944年12月10日,署名:刘郎)

披　颊

　　他报有记欢场往事者,谓峪云山人曾怒掴肖红。肖红为当时之花国总统,故其事遂轰传。然类此尚有一事:当富春楼老六总揆花丛时,尝为徐南虎披其颊,六不屈,诉之杜门,小报曾记其事,忽忽十数年矣。实则骂女人且非丈夫应为,何况出之以掴,出之以披!反之,若女人而请男人吃耳光,始足为一时韵事。吾友小马据白玉霜为禁脔时,一夜,小马约别一女人,共餐于小花园川菜馆,玉霜闻讯赶至,睹小马在,趋前掴其颊。小马之友不直其所为,问玉霜曰:"汝乃何人?"则应曰"马太太!"言已,提小马之领,迫其同行,自小花园扭至永安公司门口,小马狼狈万状。明日,闻者綦众,咸曰:此真春江盛事也。四五年前,暑甚,愚坐于"伊文泰",邻座为一男子与一舞人。俄顷"大都会"之舞人俞,被酒来,睹男子在,辄覆其桌,场中轰然巨响。女固不号,曳男子之领带,至庭中,掴男子之颊无算。男子问俞曰"汝何人,得披我颊?"俞曰"触傺娘个×,迭两个末是舞女,打侬个瘪三。"言已忽疾窜去,登出差车。男子逐于后,继之登车,二人在车中乃扭为一团,邪许声中,车绝尘去,不知所终。"伊文泰"之看热闹者,无不望之笑曰:男女一涉私情,男人吃女人几记耳光,固第一舒服事,谈不到触霉头也。明日"伊文泰"花园中,果见彼男子复与俞偕来,欢笑一似恒时矣!

　　(《海报》1944年12月11日,署名:刘郎)

恽　氏　女

　　"仙乐斯"有舞人名张美玲,谢秋娘投老风华,且不足以言余态。其人自风尘中扬历而来,曾在老维也纳伴舞,亦曾隶百乐门,亦曾留居香岛,亦曾小驻花丛,亦曾两度作嫁。性喜诙谐,复旷达,虽在忧患侵寻中渡其岁月,而曾无衰象,雄健绝类壮男。一夜招与同坐,问其姓氏,曰:身在欢场,姓张,居家则姓恽。愚曰:宁非直心旁军旅之军之恽乎?

美玲大异,曰:客乃识此字,他人见吾姓,恒称我为挥小姐,而无人识为恽也。客今识之,必通品无疑。愚曰:我诚通品,然则汝非原籍兰陵乎?曰:吾父诚居常州,我则生长于外,足迹未尝一履故乡也。愚曰:常州恽氏,夙称望族,南田翁以画笔之高,名满天下,其人为汝之前代。则曰:客言当可信,我父藏画甚多,有花、鸟、山水、水彩,又有列代人马之象,成捆成扎者,今不知散佚何处矣。以列代人马之象,亦为画件,其言则出之恽氏后人之口,深足令人绝倒也。

(《海报》1944 年 12 月 13 日,署名:刘郎)

夹 袋 中 人

"孔雀美人"之出处,沪人知者已众,今既不复货腰,亦不复登舞台,以自身为布施外,亦兼为氤氲侍者。特其营业方针,有异于菱七、汪四之流。七与四,皆列门市,"孔雀美人"则为批发"商"也。譬如知其电话者,可以与之约,令其征选艳色,挈之偕来。抵逆旅,或餐肆,均无勿可。所列其帡幪之下者,品类亦繁。舞场之隽,花底娇虫,甚至良家妇女,就其范者,为数亦复不鲜。或述其访求"货品"之勤,因举一事,使人闻之可以心悸。一日,此"孔雀美人"赴国际摩天厅,入电梯中,忽见一少女甚丽,遂钟之。少女于十一楼下,渠亦下,尾其后,忽乱呼以名。少女回头,初非相识,拟再行,渠则趋前自承其过,谓我乃误识汝为吾女友某人也。虽然状貌之似,乃有汝与我女友一人者,我女友本有夫,旋以失和散去,其夫痛悔欲死,我力劝之,我意汝亦佳人,苟能为彼人慰,知其中心必悦。事若可能,以我为荐,亦良缘也。女笑而许之,遂示以电话,自此女终为其"夹袋中人"矣。

(《海报》1944 年 12 月 14 日,署名:刘郎)

丽 人 记

昨夜,与玄郎同坐于"大东",大东制度,今亦演变,居然亦有舞女兜台子矣。鲍莉莉与陈筱君相继退藏,此中舞人,俱非素识,就座前看位子上人,睹一隽品,发似飞蓬,若未经栉沐。特长眉入鬓,秀艳正复天生。因邀来偕坐,问其姓字,曰"张丽人"。问其籍贯,则来自三湘七泽间。湖南故多佳丽,尤富热情,海内才人智士,半出湘中,其为女儿,亦多蜚声艺苑。特丽人不幸,沦迹于货腰之场耳!其身世亦不可诘,父母早世,丽人乃寄养一老媪家。媪亦乡人,以处境渐艰,驱丽人入舞榭,舞市阑珊,丽人之业,殊萧条勿振也。既而散场,愚曰:门外雨甚,我买车送汝归。则大喜,以铜牌授愚,自入内室。愚以铜牌领得雨衣一,大衣一。大衣之式样已旧,然在当年,此亦精品,盖以獭绒为领者,今其值亦不赀矣。俄顷,丽人自内室来,累累者满积胸前,视之,则其外已罩一棉袍,捧舞履一双,又手箧之属。更视其足,则已易一雨鞋,鞋以橡胶为之,敝甚,似吾子上学所御者。丽人睹我,似甚羞,若在往日,愚胃口固大倒;特念舞客之钞票日干,舞女之皮子之日桂,不觉兴同是摇落之嗟,更何心肝,独鄙女人之贫薄哉?

(《海报》1944 年 12 月 16 日,署名:刘郎)

"我真想同她睏一觉"

《金小玉》的第四幕里,王琦看金小玉看得动了一点春心之后,有一句台词说:"我真想同她睏一觉。"这是李健吾的神来一笔,不第率真,简直妩媚得可爱。

人未有不好色如好德者,好色才真正是个人。既然好色了,男人看见欢喜的女人,没有不作"同她睏一觉"之想者。从前有过一则笑话:有福建人甲乙二人,到一家店铺里去,看见一个绝色女人,二人攀着乡谈,甲说:"我真想同她睏一觉,睏过一觉,我一定可以成仙了。"当时有另一个男人,走过来对甲说:"这个女人是我的妻子,我同她睏过几年,到现在还是凡人,没有登仙。"

我生平凉德薄行,一不足称,惟有好色无异他人,看见心爱女人恨不能立刻同她横在床上。但使人作此想者,往往限于某一种女人,这种女人,是要使人看了爱好,同时也引得起"淫心"的。譬如姿致幽娴的女人,她只会使我肃然起敬,而不会存些微"狎念"。又如明明有着艳色的女人,但其人的姚冶,在表面上已经一露无遗,我只有讨厌她,也起不了淫心。前者如坤伶中之新艳秋,女歌手中之黄薇音,舞女中之乔金红。后者则如坤伶中之吴素秋、言慧珠,女歌手中之白鹭,伎女中之双华二媛。介乎这两者之间的女人,多少要有一分蕴藉之致,使人从她谈笑气度间感受到一种魅力。这我也想举一个例,那末坤伶中有个童芷苓,女歌手中有个郑霞,舞女中的金妹妹、谢莉莉,脱光了你能禁得住自己不扑上去吗?

(《海报》1944年12月18日,署名:刘郎)

大施主与脱底棺材

愚与海上纸商无一相识者。白报纸飞涨,谈者归咎于纸商之操纵垄断,故纸商遂为千夫所指之的。特以愚所闻,纸商容可骂,惟董和甫不得受指摘,则以其人极善也。愚与和甫无一面之雅,然谈者谓其人慷慨好施,马伏波所谓忧人之忧,乐人之乐,和甫有也。而其手笔之巨,真有并世无俦之概。兹请述一事:中汇银行之魏晋三,亦为绍兴人中之"小儿科"者,震和甫名,愿与结交,送中汇之信用透支折一扣,和甫置之未尝用。一日,魏忽登门,出一捐簿,则为修建某寺院,请和甫乐助者也。在魏之意,五万十万已足,而和甫遽曰:我来三十万如何? 魏喜出望外,和甫遂开一支票,则为向中汇透支者。魏纳之颇啼笑皆非;盖董实无钱,非故欲使晋三为难耳!董所经营,屡仆屡起,穷甚,为善不肯后人,以一角二角之子金,充巨量巨款,将来如何还法,且不暇计。慈善机关,震其豪名,认为上海第一大施主,踵其门者,日数十百人,和甫乃不胜其烦,则闭门谢客矣。然有几人能知此最大之施主者,亦即一口最大之脱底棺材哉?

(《海报》1944年12月20日,署名:刘郎)

大冷天的故事

　　老住上海的人说,上海已经二十年没有像今年这样冷了!过去的事,容易遗忘,这哪里有准确的统计?分明是随便臆测的。我记得去年也是大冷天的一天,这一天下午,一位相识的舞女,为了要与我解释一桩误会,要我到她寓所里去一趟,我也戴了罗宋帽,围了围巾,丝棉袍子,还加了一件呢的外罩。

　　她的屋子,也是向阳门户,但屋里并不温暖,她也不曾拢火。她身倚在沙发上,我在她旁边坐下,脚冷得作痛,在地下乱蹬。她另外泡了一只热水袋与我,我抱在怀里,赶去了不少寒气。她是个老于风尘的女人,这一天她以真实来感动我,详细地谈她的身世,足有两个钟头。到后来我是统体融然了。

　　她是扬子江西端的人,谈完以后,她亲自入厨,用鸡蛋煎成一种类似绷格的食品,说是她故乡的名点,我则以为不大好吃。到了夜晚,我同她去上湖南馆子,她着了盛装,在三轮车上,偶然望望她,真觉光艳不堪逼视。

　　从这天起,我以为这个女人更加可爱。三个月之后,她嫁了人。不久,她来看过我一趟,我更加相信她以前没有欺我。她说男人监视她太严,但我忘不了你这个朋友。我的"可怜梧凤囚鸾夜,又睹惊红骇绿人"的诗,是为她写的。

　　一年了!想起这些旖旎的余痕,我常常微笑。虽然生活逼得我要死就在眼前。

　　(《海报》1944年12月21日,署名:刘郎)

谈"脱底棺材"

　　我写董和甫的事迹,是听一个熟人来告诉我的。我自己是个脱底棺材,所以也欢喜听别人"脱底"的故事。假使说董和甫的事迹,完全实情,那末有这样一分性格的人,真太可爱了。我之认为骂纸商而不可以骂董和甫的理由,仅仅在此。女歌手郑霞,我从来对她没有好感,自从读了凤三兄一篇写关于她"脱底"的行为,我开始对她向往,到现在我还想认识这位小姐。

但"脱底棺材"不是完全可爱的,譬如相识中有两个所谓名公子,一个专摆堆老,一个到处成了臭盘,他们留许多怨毒于别人,这就成为不能再讨厌的东西。

棺材的底也要脱得风趣,我欢喜两个朋友,一个孙兰亭先生,一个周世勋先生,这两口便是风趣的棺材。但棺材一到脱底,命运是不会好的。尤其是世勋,频年偃蹇,我常常想念他。

白雪兄总是感情用事,请你原谅我,我决不为纸商袒护,我也根本不认得他们。你要责成我叫他们关切到小型报本身,我是无能为力,至多我以后不提。不过你在激愤之余,有一点是错误的:上海决没有拥几千万万财产的人,假使说少一个万字而是几千万,那末其人也是起码货,有一二百万万的,已是第一号的富翁了。

(《海报》1944年12月22日,署名:刘郎)

薛氏门中

薛宝润生前,为颜料富商,所设之咸康颜号,为春江巨擘,富程之广,远非其他人可埒。死后,遗四子,即淦生、炎生、佳生与赓生是。淦生为长子,故握其父遗业大权,今亦物化四五年矣。近顷淦生之女,控其叔炎生于官中,所谓"自诉侵占"案者,要亦富家争夺遗产之活剧耳。先是,淦生凡两娶,其正室名石静芳,本为人家之童养媳,既归薛氏,不识之无,薛宝润为延丁质夫授其读,故稍通文理。嗣后淦生又娶伎人好弟老四为侧室。石氏育二女,长名瑞薇,次名琬薇,皆嫔奚氏,盖以姊妹而为妯娌者。琬薇之婿名冠勋,石氏既背弃薛家,就其婿女而居,拥淦生所遗之产业及首饰甚富,顾欲壑难填,终又以奚冠勋之策动,嗾令其妻出面,向薛氏妄启讼端也。至淦生之妾好弟老四,亦育二女,长钰薇,次铃薇,又一子名志东,因四既得子,故当淦生死后,老四与其子得全部遗产之六成,而石氏得四成。惟因淦生生前,与炎生各宕用咸康公账三百万,故于此十成中,平均扣出一成半,归还与三四两弟者,此皆当年析产之实情,迄今皆有依据可稽。今年好弟老四死,其子女皆归外婆领养。四在殡仪馆大殓,石氏并不到场,可见其仇视薛家之甚。今与其女诉叔氏以侵占之罪者,其为有计划之举动,固一目了然耳!

(《海报》1944年12月25日,署名:刘郎)

豪情与窘态

听说张先生最近一场赌,一整夜赢了四千一百万元,他们"赌人"说起来便是四千一百块。任凭现钞票不值钱,但这个数目,毕竟是巨数,我听见之后,为之舌拼不下,简直疑心这种场面是儿戏。但再听听第二天,拨款单庄票,张先生都在陆续收进来了;这才明白我们平常的斗挖花打扑克,是等于小孩子猜剪刀石头的拳一样渺小。但那位豪赌的张先生,却是我的熟人,我觉得有这样一位熟人,也是与有荣焉。

朱先生是著名电影导演,十几年他生了十几个孩子。他精密计算过,照目前的生活,至苦也要十一万元,所以他要求公司的待遇是每部戏要一百二十万,每年三部,可以敷衍下去。朱先生人是非常风趣,他告诉一个知己朋友说:我有九个女孩子,她们每夜要汏一次屁股,请你算一算,汏九只屁股的开水,每天要多少钱? 其他就不必说起了。

(《海报》1944年12月28日,署名:刘郎)

小黑姑娘近事

因薛氏讼案,而想起小黑姑娘来。小黑当年嫁薛老三,三名良,字佳生,其人寝馈皮黄之余,复沉溺烟霞。及将死时,处境甚艰。既卒,小黑拟以身殉之,不果,又拟遁入幽场,以完其节,亦不果。曾扶三榇来沪上,旋返,不聊于生,终操旧业。然老去风华,无复当时盛况矣。去年,李培林旅居北都,曾从天厂居士,访之于陋巷中,拥败絮而眠,为状甚苦。培林记其事于《万象》月刊上,读者同怜其人,托《万象》主纂人,赒以重金,小黑谢曰:我犹不劳闲人怜我也。卒拒之。今年所闻消息,则谓小黑鬻唱如故,而有银行中人,逐之甚力,将论嫁娶。小黑以天厂为佳生故人,就之商,天厂力劝其从之退藏,然事未谐。旋诘其故,则曰:银行中人有大妇,每欲令我同居,我为云间闲鹤久矣,乌可受此羁勒?故寝其议。茫茫来日,我人乃不知小黑将何以归宿。然风骨如此,其为人亦弥足使闻者向往耳!

(《海报》1944年12月30日,署名:刘郎)

定依阁随笔（1945.1—1945.7）

看我们的戏

朱琴心已决定在"黄金"唱一场戏,是十三日的日场,码子是《花田错》,由振飞陪饰卞玑。这是一出花旦的表情戏,要看的是脚下功夫。琴心在当年的旦行中,原是典型人物,这一次投老重来,内外行要来观摩他的自然会人山人海。他嗓子虽已然塌中,但比荀慧生还能出字。有时吊起来,六字调也可以凑合。这一天好戏还有:香云阁主的《宇宙锋》,和醉红馆主的《乌盆计》,都是惬心当意之作。她们都是以最高的天分,下最大的工力,所造自然不同于流辈了。最近的决定,孙曜东先生,预备陪他夫人唱《包公》,孙先生对于黑头戏讨厌时下的花腔,讲究韵味要厚实。他醉心于裘桂仙的绝艺,在这一份包公里,台下人或者可以接受到当年名净的遗范。大轴是大伙儿反串的《蚍蜉庙》,定明天晚上响排一次。预料上演之日,出足掼头的是养侬的朱光祖,淑娴的褚彪,兰亭的张妈,孙夫人的张桂兰,金龙的费德恭,俞太太的家院。我则现在还没有开始排过,日期一天近一天,耽足心事,比欠债还难受。

(《海报》1945年1月8日,署名:刘郎)

女人的眼镜

我对于戴眼镜的女人,有着特殊的好感,这使许多朋友,都笑我为一种"痴嗜"。一般的理由:女人最大的美,固系在"澄澈双泓"。但退一步说,假使眼睛上有了些微毛病,戴上眼镜,便能助长她的爽朗风神,这也是必然之理。周鍊霞的一双眼睛，我看了她这么许多年，总觉得它不是角度不准确，或者组织上有着某种缺陷；不隔了一层水晶看它，使看的人感到吃力而不舒服。我就奇怪她为什么不戴眼镜？大概女人也是讨厌她们要戴上眼镜的。最近我又得到一个例证，据说张爱玲犯着深度的短视病，平时她戴了眼镜出门，从眼镜里看她的眼睛，细得几乎连缝都分不开来。但她印在《传奇》、《流言》上的二张照片，她特地把眼镜褪去，把眼圈抹黑，眼眶便变得特别的大。加以颐项丰腴，滋然为艳彩，怎么能叫读者不魂驰梦绕？但所谓匡庐真相者，实在已全部改观。

前几天，我在新华茶舞，碰着一个舞女，她不在营业时间，需要戴眼镜，我望望她的仪度清华，就无让于林彬小姐。今年相识的小姐群中，林彬同朱尔贞，她们都是戴眼镜的，你能说眼镜损害了她们的风采吗？

（《海报》1945 年 1 月 14 日，署名：刘郎）

登场偶记

复兴银行同人彩排之日，海上胜流临场观赏者，乃有裙履翩翩之盛。孟小冬与姚玉兰坐楼上，陈燕燕与黎明晖坐楼下。燕燕长发披肩，作病容，而弥增妍爽。孙兰亭之张妈上场，插科曰："我面孔浪一粒痣，人家说我像陈燕燕……"一时台下人视线咸集中于陈，而佩兰亭之出掼头，真能俯拾即是也。

登台前三日，在孙家响排，淑娴与愚约，上台后毋逗我笑。醉红主人亦以是为言。及是日施公升堂，淑娴有说白，愚无意间回首视渠，渠忽笑，笑至于不能吐一词，则不知何意矣。惟后来诸场，褚彪便卯上，纵横于台上者，皆张三小姐雄健之姿。嗟夫！淑娴在私底下，固"幽娴贞静，淑气温和"，及结束登场，则允文允武，似惊鸿，似游龙，所造称南北一人。娟娟此矛，至竟为无数人搏魂划梦，信有以哉！

愚为贺人杰，不带孩儿发，而梳一小辫。上装前，惠明与敏莉皆来后台，及欲梳头，又离去。闻梅兰芳登台，梳头非夫人不适，愚欲师其法,勿果。翼华兄为我役之,于心甚感。贺人杰场子太碎,颇以为苦。及终场,腰脚如痫,此亦老境侵寻之象,言之殊使人黯然也!

(《海报》1945年1月15日,署名:刘郎)

谀失其当

　　白报纸价格飞腾,小型报人痛骂纸业巨商之垄断居奇,操纵市面,固然为不明症结者之观察错误。一旦白报纸价下降,则亦决非得力于纸业中人之强制压平。上海白报纸之大囤户,非纸业中人,为尽人皆知之事实,市上搜购人多,价遂腾贵。及某种谣言一起,价遂回低。彼纸业中人,绝无神通,得以左右市价也。近见他报记白报纸之回进四万大关,而归功于程梅生之用力抑止,此尤大谬。程梅生为詹沛霖内弟,富程初不逮詹之十一。其人在纸业中,虽居公会理事,顾威权不行,质言之,亦信望未孚耳。平时与侠林中人,往还甚密,程亦广录门徒。顷闻程病卧之日,其门人皆献礼物,程乃堆置一室中,积之若培塿。及病起,邀纸业中人宴聚其家。及将临盏,程欣然启其室门,指此中所聚礼品,告众人曰:此皆徒众示敬意于老夫也。言已,出香烟之为名品者,分投与席上人,为状甚乐。嗟夫!谓此人而能贵贱轻重于白报纸行情者,讵非谀失其当哉!

(《海报》1945年1月16日,署名:刘郎)

井

　　我住的弄堂里,一个月中,有几天要断水。在断水期间,合弄人家,汲水都到新掘的两口井上。但井水是浑浊的,用来浣衣,衣裳不会洁净,何况将它吃到肚里?记得小时候住在故乡,老圃里开着一口井,随便什么时候,到井栏上去望望,下面是一潭澄澈,可以见底。而到了上海,井就无法干净,当然是管理不善。譬如弄中的井,掘成之后,原安着井回,上面还装着木盖。但不用的时候,盖也不盖上去让它敞开着,于是水面上常常浮起一层垃圾。整天以弄堂为"乐园"的小孩子们（连豚犬也数在里面），没有一个是安分之徒。有一天我亲眼看见一个十三四岁的顽童脱下皮鞋，吊一根绳子，汲起井水，浇射其余的孩子。试问这井水如何能清？而且不盖上井盖，流弊太多。最大的，当然是"遽萌短见"之人，临死不肯化钱买安眠药、来沙而，而是走到弄中往井里一跳的。

（《海报》1945年1月19日，署名：刘郎）

"名老"好色论

昔虞洽卿老而好色，愚屡以文字讦讽之。则以虞为上海之"名老"也，又以虞为上海之所谓民众领袖也。名既成而利亦厚矣，便不当再好色。好色要让之迟暮英雄。譬如我纵老死于好色者，亦不足诟病焉。若虞氏当年，十七八岁好女儿，以及北里名娼、舞海名姬之跟其跑者，数不胜指。使他人看在眼中，辄起反感，我亦因起了反感而钳牢他矣。

关于虞氏之好色，有两说：一谓其人虽高年，而禀赋异人，有不食则饥之苦。而其同乡至友某君则谓："其人爬勿动矣，特欢喜新鲜，熏熏摸摸耳。""爬"字解释，沪人知者甚众，"熏"为宁波土音，谓以鼻嗅之也。虞氏既往，海上别有一老，承其余绪，论者谓此老之好色，亦同于某君之谈虞氏。尝与此老同席饮，席上有坤伶二，皆以贞静为世所称，此老饮半酣，时以其爪着二人之肩，二人愠，犹不敢形于色；乃知迭票老头子，皆借"名老"头衔，而妄施轻薄于女人者。世固有因果之说，我惟为其家闺女危者！

（《海报》1945年1月22日，署名：刘郎）

不 做 猢 狲

"'喜相逢'开幕，唐大郎先生揭幕，顾兰君、管敏莉、金素雯女士等剪彩……"这是在"喜相逢"刚刚筹备时候，梯维的一句戏言。直到开幕前几日,我还当他戏言。二十五日那天之方身边,摸出一张梯维做的登在《新闻报》上"喜相逢"的广告,真有上面所说的两项节目,才把我吓了一跳。顾小姐、管小姐她们剪彩,原是非常适宜,我算是老几?这一种上海"名流"、"名老",以及"名老太爷"们专利的盛典,也轮得着唐某来做?我越想越不安定。回去之后,寒热大作,连病数天,直至今晨起床,"喜相逢"已开幕两日。据说他们这一个节目,因为我不到,终付阙如。

梯维看得起朋友,降"大任"于吾身,当然没有恶意;我则自己觉得内疚,平常更厌恶那些三日两头替商店揭幕的名人们,自己就不敢再做。揭幕又不比上台唱戏,唱戏有我自己的动作,台下人尽管笑我,我多少有几分"聊以自娱"之快。揭幕是"纯机械"的,像猢狲一样,牵上台又牵了下去。年纪轻一点的猢狲,不肯就范,这要老猢狲,才肯驯服地任人玩弄。

(《海报》1945年1月31日,署名:刘郎)

人参如腐草

愚妇南返已匝月,此行历时四十日,居故都二十余日,亦曾小驻津门。行时,携衣料满其橐,赴平后货之,易裘氅一袭,钱不足,贷诸平中友好。归时,更贷二十万金,尽买人参。以妇计算,苟人参而可以营余子者,此行不夺自己钱矣。顾问之参行,谓此系种参,殆不值钱,值钱须长白山参;北方参庄欺妇为外行,畀以赝货,坐是买来时视为珍品者,其实同于腐草耳。妇怨嗟万状,愚力慰之,谓些子钱乌足紫扰心曲者,旅途往返,得太平无恙,已为殊幸。卿所折阅,则若婿虽穷,犹有力弥其亏耗。当吾妇之行,朋友责难备至,雄白马惕诸兄尤讦我,特愚妇立意甚坚,梗之再亦不听,始纵其往。不图薄命夫妻,欲倾劳苦而换些许便宜,亦不可得也。书此以告时人之欲涉远道营余利者,请以吾妇为鉴。

(《海报》1945年2月2日,署名:刘郎)

陈 尚 书

陈庸庵尚书(夔龙),大家都承认他在上海是惟一的冠冕人伦。他今年已经是九十多岁的高年人,没有精力再闻问世事。据说他的儿孙,亦绝对不让老人晓得世乱之亟。这位老先生直到现在,还以为米是十来块钱一担。至于一切物价的暴涨,他也无从得知,使老人的情怀中,不滓着一些嗟世忧民之念,而颐养天年,克臻大寿。

昨天碰着一位前辈先生,他同陈氏有通家之好,与我谈起陈老先生,说他还能够打牌。这位前辈先生,是他的麻将搭子,他们打的还是十元二十元的输赢。有时老先生输了,同局的人让他一两元的筹码,老人欢喜得合不拢嘴来。由此可以明白老人所想像者还是沪战以前的币制。

(《海报》1945年2月4日,署名:刘郎)

梅 先 生

梅兰芳先生,既为碧云轩中常客,愚年来屡过碧云轩,渐与梅相习矣。梅温文尔雅,三数十年如一日,其夫人则健谈工应肆,豪情如海,伉俪之性格乃迥不相侔。年前梅观剧于"天蟾",尝为观众所迫,梅大窘,遁入后台,其事轰传于报纸间。事后梅自笑曰:"五十余老翁,讵犹足为人歆动耶?"其实梅在中国,正为旷古绝今之人物,实至名归,到老为万人歆动,比之今日之银海群星,时为影迷包围,此中实含若干色情成分者,盖有间也。

愚初见梅先生于碧云轩之日,在前岁初春,距今且二年矣。凤震显名,愚不容狂放,颇自矜持。东坡所谓:"虽然同是王孙客,不敢公然仔细看。"正复有此情况。比觌面既频,则英雄见惯,亦是常人矣。

(《海报》1945年2月19日,署名:刘郎)

良朋多故

十年来形迹最密之友,第一之方。之方赋性亦耿介,不善媚世俗,惟能耐勤劳,营营终日,未尝言倦,不似愚之耽于逸乐也。顾李广数奇,与愚正复相类。大抵狷介者流,不可以期腾达,为必然之例。愚于之方证之。妇恒时怨曰:汝广良朋,何事不可为?使早年枉尺直寻者,今亦无虞衣食矣。愚笑曰:视之方如何?因告以之方劳苦,而所遭恒拂逆;渠欲与命争,尔婿则知命不可争,争亦徒劳耳。妇无以难我,苏东坡诗云:"我本疏顽固当尔,子犹沦落况其余?"兹十四字者,正可以自愚赠之方也。

近一年来,之方之经营皆无利,而横逆之来,煎人欲死。甲申岁暮时,其尊人病卒于故乡,新春以后,爱女公子复撄慢性脑膜炎。医者周君常、臧伯庸皆束手。之方大恸,以其视女公子如一家瑰宝。愚嗟故人命薄,恻然不能进饮食。执笔为此文时,甫与渠通一电话,谓女公子起死之望已甚微,真益使愚惘惘似有所失矣!

(《海报》1945年2月24日,署名:刘郎)

结核性脑膜炎

之方女公子,终不治,至二十七日上午死去。距今三四月前,女患肋膜炎甚急,赖周君常医师,为之治愈。比甲申岁暮,忽咳嗽甚作,初以为感冒,及益进,复延君常来治,亦以为感冒,药之仍不愈,头且痛。乃丐沈成武医师照爱克司光,断为结核性脑膜炎,始大惧。君常亦惶恐,曰:是无能为矣!时女已陷于昏迷状态中,不食亦不啼。吾友爱女心切,复请臧伯庸先生来,臧亦敛手,曰:万人患此者,万人皆死。继又曰:十余年前,徐氏子病,断为结核性脑膜炎,西医皆谢绝。时沈苇窗兄尊人,与徐氏审,为荐一走方郎中,投药三味,为坩槐与猺桂之属,灌其儿,儿赖此得愈。臧奇其事,故保留此方,授吾友曰:万一之望,惟斯而已。

之方亟谢仁恩,如例药其女,顾亦无效。一家人乃于忍泣中,坐视其女瞑焉!

女今年才六岁,美而慧。嫂夫人弄瓦甚多,而偏怜此女,之方亦钟爱有加。女在病中,吾友直欲舍其身以赎女苦。女死前三五日,愚曾往视疾,僵卧若已死者,睹状殊使人悽恻。默默退去,无以慰吾友,亦无以慰夫人也。

(《海报》1945年3月1日,署名:刘郎)

省友人之疾

谈报纸副刊编辑人才者,无不艳称陆小洛。小洛自战后即谢笔政,局处海堧,居恒饮博叫欢,人不见其为生计之谋,实则其人未尝一日不为生计忧也。积忧遂蕴疾。往年,体衰弱,形容日瘠,小洛大惧,疑病在肺。董桢医师,为之诊断,曰:肺完好无恙,君毋多疑。而小洛不信,则远迁湖上,居葛岭疗养院中。董医生闻之,惶惶然语愚与之方曰:小洛疑惧过深,肺不致病,而虑其神经将自此失常耳。及其病自以已稍瘥,更归沪,则神经果极衰弱。数日前,偶作呛,见痰中有血,又大惧。后二日,浴于浴德池,擦背者用力稍劲,全身剧震,裂其血管,辄呕,地上殷然者,皆血也。小洛大惊而号。昨日王守迅兄送之入怡和医院,愚下午始闻讯,与之方驰省其疾。方仰卧,医者劝其不可翻侧,以转动之间,血管殊不易胶着也。顾不禁言语,所语者,则虑其病,复虑其贫耳!故交沦落,听之恻然殒涕。医者至,昇之于楼下,用电光透视其肺,谓肺胸无恶象,即有,亦极微而易于治疗,劝病者毋恐。而小洛不克自镇,若知丛菌已蚀其全肺者。愚见其透视时,面白如纸,汗涔涔下不已,凡此皆不宜于病体者也。罹此疾者,当木然痴然,宅心于不思不虑,渺渺之乡,积以时日,病可徐痊。从知士人求旷达之难,又乌知此人当年,摇来笔底者,尽是天趣文章哉?

入春以来,第闻朋友遭逢之恶。之方甫失其女,而小洛又一病至此,愚复嗟嗟贫薄之不遑,更无力舒故人之困。念之念之,吾心如痗!

(《海报》1945年3月3日,署名:刘郎)

孟 小 冬

余叔岩死,孟小冬实为京朝派须生盟主。京朝派烈士,至此乃侈言小冬之音韵独步,而庆余氏一派流传者,端赖彼旷代英雌耳!及愚见小冬,已跻身于京朝大角之林;而张善琨先生,则见之于大世界乾坤大剧场。在二十余年前,小冬方十三四,时善琨亦未届弱冠,休假之日,为乾坤座上客。以小冬为童伶,故演《杀子报》之子,亦声容并茂矣。乾坤大剧场,本身为海派大本营,了无疑问,孟小冬自海派洪炉中陶冶而来,亦为尽人皆知之事实;独怪今人嫉海派如雠,一若触之即死者?意小冬今日,转不能自忘其本也。

(《海报》1945年3月11日,署名:刘郎)

连 名 带 姓

最近凤公在别张报上,因为某君对他直称了三次朱凤蔚,使他感到不快,这是事实。而凤公的不快,也是情理之恒。当某君第一次连名带姓叫他的时候,我觉得头一次见面的朋友,这样称呼,在礼貌上是颇欠周全的。等他第二次再叫时,我忍不住替他纠正说:"朱凤老"。不料某君并未会意,所以第三次又叫出了口,使凤公不得不割席而走了。从这里我可以证明某君的直呼他人姓名,已然成了习惯,在他意识上,原没有尊视与卑视之分,也根本想不到受的人会因此难堪。

记得我在李祖夔先生面前,直称姚笠诗先生为姚肇第,祖夔先生认为非常诧异,他因为彼此是极熟的朋友,只应该称一个名字已足,姓氏却不必带上去了。

(《海报》1945年3月13日,署名:刘郎)

幽 兰 女 士

幽兰女士近顷甫传其名,则以其人取周瘦鹃先生之杰著《新秋海棠》故事,现身说法,讲述于某书场焉。人疑幽兰女士与幽兰居士之孙兰亭先生为一家人,则不然。幽兰对人宣称氏张,其人骨貌清奇,目巨而鼻耸,似西洋人,而于蟹行文字,固尝三折肱者。及究其实,则幽兰原为化名,而姓亦终非实在。此人当年,亦舞国名姬,尝噪艳誉于维也纳与大都会中。南宫生于报间,选十大舞星,其人居其一。及后赴青岛,又转辗游海防,漂泊生涯,沪人且不知其经过。翳何人?即与杨文英并时之徐丽华也。徐本通文,吐属亦娴雅,今既归来,不重操故业,而袭敬亭余技,欲登场夺朱瘦竹陔南轩主之席,亦可见女人之健翻花样矣。

(《海报》1945年3月22日,署名:刘郎)

杀 夫 案

酱园弄杀夫一案,已轰传人口。报间记载,有谓分尸六段者,亦有谓分尸十一段者。据警局中人言,皆不确。蛮妇直视其夫之体,似俎上肉,宁止十一段?盖当其分尸之际,拟置之箱中。以死者之体奇硕,箱不足容,则剖之成片,血肉之块较小者,不实于箱,而弃入痰盂中。其状乃似厨人杀鸡,剖鸡身既竟,盛之盘中,待烹煮焉。夫妻冤杀,事本寻常,时惨酷若此,则未尝见。虽老于官事者,亦以此为初遇。又闻凶犯既逮入官中,官中人令医者检查其神经,报告为绝对正常。此尤使人骇愕。又官中人使述杀夫真因,妇侃侃谈,官中人疑有未尽,令其更言之,谓不实将刑汝。妇曰:刑我亦此数言耳!强悍如是,直噬人之兽,而兼钟妖气者也!

(《海报》1945年3月24日,署名:刘郎)

孟 小 冬

听鹂轩主记孟小冬来沪,其实一年以来,小冬恒仆仆于平沪道上,来沪寄寓于朱文熊住宅中。朱为朱吟江子,吟江吾乡人,弥富弥吝,其行谊不足称。其子为人,则不可知。

小冬既不唱戏,自无收入。惟与富室接触者多,传其往返原因,实为做高等单帮。盖自北方贩钻石来,售与南人也。去年两至上海,岁暮之时,犹羁滞春江。复兴银行同人彩排之日,小冬犹与姚玉兰女士,踞楼上包厢观剧,盖特地为孙夫人吴嫣女士之《奇冤报》捧场来者。今一方记其新自平中来,殆其间曾一度北归耳!小冬在沪,不恒调嗓,惟知友当前,亦每无吝。养侬先生,曾闻其行歌,谓其味醰醰,如行云自流,真人间绝唱也。

(《海报》1945年3月27日,署名:刘郎)

才 人 之 笔

尝与沈禹钟先生论诗,禹钟谓无所谓性灵,性灵即才气耳。盖性灵实随才气来也,愚最服膺斯言。天赋诗才者,虽工力稍逊,亦有风致便娟之美。今日同文中,愚喜文落先生诸著,顾所作勿多。近顷托秋水兄示我两诗,清才绝调,并可诵也。记其词云:"春光未老渐多晴,人不能狂怕累名。万绪黯缘旧曲动,壮怀真为俊颜生。水西云北君缄扎,心上眉间我弟兄。短别每传归雁后,肯分月色到江城?"又小病一律云:"年来身与梦如拘,冻后天同病未苏。不尽看花心似镜,犹堪食粟岁将晡。匡床坐构还京乐,雪手亲描采药图。便作醒人惟我汝,相依无碍在江湖。"文落自注云:"此去腊所作,今略改定,末二语示妹,予平生不可不念者,仅此一人,亦可哀也!"

(《海报》1945年3月29日,署名:刘郎)

裸 舞 之 别

摩天厅白光辍唱,复邀王渊为腻舞于其间,凡宣传之役,皆出江栋良手。江尝作一图,写腻舞之人丰肌如雪。摩天厅之执事者,乃告江曰:是可废乎?江不悦曰:王渊不喜此图,抑摩天厅中人,视此图为不可用邪?则曰:皆非是,特王之所天,不喜此图,谓图中人肌肉丰盈,足以诱人至兽欲冲动耳。闻者大笑,谓其理由突兀,乃如天外奇峰也。

王渊之舞,愚仅一见于"夜来香"座上,病其人太矮。为裸舞之人,论身材条件,无过于当年一五三号之李莉。李丰不垂腴,翩翩于斗室中,自成妙致,其余罗刹群雌,非老则瘦。或曰:此中裸舞人,旨在卖淫,若王渊则为献艺。愚颇不能于此中剖黑白,第觉"一五三"人两腿扬时,可以一望无际垠,王渊则用丝绦一事,当其要塞而已。

(《海报》1945 年 5 月 3 日,署名:刘郎)

神 经 之 末 梢

二十三日,餐聚于李择一先生府邸,座上皆前辈,男子之年较青者,惟长春园主与愚二人而已。女子二人,为苏青与錬霞。长春园主,本愚故人,久居显贵,疏文酒之会者,六七年矣。诸前辈皆健谈,谈则及性,使女客乃不能置一词。苏青固默默而俯,錬霞不甚矜持,听座上人言,时为佳笑。及女人之走路问题,錬霞始加意见,谓男女之分,男人走两根直线,而女人则为一根直线耳!陈人鹤先生,则谓此太简单,而于处女与非处女之步伐,分析甚清。既又及兴奋问题,园主之经验最多,其言曰:要女人兴奋,接吻与拥抱皆不足刺激,吻须吻其在睫以下之眼皮,及耳根之处,熨以鼻管中之热气,每得良验。以此二处者,为人身神经之末梢,刺激易也。而神经之末梢者,亦即所谓神经最尖锐处也。

(《海报》1945 年 5 月 25 日,署名:刘郎)

梅 雨 诗

"黄梅时节家家雨,青草池塘处处蛙。"有许多从前人的诗,论意境,论格调都不足以垂之久远的,而终于传诵到后来了,上面的两言,便是一例。

写雨的诗,一直不使我忘怀的,有"好似晚来香雨里,戴篷亲送绮罗人"。我记不得这两句从什么书上看来,而我只记得了这两句而已。在五六年前,我曾用它的意思,写过这么一首绝诗:"一天梅雨过春城,丛绿摇凉夜有情。不用戴篷烦我送,青罗人至便微晴。"当时景象,似在目前。林庚白的诗,写梅雨的很多,如:"雨余旅夜灯如昼,乍暖梅天得得来。"而《雨枕》一首,尤写尽旖旎风光,记其词云:"雨声侵晓杂禽声,漏出红墙一角明。却为含凉惊病足,忽闻入破趣生情。闲愁历历浑成世,绮障重重负尽名。并蒂莲开横榻见,幽香长共玉晶莹!"

(《海报》1945年6月19日,署名:刘郎)

月 圆 之 夜

二十五日,成日骄阳匝地,炎热如蒸。夜饭后,所以谋逭暑之遘,遂坐于大都会花园中。月色既好,庭院之惨绿灯光,等于虚设。大都会之草坪,不及新仙林之辽广,然数株高柳,又为新仙林所勿逮。万丝垂绿,要于月夜观之,其境乃如烟如雾。碧云主人之旧宅,在海格路,去年夏夜,徐步于堂外草坪,亦有淡翠抱之,使一片草场,如设巨幕,真佳境也。是夜,月色本极鲜,未几,忽为黑云所覆,惟余光不散,而园内人已不可各辨面目。愚畏酷暑,念若此沛然作雨亦良佳。顾大都会主人,颇忧煎,谓此时遽雨,座客皆散,茶账不可得矣。天固佑人,终场而雨不至,于是更事西征。静安寺路自戈登路以西,游客之车,可以接毂,此时此地,盖不足以言忧饥念乱矣!

(《海报》1945年6月27日,署名:刘郎)

云 楼 常 客

国际饭店的十八十九两楼,总称云楼,开张已逾一年。据"国际"方面的统计,它们最大的主顾有两个,都是上海新闻事业的权威,一为金雄白,一则陈彬龢也。金先生之为云楼常客,我向来晓得,我曾经很诧异的问过他,怎么国际饭店的大菜,你会吃不厌的?他说:东西还可口,而最大的原因,他与云楼这地方,和里面的执事者,都发生了情感。我又说,天天在外面应酬,也是一桩苦事,何不找一个好厨房,就在家里请客?不但可以节省得多,而身体上也比较舒适一些。他讲出两种理由,一种是金太太性耽淡泊,不喜欢金先生广宴嘉宾;另一种则是他所居辽远,不愿使赴宴者长途跋涉。于是金先生每饭必在外头。至于陈彬老的常上云楼,我疑心最早是受了金先生的影响。他也是永远在外面吃饭而不在家里请客的一个。据说陈夫人持家节俭,现在的白米饭里,常掺入赤豆,说出来几乎叫人家不能相信。

(《海报》1945年7月13日,署名:刘郎)

画到梅花不让人

李丽的客厅上,挂一幅红梅立轴,也不知是谁画的。世勋指着它说:画得实在不好,但这位作画的人,却大言不惭,不信你去瞧瞧他钤的那一方闲章上,有七个字是:"画到梅花不让人。"我的见解,则与世勋不同,我绝对谅解一个治艺的人,不说自己的东西不好,赞美自己,不能说他为狂妄,惟有上海先贤,对古名家的作品,也评头量足,始是妄人。有"誉己"癖者,不佞便是一个。记得今年送余空我先生归里的一首诗,有两句:"此后若论诗格美,比肩至我渐无人。"说不定也曾遭受过许多人背地里诟骂。

从前随园也自视甚高,好像他有两句诗:"举头天外望,无我这般人。"小时候读到时往往掩卷失笑,以为这十个字,只好是一个人都可以接在自己嘴上,世界上当然没有第二个我,吹这种牛皮,岂不废话?

(《海报》1945年7月15日,署名:刘郎)

劝柳黛打秋风

有人在吃潘柳黛的豆腐,说潘小姐养了一个小囡,却有苏州某君,替她发红蛋。过了几天,我碰着潘小姐,话题至此,我就劝她发一次帖子,开一个汤饼宴。她说:那要花多少钱?我说不用花钱,只管收礼,不必请客,这是效法上海白相人的打秋风,帖子上印着:"某月某日为小儿满月之喜,敬治汤饼,恭请合第光临,李潘柳黛谨订,席设延龄别墅。"信封上写收件处为《海报》馆。我这样提议,有许多人都很赞成,他们认为席设延龄别墅甚为聪明。延龄别墅是李先生的家,而又好像一条弄堂的名称,让送礼的人根本不晓得到哪里去吃这一顿,这比席设苏州常熟,而下注"回申补席"一类字样者,要堂皇得多。但潘小姐认为不合理,恐怕她不会照我这提议去做。看起来她只配做女作家,而不配做白相人嫂嫂。

(《海报》1945年7月18日,署名:刘郎)

英气消沉

在吃中饭时,几次遭受空袭的威胁,生命便感觉空虚。我又听不惯那种凄厉的声音,用不着弹片来打死我,只要这种声音,连听一个月的话,我也残废了。与其残废,不如早死。念头转到这里,生命看得并不宝贵。我是患极度的神经衰弱者,睡着时候,有人把房门稍为关响一些,立刻惊觉。所以飞机作出可怕的声音时,其难受,实在有过于一颗弹砸在我顶上。

有一天,也是这时候,我的孩子统统在同我吃饭,我把他们带到楼梯转弯地方去耽着。小的那一个,他不懂得惊涛骇浪,吵呀,闹呀,真使我六神无主,心里越是烦乱,觉得小孩子都是累赘。足足两小时,始渐渐宁定下来。宁定之后,我不禁悲从中来。这后来的日子,该都是消磨我英气的过程了!

(《海报》1945 年 7 月 25 日,署名:刘郎)

一部连续几十年的私人观察史

(《唐大郎文集》代跋)

唐大郎的名字,现在可能也算得上轻量级网红了,知道的人并不少,甚至有学者翘首以盼,等着更为丰富的唐大郎作品的发布,以便撰写重量级的论文和论著。这是我们作为整理者最乐意听到的消息。现在,皇皇大观12卷本的《唐大郎文集》的最后一遍清样,就静静地摆放在我们的书桌上,不出意外的话,今年上海书展上,大家就能看到这部厚厚的文集了。

唐大郎是新闻从业者,俗称报人,但他又和史量才、狄平子、徐铸成等人有所不同,他是小报文人,由于文章出色,又被誉称为"小报状元""江南第一枝笔"。几年前,我曾在一篇小文中阐述过小报的地位和影响:"上海是中国新闻界的重镇,尤其在晚清民国时期,几乎撑起了新闻界的半壁江山,而这座'江山',其实是由大报和小报共同打造而成的。大报的庙堂气象、党派博弈与小报的江湖地气、民间纷争,两者合一才组成了完整的社会面貌。要洞察社会的大局,缺大报不可;欲了解民间的心声,少小报也不成。大报的'滔滔江水'和小报的'涓涓细流',汇合起来才是完整的、有着丰富细节的'江天一景'。可以说,少了这一泓'涓涓流淌的鲜活泉水',我们的新闻史就是残缺不全的。一些先行一步、重视小报、认真查阅的研究者,很多已经尝到甜头,写出了不少充满新意、富有特色的学术论文。小报里面有'富矿',这已经成为越来越多的专家学者的共识。我始终认为,如果小报得到充分重视,借阅能够更加开放,很多学科的研究面貌一定会有很大的改观。"现在,我仍然这样认为。《唐大郎文集》的价值,就在于这是一个小报文人的文集,它的文字坦率真挚,非常接地气;它的书写涉及三教九流,各行各业;它更是作者连续几十年的私人观察史,因之而视角独特,内容则极为丰富多彩;而且,如果我记得不错的话,这是小报文人第一次享受这样高规格的待遇:12卷本,400万字的容量。有心的读者,几乎可以在里面找到他想要找的一切。

为了保持文集的原生态,除了明显的错字,我们不作任何改动,例如当年的一些习惯表述,有些人名的不同写法,等等。我们希望,不同专业的学者,以及喜欢文史的普通读者,都能在这部文集中感受来自那个时代的精神氛围,从中吸取营养,找到灵感,得到收获。

这样一部大容量文集的出版,当然不是我们两个整理者仅凭努力就可以做到的,期间受到来自方方面面的帮助是可以想象的,也是我们要衷心感谢的。这里尤其要感谢唐大郎家属的大力支持,感谢黄永玉先生、方汉奇先生、陈子善先生答应为文集作序,还要感谢黄晓彦先生在这个特殊的疫情期间为之付出的辛劳。他们的真情、热心和帮助,保证了这部文集的顺利出版。请允许我们向所有关心《唐大郎文集》的前辈和朋友们鞠躬致意。

张 伟
2020年6月5日晨于上海花园